Der Zaubercode

Dima Zales

Aus dem Amerikanischen
von Grit Schellenberg

♠ Mozaika Publications ♠

Veröffentlicht von Mozaika Publications, einer Druckmarke von Mozaika LLC.
www.mozaikallc.com

Lektorin: www. Fehler-Haft.de

Cover: Najla Qamber Designs
www.najlaqamberdesigns.com

e-ISBN: 978-1-63142-015-3
ISBN: 978-1-63142-016-0

WIDMUNG

Ich widme das Buch *Der Zaubercode* meiner Frau Anna. Ohne sie wäre dieses Buch nicht möglich gewesen. Ich bin der glücklichste Ehemann der ganzen Welt. Außerdem möchte ich unseren Familien und Freunden in Florida und New York dafür danken, unseren Traum so sehr zu unterstützen.

Ein besonderer Dank geht auch an unsere Betaleser (Tanya, Erika, Fern und Kelly) und alle Blogger, die Kritiken über das Buch schreiben. Und natürlich nicht zu vergessen: unsere Leser!

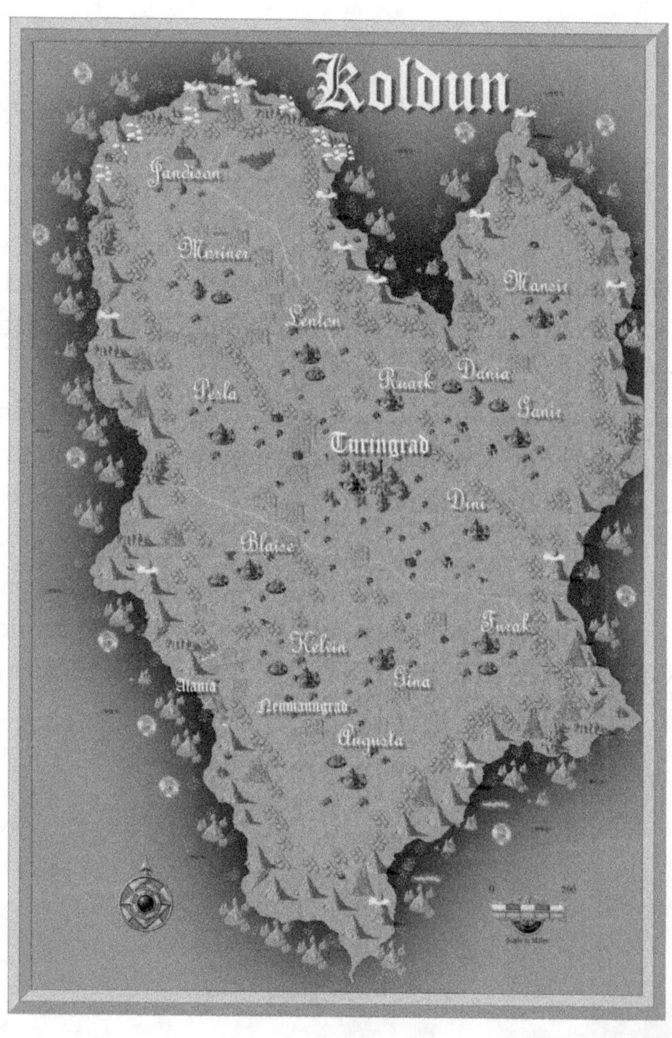
Koldun
Jandison
Meriner
Lenten
Perla
Ruark
Dania
Mansir
Ganir
Turingrad
Dini
Blaise
Turak
Kelin
Gina
Alania
Nenniangrad
Augusta

1. KAPITEL

✴BLAISE ✴

Da befand sich eine nackte Frau auf dem Fußboden in Blaises Arbeitszimmer.

Eine wunderschöne, nackte Frau.

Fassungslos starrte Blaise diese hinreißende Kreatur an, die gerade eben aus dem Nichts erschienen war. Sie schaute mit einem befremdlichen Gesichtsausdruck an sich hinunter. Offensichtlich war sie genauso überrascht darüber, hier zu sein, wie er es war, sie hier zu sehen. Ihr welliges, blondes Haar fiel ihren Rücken hinunter und verdeckte dadurch teilweise ihren Körper, der die Perfektion selbst zu sein schien. Blaise versuchte, nicht an diesen Körper zu denken, sondern sich stattdessen auf die Situation zu konzentrieren.

Eine Frau. *Sie* und kein *Es*. Blaise konnte das kaum glauben. War das möglich? Konnte dieses Mädchen das Objekt sein?

Sie saß mit ihren Beinen unter sich eingeschlagen da und stützte sich auf einem schlanken Arm ab. Diese Pose sah etwas unbeholfen aus, so als wüsste sie nicht so recht, was sie mit ihren eigenen Gliedmaßen anstellen sollte. Trotz ihrer Kurven, die sie als eine ausgewachsene Frau kennzeichneten, strahlte die völlig unbefangene Art und Weise, wie sie dort saß – die erkennen ließ, dass sie sich ihrer eigenen Reize nicht bewusst war – eine kindliche Unschuld aus.

Blaise räusperte sich und dachte darüber nach, was er sagen könnte. In seinen wildesten Träumen hätte er sich niemals vorstellen können, dass so etwas das Ergebnis dieses Projekts sein würde, welches in den letzten Monaten sein ganzes Leben bestimmt hatte.

Als sie das Geräusch hörte, drehte sie ihren Kopf, um ihn anzusehen, und Blaise bemerkte, dass sie ungewöhnlich hellblaue Augen hatte.

Sie blinzelte, legte ihren Kopf leicht zur Seite und nahm ihn mit sichtbarer Neugier in Augenschein. Blaise fragte sich, was sie wohl gerade sah. Er hatte seit zwei Wochen kein Tageslicht mehr gesehen, und es würde ihn nicht wundern, wenn er im Moment wie ein verrückter Zauberer aussah. Sein Gesicht war von etwa einer Woche alten Bartstoppeln übersät, und er wusste, dass sein dunkles Haar ungekämmt war und in alle Richtungen abstand. Hätte er gewusst, dass er heute einer so wunderschönen Frau gegenüberstehen würde, hätte er am Morgen einen Pflegezauber gewirkt.

»Wer bin ich?«, fragte sie und verunsicherte Blaise damit. Ihre Stimme war weich und feminin, genauso anziehend wie der Rest von ihr. »Wo bin ich? Was ist das hier für ein Ort?«

»Das weißt du nicht?« Blaise war froh, endlich einen halb zusammenhängenden Satz herausbekommen zu haben. »Du weißt weder wer du bist noch wo du bist?«

Sie schüttelte den Kopf. »Nein.«

Blaise schluckte. »Ich verstehe.«

»Was bin ich?«, fragte sie erneut und blickte ihn mit diesen unglaublichen Augen an.

»Also«, sagte Blaise langsam, »wenn du kein grausamer Scherzbold oder ein Produkt meiner Einbildung bist, dann ist das jetzt etwas schwierig zu erklären …«

Sie beobachtete seinen Mund, während er sprach, und als er aufhörte, sah sie wieder auf, und ihre Blicke trafen sich. »Das ist eigenartig«, sagte sie, »solche Worte in der Realität zu hören. Das waren gerade die ersten wirklichen Worte, die ich jemals gehört habe.«

Blaise fühlte, wie ihm ein Schauer über den Rücken lief. Er stand von seinem Stuhl auf und begann, hin und her zu gehen, sorgsam darauf bedacht, seinen Blick von ihrem nackten Körper abzuwenden. Er hatte damit gerechnet, dass etwas erschien. Ein magisches Objekt, eine Sache. Er hatte nur nicht gewusst, welche Form es annehmen würde. Ein Spiegel vielleicht, oder eine Lampe. Vielleicht sogar so etwas Ungewöhnliches wie die Lebensspeicher-Sphäre, die wie ein großer, runder Diamant auf seinem Arbeitstisch stand.

Aber eine Person? Und dann auch noch weiblich?

Zugegeben, er hatte versucht, dem Objekt Intelligenz zu geben und die Fähigkeit, menschliche Sprache zu verstehen, um diese in den Code umzuwandeln. Vielleicht sollte er gar nicht so überrascht sein, dass die Intelligenz, die er herbeigerufen hatte, eine menschliche Form angenommen hatte.

Eine wunderschöne, weibliche, sinnliche Hülle.

Konzentriere dich Blaise, konzentriere dich!

»Wieso läufst du so herum?« Sie stand langsam auf, und ihre Bewegungen waren dabei unsicher und eigenartig tollpatschig. »Sollte ich auch umhergehen? Unterhalten sich Menschen so miteinander?«

Blaise hielt vor ihr an und bemühte sich, seine Augen oberhalb ihres Halses zu behalten. »Es tut mir leid. Ich bin es nicht gewohnt, nackte Frauen in meinem Arbeitszimmer zu haben.«

Sie fuhr sich mit ihren Händen an ihrem Körper hinunter, so als würde sie ihn zum allerersten Mal fühlen. Was auch immer sie vorhatte, Blaise fand diese

Bewegung höchst erotisch.

»Stimmt etwas mit meinem Aussehen nicht?«, wollte sie von ihm wissen. Das war so eine typisch weibliche Sorge, dass Blaise ein Lächeln unterdrücken musste.

»Ganz im Gegenteil«, versicherte er ihr. »Du siehst unvorstellbar gut aus.« So gut sogar, dass er Schwierigkeiten hatte, sich auf etwas anderes als auf ihre Rundungen zu konzentrieren. Sie war mittelgroß und so perfekt proportioniert, dass sie als Vorlage für einen Bildhauer hätte dienen können.

»Warum sehe ich so aus?« Ein leichtes Runzeln erschien auf ihrer glatten Stirn. »Was bin ich?« Der letzte Teil schien sie am meisten zu beschäftigen.

Blaise holte tief Luft und versuchte, seinen rasenden Puls zu beruhigen. »Ich denke, ich könnte da eine Vermutung wagen, aber bevor ich das mache, möchte ich dir erst einmal etwas zum Anziehen geben. Bitte warte hier – ich bin sofort wieder zurück.«

Ohne eine Antwort abzuwarten, eilte er zur Tür.

* * *

Er verließ sein Arbeitszimmer und ging rasch zum anderen Ende des Hauses, zu *ihrem Zimmer*, wie er den halbleeren Raum in Gedanken immer noch nannte. Dort hatte Augusta immer ihre Sachen aufbewahrt, als sie noch zusammen gewesen waren – eine Zeit, die jetzt

Ewigkeiten her zu sein schien. Trotzdem war es für ihn genauso schmerzhaft, den verstaubten Raum zu betreten, wie es das vor zwei Jahren gewesen war. Sich von der Frau zu trennen, mit der er acht Jahre zusammen gewesen war – der Frau, die er eigentlich gerade heiraten wollte –, war nicht leicht gewesen.

Blaise versuchte, sich auf sein eigentliches Anliegen zu konzentrieren, ging zum Kleiderschrank und warf einen Blick auf dessen Inhalt. Wie er gehofft hatte, befanden sich noch einige Dutzend Kleider in ihm. Wunderschöne lange Kleider aus Samt und Seide, Augustas Lieblingsstoffen. Nur Zauberer – die in der Gesellschaft die obersten Ränge bekleideten – konnten sich so einen Luxus leisten. Die normale Bevölkerung war viel zu arm, um etwas anderes als grobe, schlichte Bekleidung tragen zu können. Blaise fühlte sich ganz schlecht, wenn er über diese furchtbare Ungleichheit nachdachte, die immer noch jeden Aspekt des Lebens in Koldun betraf.

Er erinnerte sich daran, wie er und Augusta sich immer darüber gestritten hatten. Sie hatte seine Sorgen um die Normalbevölkerung nie geteilt; stattdessen genoss sie die Stellung und die Privilegien, die einem respektierten Zauberer derzeit zugestanden wurden. Wenn Blaise sich richtig erinnerte, hatte sie jeden Tag ihres Lebens ein anderes Kleid getragen, ohne Scham ihren Reichtum zur Schau gestellt.

Wenigstens würden ihm die Kleider, die sie in seinem Haus zurückgelassen hatte, jetzt mehr als gelegen kommen. Blaise nahm sich eines von ihnen – eine blaue Seidenkreation, die zweifellos ein Vermögen gekostet hatte – und ein Paar hochwertige schwarze Samtschuhe, bevor er den Raum wieder verließ, während die Staubschichten und die bitteren Erinnerungen zurückblieben.

Auf seinem Rückweg rannte er in das nackte Lebewesen. Sie stand neben dem Eingang zu seinem Arbeitszimmer und schaute sich das Gemälde an, welches sein Bruder Louie geschaffen hatte. Es stellte eine sehr idyllische Szene in einem Dorf in Blaises Herrschaftsbereich dar – das Fest nach der großen Ernte. Lachende, rotwangige Bauern tanzten miteinander, während ein Harfenspieler auf Wanderschaft im Hintergrund spielte. Blaise schaute sich dieses Gemälde sehr gerne an. Es erinnerte ihn daran, dass seine Untertanen auch gute Zeiten erlebten, ihr Leben nicht nur aus Arbeit bestand.

Das Mädchen schien es auch gerne zu betrachten – und anzufassen. Ihre Finger strichen über den Rahmen, als würden sie versuchen, die Struktur zu begreifen. Ihr nackter Körper sah von hinten genauso großartig aus wie von vorne, und Blaise bemerkte, wie seine Gedanken schon wieder in eine unangemessene Richtung abschweiften.

»Hier«, sagte er schroff, trat in sein Arbeitszimmer ein und legte das Kleid und die Schuhe auf dem staubigen Sofa ab. »Bitte zieh das hier an.« Zum ersten Mal seit Louies Tod nahm er den Zustand seines Hauses wahr – und schämte sich dafür. Augustas Raum war nicht der einzige, der von Staub bedeckt war. Selbst hier, wo er den Großteil seiner Zeit verbrachte, war die Luft muffig und abgestanden.

Esther und Maya hatten ihm wiederholt angeboten, vorbeizukommen und sauber zu machen, aber das hatte er abgelehnt, da er niemanden sehen wollte. Nicht einmal die beiden Bäuerinnen, die für ihn wie seine Mütter gewesen waren. Nach dem Debakel mit Louie wollte er einfach nur allein sein und sich vor dem Rest der Welt verstecken. Was die anderen Zauberer betraf, wurde er geächtet, war ein Außenseiter, und das störte ihn auch überhaupt nicht. Er hasste sie ja auch alle. Manchmal dachte er, die Bitterkeit würde ihn auffressen – und wahrscheinlich hätte sie das auch, wenn es nicht seine Arbeit gäbe.

In diesem Moment hob das Ergebnis dieser Arbeit, immer noch nackt wie ein Neugeborenes, das Kleid hoch und betrachtete es neugierig. »Wie ziehe ich das an?«, wollte es wissen und schaute zu ihm auf.

Blaise blinzelte. Er hatte Erfahrung darin, Frauen auszuziehen, aber ihnen in die Kleider zu helfen? Trotzdem wusste er wahrscheinlich immer noch mehr darüber als das geheimnisvolle Wesen, das vor ihm stand. Er nahm ihr das Kleid aus den Händen, schnürte den Rücken auf und hielt es ihr hin. »Hier. Steig hinein und zieh es hoch, die Arme müssen dabei in die Ärmel gesteckt werden.« Dann drehte er sich weg und versuchte angestrengt, seine Reaktion auf ihre Schönheit zu kontrollieren.

Er hörte, wie sie irgendetwas mit dem Kleid machte.

»Ich könnte ein wenig Hilfe gebrauchen«, sagte sie.

Blaise drehte sich zu ihr herum und war erleichtert, festzustellen, dass sie nur noch Hilfe dabei brauchte, die Schnüre auf dem Rücken festzuziehen. Sie hatte auch schon selbst herausgefunden, wie man sich Schuhe anzog. Das Kleid passte ihr erstaunlich gut; sie und Augusta mussten ungefähr die gleiche Größe haben, obwohl das Mädchen irgendwie zierlicher zu sein schien. »Heb dein Haar an«, forderte er sie auf, und sie hielt ihre blonden Locken mit einer unbewussten Anmut in die Höhe. Er schnürte ihr schnell das Kleid zu und trat dann sofort einen Schritt zurück, um ein wenig Abstand zwischen sie zu bringen.

Sie drehte ihm ihr Gesicht zu, und ihre Blicke trafen sich. Blaise kam nicht umhin, die kühle Intelligenz in ihrem Blick zu bemerken. Sie mochte jetzt vielleicht noch nichts wissen, aber sie lernte schnell – und funktionierte unglaublich gut, wenn das, was er über ihren Ursprung vermutete, stimmte.

Einige Sekunden lang sahen sie einander nur an, teilten ein angenehmes Schweigen. Sie schien es mit dem Reden nicht eilig zu haben. Stattdessen betrachtete sie ihn, ihre Augen fuhren über sein Gesicht und seinen Körper. Sie schien ihn genauso faszinierend zu finden wie er sie. Und das war ja auch kein Wunder – er war wahrscheinlich der erste Mensch, den sie traf.

Schließlich unterbrach sie die Stille. »Können wir jetzt reden?«

»Ja.« Blaise lächelte. »Wir können, und wir sollten.« Er ging zur Sofaecke, setzte sich in einen der Loungesessel neben dem kleinen, runden Tisch. Die Frau folgte seinem Beispiel und setzte sich in den Sessel ihm gegenüber.

»Ich befürchte, wir werden viele Antworten auf deine Frage zusammen erarbeiten müssen«, erklärte ihr Blaise, und sie nickte.

»Ich möchte es verstehen können«, antwortete sie ihm. »Was bin ich?«

Blaise atmete tief ein. »Lass mich von Anfang an beginnen«, entgegnete er ihr und zermarterte sich sein Hirn, wie er in dieser Angelegenheit am besten vorgehen sollte. »Weißt du, ich habe eine lange Zeit nach einem Weg gesucht, Magie den normalen Menschen einfacher zugänglich zu machen–«

»Steht sie im Moment nicht zur Verfügung?«, fragte sie und sah ihn eindringlich an. Er konnte sehen, dass sie sehr neugierig auf alles war und ihre Umgebung und jedes Wort, das er sagte, aufsaugte wie ein Schwamm.

»Nein, ist sie nicht. Im Moment können nur ein paar Auserwählte Magie anwenden – diejenigen, die die richtigen Voraussetzungen erfüllen, was die analytischen und mathematischen Neigungen ihres Gehirns anbelangt. Selbst die wenigen Glücklichen, die das besitzen, müssen sehr hart dafür studieren, komplexere Zauber zu wirken.«

Sie nickte, als würde das für sie Sinn ergeben. »Okay. Und was hat das alles mit mir zu tun?«

»Alles«, antwortete Blaise. »Es hat alles mit Lenard dem Großen begonnen. Er war der Erste, der herausgefunden hatte, wie man die Zauberdimension anzapft.«

»Die Zauberdimension?«

»Ja, so nennen wir den Ort, an dem der Zauber entsteht – der Ort, der es uns ermöglicht, Magie anzuwenden. Wir wissen nicht viel über sie, weil wir in der physischen Dimension leben – die wir als die reale Welt ansehen.« Blaise machte eine Pause, um zu sehen, ob sie bis jetzt Fragen dazu hatte. Er stellte sich vor, wie überwältigend das alles für sie sein musste.

Sie legte ihren Kopf auf die Seite. »Okay. Bitte mach weiter.«

»Vor etwa zweihundertundsiebzig Jahren hat Lenard der Große die ersten verbalen Zaubersprüche entwickelt

– eine Möglichkeit für uns, mit der Zauberdimension zu interagieren und die Wirklichkeit der physischen Dimension zu ändern. Es war extrem schwierig, diese Zaubersprüche richtig zu formulieren, da man dafür eine spezielle Geheimsprache benötigte. Sie mussten ganz exakt ausgesprochen und vorbereitet werden, um das gewünschte Ergebnis zu erzielen. Erst vor kurzer Zeit wurden eine einfachere magische Sprache und ein leichterer Weg, Zaubersprüche anzuwenden, erfunden.

»Wer hat das erfunden?«, fragte die Frau fasziniert.

»Augusta und ich«, gab Blaise zu. »Sie ist meine frühere Verlobte. Wir sind das, was man Zauberer nennt – diejenigen, die eine Begabung für das Studium der Magie aufweisen. Augusta hat ein magisches Objekt erschaffen, welches Deutungsstein heißt, und ich habe eine einfachere magische Sprache gefunden, die dazu passt. Jetzt kann ein Zauberer seine Zaubersprüche in einer leichteren Sprache auf Karten schreiben und sie in den Stein einführen – anstatt einen schwierigen verbalen Spruch aufzusagen.«

Sie blinzelte. »Ich verstehe.«

»Unsere Arbeit sollte die Gesellschaft zum Besseren hin verändern«, fuhr Blaise fort und versuchte dabei, die Bitterkeit aus seiner Stimme herauszuhalten. »Oder das war zumindest das, was ich gehofft hatte. Ich dachte, ein leichterer Weg, um Magie anzuwenden, würde es mehr Menschen ermöglichen, Zugang zu ihr zu bekommen, aber so hat es sich nicht entwickelt. Die mächtige Klasse der Zauberer ist noch mächtiger geworden – und noch abgeneigter, ihr Wissen mit der einfachen Bevölkerung zu teilen.«

»Ist das schlimm?«, fragte sie und schaute ihn mit ihren hellblauen Augen an.

»Das kommt darauf an, wen du fragst«, antwortete ihr Blaise und dachte dabei an Augustas gelegentliche Geringschätzung der Landarbeiter. »Ich denke, das ist schrecklich, aber ich gehöre einer Minderheit an. Den meisten Zauberern gefällt es so, wie es ist. Sie sind reich und mächtig, und es stört sie nicht, Untertanen zu haben, die in Elend und Armut leben.«

»Aber dich stört es«, sagte sie aufmerksam.

»Das tut es«, bestätigte Blaise. »Und als ich vor einem Jahr den Rat der Zauberer verlassen habe, beschloss ich, etwas dagegen zu unternehmen. Ich wollte ein magisches Objekt erschaffen, welches unsere normale Sprache versteht – ein Objekt, das von jedem benutzt werden kann, verstehst du? Auf diese Art und Weise könnte auch eine normale Person zaubern. Sie würde einfach sagen, was sie bräuchte, und das Objekt würde es umsetzen.«

Ihre Augen weiteten sich, und Blaise konnte sehen, wie sie anfing, das Ganze zu verstehen. »Willst du mir gerade sagen ...?«

»Ja«, antwortete er ihr und blickte sie an. »Ich glaube,

ich habe dieses Objekt erfolgreich erschaffen. Ich denke, du bist das Ergebnis meiner Arbeit.«

Einige Augenblicke lang saßen sie einfach nur schweigend da.

»Ich muss das Wort *Objekt* falsch verstehen«, meinte sie schließlich.

»Das tust du wahrscheinlich nicht. Der Stuhl, auf dem du sitzt, ist ein normales Objekt. Wenn du aus dem Fenster schaust, siehst du eine Chaise im Garten. Das ist ein magisches Objekt, es kann fliegen. Objekte leben nicht. Ich habe erwartet, dass du so etwas wie ein sprechender Spiegel werden würdest, aber du bist etwas völlig anderes!«

Ihre Stirn zog sich leicht in Falten. »Wenn du mich geschaffen hast, bist du dann mein Vater?«

»Nein«, wehrte Blaise sofort ab, da alles in ihm diese Vorstellung zurückwies. »Ich bin auf gar keinen Fall dein Vater.« Aus irgendeinem Grund war es für ihn wichtig, sicherzustellen, dass sie nicht so von ihm dachte. *Interessant, wohin meine Gedanken schon wieder abschweifen,* dachte er selbstironisch.

Sie sah immer noch verwirrt aus, also versuchte Blaise es ihr näher zu erklären. »Ich denke, es wäre vielleicht sinnvoller zu sagen, ich habe den Grundstein für eine Intelligenz gelegt – und habe sichergestellt, dass sie einiges an Wissen besitzt, um darauf aufzubauen – aber alles Weitere musst du selber geschaffen haben.«

Er konnte einen Funken Wiedererkennung auf ihrem Gesicht sehen. Irgendetwas an seiner Aussage hatte bei ihr etwas zum Läuten gebracht, also musste sie mehr wissen, als es auf den ersten Blick schien.

»Kannst du mir etwas von dir erzählen?«, fragte Blaise und betrachtete die wunderschöne Kreatur vor sich. »Als Erstes, wie nennst du dich?«

»Ich nenne mich gar nichts«, antwortete sie. »Wie nennst du dich?«

»Ich bin Blaise, Sohn von Dasbraw. Ich nenne mich Blaise.«

»Blaise«, wiederholte sie langsam, als würde sie sich seinen Namen auf der Zunge zergehen lassen. Ihre Stimme war weich und sinnlich, unschuldig betörend. Blaise wurde sich schmerzhaft der Tatsache bewusst, dass er schon seit zwei Jahren keiner Frau mehr so nahe gewesen war.

»Ja, das ist richtig«, gelang es ihm ruhig zu sagen. »Und wir sollten auch einen Namen für dich finden.«

»Hast du eine Idee?«, fragte sie neugierig.

»Also, meine Großmutter hieß Galina. Würdest du meiner Familie die Ehre erweisen und ihren Namen annehmen? Du könntest Galina, Tochter der Zauberdimension sein. Ich würde dich dann kurz ›Gala‹ nennen.« Die unbezwingbare alte Dame war alles andere als dieses Mädchen gewesen, welches vor ihm saß, aber trotzdem erinnerte etwas dieser leuchtenden

Intelligenz auf dem Gesicht dieser Frau ihn an sie. Er lächelte zärtlich bei diesen Erinnerungen.

»Gala«, versuchte sie zu sagen. Er konnte sehen, dass sie den Namen mochte, weil sie auch lächelte und ihm dabei ihre ebenmäßigen, weißen Zähne zeigte. Das Lächeln erleuchtete ihr ganzes Gesicht, ließ sie strahlen.

»Ja.« Blaise konnte seine Augen nicht von ihrer blendenden Schönheit abwenden. »Gala. Das passt zu dir.«

»Gala«, wiederholte sie sanft. »Gala. Du hast recht. Das passt zu mir. Aber du sagtest auch, ich sei die Tochter der Zauberdimension. Ist das meine Mutter oder mein Vater?« Sie sah ihn voller Hoffnung an.

Blaise schüttelte den Kopf. »Nein, nicht im traditionellen Sinn. Die Zauberdimension ist der Ort, an dem du dich zu dem entwickelt hast, was du jetzt bist. Weißt du irgendetwas über diesen Platz?« Er machte eine Pause und schaute sich seine erstaunliche Kreation an. »Wie viel weißt du überhaupt von dem, was geschah, bevor du hier auf dem Boden meines Arbeitszimmers auftauchtest?«

2. KAPITEL

✳AUGUSTA ✳

Augusta glitt aus dem Bett und lächelte ihren Liebhaber verführerisch an. Sie genoss das hitzige Glänzen seiner Augen und beugte sich nach unten, um ihr magentafarbenes Kleid vom Boden aufzuheben. Das wunderschöne Kleidungsstück hatte nur einen kleinen Riss abbekommen – nichts, was sie nicht mit einem einfachen verbalen Zauberspruch in Ordnung bringen könnte. Ihre Kleidung überlebte die Besuche bei Barson meistens nicht unbeschadet; wenn es eine Sache gab, die sie an dem Anführer der Garde der Zauberer genoss, war das sein rauer, leidenschaftlicher Hunger, mit dem er sie jedes Mal begrüßte.

»Ist es schon Zeit, zu gehen?«, fragte er und stützte sich auf einen Ellenbogen, um ihr besser dabei zusehen zu können, wie sie sich anzog.

»Warten deine Männer nicht auf dich?« Augusta schlüpfte in ihr Kleid und griff sich an den Kopf, um ihr langes, braunes Haar zu einem lockeren Knoten im Nacken zusammenzubinden.

»Lass sie warten.« Er hörte sich arrogant an, wie immer. Augusta mochte das an Barson – dieses unerschütterliche Selbstvertrauen, das sich in allem widerspiegelte, was er tat. Er war zwar kein Zauberer, aber als der Anführer der militärischen Elitetruppe, die Gesetz und Ordnung in ihrer Gesellschaft sicherstellte, strahlte er sehr viel Macht aus.

»Die Rebellen werden aber nicht warten«, erinnerte Augusta ihn. »Wir müssen sie aufhalten, bevor sie näher an Turingrad herankommen.«

»Wir?« Seine dicken Augenbrauen zogen sich überrascht nach oben. Mit seinem kurzen, dunklen Haar und seiner olivfarbenen Haut war er einer der attraktivsten Männer, die sie kannte – ihren ehemaligen Verlobten vielleicht ausgenommen.

Denk jetzt nicht an Blaise. »Ach«, antwortete Augusta wie nebenbei, »habe ich vergessen zu erwähnen, dass ich mit dir komme?«

Barson setzte sich im Bett auf, und die Muskeln seiner großen Gestalt spannten sich an und bewegten sich bei jeder Bewegung. »Du weißt, du hast es nicht getan«, knurrte er, aber Augusta wusste, dass ihm diese Entwicklung gefiel. Er hatte versucht, sie davon zu überzeugen, mehr Zeit mit ihm zu verbringen, ihre Beziehung öffentlich zu machen, und Augusta hatte sich gedacht, dass es jetzt an der Zeit sei, langsam damit anzufangen.

Nach ihrer schmerzhaften Trennung von Blaise vor zwei Jahren war alles, was sie gewollt hatte, eine unkomplizierte Affäre – leidenschaftliche Treffen und nichts weiter. Ihre acht Jahre andauernde Beziehung zu Blaise endete sechs Monate, bevor eigentlich ihre Hochzeit stattfinden sollte, und zu jener Zeit wusste sie nicht, ob sie jemals wieder einem anderen Mann vertrauen könnte. Sie hatte gedacht, dass alles, was sie bräuchte, ein Bettgefährte sei, ein warmer Körper, der sie die innere Leere vergessen lassen würde – und zu diesem Zweck hatte sie sich den Hauptmann der Wache ausgesucht.

Zu ihrer Überraschung wuchs und entwickelte sich diese schlichte Affäre. Mit der Zeit stellte Augusta fest, dass sie ihren neuen Liebhaber mochte und bewunderte. Er war nicht so intellektuell wie Blaise, aber auf seine Art war er ziemlich intelligent – und sie bemerkte, dass sie seine Gesellschaft auch außerhalb des Schlafzimmers genoss. Deshalb hatte sie sich, als sie von der Rebellion im Norden hörte, entschlossen, dass das die perfekte

Gelegenheit sei, Barson bei dem zu beobachten, was er am besten tat – ihre Art, zu leben, zu beschützen und die Bauern unter Kontrolle zu halten.

Er stand auf, zog seine Rüstung an und drehte sich zu ihr um. »Hat dich der Rat gebeten, mit uns zu kommen?«

»Nein«, beruhigte Augusta ihn. »Ich komme von mir aus mit.« Es wäre eine Beleidigung für die Garde, wenn der Rat dachte, dass sie nicht in der Lage sei, einen kleinen Aufstand zu unterdrücken, und deshalb die Zauberin baten, ihr zu helfen. Sie begleitete sie einzig und allein, um Zeit mit Barson zu verbringen – und weil sie dabei zusehen wollte, wie die Rebellen zerquetscht werden würden, wie es sich für solche Würmer gehörte.

»In diesem Fall«, meinte er, und seine dunklen Augen funkelten voller Vorfreude, »lass uns losgehen.«

* * *

Augusta ritt neben Barson und fühlte die rhythmischen Bewegungen des Pferdes unter sich. Sie bemerkte die neugierigen Blicke der anderen Soldaten, aber diese interessierten sie nicht. Als eine Zauberin des Rates war sie an Aufmerksamkeit gewöhnt; sie sehnte sich sogar auf einer gewissen Weise danach.

Es war eigenartig, auf einem richtigen, lebenden Pferd zu reiten. Sie hatte sich an die fliegende Chaise gewöhnt – ihre neueste Erfindung, die das Reisen für Zauberer revolutioniert hatte –, und sie konnte sich nicht daran erinnern, wann sie sich das letzte Mal ganz altmodisch irgendwohin bewegt hatte. Der einzige Grund, das jetzt zu tun, war Barsons Weigerung, während seines Dienstes mit ihr auf der Chaise zu sein, und sie wollte nicht ganz allein über den Wächtern in der Luft schweben.

»Um wie viele Rebellen handelt es sich denn?«, fragte sie Barson, da sie die Tatsache überraschte, dass ihn nur etwa fünfzig Männer begleiteten.

»Ganir meinte, es seien an die dreihundert«, antwortete ihr Barson, und Augusta kräuselte ihre Nase, als der Name des Vorsitzenden des Rates fiel. Ganir schien momentan seine Spione überall zu haben. Unter dem Vorwand, den Rat beschützen zu wollen, schien der alte Zauberer mit jedem Tag mächtiger zu werden, eine Entwicklung, die Augusta beunruhigte. Sie hatte immer den Eindruck gehabt, der alte Mann würde sie nicht mögen, und sie wollte nicht darüber nachdenken, was passieren könnte, falls er sich aus irgendeinem Grund gegen sie wandte.

Sie konzentrierte sich wieder auf die Sache, die vor ihnen lag, und sah ihn fragend an. »Und da hast du nur fünfzig Soldaten mitgenommen?«

Er lachte. »Nur fünfzig? Wahrscheinlich sind das immer noch zwanzig zu viel. Jeder meiner Männer ist mindestens so viel wert wie zehn dieser Bauern.« Dann fügte er ernsthafter hinzu: «Durch die Unruhen überall dachte ich außerdem, es sei das Beste, Turingrad und den Turm nicht grundlos ungeschützt zurückzulassen – und glaub mir, dreihundert Bauern sind kein guter Grund.«

Augusta grinste ihn an und war einmal wieder seinem arroganten Charme erlegen. »Da hast du natürlich recht. Außerdem hast du ja auch noch mich dabei.« Zauberer benutzten ihre Magie selten gegen die normale Bevölkerung, aber sie hätten es tun können, besonders dann, wenn sie sich in Gefahr befanden. Augusta zweifelte nicht daran, alle Rebellen eigenhändig unterdrücken zu können, aber das war nicht ihre Aufgabe. Dafür gab es die Soldaten.

Diese kleine Rebellion, wie so viele andere in den letzten Jahren, war zweifellos durch die Dürre ausgelöst worden. Das war eine unglückliche Sache, und Augusta konnte verstehen, dass die ruinierten Ernten und die hohen Lebensmittelpreise die Bauern nicht glücklich machten – aber trotzdem war ihr von Ganir angekündigter Marsch auf Turingrad nicht akzeptabel.

Der Norden Kolduns – aus dem diese Rebellen kamen – war besonders schwer getroffen. Augustas eigenes Gebiet lag weiter im Süden, aber selbst ihre Untertanen beschwerten sich über die Lebensmittelknappheit. Sie würden natürlich keinen

Aufstand wagen, aber Augusta konnte nicht übersehen, wie unglücklich sie waren. Seit fast zwei Jahren war kaum Regen gefallen, und es wurde immer schwieriger, Korn zu bekommen. Augusta gab ihr Bestes, um das gesamte erhältliche Korn zu erstehen und es zu ihrer Bevölkerung zu schicken, aber diese undankbaren Wesen beschwerten sich immer noch.

»Wer ist denn der Herrscher über das Reich, aus dem die Rebellen kommen? Jandison oder Moriner?«, wollte sie wissen, da sie sich fragte, welcher Zauberer seine eigenen Untertanen nicht kontrollieren konnte.

»Jandison.«

Jandison. Das erklärte einiges, dachte Augusta. Trotz seines fortgeschrittenen Alters und seiner Position im Rat wurde Jandison als ein Schwächling angesehen. Er war hervorragend, wenn es um Teleportation ging – zugegebenermaßen eine nützliche Fähigkeit –, hatte aber ansonsten keinerlei besondere Fähigkeiten. Wie er es geschafft hatte, in den Rat zu kommen – einem Regierungsorgan, welches sich aus den mächtigsten Zauberern zusammensetzte –, würde Augusta niemals verstehen.

»Einige der Bauern sind in die Berge geflüchtet«, meinte Barson und sah von der Situation genervt aus. »Andere haben beschlossen, zu rebellieren. Dort herrscht das Chaos.«

»In die Berge?« Augusta konnte ihr Entsetzen nicht

verbergen. Die Berge, die das Territorium von Koldun umgaben, dienten als ein natürlicher Schutz vor den starken Stürmen, die hinter ihnen wüteten. Nur die furchtlosesten Forscher wagten sich dorthin, da das Wetter unvorhersehbar war und sich der gefährliche Ozean ganz in der Nähe befand. Und diese Bauern gingen wirklich in die Berge?

»Ja«, bestätigte Barson. »Mindestens zwanzig Personen aus Jandisons nördlichstem Dorf sind dorthin geflohen.«

»Die sind doch lebensmüde«, meinte Augusta und schüttelte ihren Kopf. »Würde jemand, der richtig im Kopf ist, so etwas machen?«

»Jemand, der verzweifelt und hungrig ist, schon, könnte ich mir vorstellen.« Ihr Liebhaber warf ihr einen ironischen Blick zu. »Du weißt nicht, wie sich Hunger anfühlt, stimmt's?«

»Nein«, gab Augusta zu. Die meisten Zauberer aßen nur zu ihrem Vergnügen; Zaubersprüche, die die Versorgung des Körpers sicherstellten, waren einfach – und eine der ersten Sachen, die Eltern ihren Kindern beibrachten. Augusta hatte solche Sprüche mit drei Jahren beherrscht – und seitdem nie wieder Hunger verspürt.

Barson lächelte als Antwort darauf und streckte seinen Arm aus, um sie mit seiner großen, von Hornhaut überzogenen Hand zu berühren.

3. KAPITEL

✳ GALA ✳

Gala blickte den großen, breitschultrigen Mann an, der sie erschaffen hatte, und überlegte, auf welche Weise sie ihm am besten antworten konnte. Sie hatte Schwierigkeiten, sich zu konzentrieren, da ihre Sinne von ihrer Anwesenheit hier, diesem Ort, den Blaise die physische Dimension nannte, überwältigt wurden. Ihr Körper reagierte auf die unterschiedlichen Einflüsse auf eine eigenartige und unvorhersehbare Weise. Ihr Gehirn versuchte, alle Bilder, Geräusche und Gerüche aufzunehmen, um alles zu verstehen.

Eine besonders große Ablenkung war Blaise selbst. Sie konnte nicht aufhören, ihn anzuschauen, da er anders war als alles, was sie bis jetzt gesehen hatte.

Irgendetwas an der kantigen Symmetrie seines Gesichts zog sie an und hallte in ihr auf eine Art und Weise nach, die sie nicht ganz verstand. Sie mochte alles an ihm, angefangen von der blauen Farbe seiner Augen bis hin zu den dunklen Stoppeln, die sein kräftiges Kinn bedeckten. Sie fragte sich, ob es akzeptabel sei, wenn sie sich ausstrecken und sein Haar berühren würde – diese kurzen, fast schwarzen Locken, die sich so stark von ihren eigenen blassen Strähnen unterschieden.

Zuerst aber wollte sie seine Frage beantworten. Sie konzentrierte sich und dachte daran zurück, was in der Zeit passiert war, bevor sie zum ersten Mal Realität wahrgenommen hatte. »Ich erinnere mich daran, existiert zu haben«, antwortete sie ihm langsam und versuchte die eigenartigen Empfindungen des Anfangs in Worte zu fassen.

»Du meinst, du hast eine Zeit lang existiert, ohne es zu bemerken?«, fragte er, und seine dunklen Augenbrauen zogen sich leicht zusammen. Gala dachte, dass diese Mimik wohl Verwirrtheit ausdrückte, da ihre eigenen Augenbrauen das Gleiche machten, wenn sie etwas nicht verstand.

»Es ist, als ob es zwei Arten gab, auf die ich existiert habe«, versuchte sie zu erklären. »Eine Art würde einfach passieren. Sie hielt länger an. Wenn ich sage ›ich bemerkte, zu existieren‹, meine ich den Zeitpunkt, an dem der andere Teil von mir zum ersten Mal begriff, was ich bin. Diese Teile sind nicht getrennt; sie sind eigentlich das Gleiche. Es gibt eine eigenartige, verschlungene Verbindung zwischen ihnen, die ich nicht ganz verstehe und die ich auch nicht mit Worten erklären kann ...«

»Ich denke, ich verstehe dich«, sagte er, beugte sich nach vorn und sah sie eindringlich an. »Du hast dein Ich-Bewusstsein entdeckt. Zuerst hast du auf einer unbewussten Ebene existiert, und dann, an einem bestimmten Punkt, bist du zu einem bewussten Zustand des Seins gewechselt.« Er schien aufgeregt zu sein, dachte Gala und fand irgendwie nicht das richtige Wort, den emotionalen Zustand ihres Schöpfers zu beschreiben.

»Was ist der Unterschied zwischen dem bewussten und dem unbewussten Zustand?«, fragte sie wissensdurstig.

»Ich bin ein Mensch, und die unbewussten Teile meines Hirns kümmern sich um solche Sachen wie Atmung oder Herzschlag«, antwortete er ihr mit leuchtenden Augen. »Wenn ich renne, erarbeitet mein Unterbewusstsein komplexe Abläufe, damit ich meine Beine bewegen kann. Einige Zauberer denken auch, dass in diesem Teil des Kopfes die Träume entstehen.«

»Ich bin kein Mensch«, warf Gala ein und schaute ihn an. So viel wusste sie jetzt. Sie war etwas anderes und musste herausfinden, was genau sie war.

Er lächelte – ein Ausdruck, der sein Gesicht für sie noch faszinierender machte. »Nein«, sagte er sanft, »das bist du nicht. Aber du wirkst definitiv wie einer auf mich.«

»Aber das war gar nicht deine Absicht, richtig?«

»Richtig«, bestätigte er. »Trotzdem basieren die Teile von dir, die ich entworfen habe, auf der theoretischen Vorstellung davon, wie menschliche Gehirne funktionieren könnten. Lenard der Große war der Erste, der diese bewusst-unbewusste Dynamik entdeckte, und seine Arbeit hat mich immer fasziniert. Ich habe Zaubersprüche bei Menschen angewandt, welche mir einen Einblick in ihren Zustand gaben, und das war mein Ausgangspunkt für dich. Außerdem bekam ich ein wenig Hilfe aus Lenards Werken. Der Zauberspruch, der dich erschaffen hat, war dafür gedacht, eine verbundene Struktur einzelner Punkte zu schaffen, welche lernfähig sind. Milliarden und Abermilliarden von Punkten in der Zauberdimension, die alle magisch zusammengehalten werden.

Wie interessant, dachte Gala und beobachtete, wie sein Gesicht immer lebhafter wurde, während er sprach.

»Und als ich den Zauber dann gewirkt hatte«, fuhr er fort, »habe ich Dutzende Momentaufnahmen des Lebens in die Zauberdimension gesandt, so viele Momentaufnahmen, wie ich in meine Finger bekommen konnte …«

»Momentaufnahmen?« Dieses Wort verstand Gala nicht.

Blaise nickte, und sein Gesichtsausdruck verdunkelte sich einen Moment lang aus unerklärlichem Grund. »Ja. Momentaufnahmen sind ein Beispiel für ein magisches Objekt. Ein Zauberer namens Ganir hat sie kürzlich erfunden. Es ist ein wenig schwierig zu erklären, was genau sie sind. Grob gesagt, wenn man eine Momentaufnahme zu sich nimmt, kann man das sehen, was jemand anderes gesehen hat. Man riecht, was er roch, und man denkt, für die Dauer des Zaubers derjenige zu sein. Du musst es erleben, um es vollständig zu verstehen.«

»Ich denke, ich verstehe es.«, antwortete ihm Gala und dachte an die eigenartigen Erfahrungen zurück, die sie gemacht hatte, bevor sie hierhergekommen war. »Das erklärt wahrscheinlich meine Traumbildcr.«

»Deine Traumbilder?«

»Ich denke, ich sah Ausschnitte aus der physischen Dimension«, erklärte Gala ihm, »es war, als ob ich in ihnen sei.« Diese Erinnerungen waren nicht schön; die meiste Zeit hatte sie sich verloren gefühlt, hatte nicht gewusst, das Leben anderer Menschen zu erfahren.

»Natürlich.« Seine Augen weiteten sich, als er verstand. »Ich sollte begriffen haben, dass wenn dein Gehirn erst einmal ausreichend entwickelt wäre, du die Momentaufnahmen genauso erleben würdest wie wir –

nur mit dem Unterschied, niemals in der wirklichen Welt gewesen zu sein und deshalb wahrscheinlich ohne jede Vorstellung davon, was gerade mit dir geschah. Das tut mir leid. Das muss sehr verwirrend für dich gewesen sein.«

Gala zuckte mit den Schultern, eine Geste, die sie ein- oder zweimal in ihren Träumen gesehen hatte. Sie nahm an, dass es Unsicherheit bedeutete. Sie war sich nicht sicher darüber, was sie über die Momentaufnahmen dachte. Die Welt durch sie zu sehen war sicher verwirrend gewesen, aber auf diese Art und Weise hatte sie eine Menge über die physische Dimension gelernt. Es gab natürlich immer noch vieles, was sie nicht wusste, aber sie war jetzt nicht so verloren, wie sie es ohne diese Aufnahmen gewesen wäre.

Blaise lächelte sie an, und ihr fiel erneut auf, wie gerne sie dieses Lächeln mochte. So eine einfache Sache, nur Lippen, die sich nach oben bewegten, und ein Aufblitzen weißer Zähne, und trotzdem hatte es eine Wirkung auf sie, wärmte sie von innen heraus, und sie wollte sein Lächeln erwidern. Und das tat sie auch, indem sie seinen Ausdruck imitierte. Seine Augen glänzten heller, und Gala spürte, das Richtige getan zu haben. Sie hatte ihm irgendwie Freude bereitet.

»So, wie ist denn die Zauberdimension eigentlich?«, fragte er und sah sie immer noch lächelnd an. »Ich kann mir nicht einmal vorstellen, wie es dort sein muss …«

Seine Stimme verlor sich, und Gala verstand, dass er hoffte, sie würde ihm etwas darüber erzählen.

Sie dachte darüber nach und versuchte den besten Weg zu finden, es ihm zu erklären. »Es ist ... anders«, sagte sie letztendlich. »Ich weiß wirklich nicht, wie ich es dir beschreiben soll. Es war nicht viel Zeit zwischen diesen Träumen, und sobald ich keine Visionen erlebte, konnte ich auch die menschlichen Sinne nicht nutzen. Es ist, als ob es Lichtblitze gab, Geräusche, Geschmack und Geruch, die aber alle auf eine andere Art und Weise zu mir kamen. Ich war nie in der Lage, sie vollständig aufzunehmen, bevor ich nicht in einen weiteren Traum versank. Und dann wurde ich hierhergezogen ...«

»Hierhergezogen?«

»Ja, so hat es sich angefühlt«, bestätigte ihm Gala. »Es war so, als würde mich etwas hierherziehen, zu diesem Ort, den du die physische Dimension nennst.« Sie machte eine kurze Pause. »Etwas, was mich zu dir gezogen hat.«

4. KAPITEL

✲BLAISE ✲

Was sie zu ihm gezogen hatte. Sie war also zu ihm gezogen worden.

Das musste der letzte Zauber, den er ausgeführt hatte, gewesen sein, der Gala in sein Arbeitszimmer gezogen hatte, begriff Blaise. Er hatte versucht, eine physische Erscheinungsform des magischen Objekts zu erreichen, und stattdessen hatte er Gala hierhergebracht, in die physische Dimension.

Sie sah ihn mit großen, blauen Augen an, betrachtete ihn mit dieser eigenwilligen Mischung aus kindlicher Neugier und scharfer Intelligenz. Blaise fragte sich, was sie wohl gerade dachte. Hatte sie die gleichen Gefühle wie ein normaler Mensch? Verstand sie das Konzept von Gefühlen überhaupt? Ihre Reaktionen ließen darauf schließen, dass sie das tat. Sie hatte sein Lächeln erwidert, also schien sie zumindest ein paar Gesichtsausdrücke zu kennen.

»Ich möchte sie sehen«, sagte sie plötzlich und lehnte sich nach vorne. »Blaise, ich möchte mehr von dieser Welt erfahren. Ich möchte diesen Ort kennenlernen. Kannst du ihn mir bitte zeigen?«

»Selbstverständlich«, antwortete ihr Blaise und stand auf. Er hatte noch eine Million Fragen mehr an sie, aber sie war wahrscheinlich noch wissbegieriger. »Lass mich damit beginnen, dir das Haus zu zeigen.«

Er begann die Führung in der oberen Etage, in der sich sein Arbeitszimmer und die Schlafzimmer befanden. Gala schlenderte hinter ihm her und hörte aufmerksam seinen Erklärungen für die Bestimmung eines jeden Raumes zu. Alles schien sie zu faszinieren, angefangen von dem Schrank mit Augustas Kleidern bis hin zu den verglasten Fenstern in Blaises Schlafzimmer.

Sie ging zu einem besonders großen, kletterte auf die Fensterbank, presste ihre Nase gegen das Glas und blickte nach draußen. Blaise war wie verzaubert von ihrem Anblick und konnte sein Lächeln nicht unterdrücken.

»Was ist dort draußen?«, fragte sie und drehte ihren Kopf, um ihn anzusehen. »Ich möchte dorthin gehen.«

»Das ist mein Garten«, erklärte ihr Blaise und kam

näher, um ihr dabei zu helfen, von der Fensterbank herunterzuklettern. »Ich kann ihn dir gerne als Nächstes zeigen.«

Er streckte seinen Arm aus, ergriff ihre Hand und half Gala vorsichtig nach unten. Ihre Hand fühlte sich in seinem Griff klein und warm an. Blaise staunte erneut über die strahlende Schönheit seiner Kreation … und die Stärke seiner eigenen Reaktion auf sie. Er hatte sich seit einer langen Zeit nicht mehr so stark zu einer Frau hingezogen gefühlt, nicht mehr seit Augusta …

Denk nicht an sie, sagte er sich, als er den vertrauten Schmerz in seiner Brust spürte. Die Tatsache, dass seine ehemalige Verlobte seine Gedanken noch in einem so großen Ausmaß beschäftigte, machte ihn wütend. Nach der Art und Weise, wie sie ihn betrogen hatte, hatte er alles getan, sie aus seinem Gedächtnis zu löschen, aber das war nicht so einfach.

Er kannte Augusta seit über zehn Jahren, seit er sie an der Akademie getroffen hatte, als sie beide noch Akolyten waren. Er hatte sie immer schön gefunden, mit ihren dunklen, glänzenden Locken, aber erst als sie angefangen hatten, zusammen am Deutungsstein zu arbeiten, hatte er sich in sie verliebt. Sie schienen das perfekte Paar zu sein, da sie beide jung und ehrgeizig waren, auch wenn sie nicht immer der gleichen Meinung waren. Jahrelang war ihre Leidenschaft – die für die Arbeit und auch die füreinander – ausreichend gewesen, um ihre Differenzen zu überbrücken. Bis zu Louies Verhandlung hatte Blaise nie bemerkt, wie groß der Unterschied zwischen ihnen wirklich war.

»Komm mit mir«, forderte er sie auf und zwang sich, Galas Hand loszulassen. »Lass uns nach unten gehen.«

Sie stiegen die Treppen hinab und gingen durch einen langen Flur zum Garten. Gala berührte weiterhin alles, was sich auf dem Weg befand, indem sie ihre Finger über jede neue Oberfläche gleiten ließ, auf die sie stieß.

Schließlich waren sie draußen.

»Das ist mein Garten«, erklärte ihr Blaise und deutete auf die große, grüne Fläche vor ihnen. »Er ist gerade ein wenig überwuchert ...«

»Er ist wunderschön«, entgegnete Gala langsam und drehte sich im Kreis. Sie sah ganz hingerissen aus. »Oh, eure physische Dimension ist so wunderschön, Blaise ...«

»Ja«, murmelte Blaise, der von ihr wie hypnotisiert war. »Da hast du recht, das ist sie.« Er blinzelte und zwang sich, von ihr wegzuschauen, auf etwas anderes als auf ihre großartige Erscheinung zu blicken.

Sie lachte glücklich und zog damit erneut seine Aufmerksamkeit auf sich. Er sah, wie sie nach einem leuchtend bunten Schmetterling griff, der auf einer weißen Blume saß. Sie hatte Gefühle, erkannte er, als er ihr vor Freude und Aufregung strahlendes Gesicht sah.

Er versuchte diese vertraute Umgebung so zu sehen, wie sie Gala wahrscheinlich wahrnahm, und musste zugeben, dass der Garten eine wilde Schönheit ausstrahlte. Seine Mutter war hervorragend im Umgang mit Pflanzen gewesen, hatte die richtigen Zauber angewandt, um das Wachstum der Blumen und Obstbäume zu unterstützen, und Blaise konnte immer noch überall Spuren ihrer Magie entdecken.

»Möchtest du etwas Interessantes sehen?«, fragte er spontan, da er mehr dieser strahlenden Freude auf Galas Gesicht sehen wollte.

»Ja«, antwortete sie ihm sofort. »Bitte.«

»Dann schau her«, forderte Blaise sie auf und begann einen einfachen verbalen Zauberspruch. Er hielt eine Hand ausgestreckt und konzentrierte sich darauf, die Lichtpartikel zu manipulieren, sie so zu lenken, dass sie sich auf seiner nach oben gedrehten Handfläche sammelten. Jedes Wort, jeder Satz, den er sprach, war Teil eines komplexen Codes, der es ihm ermöglichte, zu zaubern. Als er mit der Logik und den Anweisungen des Spruchs zufrieden war, nutzte er den Deutungsspruch – eine komplexe Litanei, die jeder verbale Zauber am Ende erforderte –, um das alles in die Zauberdimension zu übertragen. Und dann wartete er.

Einige Sekunden später begann die Luft über seiner ausgestreckten Hand zu flimmern, und ein heller, leuchtender Umriss begann sich zu formen. Nach kurzer Zeit befand sich dort eine Rose, die vollständig aus Licht bestand und einige Zentimeter über seiner Hand schwebte.

»Sie ist so wunderschön«, hauchte Gala und betrachtete seine kleine Vorführung mit einem bewundernden Gesichtsausdruck. Sie streckte ihren Arm aus und berührte die Rose, ihre Finger glitten dabei genau durch die Lichtansammlung.

Blaise grinste und freute sich, sie mit etwas so Einfachem beeindrucken zu können. Wenn man ihren Ursprung bedachte, würde sie wahrscheinlich in der Lage sein, das Gleiche und noch viel mehr zu machen.

Sehr viel mehr, dachte er und versuchte sich vorzustellen, wie mächtig jemand sein könnte, der in der Zauberdimension geboren wurde. Es war ein wenig zu früh, Galas Fähigkeiten zu erforschen, aber Blaise hatte das Gefühl, sie würde anders als alles sein, was die Welt bis jetzt gesehen hatte.

* * *

Nachdem Gala genug vom Garten hatte, führte Blaise sie wieder zurück ins Haus.

»Ich möchte mehr lernen«, erklärte sie ihm, als sie den Flur betraten. »Blaise, ich möchte alles lernen. Kannst du mir dabei helfen?«

Er dachte über ihren Wunsch nach. Sie könnte mehr

Momentaufnahmen nehmen und auf diese Weise mehr von der Welt sehen, oder er könnte versuchen, ihr Bücher zu geben. Es war möglich, dass sie die geschriebene Sprache genauso gut verstand wie die gesprochene, da einige der Momentaufnahmen, die er in die Zauberdimension gesandt hatte – die Momentaufnahmen, die den Grundstein für ihr derzeit vorhandenes Wissen gelegt hatten – von Lehrern gewesen waren, die das Lesen unterrichteten.

Er entschloss sich für die zweite Variante, sie zuerst ganz altmodisch aus Büchern lernen zu lassen. So interessant es auch war, in das Leben anderer Menschen einzutauchen, es war trotzdem kein Ersatz für ein gutes Buch. »Warum gehen wir nicht in meine Bibliothek?«, schlug er vor. »Ich möchte sehen, ob du lesen kannst.«

Gala nickte eifrig, und er führte sie in diesen staubigen Raum, in dem sich die Bücher befanden. Inmitten der alten Schinken konnte er einige von Augustas Büchern sehen, einschließlich einiger Liebesromane, die seine ehemalige Freundin gerne in ihrer Freizeit gelesen hatte. »Hier«, sagte er, nahm einen von ihnen in die Hand und reichte ihn Gala. »Versuch doch mal, das hier zu lesen.«

Was sie als Nächstes machte, fand er eigenartig. Sie schaute sich langsam die erste Seite an. Danach blickte sie schnell auf die nächste. Und dann fing sie an, die Seiten mit immer höherer Geschwindigkeit umzublättern, bis sie so schnell wurde, dass es schien, als würde sie die Seiten einfach nur durch ihre Finger gleiten lassen.

Als sie damit fertig war, starrte Blaise sie verwundert an. »Hast du gerade das ganze Buch gelesen und verstanden?«

»Ja.«

Blaise konnte seinen Ohren kaum glauben, nahm ihr das Buch ab und öffnete eine zufällige Seite, auf der er ein paar Absätze überflog. »Und wie hieß der Hauptdarsteller?«

»Ludvig.«

»Und was passierte, nachdem er seiner Frau von Lura erzählt hat?«

»Jurila schrie und schlug ihren Ehemann mit ihrer Reitgerte. In ihren dunklen Augen blitzten Feuer und Wut, und ihre wunderschönen Gesichtszüge waren vor Ärger verzerrt. Ludvig versuchte, sie zu beruhigen, da er sich vor dem fürchtete, was sie machen könnte ...«

»Warte kurz«, unterbrach Blaise sie ungläubig, nachdem er ihr dabei zugehört hatte, wie sie ihm den Absatz zitierte, welchen er gerade gelesen hatte. »Hast du dir gerade das ganze Buch gemerkt?«

Gala zuckte mit den Schultern. »Ich denke schon. Das war interessant, aber ich würde gerne noch mehr lesen. Viel mehr.«

Blaise schüttelte verblüfft seinen Kopf und griff nach

einem anderen Buch, diesmal einem dicken Schinken über die Geschichte der wissenschaftlichen Fortschritte von der Zeit der Zaubereraufklärung bis zur Gegenwart. Dieses kompakte und umfassende Werk musste von den Studenten der Zauberakademie gelesen werden. Er reichte es Gala und meinte: »Versuch das hier mal. Das könnte eine größere Herausforderung sein.«

Sie nahm das Buch und begann, es durchzublättern. Innerhalb von zwei Minuten war sie fertig.

Als sie zu ihm aufsah, glühte ihr Gesicht. »Blaise, das ist so interessant«, rief sie aus. »Ich kann gar nicht glauben, wie wenig bekannt war, bevor Lenard der Große kam. Er entdeckte diese ganzen Sachen über die Natur und darüber, wie das Gehirn funktionierte, ganz zu schweigen von der Zauberdimension …«

Blaise nickte und lächelte trotz seines Schocks. »Ja, er war ein Genie. Und seine Studenten führten seine Arbeit fort. Das war es, worum es in der Aufklärung ging. Lenard und die Zauberer, die in seine Fußstapfen traten, erhellten unsere Welt, die Naturwissenschaften und die Mathematik der Realität, die menschliche Psychologie und die Physik …«

»Ach, ich hätte ihn so gerne kennengelernt«, hauchte Gala, und ihre Augen waren vor Aufregung riesengroß. »Er erinnert mich an dich …«

»An mich?« Blaise konnte sein Lachen nicht unterdrücken. »Ich fühle mich sehr geschmeichelt, aber ich könnte mich niemals mit dem messen, was Lenard erreicht hat.«

Gala legte ihren Kopf zur Seite und schaute ihn nachdenklich an. »Ich bin mir da nicht so sicher«, sagte sie. »Immerhin hast du ja mich erschaffen.«

»Das stimmt.« Blaise musste ihr in diesem Punkt recht geben. »Ich bin mir sicher, Lenard hätte dich auch sehr gerne getroffen. Es ist wirklich sehr schade, dass er vor zwei Jahrhunderten verschwand. Seine Errungenschaften leben aber in all diesen Büchern weiter.« Er machte eine Handbewegung durch den Raum.

Sie drehte sich herum, um auf die Bücherregale zu schauen, ging dann zu einem hinüber und ließ ihre Finger leicht über die staubigen Buchrücken gleiten.

»Wenn du mehr lesen möchtest, kannst du gerne meine ganze Bibliothek nutzen«, bot Blaise ihr an, als er sah, wie sehr sie von den Büchern angezogen wurde. »Sie ist nicht so umfassend wie die im Turm, aber sie sollte sogar dich für eine Weile beschäftigen können.«

»Ich werde mit ein paar weiteren Romanen beginnen, denke ich«, sagte sie und drehte den Kopf zu ihm, um ihm ein umwerfendes Lächeln zu schenken. »Das erste Buch war schwieriger für mich.«

»Du fandest den Liebesroman schwieriger?«

»Natürlich«, antwortete sie ihm ernst. »Das zweite Buch ergab viel mehr Sinn, und es war leicht zu lesen, die Romanze dagegen war eine Herausforderung. Ich habe nicht alle Handlungen dieser Menschen vollständig verstanden.«

Blaise blickte sie an. »Ich verstehe. Lies einfach, was immer du möchtest. Meine Bibliothek steht dir zur Verfügung.«

Gala grinste ihn an, stürzte sich mit kindlicher Begeisterung auf ein anderes Buch und überflog es mit der gleichen unmenschlichen Geschwindigkeit.

Blaise atmete tief und beruhigend ein, bevor er sich dazu entschied, sie einfach machen zu lassen, und den Raum verließ.

Er brauchte etwas Zeit für sich, um herauszufinden, was genau passiert war, und um darüber nachzudenken, was er als Nächstes tun sollte.

* * *

Er betrat sein Arbeitszimmer und setzte sich an seinen Schreibtisch. Aus reiner Gewohnheit stach er sich in den Finger, um die Aufzeichnung einer Momentaufnahme zu beginnen. Er nahm sich in letzter Zeit immer bei der Arbeit auf, nur für den Fall, dass er eine Erleuchtung haben würde und sie später noch einmal erleben könnte.

Natürlich erwartete er nicht, genau jetzt eine Erleuchtung über Gala zu bekommen. Was heute geschehen war, war so unglaublich, dass er kaum beginnen konnte, es zu verarbeiten.

Er hatte ein magisches Lebewesen erschaffen. Ein superintelligentes, magisches Wesen mit einem Potenzial für unvorstellbare Kräfte.

Das Wesen war außerdem die schönste Frau, die er jemals gesehen hatte.

Zurückblickend ergab die Tatsache, dass Gala eine menschliche Form angenommen hatte, auf jeden Fall Sinn. Blaise hatte darauf hingearbeitet, eine Intelligenz zu entwickeln, die der menschlichen sehr ähnlich war – eine Intelligenz, die die normale gesprochene Sprache verstehen und direkt in den Zaubercode umwandeln konnte, ohne irgendwelche magischen Objekte oder Zaubersprüche benutzen zu müssen. Er hätte die Möglichkeit, sie könne eine menschliche Gestalt annehmen wollen, in Betracht ziehen müssen.

Aber das hatte er nicht. Stattdessen war er davon überzeugt gewesen, dass ein intelligentes Objekt, welches in der Zauberdimension geschaffen wurde, von jedem benutzt werden könnte, ganz unabhängig von seiner Begabung für Zauberei. So ein Objekt – besonders wenn es in großen Mengen hergestellt werden könnte – wäre etwas, was alles ändern könnte. Vielleicht würde es sogar das beenden, was die Aufklärung begonnen hatte, und das Klassensystem in ihrer Gesellschaft für immer aufheben.

Gala war nicht der Gegenstand, den er eigentlich erschaffen wollte, aber das machte nichts. Sie war etwas anderes, etwas viel Wundervolleres.

Sein Bruder Louie wäre stolz auf ihn, dachte Blaise und griff nach seinen Aufzeichnungen.

5. KAPITEL

❊ AUGUSTA ❊

Die Sonne begann unterzugehen, und Barson befahl, das Nachtlager zu errichten. Augusta stieg erleichtert von ihrem Pferd und streckte sich, da ihr Körper von der ungewohnten Bewegung schmerzte. Sie würde später einen Heilzauber bei sich anwenden müssen; ansonsten könnte sie morgen steif sein.

»Zeit für deine Männer, zu Abend zu essen?«, fragte sie, während sie Barson zu dem Zelt folgte, welches die Soldaten schon für ihn aufstellten.

»Erst Training, danach Essen«, antwortete er ihr und hob zuvorkommend die Zeltwand für sie an. »Du kannst dich ein wenig ausruhen, wenn du möchtest. In einer Stunde etwa sollte ich zu dir stoßen.«

»In einem Zelt schlafen, während die Jungs mit den Schwertern spielen?« Augusta hob ihre Augenbrauen und schaute ihn an. »Du machst Witze, oder? Auf gar keinen Fall werde ich mir das entgehen lassen.«

Er grinste sie an. »Dann komm mit und schau zu.«

Sie gingen zusammen zu einer kleinen Lichtung, auf der sich schon die meisten Soldaten versammelt hatten. Als sie sich näherten, traten Barsons Männer respektvoll zur Seite, um ihnen den Weg frei zu machen.

»Warum nimmst du nicht deine Chaise?«, schlug Barson vor und drehte sich zu ihr herum. »Du wirst eine bessere Sicht haben, und es wird dich sicher aus dem Kampfgebiet heraushalten.«

Augusta lächelte, erfreut darüber, dass er sich solche Gedanken um sie machte. »Natürlich, ich werde sie holen gehen.« Auch wenn sie auf dem Pferd bis hierher geritten war, hatte sie die Chaise in einiger Entfernung nachkommen lassen, falls sie sie bräuchte.

Sie zog ihren Deutungsstein hervor – einen glänzenden, schwarzen Brocken, der aussah wie ein großes, poliertes Kohlestück mit einem Schlitz in der Mitte –, lud ihn mit einem vorgeschriebenen Zauberspruch, der ihre Chaise herbeirufen würde, und wartete. Zwei Minuten später kam die Chaise und landete sanft auf dem Gras. Sie war tiefrot und hatte die Form des Möbelstücks, nach welchem sie benannt war. Die Chaise war aus einem speziellen Material gefertigt, welches aussah wie Glas, aber sich weich und warm anfühlte wie ein gepolsterter Plüschsessel. Augusta hatte dieses magische Objekt erst vor kurzer Zeit erfunden, und es hatte sich sofort unter den Zauberern verbreitet. Es wirkte hier, zwischen den ganzen Bäumen, ziemlich fehl am Platz, und Augusta musste fast laut auflachen, als sie die Gesichtsausdrücke der Männer sah, die sie anstarrten.

Sie kletterte auf ihre Chaise und vollführte einen schnellen verbalen Spruch, um sich in die Luft zu erheben und zum rechten Rand der Lichtung zu fliegen. Dann machte sie es sich mit angezogenen Beinen bequem und lehnte sich über eine der Seiten, um dem Spektakel zu folgen, welches sich unten gleich abspielen würde.

* * *

Bogenschießen war zuerst an der Reihe.

Augusta schaute fasziniert dabei zu, wie ein Mann einen eigenartigen Pfeil abschoss. Lang und mit zusätzlichen Federn bedeckt, schien er ein wenig langsamer als normal zu fliegen und konnte besser gesehen werden.

Bevor sie sich fragen konnte, wozu er wohl diente, sah sie, wie er auch schon von einem anderen, normalen, getroffen wurde. Offensichtlich war der große Pfeil das Ziel, welches einer der Soldaten mit einer unglaublichen Genauigkeit getroffen hatte.

Als sie auf den Boden blickte, sah sie, dass die Männer in Paare aufgeteilt waren, von denen jeweils einer diese großen Pfeile in die Luft jagte, während sein Partner sie herunterholen musste. Jedes Mal, wenn das Ziel getroffen wurde, jubelten die anderen Soldaten. Hätte Augusta das nicht gerade mit eigenen Augen gesehen, hätte sie es nicht geglaubt, dass dieses Meisterstück auch nur ein einziges Mal vollbracht werden könnte – und trotzdem vollführte es jeder von Barsons Männern. Die Mathematik, die das beinhaltete, war erstaunlich, und Augusta bewunderte die Fähigkeit des menschlichen Verstandes, so etwas ohne bewusste Rechnungen ausführen zu können.

Schließlich war Barson an der Reihe. Er sah zu ihr hoch und zwinkerte ihr zu, bevor er seinen Soldaten ein Zeichen gab. Augusta war entsetzt, als sie sah, dass nicht ein Mann, sondern gleich zwei Männer Pfeile in die Luft schossen – und der Pfeil ihres Liebhabers beide durchbohrte. Die anderen Soldaten jubelten, allerdings nicht lauter als für jeden anderen auch. Offensichtlich war das nicht das erste Mal, an dem ihr Hauptmann so etwas Unmögliches geschafft hatte.

Nach dem Bogenschießen war Schwertkampf an der Reihe. Augusta sah mit angehaltenem Atem dabei zu, wie Stahl auf Stahl prallte, und zuckte jedes Mal zusammen, wenn fast jemand verletzt wurde. Auch wenn das hier nur eine Übung war, waren die Schwerter, die sie benutzten, echt – und dementsprechend potenziell tödlich.

Alle Soldaten schienen allerdings überaus fähig zu sein, und niemand wurde verletzt, weshalb sich Augusta ein wenig entspannte. Während sie die Kämpfenden beobachtete, genoss sie den Anblick ihrer starken, durchtrainierten Körper, die zuckten und sich drehten, so als würden sie eine Art makaberen Tanz vollführen. Die Schönheit des Kampfes, dachte sie, als die Männer mit unglaublicher Anmut angriffen und parierten.

Barson ging auf der Lichtung umher und gab seinen Soldaten Hinweise und Anweisungen. Sie fragte sich, ob er wohl auch kämpfen würde – und wenn ja, ob er genauso gut mit dem Schwert wie mit dem Bogen umgehen konnte.

Wie eine Antwort auf eine unausgesprochene Frage ging Barson in diesem Moment in die Mitte des Feldes und unterbrach den Kampf der Männer, die sich dort befanden. »Ihr vier«, befahl er und zeigte auf sie. »Ich muss mich ein wenig aufwärmen.«

Aufwärmen? Augusta grinste, als ihr klar wurde, dass ihr Liebhaber sie wahrscheinlich beeindrucken wollte.

Die vier großen Männer näherten sich Barson vorsichtig. Fürchteten sie sich ernsthaft davor, vier gegen einen zu kämpfen? Augusta wusste, dass der

Hauptmann der Garde der Zauberer gut war in dem, was er tat, aber sie hatte es noch nie mit eigenen Augen gesehen.

Die vier Soldaten nahmen ihre Positionen ein und umstellten ihren Anführer. Was als Nächstes passierte, war so erstaunlich, dass Augusta nach Luft schnappte.

Barson begann, sich langsam in einem eigenartigen Ablauf zu bewegen, und schaffte es dabei, alle vier Männer im Auge zu behalten. Dann schlug er mit blitzartiger Geschwindigkeit zu, als er eine Schwachstelle erblickte, und Augusta sah, wie Blut aus dem Kratzer am Handgelenk eines Soldaten lief.

Das erste Blut, dachte sie – von dem Geschehen völlig gefangen.

Das Blut schien eine Art Signal zu sein, denn jetzt griffen alle vier Soldaten gleichzeitig an. Augustas untrainierte Augen konnten nur ein Gewimmel von Bewegungen erkennen. Barsons Schwert schien überall zu sein, blockierte jeden Angriff seiner Gegner mit einem Können und einer Geschwindigkeit, die übermenschlich zu sein schien. Die Art, wie sich Barson bewegte, war hypnotisierend. Jede Geste, jede Bewegung war kalibriert. Er wich Hieben aus und nutzte den gleichen Schwung, um anzugreifen. Seine tödliche Präzision war atemberaubend.

»Mehr«, rief er nach einigen Minuten. »Ich brauche mehr.«

Vier weitere Kämpfer kamen hinzu. Augusta lenkte ihre Chaise näher an das Geschehen, weil alles, was sie erkennen konnte, ein Haufen Körper waren, die Barsons kräftige Gestalt umringten.

Plötzlich schrie jemand.

Augustas Herz setzte einen Schlag lang aus, als sie sah, dass einer der Soldaten – nicht Barson – am Boden lag und sich seinen Oberschenkel hielt. Die anderen hörten auf zu kämpfen und bildeten einen Kreis um den verwundeten Mann.

Augusta landete ihre Chaise, sprang schnell hinab und rannte zu ihnen. Barson kniete neben dem Mann und sah bestürzt aus. Die Soldaten traten zur Seite, um sie durchzulassen, und Augustas Atem stockte, als sie die große, blutende Wunde in dem Bein des Mannes sah. Erstaunt stellte Augusta fest, dass der Mann sehr jung war – fast noch ein Kind.

Barson riss sich einen Streifen Stoff aus seinem Oberteil und verband damit den Oberschenkel des Verletzten. »Das sollte helfen, das Bluten zu stoppen. Es tut mir leid, Kiam«, sagte er düster.

»Diese Sachen passieren im Training«, antwortete ihm Kiam und versuchte ganz offensichtlich den Schmerz in seiner Stimme zu unterdrücken.

»Nein, das war mein Fehler«, erwiderte Barson. »Ich hätte niemals gegen so viele von euch kämpfen sollen. Wie ein Anfänger konnte ich nicht mehr kontrollieren, wohin meine Schläge zielten.«

Erst jetzt nahm er Augustas Anwesenheit wahr, und sie wusste, was er sie gleich fragen würde, bevor er es überhaupt aussprach.

»Kannst du ihm helfen?«, wollte er wissen und schaute zu ihr hoch.

Augusta nickte und ging zu ihrer Chaise zurück, auf der sie ihre Tasche liegen gelassen hatte. Genau genommen war das Anwenden von Magie bei Nichtzauberern verpönt. Allerdings waren das hier spezielle Umstände. Jetzt, da ihre Panik verschwunden war, erkannte sie den Jungen auch. Kiam war der Sohn von Moriner, einem Ratsmitglied aus dem Norden. Sie erinnerte sich daran, wie der Ratsherr einmal gemeint hatte, sein jüngster Sohn besitze keine Begabung für das Zaubern, sondern nur für das Kämpfen. Aber selbst wenn Kiam ein Niemand gewesen wäre, hätte sie ihm immer noch geholfen, um Barson einen Gefallen zu tun.

Sie griff nach ihrem Deutungsstein und wählte sorgfältig die Karten aus, die sie brauchte. Der Junge hatte Glück, dass sie und Blaise dieses Objekt erfunden hatten. Wenn sie sich auf die alten, verbalen Zaubersprüche verlassen müsste, würde Kiam wahrscheinlich verbluten, während sie etwas so Komplexes plante und aufsagte. Selbst Moriner, der einer der führenden Experten auf dem Gebiet der verbalen Zaubersprüche war, hätte seinem Sohn diesmal nicht helfen können.

Geschriebener Zauber war sehr viel schneller, besonders da Augusta schon einige der Komponenten, die sie für den Spruch benötigte, in ihrer Tasche hatte. Alles, was sie jetzt noch machen musste, war, diese Komponenten an Kiams Körpergewicht, Größe und die genauen Einzelheiten seiner Verletzungen anzupassen. Als sie bereit war, ging sie zurück, lud die Karten in den Stein und legte ihn neben Kiam.

Kiams Wunde begann sofort weniger zu bluten, bis sie letztendlich vollständig damit aufhörte. Innerhalb einer Minute war keine Spur einer Verletzung mehr zu sehen, und Kiams Gesicht nahm wieder Farbe an, sah wieder gesund aus. Der junge Mann stand auf, als sei nichts passiert, und Augusta konnte die Ehrfurcht und Bewunderung in den Gesichtern der Soldaten sehen. Sie lächelte und glühte vor Stolz über das, was sie getan hatte.

Ohne ein Wort zu sagen, legte Barson ihr voller rauer Zuneigung kurz seine Hand auf die Schulter, und sie grinste ihn voller Vorfreude auf die kommende Nacht an.

Das Training war für heute beendet.

6. KAPITEL

⁜ BARSON ⁜

Barson betrachtete Augusta, als sie wegging. Ihre Hüften wiegten sich mit dieser sinnlichen Anmut, die genauso ein Teil von ihr war wie ihre goldbraunen Augen. Sie war eine wunderschöne Frau, und er war glücklich darüber, zu ihrem Liebhaber auserwählt worden zu sein. Sie hatte immer noch Gefühle für diesen verstoßenen Zauberer, das wusste er, aber die hatte sie nicht, während sie in seinem Bett war. Das hatte er sichergestellt.

»Das war nicht besonders geschickt, muss ich sagen«, sprach eine Stimme neben ihm und unterbrach damit seine Gedanken.

Als Barson seinen Kopf drehte, sah er seine rechte Hand, die gleichzeitig sein zukünftiger Schwager war. »Halt den Mund, Larn«, sagte er lustlos. »Kiam wird es wieder gut gehen. Das nächste Mal wird er es besser wissen und meinem Schwert ausweichen.«

Larn schüttelte seinen Kopf. »Ich weiß nicht, Barson. Dieses Kind ist ein Hitzkopf; ich habe dich schon einmal vor ihm gewarnt ...«

»Ja, ja, schau, wer da spricht. Denkst du, ich kann mich nicht an die ganzen Schwierigkeiten erinnern, in die du dich in seinem Alter gebracht hast?«

Larn schnaubte. »Ach bitte, du bist ja genau der Richtige, um das zu sagen. Wie oft musste Dara für dich betteln? Wenn es deine Schwester nicht gäbe, hättest du immer noch Hausarrest.«

Barson grinste seinen Freund an, als er sich an den ganzen Unsinn erinnerte, den sie als Kinder verzapft hatten.

»Eigentlich erinnert er mich sogar ein wenig an dich«, meinte Larn und blickte zu Kiam, der sein Schwert schon wieder aufgenommen hatte, da er offensichtlich noch ein wenig allein trainieren wollte. Dann sagte er mit leiserer Stimme und ernsthafterem Ton: »Kann sie uns hören?«

»Ich denke nicht«, antwortete ihm Barson, auch wenn er sich nicht hundertprozentig sicher war. Man konnte sich bei Zauberern niemals sicher sein; sie waren raffiniert und hatten Zaubersprüche, die ihre Sinne verstärkten. Aber Augusta würde keinen Grund dafür haben, einen solchen Zauber gerade jetzt anzuwenden – nicht, wenn sie sich gerade in seinem Zelt fertig machte, um ins Bett zu gehen. »Auf jeden Fall ist es sicherer, hier zu reden, als irgendwo in der Nähe des Turms.«

»Das stimmt wahrscheinlich«, meinte Larn mit weiterhin sehr leiser Stimme. »Warum ist sie überhaupt mitgekommen?«

Barson zuckte mit den Schultern.

»Oh, der legendäre Barson schlägt wieder zu.« Larn wackelte lasziv mit seinen Augenbrauen.

Barsons Hand schoss mit der Schnelligkeit einer angreifenden Kobra nach vorne und griff sich Larns Kehle. »Du wirst ihr Respekt erweisen«, befahl er ihm mit plötzlichem Ärger.

»Natürlich, es tut mir leid …« Larn hörte sich an, als habe er Luftnot. »Ich hatte nicht begriffen …«

»Dann weißt du es ja jetzt«, murmelte Barson und ließ seinen Freund los. »Und hoffe am besten darauf, dass sie nichts von alledem hier gehört hat.«

Larn erblasste. »Du sagtest, sie könne nicht …«

»Und wahrscheinlich kann sie das auch nicht«, stimmte Barson ihm zu. »Die Tatsache, dass du noch lebst, ist der beste Beweis dafür.« Wie alle Mitglieder des Rates konnte Augusta sehr gefährlich werden, wenn man sie provozierte.

Larn trat zurück und rieb sich seine Kehle. »Mal abgesehen von deiner Zauberin«, sagte er mit einer leisen und rauen Stimme, »haben wir auch noch andere Angelegenheiten zu besprechen.«

Barson nickte und fühlte sich ein kleines bisschen schuldig, die Kontrolle verloren zu haben. »Erzähl«, befahl er knapp. Larn war sein bester Freund und der Soldat, dem er am meisten vertraute; bald würde er auch zur Familie gehören. Barson hätte nicht so heftig auf seinen gutmütigen Spaß reagieren sollen. Wen interessierte es, was die anderen über seine Beziehung zu Augusta dachten? Er musste nach dem Trainingskampf besonders gewaltbereit sein, entschied er, da er seine Handlung nicht allzu sehr analysieren wollte.

»Ich habe eine Liste der wahrscheinlichsten Kandidaten erstellt.« Larn zog eine kleine Rolle heraus und gab sie Barson. »Eigentlich hätte ich geschworen, keiner der Männer sei zu so etwas fähig, aber mittlerweile bin ich mir da nicht mehr so sicher.«

Barson rollte das Papier auf und betrachtete die elf Namen, die darauf geschrieben waren. Sein Ärger verstärkte sich wieder. Er hob seinen Kopf an und betrachtete Larn mit einem eisigen Blick. »Und sie passen alle in das Verhaltensmuster?«

»Ja. Alle von ihnen. Natürlich könnte es auch immer eine andere Erklärung für ihr Verhalten geben – eine

Geliebte oder etwas in der Art.«

»Ja«, stimmte Barson zu. »Bei zehn von ihnen ist es wahrscheinlich auch der Fall.« Seine Hände ballten sich zu Fäusten, als er sich dazu zwang, zu entspannen. Jeder dieser elf Männer auf der Liste war wie ein Bruder für ihn, und der Gedanke daran, einer von ihnen könnte ihn betrogen haben, war wie Gift in seinen Adern.

Er atmete tief ein und schaute sich noch einmal die Liste an, ging jeden Namen in Gedanken durch. Ein Name sprang ihm besonders ins Auge. »Siur ist unter ihnen«, bemerkte er langsam.

»Ja«, antwortete ihm Larn. »Das ist mir auch aufgefallen. Er ist diesmal auch nicht mitgekommen. Hat er dir gesagt, warum nicht?«

»Nein, er hat mir gesagt, er müsse in Turingrad bleiben. Da er Siur und nicht irgendein Anfänger ist, habe ich keine Erklärung von ihm verlangt.«

Larn nickte nachdenklich. »Okay. Ich werde weiter an dieser Liste arbeiten und ein Auge auf diejenigen behalten, die sich schon auf ihr befinden.«

»Gut«, erwiderte Barson und drehte sich weg, um die Wut auf seinem Gesicht zu verbergen.

Egal was es kostete, er würde dieser Sache auf den Grund gehen – und wenn er herausfand, wer ihn betrogen hatte, würde derjenige dafür bezahlen.

7. KAPITEL

※ BLAISE ※

Blaise packte die Momentaufnahme weg und ging zurück in die Bibliothek, um nach Gala zu schauen. Zu seiner Überraschung lag sie inmitten eines riesigen Bücherbergs bewusstlos auf dem Boden.

Besorgt rannte er zu ihr und kniete sich neben sie, um sie sich genauer anzuschauen. Zu seiner Erleichterung sah sie sehr friedlich aus, und ihre Atmung war langsam und gleichmäßig. Sie schlief einfach.

Ohne viel darüber nachzudenken, hob Blaise sie auf und trug sie in eines der Gästezimmer. Sie fühlte sich in seinen Armen leicht an, ihr Körper war weich und weiblich, und ihm fiel auf, wie sehr er dieses Gefühl genoss. Als sie in dem Zimmer ankamen, legte er sie vorsichtig auf das Bett, und gerade als er dabei war, sie zuzudecken, öffnete sie die Augen.

Einen Moment lang schien sie verwirrt zu sein, aber dann wurde ihr Blick wieder klar. »Ich denke, ich bin eingeschlafen«, erklärte sie ihm überrascht.

Blaise lächelte. »Ich dachte, du wüsstest, was schlafen ist.«

»Ich wusste es vorher nicht, aber ich habe dank deiner Bücher eine Menge gelernt.«

Er betrachtete sie fasziniert und fragte sich, ob sie diese Hunderte von Büchern gelesen hatte, die auf dem Boden der Bibliothek lagen. »Wie viele hast du gelesen?«, fragte er.

Sie setzte sich im Bett auf und strich sich ein paar lange, blonde Haarsträhnen aus dem Gesicht. »Dreihundertneunundvierzig.«

Blaise blinzelte. »Das ist sehr genau. Bist du dir sicher, dass es nicht dreihundertachtundvierzig waren?«

»Ja, ich bin mir sicher«, antwortete sie ernsthaft, und dann lächelte sie. »Um genau zu sein, waren es 138 902 Seiten oder 32 453 383 Wörter.«

»Sind das die exakten Zahlen?« Er konnte seinen Ohren kaum trauen.

Gala nickte und lächelte immer noch. In einer Eingebung begriff Blaise, dass sie genau wusste, wie sehr sie ihn beeindruckt hatte – und sie genoss seine

Reaktion enorm.

»Okay«, sagte Blaise langsam. »Woher weißt du das?«

Sie zuckte mit den Schultern. »Ich weiß es einfach. Sobald ich es dir sagen wollte, fielen mir die Zahlen ein. Ich denke, ich muss sie gezählt haben, aber ich kann mich nicht daran erinnern, es gemacht zu haben.«

»Ich verstehe«, sagte Blaise und sah sie genau an. Aus dem Bauch heraus fragte er sie: »Wie viel ist 5 mal 2 682?«

»13 410«, antwortete Gala, ohne zu zögern.

Blaise konzentrierte sich einige Sekunden lang, um die Rechnung im Kopf durchzuführen. Sie hatte recht. Er war einer der wenigen Menschen, die er kannte, die diese Art der Multiplikation schnell durchführen konnten, aber Gala hatte die Antwort fast sofort gewusst.

»Wie hast du das so schnell gemacht?«, fragte er neugierig darüber, wie ihr Gehirn arbeitete.

»Ich habe 2 682 halbiert und dann die 1 341 mit 10 multipliziert.«

Blaise dachte einen Moment lang darüber nach und stellte fest, dass ihre Methode wirklich der einfachste Weg war, das Problem zu lösen. Er war überrascht, nicht selbst darauf gekommen zu sein. Er würde das nächste Mal definitiv diese Abkürzung anwenden, wenn er schnelle Berechnungen für einen Zauber brauchte.

Wenn er den Ausgangspunkt ihrer Entstehung bedachte, sollten ihn Galas analytische und mathematische Fähigkeiten nicht überraschen, aber Blaise war trotzdem fasziniert. Er konnte es nicht länger erwarten, zu sehen, wozu sie fähig war. »Gala, könntest du versuchen, etwas für mich zu zaubern?«, bat er sie und blickte ihr wunderschönes Gesicht an.

Sie sah von seiner Bitte überrascht aus. »Du meinst, so wie du vorhin im Garten?«

»Ja, genau so«, bestätigte ihr Blaise.

»Aber ich weiß nicht, wie du das gemacht hast.« Sie schien ein wenig verwirrt zu sein. »Ich kenne diese ganzen Zaubersprüche, die du benutzt hast, doch gar nicht.«

»Du brauchst sie auch nicht zu kennen«, erklärte ihr Blaise. »Du solltest in der Lage sein, direkt Magie auszuüben, ohne unsere Methoden zu lernen. Magie sollte für dich so leicht und natürlich sein, wie das Atmen für mich.«

Sie dachte einen Moment lang darüber nach. »Ich atme doch auch«, sagte sie, als würde sie zu diesem Ergebnis gekommen sein, nachdem sie sich selbst überprüft hatte.

»Natürlich machst du das.« Amüsiert lächelte Blaise sie an. »Ich wollte auch nicht zum Ausdruck bringen, dass du das nicht tun würdest.«

Ihre weichen Lippen formten sich zu einem Lächeln.

»Alles klar«, murmelte sie, »ich versuche einfach mal zu zaubern.« Sie schloss ihre Augen, und Blaise konnte an ihrem Gesichtsausdruck erkennen, wie konzentriert sie war.

Er hielt seinen Atem an und wartete, aber nichts passierte. Nach einer Minute öffnete sie ihre Augen wieder und sah Blaise erwartungsvoll an.

Er schüttelte bedauernd seinen Kopf. »Ich glaube, es hat nicht funktioniert. Was wolltest du denn machen?«

»Ich wollte meine eigene Version dieser schönen Blume machen, die du im Garten erschaffen hast.«

»Ich verstehe. Und wie hast du das versucht?«

Sie hob ihre Schultern und zuckte anmutig. »Ich weiß nicht. Ich habe meine Erinnerung darüber abgespielt, wie du es vorhin getan hast, und dann habe ich mir vorgestellt, wie ich das Gleiche an deiner Stelle mache. Ich glaube allerdings, so funktioniert das nicht.«

»Du hast recht, wahrscheinlich ist das nicht die Art und Weise, wie es bei dir abläuft.« Frustriert fuhr sich Blaise mit seinen Fingern durch die Haare. »Das Problem ist, dass ich auch nicht so genau weiß, wie es bei dir funktioniert. Ich hatte gehofft, du könntest es einfach machen, genauso wie du die Matheaufgabe vorhin gelöst hast.«

Gala schloss erneut ihre Augen, und der gleiche konzentrierte Ausdruck erschien erneut auf ihrem Gesicht.

Wieder passierte gar nichts.

»Ich habe versagt«, stellte sie fest, als sie ihre Augen öffnete. Sie schien darüber allerdings nicht besonders enttäuscht zu sein.

»Was wolltest du machen?«

»Ich wollte die Temperatur in diesem Raum um ein paar Grad erhöhen, aber ich konnte spüren, dass nichts passiert ist.«

Blaise hob seine Augenbrauen. Ganz abgesehen von ihrer ungewöhnlichen Temperaturfühligkeit schien Gala eine gute Intuition für Zauberei zu haben. Die Temperatur eines Gegenstandes zu verändern war ein sehr einfacher Zauber, den Blaise wirken konnte, indem er nur ein paar Sätze in der alten magischen Sprache sagte.

Während er darüber nachdachte, sprang Gala vom Bett und ging zu einem der Fenster. »Ich möchte hinausgehen«, sagte sie und drehte den Kopf herum, um ihn anzusehen. »Ich möchte mehr von dieser Welt sehen.«

Blaise versuchte, seine Enttäuschung zu verbergen. »Willst du nicht weiter versuchen zu zaubern?«

»Nein«, antwortete ihm Gala entschlossen. »Das möchte ich nicht. Ich möchte hinausgehen und die Welt erforschen.«

Blaise atmete tief ein. »Vielleicht noch einen einzigen Versuch?«

Ihr Gesichtsausdruck verdunkelte sich, und eine Falte bildete sich auf ihrer glatten Stirn. »Blaise«, sagte sie ruhig, »ich fühle mich gerade ganz schlecht durch dich.«

»Bitte?« Blaise konnte das Entsetzen nicht aus seiner Stimme streichen. »Warum?«

»Weil ich mich jetzt benutzt fühle, wie der Gegenstand, den du eigentlich erschaffen wolltest«, antwortete sie ihm und hörte sich wütend an. »Was willst du von mir? Bin ich ein Werkzeug, damit die Menschen zaubern können? Ist das der Sinn meines Lebens?«

»Nein, natürlich nicht!«, protestierte Blaise und drückte ein unwillkommenes Schuldgefühl weg. Eigentlich war es genau das, was er ursprünglich mit Gala vorgehabt hatte, aber sie hatte auch keine Person sein sollen, mit den Gefühlen und Empfindungen eines Menschen. Er hatte eine Intelligenz erschaffen wollen, ja, aber sie sollte doch nicht so aussehen. Sie hatte ein Mittel sein sollen, um gegen die größte Ungerechtigkeit in ihrer Gesellschaft vorzugehen und ihr ein Ende zu setzen. Alles, an was er gedacht hatte, war, ein Objekt zu erschaffen, welches die normale menschliche Sprache verstehen konnte, und er hatte nicht daran gedacht, etwas mit diesem Intelligenzniveau könne auch seine – oder ihre – eigenen Gedanken und Meinungen haben.

Und jetzt war er das Opfer seines eigenen Erfolges

geworden. Gala verstand mit Sicherheit ihre Sprache – vielleicht sogar besser als Blaise, wenn man sich ansah, was sie schon alles gelesen hatte. Sie war trotzdem eher ein Gegenstand, den man benutzen konnte, als er das war. Sein ursprünglicher Plan, genügend magische Objekte für alle zu erschaffen, war vollkommen verrückt gewesen. Falls er damit Erfolg gehabt hätte, würde er den Druck der Ungleichheit nur von einer Gruppe denkender Individuen auf eine andere verschieben – vorausgesetzt, Gala oder die anderen ihrer Art würden bei so etwas überhaupt mitmachen.

Außerdem konnte sie ja, zumindest bis jetzt, nicht einmal zaubern. Oder vielleicht wollte sie auch nicht, dachte Blaise trocken. Wenn er in ihrer Situation wäre, würde er auch zurückhaltend damit sein, magische Fähigkeiten aufzuzeigen.

Sie sah immer noch wütend aus, also versuchte er, sie zu beruhigen: »Gala, hör mir zu. Ich wollte nicht, dass du dich wie ein Gegenstand fühlst. Was ich dir über meine ursprünglichen Absichten erzählt habe, kommt jetzt natürlich nicht mehr in Frage. Ich weiß, du bist kein Objekt, welches einfach so benutzt werden kann. Es tut mir leid. Es war gedankenlos von mir, nicht zu bemerken, wie du dich fühlst.« Er hoffte, dass sie erkennen konnte, wie ernst er das meinte. Er wollte auf gar keinen Fall, dass Gala Angst vor ihm hatte oder wütend auf ihn war.

Sie sah einen Augenblick lang weg und drehte sich dann wieder um, damit sie ihm in die Augen schauen konnte. »Jetzt weißt du es ja«, sagte sie sanft. »Alles, was ich gerade gerne machen möchte, ist, mehr über diese Welt zu erfahren. Ich will alles von ihr erleben, selber das alles sehen, worüber ich in den Büchern gelesen habe, die Ungerechtigkeit erleben, die du beheben willst. Ich würde gerne wie ein Mensch leben, Blaise. Kannst du das verstehen?«

8. KAPITEL

※GALA※

Gala sah die Gefühle, die sich auf dem Gesicht ihres Schöpfers widerspiegelten. Sie konnte sehen, dass er enttäuscht war, und das schmerzte sie, aber er musste verstehen, dass sie eine Person war, mit ihren eigenen Bedürfnissen und Wünschen. Sie war nichts, was einfach dazu benutzt werden konnte, das Leben von Menschen zu verbessern, die sie nicht kannte und die ihr egal waren.

Sie konnte seinen inneren Kampf sehen, und er schien zu einem Entschluss zu kommen. »Gala«, sagte er ruhig und schaute sie an. »Ich verstehe, was du sagst, aber du weißt nicht, worum du mich da bittest. Wenn irgendjemand von deiner Existenz erfährt – darüber, was du bist –, weiß ich nicht, was geschehen wird. Menschen haben Angst vor dem, was sie nicht verstehen – und selbst ich weiß nicht genau, was du bist und wozu du alles fähig bist. Ich kann dich nicht hinauslassen, solange wir nicht mehr über dich wissen.

Während er sprach, merkte Gala, wie sich Gefühle in ihr aufbauten, die sie noch niemals zuvor gespürt hatte. Sie waren eigenartig aufwühlend, begannen in ihrem Magen und stiegen dann nach oben, wo sie unangenehm ihren Brustkorb verengten. Sie spürte, wie das Blut schneller durch ihre Adern rann, sich ihr Gesicht erhitzte und sie schreien und um sich schlagen wollte. Sie fühlte Wut, bemerkte sie, richtige Wut. Sie hasste es, nicht genau das machen zu können, was sie wollte.

»Blaise«, gelang es ihr durch ihre zusammengepressten Zähne zu sagen. »Ich. Möchte. Hinausgehen.« Ihre Stimme schien mit jedem Wort anzusteigen.

Ihr Temperament schien ihn völlig unerwartet zu treffen. »Gala, das ist zu gefährlich, kannst du das nicht verstehen?«

»Zu gefährlich? Warum?«, fragte sie wütend. »Ich sehe doch menschlich aus, oder etwa nicht? Würde irgendjemand darauf kommen, dass ich es nicht bin?«

Sie konnte sehen, wie er über diesen Punkt nachdachte. »Du hast recht«, sagte er nach einem

Moment. »Du siehst völlig menschlich aus. Aber wenn wir zusammen hinausgehen, werden wir eine Menge Aufmerksamkeit auf uns ziehen – zum größten Teil meinetwegen, nicht deinetwegen.«

»Deinetwegen? Warum?« Gala spürte, wie sich ihre Wut abkühlte, da Blaise nicht länger so unzugänglich war.

»Weil ich vor zwei Jahren den Rat der Zauberer verlassen habe«, erklärte er ihr, »und ich seitdem immer ein Außenseiter gewesen bin.«

»Ein Außenseiter? Warum?« Gala hatte gerade erst über den Rat der Zauberer gelesen und die Macht, die von denjenigen ausging, die eine Begabung für Magie besaßen. Blaise schien ein außergewöhnlich guter Zauberer zu sein – das musste er, wenn er so etwas wie sie erschaffen konnte –, und es ergab für sie keinen Sinn, dass er ein Außenseiter in einer Welt war, in der diese Fähigkeit so hoch geschätzt wurde.

»Das ist eine lange Geschichte«, erklärte ihr Blaise, und sie konnte die Bitterkeit in seiner Stimme hören. »Es reicht zu sagen, dass ich nicht die gleichen Ansichten habe wie die meisten anderen Ratsmitglieder – und das Gleiche traf auch auf meinen Bruder zu.«

»Deinen Bruder?« Sie hatte über Geschwister gelesen und war ganz fasziniert von dem Gedanken, Blaise habe einen.

Er seufzte. »Bist du sicher, dass du das hören

möchtest?«

»Definitiv.« Gala wollte alles über Blaise erfahren. Er interessierte sie mehr als alles andere, auf was sie in ihrer kurzen Existenz bis jetzt gestoßen war.

»Na gut«, sagte er langsam. »Erinnerst du dich an das, was ich dir über die Momentaufnahmen erzählt habe?«

Gala nickte. Natürlich erinnerte sie sich daran; soweit sie beurteilen konnte, besaß sie ein perfektes Gedächtnis. Außerdem hatte sie ja auch am Anfang durch die Momentaufnahmen einige Dinge über Blaises Welt erfahren.

»Also, wie ich vorhin erwähnt habe, wurden die Momentaufnahmen vor ein paar Jahren von einem mächtigen Zauberer namens Ganir erfunden. Alle waren ganz hin und weg von dieser neuen Errungenschaft. Eine einzige Momentaufnahme erlaubte es einer Person, vollständig in das Leben eines anderen einzutauchen, das zu fühlen, was diese Person fühlte, zu erfahren, was diese Person erfuhr. Es war außerdem das erste magische Objekt, für dessen Benutzung man nicht den Zaubercode kennen musste. Um ein Erlebnis aufzunehmen, muss man der Momentaufnahmen-Sphäre einfach nur einen kleinen Tropfen Blut zugeben. Ein weiterer Blutstropfen beendet die Aufzeichnung, die dann auf einem speziellen Platz auf der Sphäre in eine Perle verwandelt wird. Diese können von allen benutzt werden, ohne dass hierfür eine besondere Ausrüstung benötigt wird. Um eine Momentaufnahme zu erleben, steckt man sie sich einfach nur in den Mund.«

Gala nickte erneut und hörte weiterhin aufmerksam zu. Sie wollte diese Momentaufnahmen noch einmal probieren, sie zum ersten Mal in der physischen Dimension erleben.

»Mein Bruder war damals Ganirs Assistent«, fuhr Blaise fort, »und er war einer der wenigen Zauberer, die ein wenig darüber wussten, wie die Magie dieser Perlen funktionierte. Er sah, wie sie als Lehrmittel genutzt werden könnten, als eine Form, denjenigen Magie zu bringen, die niemals Zugang zur Zauberakademie bekommen würden. Er dachte auch, dass es ein großartiger Weg für die weniger Glücklichen sei, der Realität ihres täglichen Lebens entfliehen zu können. Eine normale Person könnte erfahren, wie es ist, ein Zauberer zu sein, und andersherum.« Er machte eine Pause, um Luft zu holen. »Mein Bruder war ganz klar ein Idealist. Er hat die Konsequenzen seines Handelns nicht vorhergesehen – weder für sich noch für die Menschen, denen er helfen wollte.«

»Was ist passiert?«, wollte Gala wissen, und ihr Herz schlug schneller als sie fühlte, dass diese Geschichte wahrscheinlich kein glückliches Ende nehmen würde.

»Louie schaffte es, heimlich eine große Anzahl

Momentaufnahmen-Sphären zu erschaffen, sie aus Turingrad herauszuschmuggeln und im ganzen Land zu verteilen. Er dachte, es könnte dabei helfen, Wissen zu verbreiten und unsere Gesellschaft zu verbessern. Das ist allerdings nicht passiert.« Blaise Stimme wurde hart und gefühllos. »Sobald der Rat von Louies Handlungen erfuhr, erließ er Gesetze, welche den Besitz und die Verbreitung der Momentaufnahmen für Nichtzauberer verboten, was zur Entstehung eines Schwarzmarktes dafür führte. Außerdem entstand eine neue Gruppe Krimineller, die sich auf den Verkauf dieser Objekte spezialisierte – was völlig gegen den ursprünglichen Zweck ging.«

»Und was passierte mit Louie?«

»Er wurde bestraft«, antwortete ihr Blaise, und sie konnte die unterschwellige Wut spüren. »Es wurde über ihn gerichtet, und das Urteil war: schuldig. Er bezahlte mit seinem Leben dafür, den normalen Menschen die Momentaufnahmen zugänglich gemacht zu haben.«

»Sie haben ihn umgebracht?« Gala zog hörbar Luft ein, völlig entsetzt von der Idee, jemand könne sein Leben so schnell verlieren. Sie genoss das Leben so sehr, sie konnte sich gar nicht vorstellen, dass es aufhören könnte. Wie können Menschen so etwas machen? Wie können sie sich gegenseitig das Recht auf etwas so Aufregendes verwehren?

»Ja. Sie haben ihn hingerichtet. Ich habe den Rat kurz

nach seinem Tode verlassen. Ich konnte es nicht länger ertragen, ein Teil von ihm zu sein.«

Gala schluckte und spürte ein schmerzhaftes Gefühl in ihrer Brust. Es war, als ob Blaises Schmerz ihr eigener sei. Das musste Mitgefühl sein, erkannte sie.

»Könnte ich mehr Momentaufnahmen ausprobieren, Blaise?«, fragte sie vorsichtig und hoffte, durch das weitere Ansprechen dieses Themas keinen zusätzlichen Schmerz bei ihm hervorzurufen. »Ich würde sie gerne hier erleben, in der physischen Dimension.«

Zu ihrer Überraschung erhellte sich sein Gesicht, als ob das, was sie gesagt hatte, ihn glücklich machte. »Das ist eine großartige Idee«, antwortete er ihr und lächelte sie warm an. »Es ist eine hervorragende Möglichkeit für dich, mehr von dieser Welt zu erfahren.«

»Ja«, stimmte ihm Gala zu. »Das denke ich auch.«

Sie hatte außerdem vor, die Welt persönlich zu erkunden, aber im Moment reichten Momentaufnahmen.

9. KAPITEL

※ AUGUSTA ※

Augusta sah ihrem Liebhaber dabei zu, wie er sich auf den bevorstehenden Kampf vorbereitete. Die weiche Ledertunika umschmeichelte seine breite Gestalt, und die Rüstung, die er darüber anlegte, sah so schwer aus, als würde sie einen kleineren Mann umwerfen. Für Barson fühlte sie sich jedoch leicht wie Luft an. Nicht, weil er so stark war – obwohl das auch zutraf –, sondern weil die Rüstung der Garde der Zauberer speziell war. Sie besaß einen Zauber, der sie für denjenigen, der sie trug, fast federleicht machte, und war außerdem nahezu undurchdringlich. Das war einer der Vorteile, ein Soldat im Koldun der modernen Zeit zu sein: der Zugang zu Waffen und Ausrüstung, die zauberverstärkt waren.

Als Augusta bemerkte, dass Barson fast fertig war, stand sie auf, griff nach ihrer Tasche und schlang sie sich um die Schulter. Ihre rote Chaise wartete schon draußen auf sie. Die Zauberin hatte vor, über das Schlachtfeld zu fliegen, damit sie alles von einem sicheren Platz aus beobachten konnte.

»Wir werden sie dort drüben auf dem Hügel treffen«, erklärte Barson ihr, während sie aus dem Zelt gingen. »Das ist ein guter Platz. Unsere Bogenschützen werden eine freie Schussbahn auf jeden, der sich nähert, haben. Außerdem gibt es nur eine Straße, die dort entlangführt, weshalb sich niemand unbemerkt an uns anschleichen kann.

Augusta lächelte ihn an. »Das hört sich gut an.« Ihr Liebhaber war genauso besessen von militärischen Strategien wie sie selbst von Magie und verschlang deshalb in seiner freien Zeit alte Bücher über Kriegsführung.

»Ich sehe dich in ein paar Stunden.« Er beugte sich hinunter und gab ihr einen kurzen, harten Kuss, bevor er zu seinen Soldaten ging.

Augusta betrachtete seine mächtige Gestalt ein paar Minuten lang, bevor sie auf ihre Chaise stieg. Sie nahm ihren Deutungsstein und fütterte ihn mit einem vorbereiteten Zauber, damit niemand vom Schlachtfeld sie auf ihrer Chaise sehen konnte. Als sie damit fertig war, nahm sie einen weiteren Zauberspruch hervor, diesmal einen komplizierteren. Er diente dazu, ihre Sinne für eine gewisse Zeit zu verstärken, damit sie so deutlich sehen und hören konnte, wie das überhaupt möglich war. Sie hatte ihn schon einige Male zuvor benutzt; im Turm der Zauberer konnte sie damit jedes Flüstern hören.

Ein schneller verbaler Zauber, und sie flog mit ihrer Chaise viel bequemer als auf einem Teppich oder einem Drachen wie in den alten Märchen. Sie stieg bis über den Hügel auf und sah, wie Barsons Männer sich ihrem auserwählten Schlachtfeld und der engen Straße, die sich bis in die weite Ferne erstreckte, näherten. Mit ihrer verstärkten Sicht konnte Augusta viel weiter blicken als sonst und bewunderte die Schönheit dieses nördlichen Teils des Landes, mit seinen großen, kräftigen Bäumen und dem dunklen, reichen Boden. Selbst die Schäden, die die Dürre angerichtet hatte, minderte diese Schönheit der lokalen Wälder nicht.

Augusta war noch niemals zuvor in dieser Gegend gewesen, da sie in der Regel ihre Zeit zwischen Turingrad und den südlicheren Gegenden aufteilte. Turingrad war die größte Stadt Kolduns, und sie war ein Epizentrum der Kunst, der Kultur und des Handels. Im Gegensatz zu den von den Bauern besiedelten Gebieten, von denen sie umgeben war, wurde die Stadt weitestgehend von Zauberern, Mitgliedern der Garde und einigen besonders reichen Händlern bewohnt.

Augusta lenkte ihre Chaise nach Norden und schaute auf eine dunkle Masse in einiger Entfernung. Sie war noch so weit entfernt, dass sie nicht einmal mit ihrer verstärkten Sicht erkennen konnte, um was es sich handelte. Neugierig geworden flog sie darauf zu.

Und als sie nahe genug dran war, um etwas zu erkennen, konnte sie ihren Augen kaum glauben.

Anstatt der dreihundert Männer, von denen Ganirs Spione berichtet hatten, handelte es sich mindestens um einige Tausende.

Tausende Bauern … gegen Barsons fünfzig Soldaten.

* * *

Augusta blickte mit rasendem Herzen auf diese Masse, die sich kontinuierlich näherte. Sie hatte in ihrem ganzen Leben noch nie eine so große Ansammlung gewöhnlicher Menschen gesehen.

Sie gingen die dreckige Straße entlang, und ihre schmalen Gesichter waren hart vor Ärger, ihre dreckigen Körper mit zerschlissener Kleidung aus Wolle bedeckt. Neben der gängigen Mistgabel trugen viele von ihnen auch Waffen; sie konnte Streitkolben, Knüppel und sogar einige Schwerter sehen. Sie waren noch weit von Turingrad entfernt, aber allein die Tatsache, dass so eine große Anzahl von Bauern es wagte, gegen die Hauptstadt zu marschieren, war auf verschiedenen Ebenen beunruhigend. Da Augusta mit Geschichten über die Revolution aufgewachsen war, wusste sie ganz genau, was passieren konnte, wenn die Landarbeiter dachten, dass sie etwas Besseres verdient hätten – und das Recht, sich zu nehmen, was ihnen nicht zugestanden wurde.

Sie musste Barson warnen.

Augusta flog zum Hügel zurück, sprang von der Chaise, sobald diese gelandet war, und rannte zu Barson, um ihm schnell zu erzählen, was sie gesehen hatte. Während sie sprach, spannte sich sein Kiefer an, und seine Augen blitzten verärgert auf.

»Ihr kehrt um?«, fragte sie, auch wenn es eindeutig eine rhetorische Frage war.

»Nein, natürlich nicht.« Er starrte sie an, als wäre ihr gerade ein zweiter Kopf gewachsen. »Das ändert nichts. Wir müssen diese Rebellion aufhalten, und wir müssen es hier machen, bevor sie noch näher an Turingrad herankommen.«

»Aber sie sind in einer unmöglichen Überzahl …«

Ihr Liebhaber nickte grimmig. »Ja, das sind sie.« Der Ausdruck auf seinem Gesicht war tiefschwarz, und sie fragte sich, was er wohl gerade dachte. War er wirklich lebensmüde genug, um gegen all diese Bauern angehen zu wollen? Sie bewunderte seine Ergebenheit für seine Arbeit, aber das hier war etwas völlig anderes.

Augusta zwang sich, ruhig zu bleiben, und versuchte,

über eine Lösung nachzudenken, die die Rebellen aufhalten und gleichzeitig Barson am Leben halten würde. »Also«, sagte sie schließlich frustriert, »wenn du entschlossen bist, das durchzuziehen, kann ich dir ja vielleicht irgendwie dabei behilflich sein.«

Barson betrachtete sie mit seinem dunklen und undurchschaubaren Blick. »Wie willst du uns denn helfen? Indem du Zauber einsetzt?«

»Ja.« Zauberer taten so etwas in der Regel nicht, aber sie konnte Barson und seine Soldaten ja nicht in einer Schlacht mit Bauern sterben lassen.

Zu ihrer Erleichterung sah er interessiert aus. »Na ja«, meinte er nachdenklich. »Vielleicht gibt es da wirklich etwas, was du machen könntest … Denkst du, du könntest uns alle dorthin teleportieren und auch wieder zu einem bestimmten Zeitpunkt zurückholen?«

Augusta dachte über seine Bitte nach. Teleportation war kein einfacher Zauber. Er verlangte exakte Berechnungen, und schon der kleinste Fehler konnte tödlich sein. Viele Menschen auf einmal zu teleportieren war eine noch größere Herausforderung. Sie sollte allerdings in der Lage sein, es zu schaffen, da es sich nur um eine kurze Entfernung handelte und sie sehen konnte, ob der Weg zum Ziel frei war. »Ja, das könnte ich«, antwortete sie ihm entschieden. »Inwiefern wäre das eine Hilfe?«

Barson lächelte. »Ich habe an Folgendes gedacht …«

Und dann erklärte er ihr seinen verrückten Plan.

81

10. KAPITEL

✻ GALA ✻

In Blaises Arbeitszimmer betrachtete Gala währenddessen die Momentaufnahmen-Sphäre. Sie sah aus wie ein runder Diamant, und der Rest des Raumes reflektierte auf ihr wie in einem Spiegel. Gala war ganz fasziniert von dieser eleganten Mathematik, die die Ausstrahlung des Arbeitszimmers mit seinen geheimnisvollen Flaschen und Instrumenten widerspiegelte. Die sphärische Form wies nur einen Makel auf – eine Öffnung mit einigen durchsichtigen Kügelchen darin.

»Das sind die Momentaufnahmen«, erklärte ihr Blaise und ging darauf zu. »Sie sind die physische Form, die die Momentaufnahmen annehmen, sobald sie in diese Welt kommen.«

Er nahm eines der Kügelchen und legte es in ihre Hand. Als sich ihre Hände ganz leicht berührten, fühlte Gala ein schönes, warmes Gefühl durch ihren Körper strömen – das gleiche eigenartige Gefühl, welches sie jedes Mal in Blaises Nähe spürte. Sie musste ihn mehr berühren, sollte sich eine passende Gelegenheit ergeben, beschloss Gala, da sie die Art und Weise mochte, mit der ihr Körper auf ihn reagierte.

»Sie erscheinen, wenn ein Aufzeichnungszyklus vollendet ist«, fuhr er fort. »Um einen Zyklus zu beginnen, berühre ich die Sphäre mit dem Blut meines Fingers, und beende ihn, indem ich das Gleiche noch einmal mache. Siehst du diese Nadel hier? Damit habe ich mir immer in den Finger gestochen. Die Perlen erscheinen kurz darauf.«

Gala stach sich in den Finger. Das Gefühl, welches sie spürte, war sehr unangenehm. Das war Schmerz, begriff sie. Diese rote Substanz –Blut – begann langsam aus der kleinen Öffnung in ihrem Finger zu laufen. Sie wusste, dass Schmerz etwas war, was Menschen vermieden, und jetzt konnte sie auch verstehen, warum.

Sie streckte ihren blutigen Finger nach vorne, um die Sphäre zu berühren, und dann wartete sie darauf, dass etwas passierte. Als das nicht der Fall war, berührte sie sie erneut und fragte sich, was sie wohl falsch gemacht hatte.

»Das funktioniert bei dir nicht, oder?«, fragte Blaise, der sie beobachtete. Das überrascht mich nicht.«

»Weil ich nicht menschlich bin?«

Er nickte. »Ja. Ich vermute, dass du im Laufe der Zeit deine eigenen Perlen erschaffen wirst, oder auch alles andere, was du möchtest, ohne die Sphäre benutzen zu müssen.«

Gala betrachtete sich und konnte keinen Beweis für das entdecken, was er behauptete. Falls sie diese Momentaufnahmen herstellen konnte, wusste sie nicht, wie. Zwischenzeitlich war die Wunde an ihrem Finger schon wieder verheilt.

»Warum hat Ganir das mit Schmerzen verbunden?«, wollte sie wissen.

»Ich denke, er wollte einen Preis dafür verlangen. Außerdem hilft es dem Zauber. Ich vermute, etwas Kleines dringt durch die Wunde in den Körper ein, dringt bis zum Gehirn vor und fängt dort etwas Wichtiges ein. In dem Moment, in dem du die Sphäre ein zweites Mal berührst, verlässt es deinen Körper. Ganir ist sehr verschwiegen, was diesen Prozess betrifft, aber so hat es mir mein Bruder erklärt. Er stellte natürlich auch nur Hypothesen auf, weil einzig und allein Ganir diese Erfindung vollständig versteht.

Gala konzentrierte sich auf ihren Körper und wollte es noch einmal versuchen. Sie stach sich in ihren anderen Finger. Diesmal störte sie der Schmerz nicht so sehr, da sie wusste, was sie erwartete. Als sie die Sphäre berührte und wusste, worauf sie achten musste, bemerkte sie, wie etwas extrem Kleines durch ihr Blut in ihr Fleisch eindrang. Sie konnte auch fühlen, wie ihr Körper den kleinen Eindringling sofort angriff und davon abhielt, in ihrem Blut weiterzuwandern. Ihr Finger heilte wieder genauso schnell wie zuvor.

»Warum nimmst du nicht einfach eine der Perlen?«, schlug Blaise vor. »Leg sie unter deine Zunge und warte, was passiert.«

Gala tat, was er sagte, und fühlte erneut, wie etwas in sie eindrang. Es war, als ob dieses Etwas die Kontrolle über ihr Gehirn übernehmen wollte. Diesmal versuchte sie, ihren Körper davon zu überzeugen, diese Invasion zuzulassen, aber es funktionierte immer noch nicht. Seufzend schaute sie Blaise an und schüttelte den Kopf. »Ich habe es nicht geschafft, aber ich würde es gerne noch einmal versuchen«, sagte sie entschuldigend. »Es tut mir leid, wenn ich deine kostbaren Perlen verschwende …«

»Das ist völlig in Ordnung. Diese hier habe ich selbst hergestellt, um die Erschaffung meines Zauberspruches zu dokumentieren. Es macht nichts, wenn du sie aufbrauchst – ich kann mich noch sehr genau an diese Zeit erinnern und alles, falls nötig, ohne ihre Hilfe zu meinen Aufzeichnungen hinzufügen. Er lächelte sie beruhigend an.

Gala erwiderte sein Lächeln. Das Wissen, dass es sich dabei um Blaises Momentaufnahmen handelte – die ihr erlauben würden, die Welt durch seine Augen zu sehen –, war ein enormer Ansporn. Sie schloss ihre Augen und zwang ihren Körper, dieses Eindringen zuzulassen, konzentrierte sich darauf, die Substanz der Perlen durch ihre Adern wandern zu lassen. Plötzlich gab etwas in ihr nach, und sie fühlte, wie der Stoff in ihren Kopf und weiter in ihr Gehirn eindrang. Zu ihrem Ärger schien das, was mit menschlichen Gehirnen funktionierte, aber nicht die gleiche Wirkung bei ihr zu haben. Sie fühlte einen Hauch fremder Gefühle, hatte aber keine Visionen.

Frustriert öffnete sie die Augen. »Ich habe es wieder nicht geschafft, aber ich denke, ich bin nahe dran«, berichtete sie Blaise. »Hast du weniger wertvolle Momentaufnahmen?«

»Natürlich, sie sind im Lager«, antwortete er ihr und verließ das Arbeitszimmer. Gala folgte ihm, und sie gingen in eines der Zimmer, welches sie auf ihrer Führung durch Blaises Haus gesehen hatte. Alle Wände in diesem Zimmer schienen von Holzmöbeln bedeckt zu sein – Möbeln, die aussahen, als bestünden sie aus Dutzenden kleiner Türen. Kästchen, erkannte Gala. Das waren alles Kästchen – winzig kleine Schränke, die zur Aufbewahrung dienten.

Blaise beugte sich nach unten und öffnete eine der

Türen, um ein Glas mit einigen Perlen herauszunehmen. »Das sind die Momentaufnahmen meiner unwichtigeren Arbeiten«, erklärte er ihr und gab ihr eine dieser durchsichtigen Kügelchen. »Du kannst ruhig so viele von ihnen benutzen wie du möchtest. Alles besonders Wichtige schreibe ich immer auf.« Er deutete auf ein paar andere Türen, um ihr zu zeigen, wo er sein schriftliches Vermächtnis aufbewahrte.

Gala nahm die Kugel aus seiner Hand und legte sie sich unter die Zunge. Mit ihrer ganzen Kraft zwang sie sich, zu erkennen, was diese Momentaufnahme beinhaltete. Sie dachte an ihre Zeit in der Zauberdimension zurück und daran, wie sie dazu in der Lage gewesen war, die Visionen anzunehmen. Plötzlich befand sie sich in dem Teil ihres Gehirns, welches das auch schon vorher getan hatte, und endlich, nach gefühlten Stunden angestrengter Konzentration, bemerkte sie, wie etwas in ihr nachgab und sich eine Vision vor ihr ausbreitete ...

* * *

Blaise saß in seinem Arbeitszimmer und schrieb einen Zauberspruch. In Zeiten wie dieser störte ihn die Einsamkeit, welche er sich selbst auferlegt hatte, nicht. Zaubersprüche vorzubereiten verlangte Konzentration, und Ablenkungen konnten zu großen Rückschlägen führen. Zum Glück wussten Maya und Esther es besser, als sich seinem Arbeitszimmer zu nähern, wenn er arbeitete. Sie würden einfach kommen, die Momentaufnahmen, die er benötigte, abliefern und gleich wieder verschwinden, sollte er gerade beschäftigt sein.

Er entwickelte gerne Zaubersprüche, weil es so eine genaue und präzise Angelegenheit war. Der Zaubercode machte genau das, was man ihm sagte. Solange man die Logik des Zaubers korrekt schrieb, war es eine einfache Dynamik von »wenn die Variable A sich so verhält und solche Werte hat, dann passiert Handlung B«. Diese ganze Sache hatte etwas Beruhigendes. Es war eine Sicherheit in einer unsicheren Welt, und sein Kopf mochte die Berechenbarkeit des Ganzen. Er benutzte häufig die gleichen Komponenten, und jedes Mal führten sie zu demselben Ergebnis.

Der Zauber, an dem er gerade arbeitete, war anders, viel komplizierter als sonst. Er basierte auf den Arbeiten von Lenard dem Großen, und Blaise verstand nicht alle seine Komponenten – konnte also auch das Ergebnis nicht voraussagen. Alles, was er wusste, war, dass es sich um ein Tor zur Zauberdimension handelte – und es sollte ihm ermöglichen, seine Momentaufnahmen dorthin zu senden, um das intelligente Objekt zu formen, welches er gerade erschuf.

Blaise machte eine Pause, um einige Sachen

niederzuschreiben.

* * *

Plötzlich wurde Gala sich bewusst, Gala zu sein, und nicht Blaise. Noch vor einem Augenblick war sie er gewesen. Sie hatte darüber nachgedacht, die Momentaufnahmen in die Zauberdimension zu schicken, um das Objekt zu füttern – das Objekt, welches sie selbst war. Es war ein seltsames Gefühl gewesen, Gedanken über sich selbst vor ihrer Existenz zu haben. Gala öffnete die Augen und schaute Blaise an.

»Bist du schon fertig damit?« Er schien überrascht zu sein.

»Ich habe es angehalten«, erklärte sie. »Ich mochte es nicht. Ich war nicht ich selbst. Das war genauso wie in der Zauberdimension, bevor ich ich selbst wurde. Ich fühlte mich in deinen Gedanken verloren, und das mochte ich nicht – auch wenn ich deine Gedanken als solche sehr gerne mag.«

Blaise grinste sie an und sah erfreut aus. »Danke schön. Nur damit du es weißt, ich habe noch nie von jemandem gehört, der eine Momentaufnahme einfach so mittendrin verlassen konnte, bevor sie beendet war. Ich denke, ich muss gar nicht so überrascht von dir sein.«

»Ich bin anders«, stimmte ihm Gala zu.

»Momentaufnahmen sind sehr einnehmend«, erklärte ihr Blaise. »Das mögen die meisten Menschen an ihnen. Es gibt sogar einige, die von dieser Erfahrung abhängig sind. Wenn dein eigenes Leben zu wünschen übrig lässt, ist es eine großartige Fluchtmöglichkeit, einfach jemand anderes zu sein. Ich, genau wie du, mag das Gefühl, mich selbst zu verlieren, nicht, aber ich begrüße die Möglichkeit, mehr über Menschen zu lernen, indem ich das Leben aus ihrer Perspektive betrachte.«

»Ja, das kann ich nachvollziehen. Ich muss zugeben, ich hatte die Möglichkeit, festzustellen, was für einen beeindruckenden Verstand du hast«, erklärte sie ihm ernsthaft. »So anders als meiner, und trotzdem so gleich.« Es war erleuchtend gewesen, seinem Gedankengang zu folgen, und Gala fühlte sich, als würde sie ihren Schöpfer jetzt besser verstehen.

Er lächelte sie warm an, und an den Winkeln seiner blauen Augen bildeten sich Fältchen. »Danke schön.«

Sie spürte den plötzlichen Drang, seine lächelnden Lippen zu berühren, aber sie kämpfte gegen diesen Impuls an, da sie aus den Büchern gelernt hatte, dass spontane Berührungen ohne Aufforderung sozial inakzeptabel waren. »Ich würde gerne eine andere Aufnahme sehen«, sagte sie stattdessen. »Von einer anderen Person.« So eigenartig diese Erfahrung auch gewesen war, Blaise hatte recht: es gab ihr die

Möglichkeit, zu lernen.

Blaise schaute sie zustimmend an. »Ich habe noch einige von der Reihe übrig, die für dich bestimmt waren, als du noch in der Zauberdimension warst.« Er nahm eine Perle aus einem anderen Glas und reichte sie Gala.

Sie legte sie unter ihre Zunge und versuchte, ihren Körper dazu zu bringen, sie zu benutzen, genauso wie das letzte Mal. Nur dass sie sich jetzt darauf konzentrierte, sich nicht vollständig von ihr einnehmen zu lassen.

* * *

Sie war ein Mädchen aus dem Dorf und arbeitete in einem Garten neben einer großen Wiese. Es war ein sonniger Tag, und die Wiese war wunderschön, mit Wildblumen, die gerade anfingen zu blühen. Das ganze Gras würde bald verschwunden sein, um Platz für Weizen oder anderes Getreide zu machen.

Sie sah an sich hinunter, spannte ihre Arme an und betrachtete das Spiel ihrer Muskeln unter ihrer Haut. Sie war ein kräftiges Mädchen, und ihr Körper war von ihrer lebenslangen Arbeit auf dem Bauernhof geformt worden. Sie genoss diesen Teil ihres Lebens, diesen endlosen Kreislauf des Pflanzens und Erntens. Jetzt, da der Frühling kam, würde ihre Familie bald hart arbeiten müssen ...

* * *

Gala hielt die Vision an. Sie hatte Schwierigkeiten, Abstand zu halten. Für einen kurzen Augenblick war sie das Mädchen gewesen, und diese Erfahrung war genauso verstörend gewesen wie zuvor.

»Diese Person kommt mir bekannt vor«, ließ sie Blaise wissen. »Ich glaube, ich war in der Zauberdimension auch schon in ihren Gedanken.«

Er lächelte und war nicht mehr überrascht davon, dass sie so schnell zurückgekommen war. »Ja, es wundert mich nicht, dass du sie wiedererkennst. Die meisten meiner Perlen habe ich von Maya und Esther bekommen, meinen Freundinnen aus dem Dorf. Sie haben viele Talente, unter anderem kennen sie sich hervorragend mit Naturheilverfahren aus und sind außerdem Hebammen. Im Austausch für ihre Hilfe haben sie Momentaufnahmen von den Frauen verlangt, denen sie halfen. Eine Art Bezahlung, die sie mir zukommen lassen haben ...« Seine Stimme verstummte, und sein Blick wurde nachdenklich.

»Was ist los?«, fragte Gala neugierig.

»Mir ist nur gerade eine Idee gekommen, warum du diese Gestalt angenommen haben könntest«, antwortete er ihr und blickte sie an, als sähe er sie zum ersten Mal.

»Welche Gestalt?« Gala schaute ihn fragend an.

»Die eines Mädchens.«

»Magst du sie nicht?«, fragte sie und war unerklärlicherweise enttäuscht.

»Nein, das ist es nicht«, versicherte er ihr. »Ich mag sie. Ich mag sie sogar ein wenig zu gern, glaub mir.« Seine Augen verdunkelten sich, und seine Wangen erröteten leicht. Gala lächelte, da sie sich darüber freute, ihm zu gefallen. Das Aussehen war den Menschen wichtig; das hatte sie auch aus den Büchern gelernt.

Er räusperte sich und sah immer noch ein wenig unangenehm berührt aus. »Was ich dir eigentlich eben sagen wollte, ist, dass ich denke, dass du wie ein Mädchen aussiehst, weil so viele der Momentaufnahmen, die ich dir gesandt habe, von den Frauen aus dem Dorf waren – die Mehrheit sogar.«

Gala nickte. Das ergab Sinn. Ihr Unterbewusstsein hatte wahrscheinlich wegen der Visionen durch die Momentaufnahmen eine weibliche Form gewählt. Und da der Großteil der Aufnahmen von Frauen war, war es nur logisch, dass ihr Gehirn dieses Aussehen angenommen hatte.

»Also, würdest du jetzt gerne noch mehr Momentaufnahmen sehen?«, wollte Blaise wissen. »Diese hier habe ich aus dem Zauberturm mitgenommen.«

»Ja, gerne«, antwortete ihm Gala.

* * *

Die junge Zauberin saß in einem der Arbeitszimmer im Turm. Zum ersten Mal in ihrem Leben schrieb sie einen eigenen Zaubercode. Das war ein entscheidender Meilenstein in ihrer Ausbildung, und sie wollte Meister Kelvin stolz auf das machen, was sie erreicht hatte.

Dieser Zauberspruch war einer der schwierigeren verbalen Sprüche, da alle Studenten erst die alte Art zu zaubern lernen mussten, bevor sie Zugang zu der einfacheren magischen Sprache und dem Deutungsstein bekamen. Um die Wahrscheinlichkeit von Fehlern auf ein Minimum zu begrenzen, überprüfte sie noch einmal die Logik des Spruchs und vergewisserte sich, dass alles richtig aussah. Natürlich wusste sie, dass der einzige Weg, um Sicherheit zu haben, war, den Spruch laut aufzusagen.

Sie nahm ihren ganzen Mut zusammen und sprach die Sätze, die sie vorbereitet hatte, laut aus, bevor sie sie mit den geheimen Worten des Deutungsspruchs abschloss. Dann beobachtete sie, wie ein kleines Feuer vor ihr erschien, genauso wie sie es codiert hatte. Sie lachte voller Aufregung und Freude, da sie sich fühlte, als habe sie gerade die Welt erobert.

Plötzlich blitzte ein helles Licht im Raum auf, und die Sphäre explodierte, Glassplitter und brennendes Holz *regneten auf sie herab.*

Die Explosion warf die junge Frau um, aber sie schaffte es, bei Bewusstsein zu bleiben. Der Raum war allerdings fast vollständig zerstört.

Ihr Zauberspruch hatte nicht funktioniert.

* * *

Gala stoppte die Aufnahme und beschloss, im Augenblick keine weitere ansehen zu wollen. Das beunruhigte sie einfach zu sehr. Die Gedanken des letzten Mädchens waren so voll von den starken negativen Gefühlen der Enttäuschung und der Angst gewesen, dass Gala immer noch die Nachwirkungen spürte.

»Bist du wieder ausgestiegen?«, fragte Blaise, sobald Gala die Augen öffnete.

»Ich glaube nicht, dass ich auf diese Art und Weise noch mehr von der Welt lernen möchte«, teilte sie ihm mit. »Ich würde lieber alles selbst erleben, und nicht durch die Augen einer anderen Person.«

»Gala …« Blaise klang wieder unglücklich, und seine Stirn legte sich in Falten. »Das ist keine gute Idee. Das habe ich dir doch schon erklärt. Wenn wir rausgehen, werden alle neugierig auf dich sein. Das Einzige, was du erleben wirst, ist ihr Starren. Sie werden wissen wollen, woher du kommst und wer du bist …«

»Deinetwegen«, meinte Gala, die sich an das erinnerte, was er ihr vorher erzählt hatte. »Weil du ein Außenseiter bist.«

»Ja, genau.«

»Okay«, sagte Gala und kam zu einem Entschluss. »Dann gehe ich eben alleine. Ich möchte nicht deinetwegen von allen angestarrt werden. Ich möchte in der Masse untergehen und wie ein normaler Mensch leben.« Der letzte Teil war wichtig für sie. Sie war anders, wollte sich aber nicht so fühlen.

»Du möchtest vorgeben, eine Bäuerin zu sein?« Blaise schaute sie ungläubig an.

»Ja«, sagte Gala entschieden. »Genau das möchte ich.«

»Das ist keine gute Idee …«, fing Blaise erneut an, aber Gala hob ihre Hand und unterbrach ihn mitten im Satz.

»Bin ich deine Gefangene?«, wollte sie ruhig wissen.

»Natürlich nicht!«

»Bin ich dein Eigentum, ein magisches Objekt, welches dir gehört?«

Blaise schüttelte den Kopf und sah frustriert aus. »Nein, Gala, natürlich bist du das nicht. Du bist ein intelligentes Wesen …«

»Ja, das bin ich.« Gala freute sich, dass er diese Tatsache akzeptierte. »Und ich weiß, was ich möchte, Blaise. Ich möchte hinausgehen, die Welt sehen und wie eine normale Person leben.«

Er seufzte und strich sich durch sein dunkles Haar. »Gala …«

Sie blickte ihn nur an, ohne etwas zu sagen. Sie hatte ihre Wünsche klar geäußert. Sie war weder ein Gegenstand noch ein Haustier, welches er im Haus halten konnte – nicht, wenn es hier in der physischen Dimension so viel zu sehen und zu erleben gab.

»Okay«, lenkte er schließlich ein. »Erinnerst du dich an Maya und Esther, die Freundinnen, von denen ich dir schon erzählt habe? Sie leben in dem Dorf, in dem ich aufwuchs. Esther war mein Kindermädchen, und für mich sind sie und ihre Freundin Maya wie meine Tanten, auch wenn wir nicht blutsverwandt sind. Ich möchte, dass sie auf dich aufpassen, wenn dich das nicht stört, und dass sie dir helfen, dich führen, bis du die Welt besser kennst.«

»Das hört sich großartig an«, antwortete ihm Gala, und alle ihre negativen Gefühle verschwanden in einem Augenblick. »Ich würde mich sehr freuen, die beiden kennenzulernen.« Sie wollte generell mehr Menschen kennenlernen, und sie mochte den Gedanken, diejenigen kennenzulernen, die für Blaise wichtig waren.

»Eine Sache noch«, sagte Blaise und sah sie eindringlich an. »Du kannst niemandem erzählen, woher du kommst. Sonst könnten wir beide

Schwierigkeiten bekommen.«

Gala nickte. »Ich verstehe.« Sie würde sich an das halten, worum Blaise sie bat, besonders, weil sie von den anderen als normaler Mensch angesehen werden wollte, und nicht als eine Laune der Natur.

Ihr Schöpfer sah ein wenig beruhigter aus. »Schön. Dann werde ich dich zum Dorf bringen.«

»Gehört das Dorf zu deinen Besitztümern?«, fragte Gala, da sie sich daran erinnerte, gelesen zu haben, dass der Großteil des Landes, welches Turingrad umgab, in Gebiete unterteilt war – und jedes Gebiet gehörte einem Zauberer.

»Ja.« Blaise sah aus, als fühle er sich bei diesem Thema unwohl. »Es gehört zu meinem Besitz.«

»Und die Menschen, die dort leben, gehören dir, richtig?«

Blaise runzelte seine Stirn. »Nur dem Gesetz nach. Es ist ein alter Brauch, ein unglückliches Überbleibsel der feudalen Zeiten. Die Revolution der Zauberer sollte das eigentlich ändern, aber erreichte es nicht, so wie viele andere Dinge auch. Trotz der Aufklärung leben wir, was einige Punkte betrifft, immer noch im Mittelalter. Dieser Aspekt unserer Gesellschaft ist etwas, was ich sehr gerne ändern würde.«

Gala nickte erneut. Sie hatte das schon deshalb gedacht, weil es ihm generell sehr wichtig war, den normalen Menschen zu helfen. »Ich verstehe«, sagte sie.

»Also, wann können wir dorthin fahren, zu deinem Dorf?«

»Wie wäre es mit morgen?«, schlug Blaise vor und sah bei dem Gedanken daran immer noch nicht begeistert aus.

»Morgen wäre großartig.« Gala schenkte ihm ein strahlendes Lächeln. Und dann tat sie etwas, von dem sie nur gelesen hatte.

Sie streckte sich nach ihm aus, schlang ihre Arme um seinen Hals und zog seinen Kopf zu sich hinunter, um ihn zu küssen.

11. KAPITEL

❋ AUGUSTA ❋

Augusta flog auf ihrer Chaise hoch über der Straße und beobachtete die entsetzten Gesichtsausdrücke der Bauern, als vor ihnen fünfzig Soldaten aus dem Nichts erschienen. Nur wenige Laien wussten überhaupt, dass Teleportation existierte, und noch weniger waren jemals Zeuge davon geworden.

Die Bauern vor ihnen hielten abrupt an, und die Menschen, die ihnen folgten, liefen in sie hinein, weshalb ein paar von ihnen zu Boden gingen. Die Gefallenen standen sofort wieder auf und hielten ihre Knüppel und Mistgabeln beschützend vor sich, aber es war zu spät. Sie hatten sich schon als die tollpatschigen Schwächlinge erwiesen, die sie waren.

Augusta lächelte, da sie wusste, was jetzt kam. Gleich würden sie noch viel entsetzter sein.

»Wer hat hier das Kommando?« Barsons Stimme ertönte und tat Augusta einen Augenblick lang in ihren gerade empfindlicheren Ohren weh. Sie hatte einen Zauber angewandt, um die Lautstärke der Stimme ihres Liebhabers zu erhöhen. Der gewünschte Effekt war eingetreten, und einige der Rebellen sahen schlichtweg verängstigt aus.

In diesem Moment trat ein riesiger Mann in einer Schmiedeschürze aus der Menge hervor. In seiner Hand hielt er ein langes, schwer aussehendes Schwert. Ein Werkzeugschmied schätzte Augusta. Seine Gegenwart erklärte einige der Waffen, die sie bei sich führten.

»Niemand hat hier das Kommando«, brüllte der Riese zurück und versuchte, mit Barsons tiefer Stimme mitzuhalten. Wir sind alle gleichberechtigt.«

Barson hob seine Augenbrauen. »Gut, dann sag deinen *Partnern*, dass auf dem Hügel gleich eine Armee auf sie wartet.« Seine Stimme hatte jetzt wieder eine normale Lautstärke; Augustas Zauber wirkte nur für eine kurze Zeit.

Der Bauer lachte nur höhnisch. »Und wir haben eine Armee, die gleich diesen Berg hinaufmarschiert ...«

»Eher eine Horde hungriger Bauern«, unterbrach Barson abwertend.

Der Mann fletschte die Zähne. »Was willst du?«

»Es geht eher darum, was ich nicht will«, erwiderte der Hauptmann der Garde kühl. »Zum Beispiel kein unnötiges Gemetzel.«

Der Schmied lachte und warf seinen Kopf nach hinten. »Wir haben kein Problem damit, euch alle zu töten, sollte das nötig sein.«

Barson antwortete nicht, sondern zog nur seine Augenbrauen nach oben, während er den Mann weiterhin anschaute.

»Du hast Angst vor uns«, höhnte der Bauer erneut. »Denkst du, ein wenig Zauberei und Drohungen reichen aus, damit wir umkehren?«

Augustas Liebhaber blickte ihn mit einem regungslosen Gesichtsausdruck an. »Mir wäre es lieber, keine Märtyrer aus euch zu machen. Ich verstehe, dass die Dürre jedem das Leben erschwert, aber ihr marschiert auf Turingrad zu. Selbst wenn wir euch nicht töten würden – was wir werden –, könnte euch alle ein einziger Zauberer innerhalb eines Augenblicks zerstören.«

Der Mann blickte finster. »Das werden wir sehen.«

»Nein«, entgegnete ihm Barson. »Das werdet ihr nicht. Ich werde euch die Möglichkeit geben, zu erkennen, wie sinnlos eure Rebellion ist. Eure zehn besten Kämpfer gegen einen von uns – egal wen.«

»Aha.« Der Mann lachte. »Und wenn wir gewinnen?«

»Das werdet ihr nicht«, antwortete ihm Barson mit einer solchen Überzeugung, dass Augusta zum ersten Mal den Schimmer eines Zweifels auf dem Gesicht des Schmieds erkennen konnte.

Einen Moment später hatte der Mann allerdings seine Fassung wiedererlangt. »Das hat keinen Sinn«, sagte er und drehte sich herum, um zurückzugehen.

»Du hast Angst vor uns!« Eine spöttische Stimme – erstaunlich hoch und jung – schien aus dem Nichts zu kommen und brachte den Dorfbewohner dazu, anzuhalten. Der riesige Aufständische starrte auf den jungen Soldaten, der sich seinen Weg nach vorne bahnte.

Es war Kiam, der Junge, den Augusta während des Trainings geheilt hatte.

Bevor der Mann etwas entgegnen konnte, rief Kiam aus: »Zehn zu eins ist nicht gut genug für euch Feiglinge – ihr habt immer noch Angst! Warum nicht fünfzehn zu eins? Oder was ist mit zwanzig zu eins? Wärt ihr dann weniger ängstlich?«

Der Schmied erzürnte sichtlich, und sein bärtiges Gesicht wurde knallrot. »Halt deinen Mund, Welpe!«, bellte er, zog sein Schwert und griff Kiam an.

Augusta griff angespannt vor Angst nach ihrer Lehne, als der schlanke Jugendliche sein eigenes Schwert zog und sich darauf vorbereitete, auf diesen Bauern zu treffen, der wie ein gereizter Bulle auf ihn zustürmte.

Der Schmied stürzte sich auf Kiam, und dieser wich anmutig mit geschmeidigen und geübten Bewegungen zur Seite aus. Unter wütendem Geheul griff der Schmied erneut an, und Kiam erhob sein Schwert. Bevor Augusta überhaupt verstand, was passiert war, erstarrte der Riese, und ein roter Streifen erschien in seinem Nacken. Dann brach er zusammen, und sein Körper schlug ungebremst auf dem Boden auf. Sein abgetrennter Kopf rollte auf dem Boden entlang und blieb ein paar Meter entfernt liegen.

Kiams scharfes Schwert hatte den dicken Hals des Mannes so einfach durchtrennt, wie sich ein Messer durch Butter bewegte.

Einen Moment lang herrschte erstaunte Stille. Dann lachte Barson. »Ich sagte zehn, der Junge sagte fünfzehn, aber ihr schickt einen einzigen Mann«, schrie er den entsetzten Bauern entgegen.

Als Antwort darauf drängten sich weitere fünf Männer durch die Gruppe der Bauern. Obwohl keiner so riesig war wie der tote Mann, schienen sie doch alle größer und stärker als Kiam zu sein. Sie waren auch vorsichtiger als der Schmied und näherten sich dem Jungen schweigend, mit einem entschlossenen Ausdruck auf ihren harten Gesichtern.

Als sie bei ihm ankamen, machte der erste Mann einen Satz auf den Jungen zu, dem Kiam wie zuvor auswich. Diesmal durchschnitt er den Mann allerdings in der Mitte. Zwei weitere Bauern griffen ihn gleichzeitig an, aber Kiam bewegte seinen Körper wie ein Tänzer von den Schlägen weg und schwang sein Schwert. Drei weitere Männer gingen innerhalb weniger Momente zu Boden. Der letzte noch stehende Mann zögerte, aber dann war es für ihn auch schon zu spät. Ohne dem Mann Zeit zu geben, sich Gedanken zu machen, sprang der junge Soldat nach vorne und handelte.

Dann war auch der letzte Angreifer weg.

Augusta konnte ein Raunen in der Masse hören. Das war der kritische Moment, den Barson mit seiner Demonstration hervorrufen wollte. Ein ziemlich kleiner Junge gegen einige große Männer – es konnte keine klarere Aussage über das kämpferische Können seiner Männer geben. Wenn die Bauern nur einen Funken Vernunft hatten, würden sie jetzt zurückkehren.

Zumindest hoffte Barson das. Augusta war sich unsicher über diesen Teil des Planes gewesen – und jetzt konnte sie erkennen, dass ihre Zweifel berechtigt gewesen waren. Die Landarbeiter waren schon zu weit gekommen, um so leicht zurückgeworfen zu werden, und anstatt sich zurückzuziehen, begannen sie, nach vorne zu drängen, und zogen ihre Waffen. Als sie sich den Soldaten näherten, breiteten sie sich aus und begannen, Barsons Männer zu umstellen.

Das war der Punkt, an dem Augusta die Soldaten zurückteleportieren sollte. Ihre Hände zitterten, als sie nach dem vorgeschriebenen Zauberspruch griff, und die Karte rutschte ihr aus der Hand und fiel von der Chaise. Sie zog erschrocken Luft ein und versuchte die Karte zu fangen, aber es war sinnlos. Als die Karte zu Boden glitt, wurde Augusta von einer Panikwelle überrollt, wie sie sie noch niemals zuvor gespürt hatte.

Falls ihr Zauber versagte, wäre sie verantwortlich für den Tod Barsons und seiner Männer.

12. KAPITEL

※BLAISE※

Schockiert trat Blaise einen Schritt zurück und schaute Gala an. Wusste sie, was sie tat, als sie ihn so küsste?

Trotz ihrer umwerfenden Schönheit hatte er die ganze Zeit lang versucht, nicht auf diese Art und Weise von ihr zu denken. Sie war gerade erst auf diese Welt gekommen, und in seinen Augen war sie so unschuldig wie ein Kind. Ihr Verhalten strafte diese Vorstellung allerdings Lügen.

Das würde kompliziert werden. Sehr schnell sehr kompliziert werden.

Blaise schluckte und dachte darüber nach, was er jetzt sagen sollte. Er konnte immer noch ihre weichen Lippen gegen seine gedrückt fühlen, ihre schlanken

Arme, die ihn umschlangen und ihn festhielten. Er hatte nicht gedacht, dass er so stark auf sie reagieren würde, dass er seine ganze Kraft aufbringen müsste, um diesen Kuss zu beenden.

Sie trat einen Schritt auf ihn zu. »Ähm, Blaise?«

»Gala, verstehst du, was ein Kuss bedeutet?«, fragte er vorsichtig, während er versuchte, seine instinktiven Reaktionen auf ihre Nähe zu kontrollieren.

»Natürlich.« Ihre blauen Augen blickten groß und arglos zu ihm hinauf.

»Und was bedeutet er für dich?« Experimentierte sie mit ihm, versuchte sie da, etwas über diese Aspekte des Lebens zu lernen, so wie sie auch alles andere erfahren wollte?

»Das Gleiche, was es für alle anderen auch bedeutet, denke ich«, antwortete sie ihm. »Ich habe darüber gelesen. Es gibt eine große Anzahl von Geschichten über Männer und Frauen, die sich küssen, wenn sie sich anziehend finden. Und du findest mich ja auch attraktiv, richtig?« Ihr feines Gesicht hatte einen fragenden Ausdruck.

Blaise wusste, dass er vorsichtig vorgehen musste. Trotz seiner Begabung für die Zauberei war er weit davon entfernt, ein Experte darin zu sein, Frauen zu verstehen. Diese charmanten Wesen waren immer ein Rätsel für ihn gewesen, und diese hier war noch nicht einmal menschlich. Auch wenn er sie erschaffen hatte, waren ihre Gedanken für ihn so mysteriös wie die Tiefen des Ozeans.

»Gala«, sagte er sanft, »ich habe dir schon gestanden, dich unwiderstehlich zu finden …«

Sie warf ihm einen Blick zu, der stark an ein Schmollen erinnerte. »Aber du hast dich mir gerade widersetzt.«

»Ich musste«, antwortete Blaise ihr geduldig. »Du bist so neu auf dieser Welt. Ich bin der erste Mann – der erste Mensch –, den du jemals persönlich getroffen hast. Wie solltest du da wissen können, was du für mich fühlst?«

»Aber sind Gefühle nicht genau das? Gefühle?« Sie runzelte ihre Stirn. »Sagst du mir gerade, dass meine Gefühle weniger echt sind, weil ich noch nichts von der Welt gesehen habe?«

»Nein, natürlich nicht.« Blaise fühlte, wie er sich immer tiefer sein eigenes Grab schaufelte. »Ich behaupte nicht, dass das, was du fühlst, nicht echt sei. Es könnte sich nur sehr bald ändern, sobald du mehr von der Welt siehst … mehr Männer triffst.« Als er das letzte Detail hinzufügte, merkte er bei dem Gedanken Eifersucht in sich aufsteigen, die er aber sofort unter Anstrengungen beiseiteschob. Er war entschlossen, in dieser Angelegenheit großzügig zu sein.

Galas Augen verengten sich. »Okay. Wenn es das ist, was dir Sorgen bereitet, dann ist das in Ordnung.

Morgen werde ich rausgehen und andere Männer treffen. Und danach werde ich zurückkommen und dich so viel küssen, wie ich möchte.«

Blaises Puls schnellte nach oben. »Warum bringe ich dich dann nicht jetzt sofort zum Dorf?«, fragte er halb im Scherz.

Ihre Augen leuchteten auf, und sie hüpfte fast vor Ungeduld. »Ja, lass uns los!«

13. KAPITEL

❖ AUGUSTA ❖

Augusta konnte erkennen, dass die Bauern unter ihr angriffen.

Barson und seine Soldaten erwarteten, teleportiert zu werden, aber als das nicht geschah, begannen sie, mit grimmiger Entschlossenheit zu kämpfen. Bald waren sie von Leichen umringt. Augustas Liebhaber schien in diesem Kampfrausch besonders unmenschlich zu sein. Als die Rebellen seinen strategischen Wert begriffen, konzentrierten sie sich auf Barson, kamen einer nach dem anderen zu ihm und wurden alle von den brutalen Hieben seines Schwertes erledigt.

Augusta versuchte, sich zu konzentrieren, nachdem sie gesehen hatte, dass sie sich selbst schützen konnten.

Es war unmöglich, hinunterzufliegen um ihre Zauberkarte zurückzuholen – nicht während des blutigen Kampfes, der dort unten tobte – also musste sie eine neue schreiben.

Sie sammelte ihre Gedanken und nahm eine unbeschriebene Karte und die restlichen Teile des Spruchs heraus. Alles, was sie jetzt tun musste, war, aus dem Gedächtnis das komplizierte Teilstück des Zaubercodes, welches sie vorhin geschrieben hatte, zu rekonstruieren. Zum Glück war Augustas Gedächtnis exzellent, und sie benötigte nur ein paar Minuten, um sich darauf zu besinnen, was sie ursprünglich gemacht hatte.

Als ihr Spruch fertig war, steckte sie die Karten in den Stein, blickte nach unten und hielt den Atem an.

Eine Minute später verschwanden Barson und seine Soldaten vom Schlachtfeld und hinterließen Dutzende toter Körper und verwirrter Rebellen.

* * *

»Es tut mir so leid«, sagte sie, als sie wieder bei Barson und seinen Männern auf dem Berg war.

Zum Glück war niemand verletzt worden; wenn überhaupt, schien der Kampf die Laune aller Beteiligten gehoben zu haben. Die Soldaten lachten und schlugen sich gegenseitig auf den Rücken.

»Wir haben unsere Stellung gehalten«, erwiderte Barson ihr triumphierend, hob sie mit seinen starken Armen hoch und wirbelte sie herum.

Lachend und nach Luft schnappend ließ sich Augusta wieder von ihm auf den Boden stellen. »Du hast Glück gehabt, dass ich die Karte so schnell ersetzen konnte«, erklärte sie ihm. »Hätte ich eine andere Karte verloren, wäre es schwieriger gewesen, sie zu ersetzen, und ihr hättet länger kämpfen müssen.«

»Vielleicht gibt es da ja etwas, was du tun könntest, um diesen Fehler wiedergutzumachen«, meinte Barson und sah mit einem dunklen Lächeln auf sie herunter.

»Und was?«, wollte Augusta vorsichtig wissen.

»Die Rebellen werden bald hier sein«, sagte er mit glänzenden Augen. »Denkst du, du könntest ihre Anzahl ein wenig verringern?«

Augusta schluckte. »Du möchtest, dass ich einen direkten Zauber gegen sie anwende?«

»Ist das gegen die Regeln des Rates?«

Eigentlich war es das nicht, aber es wurde in höchstem Maße abgelehnt. Der Rat wollte generell das Zaubern unter den Blicken der normalen Bevölkerung so gering wie möglich halten. Es wurde als schlechter Geschmack des Zauberers angesehen, wenn er seine Fähigkeiten so offen zur Schau stellte – und es könnte potenziell gefährlich werden, falls es dazu führte, dass die Bauern selbst versuchen sollten, zaubern zu lernen.

Angriffszauber waren besonders zu vermeiden; Magie gegen jemanden zu verwenden, der nicht zaubern konnte, war gleichbedeutend damit, ein Huhn mit einem Schwert zu schlachten.

»Also genau genommen ist es nicht gegen das Gesetz«, antwortete Augusta ihm langsam. »Aber meine Hilfe sollte nicht offensichtlich sein.«

Barson schien einen Moment lang darüber nachzudenken. »Was wäre denn, wenn es wie eine natürliche Ursache aussähe?«, schlug er vor.

»Das könnte funktionieren.« Augusta dachte über ein paar Sprüche nach, die sie schnell zusammenschreiben könnte. Sie hatte nicht vorgehabt, etwas in der Art zu machen, aber sie hatte die richtigen Komponenten dafür mitgenommen. Sie hatte sie zwar aus anderen Gründen mitgenommen, aber sie würden ihr jetzt trotzdem helfen.

Sie wühlte in ihrer Tasche, holte ein paar Kärtchen hervor und schrieb schnell einige neue Zeilen für den Code. Als sie fertig war, sagte sie Barson, dass sich seine Männer für einige Minuten auf den Boden legen sollten. »Es könnte ein wenig … wackelig werden«, erklärte sie ihm.

Die Bauern waren noch ein Stück entfernt, als sie begann, die Karten in ihren Deutungsstein zu schieben.

Einen Moment lang war alles ruhig. Augusta hielt den Atem an und wartete darauf, zu sehen, ob ihr

Spruch funktionierte. Sie hatte einen einfachen Explosionszauber, der ein Haus in die Luft jagen könnte, mit einer Teleportationskomponente versehen. Anstatt die Bauern direkt zu treffen, würde der Zauber in den Boden unter der angreifenden Armee teleportiert werden. Dort, im Untergrund, würde die Explosion Felsen zerbrechen und zertrümmern und dadurch die Kettenreaktion auslösen, auf die Augusta hoffte.

Ein paar nervenaufreibende Sekunden lang sah es so aus, als würde nichts passieren. Und dann hörte sie ein tiefes, sonores Donnern, dem eine starke Vibration unter ihren Füßen folgte. Die Erde bebte so gewaltig, dass Augusta sich hinsetzen musste, um nicht umgerissen zu werden. Entfernt konnte sie die Schreie der Rebellen hören, als sich der Boden unter ihren Füßen öffnete und ein tiefer Graben entstand, der sich durch ihre Armee hindurchzog. Dutzende Männer fielen in die Öffnung und stürzten mit ängstlichen Schreien in den Tod.

Der erste Schritt des Planes war vollendet.

Augusta fütterte ihren Stein mit dem nächsten Spruch. Es war einer der tödlichsten, die sie kannte – ein Zauber, der sich pulsierendes Material suchte und starken Strom hindurchsandte. Er sollte eigentlich ein Herz anhalten können – oder mehrere Herzen, wenn man den Radius betrachtete, für den Augusta den Spruch codiert hatte.

Der Zauber fing an, Wirkung zu zeigen, und Augusta konnte sehen, wie die Bauern, welche noch auf ihren Füßen standen, umfielen und sich die Brust hielten. Mit ihrer verschärften Sicht konnte sie das Entsetzen und den Schmerz auf ihren Gesichtern erkennen und musste hart schlucken, um die Galle in ihrem Magen zu lassen. Sie hatte so etwas noch niemals zuvor getan, so viele Menschen durch Zauberei getötet, und sie konnte nichts gegen ihre instinktive Reaktion machen.

Als der Zauberspruch seine Wirkung freigesetzt hatte, waren die Straße und die grasbewachsenen Felder rundherum mit leblosen Körpern übersät. Weniger als die Hälfte der ursprünglichen Armee war noch am Leben.

Augusta war immer noch übel, als sie das Ergebnis ihrer Arbeit anschaute. Jetzt würden sie weglaufen, dachte sie, sich verzweifelt wünschen, dass die Schlacht zu Ende sei.

Aber zu ihrem Entsetzen stürmten die Überlebenden mit fest umklammerten Waffen weiterhin auf den Hügel zu, anstatt zurückzuweichen. Sie hatten keine Angst – oder, was noch wahrscheinlicher war, sie waren völlig verzweifelt, begriff sie. Diese Männer hatten von Anfang an gewusst, dass ihr Vorhaben schwierig war, aber sie hatten sich trotzdem dazu entschlossen, weiterzumachen. Sie konnte nicht verhindern, diese Entschlossenheit zu bewundern, auch wenn sie ihr unglaubliche Angst bereitete. Sie stellte sich vor, dass die Rebellen, die hinter der Revolution der Zauberer gestanden hatten – diejenigen, die den alten Adel so brutal gestürzt hatten –, auf ihre Weise genauso entschlossen gewesen waren.

Um sie herum bereiteten sich Barsons Soldaten auf den kommenden Angriff vor, indem sie ihre Plätze einnahmen und ihre Pfeile zogen.

Als die Bauern sich dem Hügel weiter näherten, hagelten Pfeile auf sie herunter und durchlöcherten ihre ungeschützten Körper. Die Soldaten trafen ihre Ziele mit der gleichen angsteinflößenden Genauigkeit, die Augusta schon während des Trainings beobachtet hatte. Jeder Landarbeiter, der sich innerhalb der Reichweite ihrer Pfeile befand, war innerhalb weniger Sekunden tot. Und trotzdem ließen die Rebellen nicht locker und drängten sich an ihren gefallenen Kameraden vorbei. Da es ihnen an einer organisierten Struktur fehlte, machten sie einfach weiter. Ihre Gesichter waren wutverzerrt, und in ihren Augen leuchtete Hass. Die Sinnlosigkeit dieser ganzen Verluste überwältigte Augusta. Als Barsons Männer alle ihre Pfeile verschossen hatten, war nur noch weniger als ein Drittel der ursprünglichen Kämpfer übrig.

Die Wächter warfen alle gleichzeitig ihre nutzlosen Bögen zur Seite und zogen ihre Schwerter. Und dann warteten sie mit harten und ausdruckslosen Gesichtern.

Als die erste Welle der Angreifer den Hügel erreichte, wurden sie innerhalb weniger Sekunden erledigt. Die zauberverstärkten Waffen der Soldaten waren schärfer als alles andere, was die Bauern bisher in ihrem Leben gesehen hatten. Augusta sah von der Seite aus dabei zu, wie die Wellen der Angreifer kamen und rund um den Hügel fielen.

Ihr Liebhaber war der fleischgewordene Tod, so unaufhaltsam wie die Natur. Die Hälfte der Zeit bewältigte er allein die angreifenden Rebellen, nahm es problemlos mit zwanzig bis dreißig Männern auf. Die anderen Soldaten waren fast genauso brutal wie er, und Augusta konnte sehen, wie die Bauern in immer kleinere Grüppchen zerfielen, ihre Anzahl sich mit jeder Minute verringerte.

Innerhalb einer Stunde näherte sich die grauenhafte Schlacht ihrem Ende. Augusta starrte auf die blutigen Überreste auf dem Feld und wusste, dass sie diese Schlacht nie vergessen würde.

Nein, korrigierte sie sich. Das war keine Schlacht – das war ein Abschlachten.

14. KAPITEL

☀ GALA ☀

»Das ist spektakulär«, sagte Gala zu Blaise, als sie auf die Stadt unter ihnen schaute. Sie saßen auf seiner Chaise, einem magischen Objekt, welches sie sehr beeindruckend fand. Mit seiner hellblauen Farbe erinnerte es Gala an ein schmales, elegantes Sofa – mit dem Unterschied, dass es aus einem diamantähnlichen Material gefertigt war, welches hart aussah, aber in Wirklichkeit sehr weich und angenehm war, wenn man es berührte. Blaise steuerte es durch verbale Zaubersprüche.

Was Gala besonders mochte, war allerdings die Tatsache, so nah bei Blaise sitzen zu können. Sie genoss seine Nähe; es erinnerte sie an die warmen Gefühle, die der vorangegangene Kuss in ihr ausgelöst hatte. Bei dem Gedanken an den Kuss löste sie ihren Blick von dem, was sich unter ihr befand, schaute auf Blaise und betrachtete sein markantes Profil.

Es störte sie, dass er an ihren Gefühlen zweifelte. Natürlich fehlte es ihr an Erfahrungen in der wirklichen Welt, aber sie hatte genug gelesen, um das Konzept der Anziehung zu verstehen – und was es bedeutete, so für jemanden zu fühlen. Sie war sich sicher, dass andere Menschen ihre Gefühle für Blaise nicht ändern würden. Dieser Ausflug zum Dorf würde gleich mehrere Zwecke erfüllen, dachte sie und wandte ihre Aufmerksamkeit wieder der Stadt zu, die unter ihr lag. Sie würde die Welt sehen können, und es würde Blaise zeigen, dass sie wusste, was sie wollte. Sie wollte auf ihren Schöpfer nicht ignorant oder naiv wirken.

»Das ist der Marktplatz«, erklärte ihr Blaise und unterbrach damit ihre Überlegungen. Er zeigte auf eine große, offene Fläche unter ihnen. »Du kannst die ganzen Stände der Händler sehen, die ihn umgeben. Und siehst du diesen Springbrunnen in der Mitte?«

»Ja«, antwortete Gala mit steigender Neugier. Sie mochte es, Neues zu erfahren, und es war großartig, diese ganzen Dinge hier mit ihren eigenen Augen zu sehen, anstatt sie durch Momentaufnahmen oder Bücher zu lernen.

»Jeder, der Turingrad besucht, geht zu dem Brunnen

und wirft eine Münze hinein«, erzählte ihr Blaise. »Arm oder reich, Normalbürger oder Zauberer – sie kommen alle zu ihm und wünschen sich etwas.«

»Warum? Ist das eine Art Zauber?«

»Nein.« Blaise lachte leise. »Nur ein alter Brauch. Er existierte schon lange vor Lenard dem Großen und der Entdeckung der Zauberdimension. Ein Aberglaube, wenn du so möchtest.«

»Ich verstehe«, sagte Gala, auch wenn dieses Konzept sie ein wenig verwirrte. Warum würden Menschen einfach so Münzen in diesen Brunnen werfen? Wenn er nichts mit Zauberei zu tun hatte, war es doch offensichtlich, dass er keine Wünsche erfüllen konnte.

»Und das dort hinten ist der Zauberturm«, sagte Blaise und zeigte auf einen beeindruckenden Bau auf einem großen Berg. »Dort leben und arbeiten die größten Zauberer. Der Rat hält dort auch seine Treffen ab, und in den ersten Etagen befindet sich die Zauberakademie, eine Ausbildungsstätte für die jungen Menschen. Die Garde der Zauberer ist ebenfalls dort untergebracht.«

Gala nickte und betrachtete neugierig den Turm. Er erinnerte an ein großes, herrschaftliches Schloss, welches durch seine Lage noch beeindruckender war. Wer auch immer es gebaut hatte, wollte damit etwas aussagen. Dieses Gebäude schrie schon fast *Macht*.

Als Gala es betrachtete, fiel ihr auf, dass etwas an dem Berg sie störte. Seine Form, dieser Steilhang auf der einen Seite – das unterschied sich alles zu sehr von der flachen Landschaft rundherum. »Ist dieser Berg natürlich?«, wollte sie von Blaise wissen und drehte den Kopf zu ihm, damit sie ihn anschauen konnte.

»Nein.« Er lächelte sie an. »Er wurde vor über zweihundert Jahren von den ersten Zaubererfamilien errichtet. Sie wollten einen Turm, der uneinnehmbar war, also erarbeiteten sie einen Zauber, der die Erde anhob, und erschufen diesen Berg. Das Gebäude als solches wird auch von allen möglichen Zaubersprüchen beschützt.«

»Warum haben sie das gemacht? Hatten sie Angst vor den normalen Menschen?«

»Ja«, bestätigte Blaise. »Und die haben sie immer noch. Es ist schade, aber die Erinnerung an die Revolution der Zauberer ist immer noch frisch in den Köpfen der meisten Menschen.«

Gala nickte wieder und erinnerte sich an das, was sie in einem von Blaises Büchern gelesen hatte. Vor zweihundertfünfzig Jahren wurde die ganze Gesellschaftsstruktur Kolduns durch eine blutige Revolution auseinandergerissen. Der alte Adel war fett und faul geworden und isolierte sich von dem ansteigenden Unmut seiner Bevölkerung. Der König war einer der Schlimmsten gewesen. An ihm waren die

Veränderungen durch die Aufklärung und die Entdeckung von dem, was die Zauberdimension genannt wurde, völlig vorbeigegangen.

Lenard – oder Lenard der Große, wie er später genannt werden würde – war ein brillanter Erfinder, der es, neben seinen anderen Leistungen, vollbrachte, in einen fremden Ort einzudringen, der die Macht hatte, die Wirklichkeit zu verändern. Dieser Vorgang ähnelte der Magie der Märchen. Das Ganze war natürlich kein Märchen, und das, was in der modernen Ära als Magie bekannt wurde, war nichts weiter als eine komplexe und kaum verstandene Interaktion zwischen der Zauberdimension und der physischen Dimension. Aber seine Entdeckung änderte alles und verhalf einer neuen Elite zu ihrem Aufstieg: den Zauberern.

Es begann mit harmlosen kleinen Zaubern – mündliche Sprüche in einer komplexen, geheimen Sprache, die nur die intelligentesten, mathematisch begabtesten Individuen meistern konnten. Einige der ersten Zauberer waren Adelige, aber viele waren es nicht. Jeder, unabhängig seiner Abstammung, konnte in die Zauberdimension eindringen, und Lenard ermutigte jeden, Mathematik und die Sprache der Magie zu studieren, um die Gesetze der Natur verstehen zu können. Er ging sogar so weit, eine Schule zu öffnen, einen Ort, der später als die Akademie der Zauberer bekannt wurde, in der viele grundlegende magische und wissenschaftliche Entdeckungen getätigt wurden.

Innerhalb eines Jahrzehnts begannen die Zauberei und das Wissen durch die Aufklärung das Leben in Koldun grundlegend zu beeinflussen. Die Zauberer entdeckten einen Weg, ohne Essen überleben zu können, sich durch Teleportation innerhalb eines Augenblickes von einem Ort zum anderen bewegen zu können und sogar Schlachten mit Zaubersprüchen zu schlagen. Nach kurzer Zeit schien das jahrhundertealte feudale System mit den vererbbaren Titeln denjenigen, die die Realität mit einigen wenigen sorgfältig ausgewählten Sätzen verändern konnten, überholt zu sein. Ideen von Gerechtigkeit und Fortschritt, menschlichen Grundrechten und einer leistungsbezogenen sozialen Stellung verbreiteten sich wie ein Lauffeuer und trafen die Adligen völlig unvorbereitet.

Als der König endlich verstand, welche Bedrohung die neue Klasse der Zauberer darstellte, war es schon zu spät. Die Bauern, die begriffen, dass ihre Herrscher nicht mehr so mächtig waren wie früher, stellten höhere Forderungen, und Aufstände brachen in ganz Koldun aus, als die gemeine Bevölkerung ihre Lebensqualität verbessern wollte. Die meisten Zauberer – wenn auch nicht alle – unterstützten die Landbevölkerung und diejenigen der Unterklasse, die keine Begabung für die Magie hatten, stellten sich hinter sie und suchten den

Schutz der Zauberer gegen die Adligen, die immer noch die Armee des Königs auf ihrer Seite hatten.

Das Ergebnis war eine Revolution – ein blutiger bürgerlicher Konflikt, der sechs Jahre lang andauerte. Je länger er dauerte, desto brutaler und rachsüchtiger wurde jede Seite, und die Grausamkeiten, die die Bauern gegen ihre ehemaligen Herrscher begingen, wurden so entsetzlich wie die Gräueltaten der Barbaren im Zeitalter der Finsternis. Die Revolution war nicht zu Ende, bevor nicht jede adlige Familie ausgerottet war und der König seinen Kopf verloren hatte. Erst dann konnten die Überlebenden die Scherben ihrer zerbrochenen Leben aufsammeln.

Es war also kein Wunder, dass die Zauberer die Bauern fürchteten, dachte Gala und blickte auf den Turm. Schließlich waren die Zauberer ja jetzt die neue Herrscherklasse.

* * *

Nach einigen Stunden Flug erreichten sie endlich ihr Ziel. Gala erkannte das Feld unter sich als das wieder, welches sie in der Momentaufnahme vor einigen Stunden gesehen hatte; es sah von oben sogar noch schöner aus. Die Arbeiten des Frühlings aus ihrer Vision mussten schon abgeschlossen sein, denn hohe Weizenhalme bestimmten die Landschaft.

Auf der einen Seite befand sich eine Ansammlung von Gebäuden, von denen Gala schätzte, dass sie das Dorf waren. Im Gegensatz zu den reichen, aufwendigen Bauten in Turingrad waren die Häuser hier viel kleiner. Einfacher, dachte Gala. Sie erinnerte sich, gelesen zu haben, dass viele Bauern in Lehmhütten wohnten, und das schien hier auch der Fall zu sein.

Es gab eine kleine Lichtung zwischen zwei größeren Häusern, und dort landeten sie.

Sobald ihre Chaise den Boden berührte, öffnete sich die Tür eines dieser Häuser, und zwei ältere Frauen kamen heraus.

Gala betrachtete sie neugierig. Sie hatte über die körperlichen Veränderungen der Menschen im Laufe ihres Lebens gelesen und fragte sich, wie alt diese Frauen wohl waren. Für sie sahen die beiden sich sehr ähnlich, mit ihren grauen Haaren und den braunen Augen, obwohl Gala die eine ein wenig hübscher fand als die andere.

Als sie Blaise sahen, lächelten sie erfreut und eilten auf die Chaise zu.

»Blaise, mein Kind, wie geht es dir?«, rief die Hübschere von beiden.

»Und wer ist dieses wunderschöne Mädchen bei dir?«, fügte die andere hinzu.

Bevor Blaise eine Möglichkeit hatte, ihnen zu antworten und Gala die Tatsache aufnehmen konnte, gerade *wunderschön* genannt worden zu sein, wandte die Frau, die zuerst gesprochen hatte, sich auch schon Gala zu und sagte: »Ich bin Maya. Und wer bist du, mein Kind?«

»Und ich bin Esther«, sagte die andere, ohne Gala die Chance zu geben, auf die Frage zu antworten. Ihr Gesicht, welches Gala sehr mochte, war durch ihr Lächeln ganz faltig. Trotz ihrer einfachen Erscheinung war irgendetwas an ihr sehr anziehend, stellte Gala fest. Außerdem strahlten beide Frauen Wärme aus, was Gala sehr angenehm fand.

»Maya, Esther«, sagte Blaise und stieg von der Chaise, »ich möchte euch gerne Gala vorstellen.«

»Gala? Was für ein schöner Name«, bemerkte Esther und trat nach vorne, um sie zu umarmen. Maya folgte ihrem Beispiel, und Gala grinste, da es ihr gefiel, im Mittelpunkt zu stehen. Ihre Umarmungen waren nett, aber nichts im Gegensatz zu dem, was sie fühlte, wenn sie Blaise berührte.

»Blaise, hieß deine Großmutter nicht auch Gala?«, wollte Maya wissen.

Blaise nickte und lächelte Gala verschwörerisch an. »Ja. Was für ein schöner Zufall, nicht wahr?«

»Also kommt rein, Kinder«, sagte Esther. »Ich habe gerade einen köstlichen Eintopf gekocht ...«

»Ich bin mir bei dem *köstlich* nicht so sicher, aber es ist mit Sicherheit Eintopf«, meinte Maya mit einem boshaften Grinsen, und Gala verstand, dass sie die andere Frau nur ärgern wollte.

Blaise schüttelte den Kopf. »Das würde ich gerne, aber ich kann nicht«, erklärte er Esther freundlich. »Leider muss ich gehen. Falls es euch nichts ausmacht, wird Gala allerdings ein paar Tage lang bei euch bleiben.«

Die Frauen sahen überrascht aus, aber Maya erholte sich schnell davon. »Natürlich macht es uns nichts aus«, antwortete sie. »Für dich und deine liebenswerte junge Freundin machen wir das gerne.«

Esther nickte eifrig. »Ja, wir machen jederzeit alles gerne für dich, Blaise. Wie habt ihr beide euch kennengelernt?«, fragte sie sichtlich neugierig.

»Das ist eine lange Geschichte«, entgegnete Blaise, und sein Ton wehrte weitere Fragen zu diesem Thema ab. »Maya, würde es dir etwas ausmachen, Gala eine Runde durch das Dorf zu führen, während Esther und ich uns kurz unterhalten?«

Esther blickte skeptisch. »Bist du sicher, dass du nicht bleiben möchtest? Wir würden uns freuen, dich für ein paar Tage bei uns zu haben. Du brauchst ein wenig Sonne und solltest etwas essen. Ich wette, du hast seit deinem letzten Besuch bei uns von Magie gelebt«, sagte sie missbilligend.

»Blaise hatte wichtige Sachen zu erledigen«, warf Gala ein und rettete Blaise dadurch. Sie konnte sehen, wie angespannt er aussah, und fühlte, dass er nicht hier sein wollte, weit entfernt von der beruhigenden Gegenwart des Codes, an dem er so sehr hing. Von dem kurzen Einblick in seine Gedanken, den sie durch diese Momentaufnahme bekommen hatte – und von dem, was sie über seinen Bruder wusste –, verstand sie, dass ihr Schöpfer immer noch litt, noch nicht bereit war, sich der Welt außerhalb seines Hauses zu stellen.

»Also mir gefällt das überhaupt nicht«, ließ Esther verlauten und spitzte ihre Lippen. »Versprich uns, bald wiederzukommen.«

»Mach dir deshalb keine Sorgen. Ich werde Gala mit Sicherheit nicht lange alleine lassen«, antwortete Blaise, und Gala konnte die Wärme in seinem Blick spüren, als er sie ansah.

Gala lächelte und ging einen Schritt auf Blaise zu. Sie stellte sich auf die Zehenspitzen, schlang ihre Arme um seinen Hals und zog seinen Kopf für einen erneuten Kuss nach unten. Seine Lippen waren warm und weich, und Gala genoss dieses Gefühl. Zu ihrer Erleichterung wich er ihr nicht aus. Stattdessen zog er sie näher an sich heran und küsste sie so leidenschaftlich, dass Schauer ihren Rücken hinabliefen.

Als er sie entließ, schlug ihr Herz schneller, und sie konnte die erfreuten Blicke auf Mayas und Esthers Gesichtern sehen. Sie hatte den Eindruck verstärkt, den die beiden Frauen schon gehabt haben mussten – dass sie und Blaise ein Paar waren. Das war etwas, von dem Gala hoffte, es würde sich eines Tages bewahrheiten, und in der Zwischenzeit war es eine Erklärung für ihre Beziehung zu Blaise. Nicht, dass noch irgendjemand auf die Idee käme, sie sei Blaises Schöpfung, dachte Gala trocken. Von dem ausgehend, was sie bis jetzt erfahren hatte, konnte sich niemand vorstellen, dass eine Person auf die Art und Weise entstehen konnte, wie das bei ihr der Fall gewesen war.

Jetzt, da es Zeit war sich von Blaise zu verabschieden, hatte Gala zum ersten Mal Zweifel. Plötzlich war die Welt gar nicht mehr so verlockend, da es bedeutete, dass sie sich für die nächsten Tage von Blaise trennen müsste. Er war noch nicht einmal weg, und sie vermisste ihn schon – und wollte mehr von diesen Küssen. Von allem, was sie gelesen hatte, wusste sie, dass Menschen selten so schnell solche starken Gefühle füreinander entwickelten, aber es gab immer Ausnahmen. Es war auch möglich, dass die normalen Regeln nicht auf sie zutrafen, da sie ja nicht menschlich war.

»Tschüs, Gala«, sagte Blaise und lächelte sie an. Sie erwiderte dieses Lächeln und schüttelte den kurzen Moment der Schwäche ab. Das Dorf wartete auf sie. Das war ihre Chance, hier das Leben zwischen normalen Menschen zu entdecken. Sie hatte die starke Vermutung, dass wenn sie jetzt absprang, sie Blaise nie wieder zu so etwas überreden können würde.

»Tschüs, Blaise«, antwortete sie entschieden und war entschlossen, stark zu bleiben. Sie drehte sich um und ging auf das wunderschöne Feld zu, welches sie in der Nähe sehen konnte. Maya folgte ihr und winkte Blaise zum Abschied.

Als Gala sich dem Feld näherte, wurde sie schneller, bis sie so schnell rannte, wie sie nur konnte. Sie konnte den Wind in ihren Haaren spüren, die Wärme der Sonne auf ihrem Gesicht, und sie streckte es vor Freude lachend dem Himmel entgegen.

Sie lebte, und sie genoss jeden Augenblick davon.

15. KAPITEL

※AUGUSTA ※

»Bist du sicher, dass du zurechtkommst?«, fragte Barson und sah besorgt auf Augusta hinab. Er hatte sie gerade zu ihrer Unterkunft begleitet, und sie standen vor ihrem Arbeitszimmer.

»Natürlich.« Augusta lächelte ihren Liebhaber an. »Das werde ich.« Sie konnte nicht abstreiten, sich nach der Schlacht noch ein wenig zittrig zu fühlen, aber die beste Medizin dagegen war, wieder zu ihrer täglichen Routine zurückzukehren – und das bedeutete, die Arbeit an ihren derzeitigen Projekten wiederaufzunehmen.

»In diesem Fall lasse ich dich mit deinen Zaubersprüchen alleine«, erwiderte Barson und beugte sich hinunter, um ihr einen Kuss zu geben.

Aus ihrem Augenwinkel sah Augusta, wie sich eine junge Zauberin näherte und ehrerbietig mit einigem Abstand zu ihnen anhielt.

»Entschuldigen Sie bitte, meine Dame …« Der Frau schien das unangenehm zu sein, und sie spielte nervös mit ihren Händen.

Barson grinste, da er sich offensichtlich über die unterwürfige Art des Mädchens amüsierte. Augusta drehte ihren Kopf zu ihm, um ihm einen Blick mit verengten Augen zuzuwerfen. »Was gibt es denn?«, wollte sie, verärgert über die Unterbrechung, von dem Mädchen wissen.

»Meister Ganir hat mich zu Ihnen geschickt«, erklärte die Zauberin schnell. »Er möchte Sie in seinem Arbeitszimmer sehen.«

Augusta zog ihre Stirn in Falten, da sie überhaupt nicht glücklich über die Tatsache war, wie ein Akolyt gerufen zu werden. Hatte Ganir schon etwas über die Schlacht und ihre Verwicklung darin erfahren? Falls ja, wäre das sehr schnell gegangen, selbst für ihn.

»Vielleicht möchte er erklären, wie aus dreihundert Bauern dreitausend werden konnten«, murmelte Barson und drehte dabei seinen Kopf weg, damit das Mädchen ihn nicht hören konnte.

Überrascht blickte Augusta zu ihm auf und sah seinen kalten, spöttischen Blick. Meinte Barson, dass

Ganir sie absichtlich falsch informiert habe?

Sie behielt diesen Gedanken für einen anderen Zeitpunkt im Hinterkopf und sagte zu ihrem Liebhaber: »Wir sehen uns später.« Danach ging sie entschiedenen Schrittes den Gang hinunter, so dass die junge Frau ihr aus dem Weg springen musste.

Es war das Beste, diese unangenehme Sache schnell hinter sich zu bringen.

16. KAPITEL

❊ BARSON ❊

Sobald Augusta außer Sichtweite war, verließ Barson den Flügel der Zauberer und ging zu den Baracken der Soldaten im Westflügel des Turms. Er und Augusta waren vorneweggeritten, weshalb seine Soldaten noch nicht angekommen waren. Das gab ihm etwas weniger als eine Stunde Zeit, um etwas zu erledigen, was nicht aufgeschoben werden konnte.

Als er eintrat, sah er den vertrauten Flur mit der Reihe von Räumen, in denen er und seine Männer lebten, wenn sie im Dienst waren. Sein eigenes Quartier war fast so großzügig wie die der Zauberer, aber selbst seine einfachsten Soldaten hatten komfortable Unterkünfte. Das war etwas, was er sichergestellt hatte, als er Hauptmann der Garde der Zauberer geworden war.

Normalerweise würde er nach einem so anstrengenden Einsatz wie diesem gleich in sein Zimmer gehen und ein langes Bad nehmen, aber er hatte keine Zeit zu verschwenden. Er musste einen Verräter zur Rede stellen – und er musste es jetzt machen, solange er ihn unvorbereitet erwischen konnte.

Er hielt vor Siurs Zimmer an und machte eine kurze Pause, um zu hören, ob Geräusche nach draußen drangen. Es schien, als sei sein zuverlässiger Leutnant gerade mit Bettspielen beschäftigt.

»Umso besser«, dachte Barson, und ein dünnes Lächeln erschien auf seinen Lippen. Es gab nichts Besseres, als seinen Feind mit heruntergelassenen Hosen zu ergreifen – im wörtlichen Sinne.

Ohne weitere Vorwarnung öffnete er die Tür und betrat Siurs Zimmer.

Wie er vermutet hatte, befanden sich zwei nackte Körper in dem Bett. Aus dem Stöhnen und den roten Haarsträhnen, die er unter dem angestrengten Siur sehen konnte, schloss er, dass die Frau eine der örtlichen Nutten sein musste, die die Wachen häufig besuchten. Die beiden waren so miteinander beschäftigt, dass sie nicht einmal bemerkten, wie Barson hereinkam.

Barson, der langsam wütend wurde, schlug mit seiner behandschuhten Hand gegen die Wand. Siur und seine Bettgefährtin sprangen auf, fluchten, und Barson beobachtete mit grausamer Belustigung, wie die Frau aus dem Bett krabbelte und sich ein Laken um ihren plumpen Körper wickelte.

»Hauptmann!«, rief Siur entsetzt aus, hüpfte aus dem Bett und zog sich schnell seine Unterhosen an. »Ich habe Sie nicht eintreten sehen …« Die vom Schock weit aufgerissenen Augen waren ein fast komischer Anblick.

»Erstaunt, mich zu sehen?«, fragte Barson in einem seidigen Ton und sah der Nutte dabei zu, wie sie aus dem Zimmer rannte. »Oder einfach nur überrascht, mich lebend zu sehen?«

»Was? Nein, Hauptmann! Ich meine, ja …« Siur war offensichtlich nicht darauf vorbereitet gewesen. Seine Augen wanderten von rechts nach links und erinnerten Barson an ein gefangenes Tier.

»Warum konntest du an diesem Auftrag nicht teilnehmen?«, fragte ihn Barson, ohne ihm die Gelegenheit zu geben, seine Haltung wiederzuerlangen. »Warum bist du zurückgeblieben?«

»Also, ich …« Siur hatte offensichtlich nicht erwartet, befragt zu werden, und Barson konnte sehen, wie er verzweifelt versuchte, eine plausible Antwort zu finden. Sein Zögern war sein Untergang.

»Erzähl mir alles«, befahl ihm Barson und blickte auf den Mann, den er einst als seinen Freund betrachtet hatte. »Warum hast du das gemacht?«

Siur zwinkerte und wich zurück. »Ich weiß nicht, wovon du redest …«

»Lüg mich nicht an. Bring mir wenigstens so viel Respekt entgegen.«

»Hauptmann Barson, ich …« Der Soldat bewegte sich weiter nach hinten, und Barson erkannte, was er vorhatte, sobald sich die Hand des Mannes um sein Schwert legte.

Barson zog seine eigene Waffe. »Sag mir die Wahrheit«, befahl er kalt, »und du wirst schnell und schmerzlos sterben.« Er war froh, dass der Verräter sein wahres Gesicht zeigte; bis zu diesem Moment war er von der Schuld des Mannes nicht hundertprozentig überzeugt gewesen.

Mit einem wütenden Schrei griff Siur an. Mit Schwung durchquerte er den ganzen Raum und hielt sein Schwert auf seinen Gegner gerichtet.

Barson erwiderte seinen leidenschaftlichen Angriff, parierte jeden Schlag und konzentrierte sich darauf, einen guten Moment zu finden, um seinen Gegner zu entwaffnen. Normalerweise wäre Siur schon lange tot, aber Barson wollte ihn noch nicht töten. Er brauchte Informationen, und dieser Verräter war der Einzige, der sie ihm geben konnte.

Siur kämpfte wie ein Berserker. Da ihn eine Befragung erwartete, wollte er offensichtlich schnell und ruhmreich sterben – etwas, was Barson ihm allerdings nicht gestatten konnte. Sie kämpften eine gefühlte Ewigkeit. Wäre Barson von seinem vorangegangenen Kampf nicht so müde gewesen, hätte er es einfacher gehabt. Aber so musste er sich alle paar Minuten zurückhalten, damit er Siur nicht umbrachte, und gleichzeitig seine tödlichen Hiebe von seinem Körper fernhalten.

Barsons Moment kam aber endlich, als Siur einen brutalen Schlag gegen seine Schulter führte. Mit einem einzigen Schwerthieb schnitt er die linke Seite seines Gegners ein, und das erste Blut floss. Siur sprang mit einem schmerzerfüllten Zischen zurück und griff Barson danach noch verzweifelter an. Der Soldat wusste, dass er jetzt, mit jeder Minute, die verging, schwächer werden würde und Barson größere Schwierigkeiten hätte, sich davon abzuhalten, dem Verräter einen tödlichen Stoß zu verpassen.

»Du kannst mich nicht zum Reden zwingen, egal, was du machst«, keuchte Siur und führte dabei eine dreifache Finte durch. Barson verteidigte sich problemlos; er selbst hatte Siur dieses Manöver beigebracht, und der Mann hatte es nie besonders gut ausführen können. Die Tatsache, dass Siur es überhaupt gewählt hatte, zeigte, dass er schon nicht mehr klar denken konnte.

Barson nutzte diese Eröffnung, um dem Mann in seine rechte Schulter zu schneiden und mit Leichtigkeit durch sein nacktes Fleisch zu gleiten. Es war ein Glücksfall, dass der Soldat keine Rüstung trug; sonst wäre Barsons Vorhaben noch schwieriger gewesen. Siur stolperte, stieß einen Schmerzensschrei aus, aber machte weiter. In seinen Augen funkelten Wut und Verzweiflung.

Schweiß rann Barsons Rücken hinunter und verstärkte seinen Wunsch nach einem Bad. Er entschied sich dazu, den Kampf mit seinem unabwendbaren Ausgang zu beenden, indem er so tat, als würde er seine rechte Seite bevorzugen und ließe seine linke einen kurzen Augenblick lang ungeschützt. Siur fiel sofort darauf herein und versuchte einen tödlichen Angriff auf das Herz.

Im letzten Moment drehte Barson seinen Körper weg und ließ das Schwert des Mannes gegen seine Rüstung prallen. Es schnitt hindurch und hinterließ einen leichten Kratzer auf seiner Haut. Gleichzeitig landete Barsons behandschuhte Faust mit voller Wucht auf Siurs rechtem Arm, und das Schwert des Verräters flog quer durch den Raum.

»Jetzt reden wir«, murmelte Barson und schlug Siur so stark ins Gesicht, dass dieser ohnmächtig umfiel.

17. KAPITEL

✳ AUGUSTA ✳

Der runzelige, alte Mann arbeitete an seinem Schreibtisch, als Augusta sein großzügiges Arbeitszimmer betrat. Sein Arbeitsplatz hatte fast die Größe ihres kompletten Wohnbereiches im Turm. Der Vorsitzende des Rates zu sein hatte seine Vorzüge.

»Augusta.« Er hob seinen Kopf und schaute sie mit seinen hellblauen Augen an. Obwohl Ganirs Gesicht faltig und wettergegerbt war, war sein weißes Haar immer noch voll und fiel mit einem Schnitt bis auf seine schmalen Schultern herunter, wie es vor sieben Jahrzehnten modern gewesen war.

»Meister Ganir«, antwortete sie ihm und beugte ihren Kopf leicht. Obwohl sie ihn nicht mochte, respektierte sie den Vorsitzenden des Rats unfreiwillig. Ganir war einer der ältesten und mächtigsten lebenden Zauberer und außerdem der Erfinder der Momentaufnahmen-Sphäre.

»Du musst nicht so förmlich sein, mein Kind«, sagte er, und sie war überrascht von seinem warmen Ton.

»Wie du möchtest, Ganir«, entgegnete Augusta vorsichtig. Warum war er so nett zu ihr? Das passte so gar nicht zu ihm. Sie hatte immer den Eindruck gehabt, dass der alte Zauberer sie nicht mochte. Blaise war einmal herausgerutscht, dass Ganir dachte, sie würden nicht zueinanderpassen – eine offensichtliche Beleidigung für Augusta, da der alte Mann Blaise und seinen Bruder fast väterlich behandelte.

Als Antwort auf ihre unausgesprochene Frage lehnte Ganir sich in seinem Stuhl zurück und betrachtete sie mit einem unleserlichen Blick. »Ich möchte eine etwas heikle Angelegenheit mit dir besprechen«, sagte er und klopfte dabei leicht mit seinen Fingern auf seinen Schreibtisch.

Augusta zog ihre Augenbrauen nach oben und wartete darauf, dass er fortfuhr. Sie hätte nicht gedacht, dass ihr Eingreifen bei den Rebellen eine besonders heikle Angelegenheit sei, und sie verstand auch nicht, warum er das, was sie gemacht hatte, nicht einfach bei der nächsten Ratssitzung ansprach. Natürlich war es möglich, dass er etwas von ihr wollte – eine Möglichkeit, die sie beunruhigte.

»Wie du weißt, habe ich mich nicht immer sehr zustimmend verhalten, als du noch mit Blaise zusammen warst«, begann Ganir, und sie war entsetzt darüber, dass er ihre eigenen Gedanken von eben so genau widerspiegelte. »Seit der Zeit habe ich meine Einstellung geändert und bedaure mein Verhalten.« Er machte eine Pause und ließ sie die Worte verarbeiten.

Augusta, die völlig unvorbereitet auf so etwas gewesen war, konnte ihn einfach nur noch anstarren. Sie hatte keine Ahnung, warum er diese alte Geschichte jetzt ansprach, aber es schien kein gutes Zeichen zu sein.

»Ich wünschte, ich hätte dich damals unterstützt, als ihr noch zusammen wart, du und Blaise«, fuhr der Vorsitzende des Rates fort, und die Traurigkeit in seiner Stimme war genauso ungewöhnlich, wie sie überraschend war. »Er war einer unserer hellsten Sterne ...«

»Ja, das war er«, stimmte Augusta ihm zu und runzelte die Stirn. Sie wussten beide, was hinter Blaises selbstbestimmtem Exil steckte. Es war Ganirs eigene Erfindung, die zu dieser katastrophalen Situation mit Louie geführt hatte – und dazu, dass Augusta den Mann verlor, den sie liebte.

Dann, aus einer plötzlichen intuitiven Eingebung heraus, wusste sie es. Ganirs Einladung hatte nichts mit der Schlacht zu tun, von der sie gerade wiedergekommen war … sondern alles mit dem Mann, den sie versucht hatte die letzten zwei Jahre lang zu vergessen.

»Was ist mit Blaise passiert?«, fragte sie scharf, und eine übelkeitserregende Kälte breitete sich in ihren Adern aus. Selbst jetzt noch, trotz ihrer wachsenden Gefühle für Barson, reichte allein der Gedanke daran, dass Blaise sich in Gefahr befinden könnte, aus, sie in Panik zu versetzen.

Ganirs verblühtes Gesicht sah traurig aus. »Ich befürchte, seine Depression hat einen neuen Tiefpunkt erreicht«, sagte er ruhig. »Augusta, ich denke, Blaise ist abhängig von Momentaufnahmen.«

»Wie bitte?« Das war keinesfalls das, was sie angenommen hatte zu hören. Sie war sich nicht sicher, was genau sie erwartet hatte, aber mit Sicherheit nicht das. »Abhängig von Momentaufnahmen?« Sie blickte Ganir ungläubig an. »Das hört sich so gar nicht nach Blaise an. Er würde es als eine Schwäche ansehen, in den Erinnerungen eines anderen zu versinken. In seiner Arbeit ja, aber nicht in den Köpfen anderer Leute …«

»Ich hatte auch zuerst Probleme damit, es zu glauben. Das Einzige, was ich mir vorstellen kann, ist, dass die Abgeschiedenheit vielleicht seinen Willen gebrochen hat …« Er zuckte traurig mit den Schultern.

»Nein, ich kann mir nicht vorstellen, dass so etwas passieren könnte«, entgegnete Augusta bestimmt. »Er würde niemals seine Forschung vernachlässigen. Wieso denkst du, er sei ein Abhängiger?«

»Ich habe jemanden, der mir aus seinem Dorf berichtet«, erklärte ihr Ganir. »Laut meiner Quelle hat Blaise eine riesige Menge Momentaufnahmen bekommen. Genügend, um die ganze wache Zeit in einer Traumwelt zu verbringen.«

Augustas Augen verengten sich. »Du spionierst ihn aus?«, fragte sie und konnte den Vorwurf in ihrer Stimme nicht unterdrücken. Sie hasste es, wie dieser alte Mann seine Fühler momentan überallhin ausgestreckt zu haben schien.

»Ich spioniere den Jungen nicht aus«, entgegnete der Vorsitzende des Rates, und seine weißen Augenbrauen zogen sich in der Mitte zusammen. »Ich möchte lediglich wissen, dass er gesund ist und es ihm gut geht. Du weißt, dass er mit mir auch nicht redet, nicht wahr?«

Augusta nickte. Das wusste sie. So wenig sie Ganir auch mochte, sie konnte sehen, wie sehr ihm das wehtat. Er hatte Dasbraws Söhnen sehr nahegestanden, und Blaises Kälte hatte ihn genauso verletzt wie sie selbst. »In Ordnung«, sagte sie in einem versöhnlicheren Ton. »Also deine Quelle erzählt, Blaise habe eine Menge Momentaufnahmen erstanden?«

»Eine Menge ist eine Untertreibung. Das, was er bekommen hat, ist auf dem Schwarzmarkt ein Vermögen wert.«

Ganir hatte recht, das hörte sich nicht gut an. Warum würde Blaise so viele davon brauchen, wenn er nicht abhängig wäre? Augusta hatte die Momentaufnahmen immer als gefährlich angesehen, und sie war extrem vorsichtig, sie selbst zu benutzen. Sie hatte sogar anfangs ihre Bedenken gegenüber Ganirs Erfindung laut ausgesprochen – eine Tatsache, die vermutlich auch dazu geführt hatte, dass der alte Zauberer sie nicht besonders mochte.

»Warum bist du dir so sicher, dass er sie für sich haben will?«, wunderte sie sich laut.

»Das ist natürlich nicht völlig sicher«, gab Ganir zu. »Aber niemand hat ihn in den letzten Monaten gesehen. Er hat sich nicht einmal in seinem Dorf blicken lassen.«

Augusta fand das nicht besonders ungewöhnlich, aber zusammen mit der großen Menge an Perlen zeichnete sich kein schönes Bild ab. »Warum erzählst du mir das?«, fragte sie, auch wenn sie glaubte, langsam eine Ahnung zu haben, worauf der Vorsitzende des Rates hinauswollte.

»Ich möchte, dass du mit Blaise sprichst«, sagte Ganir. »Dir wird er zuhören. Ich wäre nicht überrascht, wenn er dich immer noch lieben würde. Vielleicht ist das der Grund für sein großes Leiden …«

»Blaise hat mich verlassen, und nicht umgekehrt«, entgegnete Augusta scharf. Wie konnte Ganir es nur wagen, zu behaupten, dass ihre Trennung schuld an

Blaises derzeitigem Zustand sei? Jeder wusste, dass es der Verlust seines Bruders war, der Blaise aus dem Rat getrieben hatte – eine Tragödie, für die alle mehr oder weniger verantwortlich waren.

Warum hatte sie nicht anders gewählt? Diese Frage stellte sich Augusta wohl schon zum tausendsten Mal. Warum hatte das nicht wenigstens ein anderes Ratsmitglied gemacht? Jedes Mal, wenn sie über dieses tragische Ereignis nachdachte, bedauerte sie es. Hätte sie gewusst, dass ihre Stimme keinen Unterschied machen würde – dass der ganze Rat außer Blaise dafür stimmen würde, Louie zu bestrafen –, hätte sie gegen ihre Überzeugung gestimmt und dafür, Blaises Bruder zu verschonen. Aber das hatte sie nicht. Was Louie getan hatte – den normalen Bürgern ein magisches Objekt zu geben – war eines der schlimmsten Verbrechen, welches Augusta sich vorstellen konnte.

Es war die Stimme gewesen, die sie den Mann gekostet hatte, den sie liebte. Irgendwie hatte Blaise erfahren, wer wie gestimmt hatte, und gewusst, dass Augusta eines der Ratsmitglieder war, welches für die Verurteilung Louies zum Tode gewesen war. Es hatte nur eine Stimme dagegen gegeben: die von Blaise selbst.

Zumindest hatte er ihr das gesagt, als er sie angeschrien hatte, aus seinem Haus zu verschwinden und niemals wieder zurückzukommen. Solange sie lebte, würde sie diesen Tag niemals vergessen – den

Schmerz und die Wut, die ihn in jemanden verwandelt hatte, den sie nicht wiedererkennen konnte. Ihr normalerweise gutmütiger Liebhaber war wirklich angsteinflößend gewesen, und sie hatte sofort gewusst, dass es zwischen ihnen vorbei war, dass die acht gemeinsamen Jahre ihm nicht annähernd so viel bedeutet hatten wie ihr.

Nicht zum ersten Mal versuchte Augusta herauszufinden, wie Blaise die genauen Stimmen erfahren haben könnte. Die Abstimmung sollte eigentlich völlig geheim und anonym sein. Jedes Ratsmitglied besaß einen Wahlstein, den es in eine der Stimmboxen teleportieren würde – in die rote Box für Ja, in die blaue Box für Nein. Die Boxen standen auf der Waage der Gerechtigkeit in der Mitte der Ratskammer. Niemand sollte wissen, wie viele Steine sich in jeder Box befanden, die Waage würde sich einfach auf der Seite nach unten bewegen, auf der die meisten Stimmsteine lagen. Es sollte keine Möglichkeit existieren, wie Blaise herausgefunden haben könnte, wie viele Steine sich an diesem schicksalhaften Tag in der roten Box befanden.

»Das tut mir leid«, meinte Ganir und unterbrach ihre düsteren Gedanken. »Ich wollte nicht ausdrücken, du hättest Schuld. Ich denke einfach nur, dass Blaise immer noch leidet. Ich würde auch selber zu ihm gehen, um mit ihm zu sprechen, aber wie du wahrscheinlich weißt, hat er gesagt, er würde mich sofort töten, sollte ich mich ihm jemals wieder nähern.«

»Denkst du nicht, er würde das Gleiche auch mit mir machen?«, fragte Augusta und erinnerte sich an die dunkle Wut in Blaises Gesicht, als er sie aus seinem Haus geschmissen hatte.

»Nein«, sagte Ganir überzeugt. »Er würde dir nichts antun, nicht nach dem, was er einmal für dich empfunden hat. Nur mit ihm zu reden würde ihn vielleicht zur Vernunft kommen lassen. Vielleicht würde er sich uns auch wieder anschließen wollen – er war lange genug abwesend vom Turm.«

Augusta zog die Augenbrauen in die Höhe. »Du möchtest ihn wieder im Rat haben?«

»Warum nicht?« Der Vorsitzende des Rates schaute sie an. »Wie du ist er einer unserer besten und hellsten Köpfe. Es ist eine Schande, seine Begabung so zu verschwenden.«

»Und was ist mit Gina, die seinen Platz eingenommen hat? Was wird aus ihr, falls er wieder zurückkommen sollte?«

»Dann werden wir vierzehn Ratsmitglieder sein«, antwortete Ganir. »Ich möchte Gina nicht ersetzen. Sie ist ein Gewinn.«

Augusta blickte ihn an. »Seit der Rat gegründet wurde, gab es immer dreizehn Mitglieder. Das weißt du doch.«

Ganir sah nicht besonders besorgt aus. »Ja. Aber das

heißt nicht, Dinge könnten nicht geändert werden. Darüber sollten wir uns momentan allerdings noch keine Sorgen machen. Das können wir immer noch, wenn es so weit ist.«

»Denkst du wirklich, die anderen würden ihn willkommen heißen, wenn er zurückkäme?«, fragte Augusta zweifelnd.

»Er ist niemals vertrieben worden. Blaise ist von sich aus gegangen. Außerdem werden alle folgen, wenn wir uns verbünden.«

Augusta sah ihn ungläubig an. Sie und Ganir sollten sich verbünden? An diesen Gedanken musste sie sich erst einmal gewöhnen.

»Alles, was ich dir versprechen kann, ist, mit ihm zu reden«, antwortete sie ihm und verließ das Arbeitszimmer des alten Zauberers.

18. KAPITEL

※BLAISE※

»Also, wer ist das Mädchen?«, fragte Esther, sobald sie und Blaise allein waren. »Wie habt ihr euch kennengelernt? Wie lange kennt ihr euch überhaupt schon?«

Blaise, der immer noch von Galas Kuss zehrte, schüttelte seinen Kopf bei dem Ansturm der Fragen. »Das ist nicht der Grund dafür, weshalb ich mit dir reden wollte, Esther«, entgegnete er ihr. »Ich muss dich um einen Gefallen bitten.«

»Natürlich, alles, was du möchtest«, sagte sein ehemaliges Kindermädchen sofort, auch wenn Blaise wusste, dass sie gehofft hatte, mehr über Gala zu erfahren, und sie war wahrscheinlich über die fehlenden

Informationen sehr enttäuscht.

»Ich möchte, dass du auf Gala aufpasst«, sagte er und blickte Esther dabei sehr ernst an. »Ich möchte nicht, dass sie unnötige Aufmerksamkeit auf sich zieht – und es wäre auch das Beste, ihre Verbindung zu mir würde geheim bleiben.«

»Warum?« Die alte Frau sah verwirrt aus. »Ist sie auf der Flucht?«

Blaise schüttelte seinen Kopf. »Nein. Sie ist nur … anders.«

Esther legte ihre Stirn in Falten. »Sie scheint sehr jung und unschuldig zu sein. Hast du sie in etwas hineingezogen, was du besser nicht getan hättest?«

»Sozusagen«, antwortete Blaise ihr vage. Er war sich nicht sicher, wie Maya und Esther auf Galas wahren Ursprung reagieren würden. Selbst andere Zauberer wären entsetzt, zu erfahren, was er getan hatte; wie würde sich dann wohl jemand fühlen, der kaum etwas von Magie verstand? Selbst in dieser aufgeklärten Zeit waren die meisten Bauern abergläubisch, und viele glaubten immer noch an die alten Geschichten von untoten Monstern und Geistern. Wenn sie mitbekommen würden, dass Gala nicht menschlich war, könnte sie niemals die Welt wie eine normale Person erleben.

Esther sah ihn weiterhin an, und er seufzte, da er die Frau, die ihn nach dem Tod seiner Mutter aufgezogen hatte, nicht anlügen wollte. »Esther«, sagte er vorsichtig, »Gala hat eine Macht, die der Rat … als Bedrohung empfinden könnte.«

Seine ehemalige Kinderfrau blickte ihn an, und ihr Gesichtsausdruck wurde langsam härter. Sie hasste den Rat noch mehr als er, da sie ihn für Louies Tod verantwortlich machte. Sie hatte auch seinen Bruder aufgezogen, ihn von Geburt an versorgt und war von seinem Verlust schwer getroffen worden. »Ich werde auf sie aufpassen«, versprach sie grimmig.

»Gut«, antwortete Blaise erleichtert. »Denk bitte auch daran, dass sie sehr behütet aufgewachsen ist.« Er hatte sich dazu entschlossen, ihr die halbe Wahrheit zu sagen.

Jetzt schien Esther verwirrt zu sein. »Ein behütetes, junges Mädchen, welches eine Bedrohung für den Rat darstellt? Wie bist du denn auf sie gestoßen?« Dann hob sie ihre Hände in die Luft. »Keine Angst. Ich weiß, du wirst es mir nicht sagen.«

Blaise grinste sie an. »Du bist die Beste, Tante Esther.«

»Ja, ja«, entgegnete sie ihm und blickte ihn aus zusammengezogenen Augen an. »Dann vergiss das auch nicht.«

»Das werde ich nicht«, versprach Blaise und beugte sich nach unten, um ihr einen zärtlichen Kuss auf die Wange zu geben. Danach griff er in seine Hosentasche und holte einen prall gefüllten Geldsack hervor, den er Esther in die Hand drückte. »Hier ist eine kleine Entschädigung für Galas Kost und Logis ...«

»Blaise, das ist ein kleines Vermögen!« Sie starrte ihn entsetzt an. »Mit dem Geld könntest du ein Haus kaufen. Das ist viel zu viel dafür, ein dürres Mädchen durchzufüttern.«

Blaise wollte Esther gerade damit aufziehen, immer jeden durchfüttern zu wollen, als ihm etwas auffiel. Er hatte Gala nie gefragt, ob sie etwas essen wollte. Er wusste nicht einmal, ob sie wie eine normale Person etwas zu essen brauchte oder ob sie, wie er, ihre Körperenergie durch Magie halten konnte. Er trat sich in Gedanken dafür, so unbedacht gewesen zu sein. Jetzt, mit Maya und Esther bei ihr, konnte er auf jeden Fall sicher sein, dass sie nicht verhungern würde, falls sie essen musste, dachte er erleichtert.

Der Gedanke an Essen erinnerte ihn an die schwierige Lage der Bauern. »Wie steht's mit der Ernte?«, fragte er und wechselte damit das Thema. Die Dürre, die vor einigen Jahren eingesetzt hatte, war die schlimmste seit Generationen. Sie betraf ganz Koldun, von einem Ozean bis zum anderen, und vernichtete fast überall die Ernten.

Esther lächelte ihn an. »Deine Arbeit hat wirklich einen Unterschied gemacht, Kind. Uns geht es viel besser als den Menschen anderswo.«

Blaise nickte zufrieden. Als die Dürre begann, hatte er die verrückte Idee gehabt, einen Zauber zu wirken, der die Samen stärkte, sie verschiedenen Krankheiten gegenüber resistenter machte und ihren Wasserbedarf reduzierte. Die Verbesserungen, die daraus resultierten, gingen wie geplant in das Erbgut der Pflanzen über und ermöglichten es seinen Untertanen, in diesen schwierigen Zeiten reichlich gesundes Getreide zu säen und zu ernten. »Das freut mich«, sagte er. »Die anderen im Dorf wissen es nicht, oder?«

»Nein.« Esther schüttelte ihren Kopf. »Sie wissen, dass es uns besser geht als den anderen Regionen und dass du ein guter Herr bist, aber ich denke nicht, dass sie das ganze Ausmaß deiner Hilfe begreifen.«

Blaise seufzte. Er fühlte sich häufig, als helfe er seinen Untertanen nicht genug – und schon gar nicht den anderen Bewohnern Kolduns. Das war auch einer der Gründe, weshalb er Gala erschaffen hatte, auch wenn sie nicht so geworden war, wie er das vorgehabt hatte.

»Ich werde bald nach ihr sehen«, meinte er und machte sich fertig, zu gehen. »Ich bin mir sicher, alles wird gut gehen, aber bitte hab ein Auge auf sie.«

Die alte Frau schnaufte. »Wenn ich dich und deinen Bruder aus Problemen heraushalten konnte, bin ich mir sicher, auch mit deiner jungen Freundin umgehen zu können.«

Blaise musste lachen. Das stimmte. Wenn es Esther

nicht gäbe, hätte er bestimmt schon vor seiner Volljährigkeit einen Arm oder ein Auge verloren. Er und Louie waren zwei sehr abenteuerlustige Kinder gewesen. »Auf Wiedersehen, Esther«, sagte er zu ihr.

Und mit einem letzten Blick auf das Feld, auf welchem Gala gerade entlangrannte, ging er zu seiner Chaise.

19. KAPITEL

✳GALA ✳

Der Weizen reichte Gala bis zur Brust, als sie über das Feld rannte. Sie fühlte die Halme, die dort auf ihrer Haut kitzelten, wo ihr Körper nicht bedeckt war, und sie liebte dieses Gefühl. Sie liebte alle Gefühle.

Sie rannte, bis sie spürte, wie die Muskeln in ihren Beinen ermüdeten. Dann legte sie sich auf den Boden und schützte ihre Augen mit ihrer Handfläche, während sie in den klaren, blauen Himmel schaute. Die Sonne strahlte, und die Wolken hatten so viele verschiedene Farben. Gala dachte, dass sie für immer so nach oben schauen könnte.

Ihr wurde klar, dass sie die physische Dimension liebte, und sie war Blaise wirklich dankbar dafür, zu existieren. Zu existieren war viel besser als zu vergessen. Nachdem sie diese ganzen Bücher gelesen hatte, wusste sie, dass die Menschen nur eine kurze Zeit hatten, während der sie lebten. Das fand sie falsch und obendrein traurig, aber so war das nun einmal. Sie fragte sich, ob für sie das Gleiche galt. Irgendwie zweifelte sie daran; ohne zu wissen, woher sie diese Überzeugung nahm, fühlte sie sich, als habe sie die völlige Kontrolle darüber, wie lange sie existieren würde. Falls dieses Gefühl richtig war, hatte sie vor, niemals aufzuhören zu leben.

Nach einer Weile hatte sie genug davon, einfach nur dazuliegen, und sie stand auf, um dorthin zurückzugehen, wo sie Maya zurückgelassen hatte.

Die ältere Frau stand immer noch dort und blickte sie mit einem entsetzten Gesichtsausdruck an.

»Stimmt etwas nicht?«, fragte Gala, die annahm, dass das die richtige Reaktion sei. Sie war entschlossen, sich der menschlichen Gesellschaft so gut anzupassen, wie es nur ging. Die Bücher und die Momentaufnahmen hatten ihr eine theoretische Grundlage für normales Verhalten gegeben, aber sie waren kein Ersatz für die praktische Erfahrung in der Welt.

»Meine Dame, du ruinierst das schöne Kleid«, sagte Maya händeringend.

Gala blinzelte. Das schien Maya wirklich Sorgen zu bereiten. Nachdem sie die Situation schnell analysiert hatte, kam sie zu dem Entschluss, dass Mayas Reaktion und ihre Art der Anrede Sinn ergaben. Das Kleid, welches Blaise ihr gegeben hatte, musste ungewöhnlich hübsch und teuer sein. Soviel sie wusste, unterschieden sich die Menschen in soziale Klassen – eine sinnlose Hierarchie, für die es, wie Gala meinte, keine guten Gründe gab. Wegen dieses Kleides – und weil Maya und Esther sie in Blaises Begleitung gesehen hatten – nahmen sie an, dass sie eine Zauberin und deshalb ein Mitglied der Oberschicht sei.

Das wollte Gala nicht. »Wird jeder im Dorf mich als Dame bezeichnen?«, fragte Gala stirnrunzelnd.

Die alte Frau sah sie tadelnd an. »Bis jetzt, mit diesem Kleid, werden sie das. Wenn du dich noch weiter im Gras wälzt, könnten sie denken, du seist ein Waisenkind, welches kein Zuhause hat.« Sie hörte sich über die letztgenannte Möglichkeit verärgert an.

»Das ist in Ordnung«, antwortet ihr Gala, »ich möchte gerne als eine normale Frau aus dem Dorf gesehen werden.« Nach dem, was in den Büchern stand, nahm sie nicht an, dass die Menschen sich in Gegenwart einer Zauberin normal verhalten würden. Sie wollte sich anpassen, nicht hervorstechen.

Maya schien überrascht zu sein, aber erholte sich schnell von dem Schreck. »In diesem Fall«, entgegnete sie, »lass uns schnell zu Esther gehen und sehen, was sie machen kann.«

Sie gingen zusammen zu der anderen Frau, die ihre Unterhaltung mit Blaise schon beendet hatte.

»Sie will normale Bürgerin spielen«, erklärte Maya Esther und zeigte dabei auf Gala.

»Woher willst du wissen, dass sie keine ist?«, fragte Esther und betrachtete Galas Kleid.

Maya schnaufte. »Meister Blaise würde sich niemals mit jemandem einlassen, der keine Zauberin ist. Du weißt, wie intelligent er ist. Er könnte sich mit einem normalen Mädchen über gar nichts unterhalten.«

Esther warf ihrer Freundin einen Blick zu, der Gala irritierte. »Was mit dir und seinem Vater passierte, ist nicht die normale Liebesgeschichte zwischen einem Zauberer und einem Nichtzauberer«, murmelte sie zu Maya.

»Bist du Blaises Mutter?«, fragte Gala Maya, neugierig durch das, was sie gerade gehört hatte. Obwohl die ältere Frau nicht aussah wie Blaise, wiesen ihre Gesichtszüge die gleiche hübsche Symmetrie auf, die auch Galas Schöpfer besaß.

»Nein, Kind«, antwortete ihr Esther lachend. »Sie war das Flittchen seines Vaters, nachdem seine Mutter gestorben war.«

»Ich war seine Mätresse!« Maya richtete sich zu ihrer vollen Größe auf, und ihre Augen blitzten wütend.

»Ist ein Flittchen das Gleiche wie eine Prostituierte?«, fragte Gala interessiert. »Und wenn ja, was ist der Unterschied zwischen einem Flittchen und einer Prostituierten?« In den Büchern war sie nur auf das Wort Prostituierte gestoßen. Offensichtlich war das ein Beruf, in dem Frauen den Männern sexuelle Dienste anboten. Er wurde in der Kolduner Gesellschaft missbilligt, auch wenn Gala nicht wirklich verstand, warum. Nach dem, was sie über Sex erfahren hatte, erschien es ihr, als könnte Prostitution eine angenehme – und spaßige – Art und Weise sein, den Lebensunterhalt zu verdienen.

Körperliche Intimität war etwas, was Gala brennend interessierte. Sie wusste: wie ihr Körper auf Blaise reagierte, wenn sie sich küssten, hatte einen sexuellen Hintergrund. Dieses Gefühl war eine der faszinierendsten Empfindungen, die sie bis jetzt gespürt hatte, und sie wollte so viel wie möglich darüber erfahren.

Als Antwort auf Galas direkte Frage lachte Esther, aber Maya errötete, bevor sie davonstürmte.

»Oh nein … habe ich etwas Falsches gesagt?«, wollte Gala von Esther wissen. Ihr offensichtlicher Fauxpas war ihr mehr als unangenehm. »Ich wollte sie nicht beleidigen …« Sie musste wirklich lernen, wie man richtig mit Menschen umging.

»Mach dir darüber keine Sorgen, Kind«, sagte Esther und musste immer noch lachen. »Maya ist viel zu empfindlich, was dieses Thema anbelangt. Ich habe sie nur ein wenig aufgezogen, und du hast nichts Falsches gemacht. Du warst einfach neugierig.«

»Also unterhielt Blaises Vater eine sexuelle Beziehung mit Maya?«, fragte Gala erneut, da sie es verstehen wollte. »Und hat er sie dafür bezahlt?«

Esther zuckte mit den Schultern und lächelte. »Also, ja, mein Kind, das hat er. Aber ich denke, Dasbraw hat sich später wirklich in Maya verliebt. Zuerst brauchte er etwas, was ihn vom Tod seiner Frau ablenkte. Er hat sich mit Sicherheit um Maya gekümmert, doch hat sie nicht wegen seines Geldes oder wegen seiner Geschenke mit ihm geschlafen. Aber sie haben trotzdem nicht geheiratet, und das verunsichert das Mädchen. Ich mag es, sie ab und an damit aufzuziehen, um sie zu ärgern. Eines Tages wird sie mich wahrscheinlich erwürgen, während ich schlafe.« Die alte Frau grinste und war offensichtlich ganz entzückt von der Aussicht auf ein solch schreckliches Schicksal – eine Reaktion, die Gala verwirrte.

»Kannst du mir mehr über Blaises Eltern erzählen?«, fragte Gala sie. »Du hast gesagt, seine Mutter starb?«

»Ja«, bestätigte Esther. »Sie wurde durch einen Unfall beim Zaubern getötet, als Blaise noch ein kleiner Junge war. Sein Vater ist viel später verschieden. Von seiner Mutter hat Blaise sein gutes Aussehen mitbekommen, aber seine Intelligenz hat er von beiden Elternteilen geerbt. Dasbraw und Samantha waren beide Mitglieder des Zauberrats.« Gala hörte den Stolz in ihrer Stimme und erkannte, dass Esther die Leistungen von Blaises Eltern fühlte, als ob es ihre eigenen wären. Wahrscheinlich hatte es etwas mit den herrschenden sozialen Strukturen zu tun und damit, dass jeder Zauberer seine Untertanen hatte, stellte Gala fest.

»Louie, sein Bruder, wurde kurz vor Samanthas Tod geboren. Ich habe den kleinen Kerl ganz alleine großgezogen«, fuhr Esther fort und bekam feuchte Augen.

Gala blickte sie an und erkannte, dass dieses Thema die Frau emotional aufwühlte. Irgendwie hatte sie es geschafft, die einzigen zwei Frauen, die sie getroffen hatten, aufzuregen.

»Es tut mir leid, Kind«, sagte die alte Frau und wischte sich die Tränen weg. »Ich hatte eine viel zu enge Bindung zu diesen Jungen. Als Louie starb, war es, als würde ein Teil von mir mit ihm gehen.«

Gala nickte und war sich nicht sicher, wie sie darauf reagieren sollte. Sie fühlte sich schlecht, weil die Frau litt.

Als würde sie spüren, wie unwohl sich Gala fühlte, lächelte Esther sie zittrig an und versuchte, das Thema zu wechseln. »Also, warum hat Blaise dir nicht selbst etwas über sich erzählt?«

»Blaise und ich, wir haben uns erst vor kurzer Zeit

getroffen«, erklärte Gala und hoffte, dass die Frau nicht weiter nachhaken würde.

Das tat Esther auch nicht. Stattdessen blickte sie Gala warm an. »Ich konnte sehen, dass du ihm etwas bedeutest«, sagte sie freundlich, »und ich bin mir sicher, ihr werdet euch auch bald besser kennenlernen.«

Gala lächelte. Es fühlte sich gut an, das zu hören, was Esther ihr gerade sagte. Obwohl sie es für unwahrscheinlich hielt, dass Blaise so viel für sie empfand, war es trotzdem eine schöne Fantasie. Nach dem, was sie über menschliche Gefühle wusste, gab es eine Art Umwerbungszeit, während der die Menschen eigentlich sexuelle Beziehungen unterhielten – etwas, was zu Galas Enttäuschung zwischen ihr und Blaise noch nicht vorgekommen war. Natürlich war sie auch nicht menschlich, also wusste sie gar nicht, ob Blaise sich überhaupt in sie verlieben konnte. Sie wusste, dass er sie sehr anziehend fand, aber sie war sich nicht sicher, ob seine Gefühle über eine körperliche Anziehung hinausgehen könnten.

»Warum gehen wir nicht ins Haus, damit du dich umziehen kannst?«, schlug Esther ihr vor und riss Gala damit aus ihren Gedanken.

Sobald sie das Haus betraten, kam ihnen Maya schon mit einem Kleid in der Hand entgegen.

»Es tut mir leid«, sagte ihr Gala, die sich immer noch Gedanken über ihr vorangegangenes Ungeschick machte. »Ich wollte dich nicht beleidigen …«

»Das ist schon in Ordnung«, erwiderte Maya und warf Esther einen gemeinen Blick zu. »Im Gegensatz zu ihr wolltest du mich ja nicht beleidigen, also musst du dich auch nicht entschuldigen. Du wirst gerade erst erwachsen und hast noch nicht viel von der Welt gesehen. Wie alt bist du überhaupt? Achtzehn, neunzehn?«

Gala dachte einen Augenblick über diese Frage nach. »Ich bin dreiundzwanzig«, antwortete sie, nachdem sie sich eine Zahl ausgedacht hatte. Sie konnte sich vorstellen, dass es wahrscheinlich nicht sehr klug sein würde, ihnen zu sagen, wie lange sie wirklich erst in dieser Welt existierte.

»Oh, natürlich.« Maya schien nicht überrascht zu sein. »Zauberer sehen immer jünger aus, als sie in Wirklichkeit sind. Unser Blaise sieht auch keinen Tag älter aus als fünfundzwanzig, dabei ist er schon über dreißig.«

Gala lächelte und freute sich, noch etwas über ihren Schöpfer erfahren zu haben. Danach nahm sie das Kleid, welches Maya ihr hinhielt, und betrachtete es kritisch. »Denkst du, ich werde darin langweilig aussehen?«, fragte sie und hoffte, dass dieses Kleidungsstück es ihr ermöglichen würde, unbemerkt durch die Welt zu wandern.

Esther lachte. »Dich langweilig aussehen zu lassen

würde höhere Magie erfordern, Kind.«

»Es wird dich wirklich nicht langweilig aussehen lassen«, stimmte Maya ihr zu. »Aber du wirst weniger wie eine Dame aussehen, besonders wenn du dich in der Gesellschaft zweier alter Weiber wie uns aufhältst.«

»Sollte dich jemand fragen, sagst du einfach, du seist unser Lehrling«, wies Esther sie an. »Wir sind das, was man die Dorfheiler nennt. Wir kümmern uns um Geburtshilfe, kleinere Verletzungen und ab und an um Babys.«

Gala nickte nachdenklich. Sie erinnerte sich daran, wie Blaise erwähnt hatte, dass er seine Momentaufnahmen von Maya und Esther bekommen habe. Ihr Beruf erklärte, woher sie so viele Perlen bekommen konnten – und warum diese hauptsächlich von Frauen stammten.

Als sie an die Momentaufnahmen dachte, fiel ihr auch wieder ein, weshalb sie hierhergekommen war. »Ich würde gerne das Dorf erkunden gehen«, sagte sie zu ihnen, da sie ungeduldig war, ihren Plan umzusetzen und die Welt kennenzulernen.

Esther zog ihre Stirn in Falten. »Nicht so schnell. Wann hast du das letzte Mal etwas gegessen? Du siehst aus wie eine Bohnenstange«, sagte sie abschätzig.

Gala war beleidigt. Eine Bohnenstange? Das hörte sich nicht gut an. Sie hatte Bohnenstangen gesehen, und ihr war nichts Negatives an ihnen aufgefallen. Sie dachte allerdings nicht, dass es bei Menschen als Kompliment gemeint war. »Ich habe keinen allzu großen Hunger«, antwortete sie und versuchte, sich nicht anhören zu lassen, dass sie verletzt war.

»Ah, also ist sie doch eine Zauberin«, sagte Maya wissend. »Sie können von der Sonne leben, genauso wie die Bäume.«

Esther schnaubte. »Sie können ja trotzdem noch essen. Sogar Blaise isst manchmal. Vielleicht kann richtiges Essen ihr ja noch ein wenig Fleisch auf die Rippen zaubern.« Und ohne auf eine Antwort von Gala zu warten, ging sie entschiedenen Schrittes in die Küche.

»Sehe ich wirklich aus wie ein totes Stück Holz?«, wollte Gala von Maya wissen, da sie immer noch über die Bemerkung mit der Bohnenstange nachdachte.

»Wie bitte?« Maya sah überrascht aus. »Nein, natürlich nicht, meine Dame! Du bist wunderschön. Esther möchte jeden mästen – sie denkt ja sogar, ich sei zu dürr!«

Gala fühlte sich sofort besser. Maya war runder als Gala, auch wenn sie nicht Esthers weiche Kurven besaß.

»Iss etwas, meine Dame«, drängte Maya sie lächelnd. »Es wird eine alte Frau glücklich machen.«

»Natürlich, ich würde sehr gerne etwas essen«, sagte Gala ehrlich. Es war eine andere, neue Sache, die sie ausprobieren konnte.

Einige Minuten später saßen sie alle drei am Küchentisch.

Gala stellte schnell fest, dass sie das Essen sehr genoss. Sie hatte es in keiner einzigen Momentaufnahme erlebt und hatte deshalb auch keine Vorstellung davon gehabt, was sie erwartete. Essen war wahrscheinlich die zweitschönste Sache, die sie jemals erlebt hatte, beschloss Gala – die schönste war es, Blaise zu küssen.

»Schau, wie sie den Eintopf hinunterschlingt«, bemerkte Esther zufrieden. »Nicht hungrig, so ein Quatsch. Die magische Substanz ist kein Essen, das sage ich dir.«

»Du solltest unserem jungen Lehrling das Kochen beibringen, damit sie den Eintopf auch für Blaise kochen kann«, sagte Maya mit kaum unterdrücktem Lachen zu Esther und zwinkerte Gala dabei zu.

»Das könnte ich tun«, erwiderte Esther ernst und warf Maya einen finsteren Blick zu. »Und ich zeige ihr, wie man Brot backt. Seine Mutter hat manchmal für Blaise Brot gebacken, und ich weiß, wie gerne er es gegessen hat.«

Gala erkannte, dass die beiden Frauen sich paradoxerweise liebten und hassten. Das war sehr eigenartig.

»Wenn du der Dame beibringst, für Blaise zu kochen, könntest du ihr auch etwas Feineres als diese

Pampe beibringen«, sagte Maya verächtlich und fuhr ganz offensichtlich mit ihren Streitereien fort.

»Oh, ich würde sehr gerne lernen, diesen wundervollen Eintopf zu kochen«, protestierte Gala. Sie liebte den vollmundigen Geschmack dieses Essens auf ihrer Zunge.

Beide Frauen mussten lachen.

»Ich glaube, sie meint das ernst«, meinte Maya zwischen zwei Lachsalven.

Gala war jetzt völlig verwirrt. »Ich würde wirklich gerne lernen, das zu kochen«, beharrte sie.

Maya grinste sie an. »Du musst nur Zwiebeln, Knoblauch, Kohl, Kartoffeln und ein wenig Hühnchen nehmen und das Ganze in einem Topf einige Stunden lang kochen. Oh, und vergewissere dich, genügend Salz zu nehmen und alles ordentlich durchzurühren …«

»Hey, wenigstens koche ich besser als du, altes Weib«, sagte Esther, und die beiden Frauen mussten wieder lachen, was Galas Eindruck, dass die beiden eine komische Beziehung zueinander hatten, noch verstärkte.

20. KAPITEL

❊ BARSON ❊

Nachdem Barson einen Krug mit kaltem Wasser über Siurs Gesicht ausgeleert hatte, sah er ruhig dabei zu, wie der Verräter unter Husten und Spucken sein Bewusstsein wiedererlangte.

»Willkommen zurück«, sagte er und sah amüsiert dabei zu, wie der Mann begriff, dass er sich in Barsons Zimmer befand, fest an eine der hölzernen Säulen gebunden, welche die hohe, gewölbte Decke stützten.

»Wirst du mich jetzt foltern?« Siur klang bitter. »Ist das dein Plan?«

Barson schüttelte langsam den Kopf. »Nein, ich muss nicht zu solchen barbarischen Mitteln greifen«, sagte er und zeigte auf eine große, diamantförmige Sphäre, die in der Mitte des Zimmers stand.

Siur bekam große Augen. »Woher hast du die?«

»Ich sehe, du weißt, was das ist. Das ist gut«, sagte Barson und lächelte den Mann kalt an. Er stand auf, nahm die Momentaufnahmen-Sphäre und berührte damit Siurs immer noch blutende Schulter, bevor er sie wieder zurückstellte. »Jetzt werde ich jeden Gedanken – jede Erinnerung, die dir in den Sinn kommt – erfahren.«

Siur starrte ihn mit einem fast blutleeren Gesicht an.

»Die Menschen gestehen unter Folter alles«, erklärte ihm Barson ruhig. »Ich habe herausgefunden, dass das hier ein viel effektiverer Weg ist, um ehrliche Antworten zu bekommen. Du kannst es auch genauso gut sagen, weißt du? Wenn ich die Informationen aus deinem Kopf quetschen muss, werde ich sichergehen, dass jeder weiß, was für eine betrügerische Ratte du bist.«

»Und wenn ich rede …?« Ein kleiner Hoffnungsschimmer zeigte sich auf Siurs Gesicht.

»Dann werde ich sagen, du seist im Kampf gestorben, genau so, wie das ein ehrenwerter Soldat machen sollte.«

Siur schluckte und sah etwas erleichterter aus. Offensichtlich wusste er genau, dass es die beste Option war, die er bekommen konnte. In der Schlacht zu sterben bedeutete, dass für seine Familie gesorgt und sein Name respektiert werden würde. »Was möchtest du wissen?«, fragte er und hob seinen Blick, um Barson in die Augen zu schauen.

Barson unterdrückte ein zufriedenes Lächeln. Es gab einen Grund dafür, dass er so gründlich psychologische Kriegsführung studiert hatte; diese Angelegenheit wäre jetzt bald beendet. »Wer hat die Informationen von dir gekauft?«, fragte er und betrachtete den Mann eingehend. Er kannte die Antwort schon, aber er wollte sie trotzdem noch einmal laut hören.

»Ganir«, antwortete Siur, ohne zu zögern.

»Gut.« Barson hatte vermutet, dass der alte Zauberer hinter den verschwundenen Zauberern steckte. Barson fiel die Ironie auf, Ganirs eigene Erfindung gegen seinen Spion anzuwenden. »Und wie lange hast du ihm schon berichtet?«

»Nicht lange«, antwortete Siur. »Nur die letzten Monate.«

Barsons Augen verengten sich. »Und wer hat ihm vorher Bericht erstattet?«

»Jule«.

Das ergab Sinn. Barson erinnerte sich an die junge Wache, die vor weniger als sechs Monaten in einer Schlacht getötet wurde. Er konnte besser verstehen, dass Jule bei Ganirs Geld schwach geworden war; für einen rangniedrigen Soldaten musste das Angebot sehr attraktiv sein. Siurs Verrat war um einiges schlimmer; er war in Barsons innerem Kreis gewesen und könnte deshalb mit seinem Spionieren ernsthaften Schaden angerichtet haben.

»Wie viel hast du Ganir erzählt?«

Siur zuckte mit den Schultern. »Ich habe ihm alles gesagt, was ich wusste. Dass du dich mit diesen zwei Zauberern getroffen hast.«

Zwei? Barson atmete aus und versuchte seine Erleichterung zu verbergen. Als zwei der fünf Zauberer, mit denen er gesprochen hatte, verschwunden waren, hatte ihn das in höchstem Maße alarmiert, und er hatte das Schlimmste befürchtet. Damals war ihm auch klar geworden, dass es einen Spion in ihrer Mitte geben musste – jemanden, der sich nahe bei ihm befand und der etwas gesehen haben könnte oder etwas wusste.

Die Tatsache, dass Siur nichts von den anderen Besuchern wusste, war reines Glück, genauso wie der Umstand, dass keiner dieser Zauberer etwas Wichtiges von Barson erfahren hatte. Sie hatten nur Vorgespräche geführt, und der Hauptmann der Garde hatte darauf geachtet, nicht zu viel von seinem Vorhaben preiszugeben. Falls Ganir Erfolg mit einer Befragung bei ihnen gehabt haben sollte, hätte er nichts besonders Schlimmes erfahren können. Die Tatsache, zwei potenzielle Verbündete zu verlieren, war ein kleiner Preis dafür, Siurs Verrat zu entlarven.

»Hat Ganir sie getötet?«, fragte Barson leise.

»Das weiß ich nicht«, antwortete Siur. »Ich weiß nur von ihrem Verschwinden.«

Barson lachte kurz auf. »Ja, so viel ist mir auch schon aufgefallen. Sie sind die Stürme des Ozeans erforschen gegangen, hat Ganir gesagt. Aber Siur, erzähl mir lieber, warum du bei diesem Auftrag nicht mit uns mitgekommen bist.«

»Das hat mir Ganir gesagt.«

»Also wusstest du, dass es statt dreihundert Männern dreitausend waren?«

»Was?« Siur sah ernsthaft überrascht aus. »Nein, das wusste ich nicht. Es waren dreitausend Bauern?«

»Ja«, antwortete Barson, unsicher, ob er diesem Mann glauben konnte.

»Das wusste ich nicht«, sagte Siur. »Hauptmann, ich schwöre, dass ich das nicht wusste! Hätte ich es gewusst, hätte ich euch gewarnt.«

Barson blickte ihn an. Vielleicht hätte er das. Es gab einen großen Unterschied zwischen dem Verkauf von Informationen und dem Senden der Kollegen in den sicheren Tod.

Siur hielt seinem Blick stand, sein Gesicht war blass und schwitzte. »Bringst du mich jetzt um? Ich habe dir alles gesagt, was ich wusste.«

Barson antwortete ihm nicht. Er ging zur Sphäre hinüber, brachte sie mit sich zurück und berührte damit erneut Siurs Verletzung, um die Aufzeichnung zu beenden. Er musste sie sich jetzt ansehen, um sicherzugehen, dass Siurs Worte mit seinen Gedanken übereinstimmten. Er nahm die Perle, die sich in der Einkerbung der Sphäre geformt hatte, legte sie sich behutsam unter die Zunge und ließ seine Gedanken davon einnehmen.

Als Barson wieder zu sich kam, blickte er Siur düster an. »Du hast die Wahrheit gesagt. Da ich zu meinem Wort stehe, ist dein guter Name gesichert.«

»Ich danke dir.« Zitternd kniff Siur seine Augen ganz fest zusammen.

Ein Hieb mit Barsons Schwert – und der Verräter gehörte der Vergangenheit an.

* * *

Barson wischte das Blut von seinem Schwert und ging zu Augustas Quartier. Er fand es verdächtig, dass Ganir mit ihr reden wollte. Er zweifelte daran, dass der alte Zauberer schon über Augustas Rolle in der Schlacht Bescheid wusste, was nur noch zwei Möglichkeiten offenließ.

Entweder Ganir benutzte sie auch, um Barson auszuspionieren – oder er verdächtigte sie, genauso wie die beiden anderen Zauberer, die *die Stürme erkunden* gegangen waren.

Barson dachte über die erste der beiden Möglichkeiten nach – ein Gedanke, den er schon in der Vergangenheit gehabt hatte. Aber irgendwie konnte er sich Augusta nicht als Spion vorstellen. Sie machte keinen großen Hehl daraus, Ganir nicht zu mögen, und sie hatte viel zu viel Stolz, um sich derart benutzen zu lassen. Wenn sie etwas in der Art machen würde, wäre sie diejenige, die das Ganze plante, und nicht der Köder eines anderen.

Also blieb nur noch die andere Möglichkeit, die allerdings auch ziemlich unwahrscheinlich zu sein schien. Sie war ein Mitglied des Rates und selbst sehr mächtig. Sie verschwinden zu lassen wäre eine echte Herausforderung. Falls Ganir versuchen sollte, es mit Augusta aufzunehmen, gab es sogar eine Chance, dass sie Ganir verschwinden lassen würde.

Also was wollte der alte Zauberer von ihr? Zu seiner Enttäuschung fand Barson es auch jetzt nicht heraus.

Als er Augustas Zimmer betrat, war er erleichtert, sie dort vorzufinden, als sie sich gerade umzog. Und zu seiner Überraschung bemerkte er, dass ein kleiner Teil von ihm sich Sorgen um ihre Sicherheit gemacht hatte. Rational wusste er, dass sie mehr als in der Lage dazu war, auf sich selbst aufzupassen, aber seine primitive Seite konnte es nicht lassen, sie als eine empfindliche Frau zu sehen, die seinen Schutz benötigte.

»Gehst du irgendwo hin?«, fragte er, als er bemerkte, wie sie sich eines ihrer Kleider für besondere Anlässe anzog. Es war aus dunkelroter Seide und ließ ihren goldfarbenen Teint strahlen.

»Ich muss nur schnell etwas erledigen«, antwortete sie ihm – etwas ausweichend, wie er fand.

Barson unterdrückte seinen aufsteigenden Ärger. Er war nicht dumm. Das letzte Mal, als er sie in so einem Kleid gesehen hatte, waren sie auf einem der Frühlingsfeste gewesen. Machte sie sich für etwas hübsch – oder für jemanden? Und hatte das etwas mit ihrer vorangegangenen Unterhaltung zu tun?

Es gab nur einen Weg, das herauszufinden.

Er ging zu ihr, schlang seine Arme um ihre schmale Taille und beugte seinen Kopf, um ihre zarte Wange zu küssen. »Was wollte Ganir denn?«, murmelte er und küsste ihre äußere Ohrmuschel.

»Ich habe jetzt keine Zeit, das zu besprechen«, antwortete sie ihm und wand sich ganz im Gegensatz zu sonst aus seiner Umarmung. »Wir sehen uns, wenn ich wieder zurückkomme.«

Und in einer Wolke aus Seide und Jasminparfum ging sie aus dem Raum und ließ Barson verärgert und verwirrt zurück.

21. KAPITEL

✳AUGUSTA ✳

Augusta verließ den Turm, ging zu ihrer Chaise und begab sich zu Blaises Haus. Während sie sich psychisch auf das kommende Treffen vorbereitete, konnte sie spüren, wie ihr Herz schneller schlug und ihre Handflächen bei dem Gedanken daran, ihn wiederzusehen schwitzten. Er war der Mann, der sie zurückgewiesen hatte, der Mann, den sie immer noch nicht vergessen konnte. Selbst jetzt, da sie so etwas wie Glück mit Barson gefunden hatte, waren ihre Erinnerungen an ihre Zeit mit Blaise wie eine schlecht verheilte Wunde, die bei dem kleinsten Anlass schmerzte.

Sie schloss ihre Augen und ließ den Wind durch ihr

langes, dunkles Haar wehen. Sie liebte das Gefühl, zu fliegen, hoch oben in der Luft, über allen weltlichen Dingen und dem kleinen Leben der Menschen auf der Erde zu sein. Von allen magischen Objekten war ihr die Chaise am liebsten, weil kein Normalbürger sie jemals bedienen könnte. Das Fliegen erforderte einige Grundkenntnisse über verbale Magie, und Nichtzauberer wären niemals zu mehr in der Lage, als langsam in ihren Tod zu fliegen.

Als sie am Marktplatz ankam, entschied sie sich spontan dazu, vor einem der Marktstände zu landen. Hier draußen, unter dem Lärm und der Geschäftigkeit auf dem Marktplatz, an diesem wunderschönen Tag im Spätfrühling, war es sehr schwer, negativ zu bleiben. Vielleicht gab es eine gute Erklärung für Blaises Besessenheit mit den Momentaufnahmen, dachte sie hoffnungsvoll. Vielleicht führte er gerade irgendein Experiment durch. Sie wusste, dass er schon immer an allem interessiert gewesen war, was mit dem menschlichen Verstand zu tun hatte.

Sie ging zu einem der unbedeckten Stände hinüber und kaufte pralle Datteln. Das war Blaises Lieblingssnack, wenn er seine Geschmacksnerven mit etwas Süßem stimulieren wollte. Sie wären ein gutes Friedensangebot, vorausgesetzt, Blaise würde überhaupt zustimmen, sie zu sehen. Glücklich mit ihrem Einkauf – und sich völlig im Klaren über die

Sinnlosigkeit des Ganzen –, hob sie wieder ab.

Das Haus ihres ehemaligen Verlobten lag nicht weit vom Marktplatz entfernt, eigentlich hätte sie auch zu Fuß dorthin gehen können. Blaise war einer der wenigen Zauberer, die immer eine Unterkunft in Turingrad behalten hatten, anstatt ihre ganze Zeit im Turm zu verbringen. Er hatte das Haus von seinen Eltern geerbt und fand es beruhigend, abends dorthin zu gehen, anstatt im Turm zu bleiben und mit den anderen zusammenzusitzen. Als sie und Blaise zusammen gewesen waren, hatte sie auch viel Zeit in diesem Haus verbracht – so viel sogar, dass sie dort ein eigenes Zimmer gehabt hatte.

Der Gedanke an das Haus brachte wieder diese bittersüßen Erinnerungen zurück. Sie hatten manchmal Spaziergänge von seinem Haus zu diesem Marktplatz unternommen, und sie erinnerte sich daran, wie sie dabei immer über ihre neuesten Projekte gesprochen hatten, sie detailliert miteinander durchgegangen waren. Das war eine dieser Sachen, die sie zurzeit am meisten vermisste – die intellektuellen Unterhaltungen, das Austauschen von Ideen. Obwohl Barson eine interessante Person war, könnte er ihr das niemals geben. Nur ein Zauberer von Blaises Kaliber konnte das – und so einen gab es nicht noch einmal, soweit Augusta das beurteilen konnte.

Schließlich war sie da und stand vor Blaises Haus.

Obwohl es sich mitten in Turingrad befand, sah es aus wie ein Landhaus – ein beeindruckendes elfenbeinfarbenes Herrenhaus, welches von wundervollen Gärten umgeben war.

Augusta näherte sich vorsichtig, ging die Stufen nach oben und klopfte höflich an die Tür. Dann hielt sie die Luft an und wartete auf eine Antwort.

Es kam keine.

Sie klopfte lauter.

Immer noch keine Reaktion.

Ihre Angst wuchs, während sie noch ein paar Minuten wartete und hoffte, dass Blaise einfach oben im Haus sei und ihr Klopfen nicht hören konnte.

Immer noch nichts. Es wurde Zeit für drastischere Maßnahmen.

Sie rief einen verbalen Zauberspruch ab, den sie parat hatte, und begann, seine Worte zu rezitieren. Allerdings ersetzte sie einige Variablen, da sie vermeiden wollte, die ganze Stadt zu verängstigen. Dieser Spruch war dafür bestimmt, ein extrem lautes Geräusch zu produzieren – nur dass er mit den Änderungen, die sie vorgenommen hatte, nur im Haus zu hören wäre. Zum Glück war der Code für die Luftvibration relativ einfach nach Wunsch auf die richtige Stärke anzupassen. Nach den einfachen logischen Ketten folgte noch die Deutungslitanei, und dann hielt sie ihre Hände auf die Ohren, um den Lärm abzuschwächen, der aus dem

Gebäude nach draußen drang.

Das Geräusch war so stark, dass sie quasi spüren konnte, wie die Wände des Hauses vibrierten. Blaise konnte das auf gar keinen Fall ignorieren. Wenn jemand in dem Haus wäre, dann müsste er jetzt durch den Zauber halb taub – und ziemlich wütend – sein. Es war wahrscheinlich nicht der beste Weg, ihre Unterhaltung zu beginnen, aber es war der einzige, der ihr einfiel, um seine Aufmerksamkeit zu erregen. Sie würde lieber mit einem wütenden Blaise zu tun haben als mit dem Abhängigen, von dem sie immer mehr befürchtete, ihn hier anzutreffen.

Die Tatsache, dass er auf diesen Lärm nicht reagierte, sprach Bände. Nur jemand, der in eine Momentaufnahme vertieft war, würde diesem Zauber gegenüber immun sein. Die Alternative – dass er nach Monaten seines Einsiedlerdaseins endlich das Haus verlassen haben könnte – war höchst unwahrscheinlich, auch wenn Augusta sich trotzdem an diese kleine Hoffnung klammerte.

Das Erschreckende an den Momentaufnahmen war, dass die von ihnen Abhängigen manchmal starben. Sie würden sich so in das Leben der anderen vertiefen, dass sie ihre Gesundheit vernachlässigten, vergaßen zu essen, zu schlafen und sogar zu trinken. Auch wenn Zauberer ihre Körper magisch versorgen konnten, mussten sie Zauber wirken, um den Energielevel konstant zu halten.

Dieser Zauber musste regelmäßig erneuert werden, womit ein von Momentaufnahmen abhängiger Zauberer wahrscheinlich Schwierigkeiten hätte. Er wäre also genauso verletzlich wie eine normale Person.

Als sie immer noch vor der Tür stand, wurde Augusta klar, dass sie eine Entscheidung treffen musste. Sie konnte entweder Ganir davon berichten, keine Antwort erhalten zu haben, oder sie konnte es riskieren, hineinzugehen.

Wäre es das Haus eines normalen Bürgers, wäre das leicht gewesen. Allerdings hatten die meisten Zauberer aktive Schutzzauber zu ihrer Verteidigung, um unerlaubtes Eindringen zu verhindern. Im Turm wandten sie häufig Magie an, damit ihre Schlösser nicht manipuliert werden konnten. Ihrer Erinnerung nach hielt sich Blaise allerdings selten mit so etwas auf. Ihre beste Chance wäre wahrscheinlich, seine Tür einfach durch einen Zauber zu öffnen.

Einen schnellen Zauberspruch später betrat sie den Flur und erblickte die vertrauten Möbel und Bilder an der Wand.

Um nach Blaise oder Zeichen seiner Abhängigkeit Ausschau zu halten, ging Augusta langsam durch das leere Haus, und ihr Herz schmerzte bei der Flut von Erinnerungen. Wie hatte das mit ihnen nur passieren können? Sie hätte härter um Blaise kämpfen sollen; sie hätte versuchen müssen, ihm alles so lange zu erklären, bis er sie verstand. Vielleicht hätte sie sogar ihren Stolz hinunterschlucken und vor ihm kriechen sollen – ein Gedanke, der damals unvorstellbar für sie gewesen war.

Augusta fing mit ihrer Suche in der unteren Etage an und ging in die Vorratskammer, in der er, wie sie sich erinnerte, wichtige magische Stoffe lagerte. Sie öffnete die Fächer und fand einige Gläser mit Momentaufnahmen, aber das war nichts Besonderes. Die meisten Zauberer – selbst Augusta bis zu einem bestimmten Grad – nutzten die Momentaufnahmen, um wichtige Ereignisse ihres Lebens oder ihrer Arbeit aufzuzeichnen.

Ein Schrank zog ihre Aufmerksamkeit auf sich. Darin befanden sich noch mehr Gläser, die nichts mit der Zauberei zu tun haben schienen. Blaise beschriftete immer alles, also kam sie näher und versuchte zu lesen, was auf ihnen stand.

Zu ihrer Überraschung sah sie, dass alle Gläser mit nur einem Wort beschriftet waren: Louie. Das waren wahrscheinlich Blaises Erinnerungen an seinen Bruder, wurde ihr klar. Die Tatsache, dass er sie immer noch hatte – sie nicht von ihm konsumiert worden waren, so wie das bei einem Abhängigen der Fall wäre –, gab ihr einen kleinen Funken Hoffnung. Eines dieser Gläser sah besonders interessant aus; es hatte ein Symbol mit Totenkopf und Knochen, genauso wie es die Heiler manchmal auf ihrer tödlichen Arznei anbrachten. Sie hatte keine Ahnung, was das sein konnte.

In der Ecke des Raumes sah sie einige zerbrochene Gläser auf dem Boden liegen. Zwischen den Glassplittern lagen mehr Perlen, so als seien sie Abfall. Neugierig näherte sich Augusta dieser Ecke.

Zu ihrem Schrecken sah sie auf einigen dieser Gläser ihren Namen stehen. Blaises Erinnerungen an sie … Er musste sie in einem Wutanfall weggeschleudert haben. Sie schloss die Augen und atmete tief und zittrig ein, um die Tränen, die in ihren Augen brannten, daran zu hindern, hinauszulaufen. Sie hatte nicht erwartet, dass dieser Besuch so schmerzhaft sein würde, die Erinnerungen so frisch seien.

Sie beugte sich nach unten, nahm eine der Perlen und passte dabei auf, sich ihre Hand nicht an den Glassplittern aufzuschneiden, die überall herumlagen. Dann verließ sie den Raum und ging schon weiter nach oben, während sie immer noch damit beschäftigt war, ihre Beherrschung wiederzuerlangen.

Um sich herum konnte sie staubbedeckte Fensterbretter und muffig aussehende Möbel entdecken. In welchem geistigen Zustand sich Blaise auch immer befand, mit Sicherheit kümmerte er sich nicht um sein Haus. Kein gutes Zeichen, soweit sie das beurteilen konnte.

Sie ging von einem Raum in den nächsten und stellte letztendlich fest, dass Blaise gar nicht da war. Erleichtert erkannte Augusta, dass er doch das Haus verlassen haben musste. Das war ein gutes Zeichen, da Abhängige selten unnötig hinausgingen, eigentlich nur, wenn sie keine Momentaufnahmen mehr hatten – was, auf Blaise, seinen Gläsern nach zu urteilen, aber nicht zutraf. Konnte sich Ganir erneut getäuscht haben? Immerhin hatten seine Spione ihn ja offensichtlich auch über die Größe der Bauernarmee falsch informiert, auf die Barson treffen sollte. Warum also nicht auch hiermit? Aber falls sie sich nicht irrten– was wollte Blaise dann mit all diesen Momentaufnahmen, die er sich besorgt hatte?

Da sie es vor Neugier nicht aushielt, ging sie zurück in Blaises Arbeitszimmer. Ihr Brustkorb zog sich in dieser vertrauten Umgebung zusammen. Sie hatten hier so viel Zeit miteinander verbracht, hatten neue Zauber ausprobiert und neue Methoden zum Kodieren entwickelt. Hier hatte sie den Deutungsstein erfunden und auch die vereinfachte Geheimsprache, mit der er benutzt wurde – eine Entdeckung, die die gesamte Zauberei verändert hatte.

Vielleicht sollte sie jetzt gehen. Offensichtlich war Blaise nicht zu Hause, und Augusta fühlte sich nicht länger wohl dabei, auf diese Weise in seine Privatsphäre einzudringen.

Sie drehte sich um und begann, aus dem Zimmer zu gehen, als ihr Blick auf eine offene Ansammlung von

Rollen fiel, die ihre Aufmerksamkeit erregte. Die Rollen waren alt und aufwändig und erinnerten sie an die Art von Schriften, die sie in der Bibliothek von Dania, einem anderen Ratsmitglied, gesehen hatte. Als ob ihre Füße einen eigenen Willen hätten, fühlte Augusta, wie sie sich den Rollen näherte und eine aufnahm.

Zu ihrer Überraschung erkannte sie, dass diese Rollen von Lenard dem Großen geschrieben worden waren – sie sie aber noch niemals zuvor gesehen hatte. Sie und Blaise hatten alles gelesen, was der große Zauberer geschrieben hatte; ohne diese Wissensgrundlage von Lenard und seiner Studenten wären sie niemals in der Lage gewesen, den Deutungsstein und die dazugehörige magische Sprache zu entwickeln. Sie hätte schon vorher auf diese Rollen stoßen müssen, und die Tatsache, sie jetzt gerade zum ersten Mal zu sehen, war unglaublich.

Augusta überflog sie ungläubig und verstand das Ausmaß des Wissens, welches Blaise vor der Welt geheim gehalten hatte. Diese alten Rollen beinhalteten die Theorien, auf denen die verbalen Zaubersprüche Lenards basierten – die Theorien, die einen kleinen Einblick in die Natur der Zauberdimension gaben.

Warum hatte Blaise niemandem davon erzählt? Jetzt war ihre ganze Neugier entfacht, und sie griff nach einem weiteren Stapel Aufzeichnungen, der auf dem Schreibtisch lag.

Es waren seine Arbeitsaufzeichnungen, erkannte sie sofort – Blaises Niederschriften seiner Arbeit.

Fasziniert blätterte Augusta durch die Papiere und begann zu lesen.

Und während sie las, merkte sie, wie sich ihre Nackenhaare aufstellten. Was diese Aufzeichnungen beinhalteten, war so furchtbar, dass sie kaum ihren Augen glauben konnte.

Sie legte die Schriften weg und blickte sich hektisch im Arbeitszimmer um, wollte sich selbst davon überzeugen, dass dies nicht wahr sein konnte – dass dies nur die Wahnvorstellungen eines Verrückten waren. Ihr Blick fiel auf die Momentaufnahmen-Sphäre, und sie sah eine einzige Perle darin funkeln.

Mit zitternder Hand griff sie danach, schob sie sich in den Mund und ließ sich in das Erlebnis fallen.

* * *

Blaise saß in seinem Zimmer und konnte nicht aufhören, an Gala zu denken – an seine wunderbare, wunderschöne Kreation. Er schloss die Augen und sah sie vor sich – ihre perfekten Gesichtszüge, die tiefgehende Intelligenz, die in ihren geheimnisvollen blauen Augen funkelte. Er fragte sich, was sie wohl werden würde. Jetzt war sie noch wie ein Kind, alles war neu für sie, aber er konnte schon das Potenzial ihrer Intelligenz und ihrer

Fähigkeiten erkennen, alles zu überbieten, was die Welt jemals gesehen hatte.

Ihre Anziehung auf ihn war genauso erstaunlich wie sie beängstigend war. Sie war seine Schöpfung. Wie konnte er solche Gefühle für sie haben? Selbst bei Augusta hatte er nicht sofort diese Art der Verbindung empfunden.

Er versuchte, diese Gedanken beiseitezuschieben und seine Aufmerksamkeit wieder ihrer faszinierenden Herkunft zuzuwenden. Die Art und Weise, wie sie die Zauberdimension beschrieben hatte, war faszinierend; er würde alles geben, um diese Wunder mit eigenen Augen zu sehen.

Vielleicht gab es ja einen Weg. Trotz allem waren Galas Gedanken sehr menschlich, und sie konnte hier überleben ...

* * *

Nach Luft schnappend, kam Augusta wieder zu sich. Sie atmete schwer und schaute sich im Arbeitszimmer um, versuchte, das zu verarbeiten, was sie eben gesehen hatte. Was hatte Blaise getan? Was für ein Monster hatte er erschaffen?

Das war ein Desaster epischen Ausmaßes. Wenn Augusta es richtig verstand, hatte Blaise eine nicht-menschliche Intelligenz erschaffen. Ein unnatürliches

Wesen, welches niemand – nicht einmal Blaise – verstehen konnte. Was würde diese Kreatur wollen? Zu was würde sie fähig sein?

Ungewollt musste Augusta an ein altes Märchen über einen Zauberer denken, der versucht hatte, Leben zu erschaffen, und ihr Magen fing an zu protestieren. Das war die Art von Geschichte, die Bauern und Kinder glaubten, und natürlich wusste Augusta, dass sie nicht wahr war. Aber trotzdem konnte sie nicht aufhören, an sie zu denken, sich an das erste Mal zu erinnern, an dem sie dieses furchtbare Märchen als Kind gelesen hatte – wie verängstigt sie danach gewesen war. Alpträume über eine grauenvolle Kreatur, die ihren Schöpfer und ein komplettes Dorf tötete, weckten sie nachts auf. Später hatte Augusta die Wahrheit erfahren – dass der Zauberer, von dem die Rede war, wirklich Experimente mit der Kreuzung verschiedener Tierarten durchgeführt hatte und dass eine seiner Kreationen, ein Wolf-Bär-Hybrid, geflohen war und das benachbarte Dorf verwüstet hatte. Aber zu diesem Zeitpunkt war es schon zu spät gewesen. Diese Geschichte hatte einen unauslöschlichen Eindruck in Augustas jungem Kopf hinterlassen, und auch als Erwachsene machte ihr die Vorstellung eines unnatürlichen Lebens noch Angst.

Blaises Kreation war allerdings kein Mythos. Sie – es – war ein künstlich erschaffenes Monster mit potenziell unbegrenzter Macht. Nach dem, was sie wusste, konnte es die ganze Welt und jedes menschliche Wesen zerstören.

Und Blaise fühlte sich von ihr angezogen. Augusta wurde von diesem Gedanken so schlecht, dass sie dachte, sie müsse sich übergeben.

Nein, das würde sie nicht zulassen. Sie musste etwas unternehmen. Sie griff nach Lenards Schriftrollen und steckte sie in ihre Tasche. Danach kanalisierte sie ihre Wut und ihre Angst in einen reinigenden Feuerzauber – den sie in dem Zimmer losgehen ließ.

22. KAPITEL

❋ BLAISE ❋

Während Blaise nach Hause zurückflog, versuchte er sich selbst davon zu überzeugen, das Richtige getan zu haben – Gala musste die Welt mit ihren eigenen Augen sehen, alles das erleben, was sie wollte. Die Tatsache, dass er sie jetzt schon vermisste, war kein guter Grund dafür, ihre Freiheit einzuschränken.

Sein Rückflug war um einiges schneller als sein Hinflug. Auf dem Weg zum Dorf war er extra langsamer geflogen, um Gala die Möglichkeit zu geben, sich Turingrad anzuschauen, aber jetzt hatte er keinen Grund dazu. Er kannte die Stadt wie seine Westentasche und verband viel zu viele unerfreuliche Erinnerungen mit diesem Anblick – besonders mit der düsteren

Silhouette des Turms.

Als er am Marktplatz vorbeiflog, erinnerte er sich daran, wie Esther ihn als Kind angeschrien hatte, weil er im Brunnen geschwommen war. Als Junge hatte es ihm viel Spaß gemacht, nach den Münzen zu tauchen, und sie hatte immer mit ihm geschimpft, ihm gesagt, dass es für den Sohn eines Zauberers unangebracht sei, im dreckigen Brunnenwasser zu schwimmen.

Während er an Esther dachte und die Menschen unter sich betrachtete, überlegte er, was er versucht hatte, für sie zu tun. Er wollte ihnen die Macht geben, Magie auszuüben, ihr Leben zu verbessern. Stattdessen hatte er ein Wunder erschaffen – eine wunderschöne, intelligente Frau, die so weit von einem leblosen Objekt entfernt war, wie er es sich nur vorstellen konnte. Er hatte vielleicht mit seiner ursprünglichen Aufgabe versagt, aber er bedauerte es nicht, Gala erschaffen zu haben. Sie kennengelernt zu haben hatte sein Leben unermesslich bereichert. Zum ersten Mal seit Louies Tod hatte Blaise Freude verspürt – sogar Glück.

Die nächsten Tage ohne sie zu verbringen würde eine Herausforderung werden. Er musste etwas finden, um seine Gedanken zu beschäftigen, entschied Blaise.

Er könnte die Herausforderung annehmen und herausfinden, warum Gala keine Magie ausüben konnte. Von Natur aus, als eine Intelligenz, die in der Zauberdimension geboren worden war, sollte sie die

Fähigkeit haben, Magie direkt anzuwenden, ohne auf die ganzen Sprüche und Regeln angewiesen zu sein, die die Zauberer benutzten. Es sollte für sie genauso natürlich sein wie zu atmen – und trotzdem schien es nicht so zu sein, zumindest bis jetzt nicht.

Was würde passieren, wenn ein normaler menschlicher Verstand in die Zauberdimension eindrang? Diese verrückte Vorstellung erschreckte Blaise durch ihre Schlichtheit. Würde das Gehirn sofort sterben – oder könnte es wieder in die physische Dimension zurückkehren, vielleicht sogar ausgestattet mit neuen Kräften und Fähigkeiten?

Je mehr er darüber nachdachte, desto aufregender erschien ihm diese Idee. So wie Gala die Zauberdimension beschrieben hatte, war es wundervoll gewesen, und es wäre fantastisch, wenn eine Person – wenn er selbst – es sehen oder erleben könnte, indem er den Sinn benutzte, der an diesem Ort an Stelle der Sicht benutzt wurde.

Wäre es verrückt, wenn er versuchen würde, dorthin zu gehen? In die Zauberdimension einzudringen? Die meisten Menschen würden das denken, aber die meisten Menschen hatten auch keine richtigen Visionen und gingen selten Risiken ein, die zu wahrer Größe führen konnten.

Was würde passieren, wenn er es schaffte, in die Zauberdimension zu gelangen? Würde er die Art von

Macht bekommen, die Gala vermutlich besaß? Wenn ja, dann könnte er nicht aufgehalten werden – dann wäre er der mächtigste Zauberer, der jemals gelebt hatte. Er wäre Gala ebenbürtig und könnte, falls sie bis dahin die Magie immer noch nicht beherrschte, ihr sogar beibringen, ihre angeborenen Fähigkeiten zu nutzen. Er wäre in der Lage, das zu tun, von was er bis jetzt nur geträumt hatte: richtige Veränderungen einzuführen, die Welt wirklich zu verbessern.

Er wäre eine Legende, wie Lenard der Große.

Blaise atmete tief durch und versuchte, sich zu beruhigen. Das war alles großartig in der Theorie, aber er hatte keine Ahnung, ob es in der Praxis wirklich realisierbar und sicher wäre. Er müsste vorsichtig und methodisch dabei vorgehen.

Jetzt hatte er endlich etwas – oder besser jemanden – sehr Wichtiges, um dafür zu leben.

* * *

Als Blaise neben dem Haus landete, blickte er entsetzt auf die rote Chaise, die vor seiner Tür stand.

Eine sehr bekannte Chaise – nämlich die, welche der Prototyp für alle gewesen war.

Augustas Chaise.

Und sie stand vor seinem Haus.

Was machte seine ehemalige Verlobte hier? Blaise

fühlte, wie sein Herzschlag sich erhöhte und sein Brustkorb sich aus einer Mischung von Wut und Sorge verengte. Warum war sie ausgerechnet heute hier vorbeigekommen?

Er wappnete sich geistig, öffnete die Tür und betrat das Haus.

Als er die große Eingangshalle betrat, kam sie gerade die Treppen herunter. Bei ihrem Anblick fühlte Blaise einen bekannten, durchdringenden Schmerz. Sie war genauso beeindruckend, wie er sie in Erinnerung hatte, ihre langen, glatten, braunen Haare waren hochgesteckt, und ihre bernsteinfarbenen Augen sahen aus wie antike Münzen. Er konnte nichts dagegen tun, ihr dunkles, sinnliches Aussehen mit Galas blasser, außerirdischer Schönheit zu vergleichen. Wenn Augusta lächelte, sah sie oft spitzbübisch aus, aber jetzt hatte sie einen schockierten und ängstlichen Gesichtsausdruck.

»Was hast du getan?«, flüsterte sie und starrte ihn an. »Blaise, was hast du getan?«

Blaise fühlte, wie sein Blut zu Eis erstarrte. Von allen Menschen da draußen war Augusta einer der wenigen, der seine Aufzeichnungen so schnell verstehen konnte. »Was machst du hier?«, fragte er, um Zeit zu gewinnen. Vielleicht irrte er sich; vielleicht wusste sie nicht alles.

»Ich bin vorbeigekommen, um nach dir zu sehen.« Ihre Stimme zitterte leicht. »Ich wollte wissen, ob es dir gutgeht. Aber das tut es nicht, oder? Du bist völlig verrückt geworden …«

»Wovon redest du?«, unterbrach Blaise sie.

»Ich weiß über die Abscheulichkeit, die du erschaffen hast, Bescheid.« Ihre Augen funkelten. »Ich weiß über diese Sache Bescheid, die du auf die Welt losgelassen hast.«

»Augusta, bitte beruhige dich …« Blaise versuchte jetzt, mit beruhigender Stimme zu reden. »Lass uns darüber reden. Was genau wirfst du mir vor?«

Ihr Gesicht wurde plötzlich glühend rot. »Ich beschuldige dich, mit Magie eine furchtbare Kreatur erschaffen zu haben, die selbstständig denken kann«, zischte sie, und ihre Hände ballten sich zu Fäusten. »Ein Grauen, welches zu deiner eigenen Überraschung auch noch menschliche Gestalt angenommen hat!«

Also wusste sie alles. Das war schlecht. Richtig schlecht. Blaise konnte sie mit dieser Information nicht zum Rat gehen lassen, aber wie sollte er sie aufhalten? »Schau mal, Augusta«, erwiderte er geistesgegenwärtig. »Ich denke, du hast das Ganze missverstanden. Es stimmt, ich habe versucht, ein intelligentes Objekt zu schaffen, aber ich habe versagt. Ich hatte keinen Erfolg …«

»Lüg mich nicht an!«, schrie sie, und er war völlig überrascht, dass sie derartig ihre Fassung verlor. Er hatte sie noch niemals zuvor in einem solchen Zustand gesehen; in all den Jahren, die er sie gekannt hatte, hatte sie ihre Stimme nur wenige Male erhoben.

»Ich weiß, dass du Aufzeichnungen von Lenard hattest, die du vor allen geheim gehalten hast«, fügte sie wütend hinzu. »Du bist der allerletzte Heuchler. Du, der immer gesagt hat, Wissen müsse geteilt werden, sogar mit den einfachen Bürgern. Ach, und bevor du mich mit noch mehr Lügen beleidigst, solltest du wissen, dass ich die Perle aus deiner Sphäre benutzt habe. Ich weiß, du hast es geschaffen, und es hat menschliche Gestalt angenommen – und ich habe deine perverse Reaktion darauf gesehen.« Wenn Blicke töten könnten, hätte ihr Gesichtsausdruck ihn in einen Haufen Staub verwandelt.

»Das stimmt nicht«, sagte Blaise erhitzt, da ihm klar war, dass er nichts mehr zu verlieren hatte. »Es hat eine Zeit lang gelebt, aber kurz nachdem ich die Aufzeichnung gemacht habe, ist es in die Zauberdimension zurückgekehrt. Seine Manifestation in der physischen Dimension war nicht stabil. Du hast die Aufzeichnungen gesehen; du weißt, ich habe seine körperliche Form unvollendet gelassen.«

Sie blickte ihn an, und ihre Augen leuchteten voller Emotionen. »Lügner. Ich glaube dir nicht ein einziges Wort. Du weißt nicht einmal, was du gemacht hast. Dieses Ding könnte unsere ganze Rasse auslöschen ...«

»Wie bitte?«, fragte Blaise ungläubig. »Wie könnte es

zur Auslöschung unserer Rasse führen? Selbst wenn es stabil gewesen wäre, würde das keinen Sinn ergeben …«

»Es ist nicht menschlich!« Augusta stand offensichtlich völlig neben sich. »Das ist eine unnatürliche Kreatur mit unvorstellbaren Kräften. Du weißt nicht, wozu sie wirklich fähig ist; vielleicht könnte sie uns mit einem Aufschlag ihrer schönen blauen Augen auslöschen!«

»Augusta, hör mir zu«, versuchte Blaise sie zur Vernunft zu bringen. »Sie ist intelligent, hochintelligent. Sie hätte keinen Grund, so grausam zu sein. Mit Intelligenz geht Güte einher. Daran habe ich immer geglaubt …«

»Nur weil du es glaubst, heißt das nicht, dass es auch stimmt«, widersprach sie ihm, und ihre Stimme zitterte dabei vor Ärger. »Und selbst wenn du recht hast, selbst wenn dieses Ding nicht vorhat, uns Schaden zuzufügen, allein seine Existenz setzt uns alle einem Risiko aus. Wenn es seine eigene Intelligenz besitzt – eine unnatürliche Intelligenz, die erschaffen wurde, nicht geboren –, kann es noch mehr Kreaturen wie sich selbst ausbrüten, die vielleicht sogar cleverer und mächtiger sind. Dann werden diese Abscheulichkeiten etwas noch Beängstigenderes kreieren, und dieser Kreislauf kann so lange weitergehen, bis wir für diese Wesen nichts weiter als Ameisen sind. Sie werden auf uns herumtrampeln, wir werden nichts weiter als Küchenschaben für sie sein.

Denk an meine Worte, das ist der Anfang vom Ende.«

Blaise starrte Augusta schockiert an, überwältigt von dem Gedanken, Gala könnte andere wie sich selbst erschaffen. Er hatte noch gar nicht an diese Möglichkeit gedacht, aber auf eine eigenartige Weise ergab es Sinn. Allerdings sah er das im Gegensatz zu Augusta nicht als eine schlechte Sache. Er dachte begeistert, dass das die Entwicklung sein könnte, die die Welt zu etwas Besserem machen würde. Er stellte sich hochintelligente, allwissende, allmächtige Wesen vor, die die Menschen als ihre Elternrasse ansahen … Und diese Vorstellung fand er ungemein anziehend.

Dann fiel ihm eine andere Möglichkeit ein. Wenn es ihm gelang, in die Zauberdimension einzudringen und zusätzliche Kräfte zu bekommen, dann würde die Grenze zwischen den Wesen, die er sich gerade vorgestellt hatte, und den Menschen sowieso verschwimmen. Selbst wenn Augustas Ängste eine reale Basis haben sollten – was er stark bezweifelte –, könnten die Menschen diesen wunderbaren Kreaturen immer noch ebenbürtig werden.

Natürlich wäre es gerade nicht der cleverste Zug, diese Gedanken mit Augusta zu teilen. »Augusta, auch wenn du recht haben solltest«, sagte er stattdessen, »diese Wesen würden uns nicht schaden wollen. Sie wären uns viel zu ähnlich. Mit einer höheren Intelligenz besitzen sie mit Sicherheit eine Moral, die über der unseren liegt. Wir müssen keine Angst haben …«

»Du bist ein Dummkopf.« Augusta sah ihn höhnisch an. »Hält Moral dich davon ab, ein nervtötendes Insekt zu zerquetschen?«

»Wenn ich wüsste, dass das kleine Kriechtier ein ich-Bewusstsein hätte, würde ich es nicht töten.« Blaise war von dieser Tatsache fest überzeugt. »Und wenn ich wüsste, dass es sich dabei um meinen Schöpfer handelt, dann erst recht nicht.«

»Du bist nur ganz blind vor Verlangen«, fauchte sie ihn an, und ihre schönen Gesichtszüge verformten sich dabei zu etwas sehr Hässlichem. »Es ist nicht menschlich! Deine Kreatur ist nicht echt. Es wird dich nicht so lieben, wie du es gerne hättest. Hast du es so geschaffen, dass es Gefühle empfinden kann? Liebe?« Und ohne Blaise die Möglichkeit einer Antwort zu geben, bemerkte sie abfällig: »Nein, natürlich nicht. Du wusstest ja nicht einmal, dass es wie eine Frau aussehen würde.«

Blaise fühlte, wie die Wut in ihm aufstieg, aber er unterdrückte sie unter großen Anstrengungen. »Du weißt nicht, wovon du sprichst«, sagte er ruhig. »Du kennst sie nicht …«

»Ach, aber du?« Ihre Augen verengten sich zu Schlitzen.

»Bist du etwa eifersüchtig?«, fragte Blaise ungläubig. »Ist es das? Wir beide sind nicht mehr zusammen. Das zwischen uns ist vorbei, seit du dafür gestimmt hast, meinen Bruder umzubringen!«

»Eifersüchtig?« Jetzt war sie außer sich vor Wut. »Warum sollte ich auf diese, diese … Sache eifersüchtig sein? Es ist nichts weiter als eine Reihe von Codes und Momentaufnahmen von dreckigen Bauern. Ich habe jetzt einen Mann – einen richtigen Mann, keinen Eremiten, der sich zwischen seinen Büchern und Theorien versteckt!«

»Gut«, antwortet Blaise bissig, und seine Beherrschung hing schon an einem seidenen Faden. »Dann musst du dich ja auch nicht weiter in mein Leben einmischen …«

»Keine Angst, das werde ich nicht«, erwiderte sie mit leiser, wütender Stimme. »Du wirst nichts mehr mit mir zu tun haben – sondern mit dem Rat.« Und damit begann sie, die Stufen hinunterzugehen und auf Blaise zuzukommen.

»Du wirst damit nicht zu diesen Feiglingen gehen!« Blaise spürte, wie seine eigene Wut außer Kontrolle geriet. Er würde nicht zulassen, dass der Rat eine weitere Person umbrachte, die ihm etwas bedeutete.

»Ich werde das machen, was ich möchte«, entgegnete sie scharf. »Und du wirst die Konsequenzen von dem tragen, was du gemacht hast, genau wie Louie …«

Als sie seinen Bruder erwähnte, fühlte Blaise etwas zuschnappen. »Du wirst nirgendwohin gehen«, sagte er entschieden und blockierte mit seinem Körper die Stufen.

»Geh. Mir. Aus. Dem. Weg.« Ihre Augen loderten wie Feuer. Ihre Hand schnellte auf ihn zu und schlug ihm ins Gesicht, bevor er überhaupt verstand, was sie vorhatte.

Sein Gesicht brannte, und sein Kopf war ein einziges Durcheinander. Er fasste nach ihrem Handgelenk, bevor sie ihn noch einmal schlagen konnte. Sie schrie vor Wut, drehte ihren Arm aus seinem Griff und taumelte ein paar Schritte zurück. Und bevor Blaise irgendetwas machen konnte, hörte er, wie sie die Worte eines ihm bekannten, tödlichen Zauberspruchs rezitierte.

Blaises Blut kochte in seinen Adern. Er hatte noch niemals so mit einem anderen Zauberer gekämpft, aber er erkannte, was sie gerade tat. Sie war im Begriff, eine Druckwelle purer, heißer Energie auf ihn zu senden – ein Zauber, der ihn auf der Stelle verbrennen würde.

Sein Kopf war eigenartig klar, obwohl das Herz in seiner Brust raste, und er begann, seinen eigenen Zauberspruch aufzusagen. Es war derjenige, den er benutzte um sich selbst während besonders gefährlicher Experimente zu schützen. Einige Schlüsselsätze und eine Deutungslitanei später umgab ihn eine magische Kräftestruktur, in deren Wände ein Nichts eingebettet war. Und gerade, als er damit fertig war und den leichten Schimmer in der Luft sah, schlug Augustas Zauber zu.

Es war, als ob die Sonne in sein Haus eingedrungen wäre. Selbst durch seinen Schild konnte Blaise die unerträgliche Hitze spüren. Innerhalb von Sekunden war er schweißbedeckt. Um ihn herum brannten seine Wände, seine Möbel, und ein dicker, saurer Rauch füllte die Treppe.

»Augusta!«, schrie er aus Angst um sie. Ohne einen eigenen Schutzzauber würde sie zu Asche verbrennen.

Einen Augenblick später klärte sich der Rauch, und Blaise sah sie ganz oben auf der Treppe stehen, immer noch sehr lebendig. Eine starke Welle der Erleichterung erfasste ihn; egal was sie getan hatte, er wünschte seiner ehemaligen Geliebten nicht den Tod – nicht einmal, wenn das bedeutete, Gala in Sicherheit zu wissen.

Natürlich musste er jetzt erst einmal sein Haus retten. Als Blaise verzweifelt überlegte, wie, erinnerte er sich an einen verbalen Zauberspruch, den er in seiner Jugend häufig benutzt hatte – ein Spruch, der seine Hände innerhalb von Sekunden waschen würde. Alles, was er tun musste, war, ihn zu verstärken.

Als er begann, die Worte zu sagen, konnte er hören, wie Augusta ihren eigenen Zauber kodierte. Er lenkte ihn einen Moment ab, und er verstand, dass sie an einem Teleportationszauber für sich arbeitete. Wenn sein Spruch schiefging, wäre er der Einzige, der brennen würde.

Er blendete ihre Stimme aus und konzentrierte sich auf seinen Code, an dem er einige Parameter änderte, um die Menge des Seifenwassers um das Tausendfache zu erhöhen. Schaum begann von seinen Händen zu strömen, und innerhalb weniger Sekunden das lodernde Feuer um ihn herum zu bedecken. Jetzt konnte er seine Aufmerksamkeit wieder Augusta zuwenden – aber es war schon zu spät.

Genau in dem Moment, als er begann, die Treppen hochzulaufen, beendete sie ihren Spruch und verschwand.

Sie konnte nicht weit gekommen sein – Langstreckenteleportation war unter den günstigsten Umständen schwierig und erforderte viel präzisere Kalkulationen, für die sie gerade gar keine Zeit gehabt hatte – aber alles, was sie erreichen musste, war, aus der Tür und in ihre Chaise zu kommen. Auch wenn er wusste, wie sinnlos das war, rannte Blaise die Treppen hinunter und aus dem Haus.

In einiger Entfernung sah er die rote Chaise schnell wegfliegen. Sie zu verfolgen wäre an dieser Stelle sinnlos und gefährlich gewesen.

Blaise zitterte immer noch vor Ärger über ihren Streit, beschloss aber, ins Haus zurückzukehren und zu retten, was noch zu retten war. Als er eintrat, sah er, dass der Schaum das Feuer im Flur und auf den Treppen eingedämmt hatte. Erst als er nach oben ging, sah er das volle Ausmaß von Augustas Zorn.

Sein ganzes Arbeitszimmer – seine gesamten Aufzeichnungen aus dem vergangenen Jahr – war weg.

Irgendwie hatte sie es geschafft, alles zu verbrennen.

23. KAPITEL

✳ GALA ✳

Nach dem Essen, dem Umziehen und unzähligen Anweisungen, wie sie eher wie ein normaler Bauer wirken würde, war Gala endlich auf ihrem Weg ins Dorf.

Als sie durch die schmalen Straßen wanderte, betrachtete sie die kleinen, fröhlich aussehenden Häuser und blickte die vorbeigehenden Bauern an – die sie anstarrten. »Warum starren sie mich an?«, flüsterte sie Maya zu, nachdem fast zwei Männer vom Pferd gefallen waren, als sie einen näheren Blick auf sie werfen wollten. »Sehe ich fremd und andersartig aus?«

»Oh, du siehst schon sehr anders aus«, kicherte Maya. »Selbst in diesem einfachen Kleid bist du wahrscheinlich die schönste Frau, die sie jemals gesehen haben. Wenn du nicht angestarrt werden möchtest, musst du dir schon einen Kartoffelsack über den Kopf ziehen.«

»Ich glaube nicht, dass mir das gefallen würde«, erwiderte Gala, die mit ihren Gedanken schon wieder ganz woanders war, da sie vor sich eine große Ansammlung von Menschen sah. Sie hielt an und zeigte auf die Menge. »Was ist das?«

»Es scheint, als habe sich das Gericht für eine Verhandlung getroffen«, antwortete die alte Frau stirnrunzelnd. Sie wollte sich gerade wegdrehen und in eine andere Richtung gehen, da war Gala schon auf dem Weg zur Versammlung. Den beiden Frauen blieb nichts weiter übrig, als ihr zu folgen.

»Ähm, Gala, ich denke nicht, dass das so ein perfekter Ort für dich ist«, meinte Esther und pustete und schnaufte, um mit Galas schnellem Schritt mitzuhalten.

Gala warf ihr einen entschuldigenden Blick zu. »Es tut mir leid, Esther, aber ich möchte das wirklich sehen.« Sie hatte ein wenig über Gesetze und Gerechtigkeit gelesen und hatte nicht vor, sich dieses Ereignis entgehen zu lassen.

Bevor ihre Begleiterinnen die Möglichkeit hatten, weitere Einwände vorzubringen, ging Gala schnurstracks zur Versammlung, die auf einer

Miniaturausgabe des Marktplatzes stattzufinden schien, den sie in Turingrad gesehen hatte.

Es gab eine Bühne in der Mitte des Platzes, und einige Menschen standen auf ihr. Zwei größere Männer hielten einen kleineren fest, der für Galas unerfahrene Augen noch ziemlich jung aussah. Dieser Mann sah außerdem so aus, als würde er wegrennen wollen, und sein rundes Gesicht spiegelte Angst und Verzweiflung wider. In der Nähe der Bühne konnte Gala eine Gruppe von Menschen sehen, die sich ähnlich sahen – seine Familie, riet sie. Sie sahen aus irgendeinem Grund verärgert aus.

Ein weißhaariger, älterer Mann, der auf der Plattform stand, begann zu sprechen. »Du wirst beschuldigt, ein Pferd gestohlen zu haben«, sagte er zu dem jungen Mann, und Gala konnte das missbilligende Gemurmel der Menge hören. Selbst Maya und Esther schüttelten ihre Köpfe, so als schimpften sie mit dem Pferdedieb. »Was hast du zu dieser Anschuldigung zu sagen?«, fuhr der weißhaarige Mann fort, dessen Augen aus dem wettergegerbten Gesicht hervorstachen.

»Es tut mir leid«, sagte der Beschuldigte mit zittriger Stimme. »Ich werde das nie wieder tun, ich verspreche es. Ich wollte keinen Schaden anrichten – ich wollte doch nur ein wenig Spaß haben …«

Der weißhaarige Mann seufzte. »Weißt du, was sie in anderen Gebieten mit Pferdedieben machen?«, fragte er.

Der Angesprochene schüttelte den Kopf.

»Im Norden werden sie gehängt, und im Osten geköpft«, antwortete der alte Mann und blickte den jungen Burschen streng an.

Der Pferdedieb erblasste sichtlich. »Es tut mir ehrlich leid! Ich habe es wirklich nicht so gemeint …«

»Zu deinem Glück handhaben wir diese Sachen hier anders«, unterbrach der alte Mann die Bitten des Burschen. »Meister Blaise glaubt nicht an diese Art der Bestrafungen. Weil du deine Schuld zugegeben hast und weil das Pferd seinem rechtmäßigen Besitzer zurückgegeben wurde, ist deine Strafe, die nächsten sechs Monate auf dem Hof der Leute zu arbeiten, deren Pferd du gestohlen hast. Während dieser Zeit wirst du ihnen so gut helfen, wie du nur kannst. Du wirst ihre Ställe säubern, ihnen Wasser vom Brunnen heranschaffen, und alle anderen Aufgaben ausführen, derer du fähig bist.«

Ein Mann im mittleren Alter, der Gala schon vorher aufgefallen war, trat nach vorne und wandte sich an den weißhaarigen Mann. »Bürgermeister, mit allem Respekt, unsere Kinder hätten ohne dieses Pferd Hunger leiden müssen, mit der Dürre und allem …«

Der Bürgermeister hielt eine Hand nach oben und stoppte damit die Rede des Mannes. »Das stimmt. Aber zu deinem Glück, und dem des Angeklagten, hast du das

Pferd ja gesund und wohlbehalten wieder zurückbekommen, oder etwa nicht?«

»Ja, Bürgermeister«, gab der Mann kleinlaut zurück.

»In diesem Fall wird der Dieb seine Vergehen wiedergutmachen, indem er dir auf dem Hof hilft. Hoffentlich wird ihn dies den Wert harter Arbeit lehren.«

Der Mann mittleren Alters sah immer noch unglücklich aus, aber es war offensichtlich, dass er keine Wahl hatte. Das war die Strafe für den Pferdedieb, und er hatte sie zu akzeptieren.

»Und damit«, verkündete der Bürgermeister, »ist das Gericht für heute beendet. Ihr könnt alle fortfahren und den Jahrmarkt genießen.«

»Den Jahrmarkt?«, fragte Gala, die durch die plötzliche aufgeregte Unruhe der Menge neugierig geworden war.

»Oh ja«, antwortete eine junge Frau zu ihrer Rechten. »hast du nicht davon gehört? Das Frühlingsfest beginnt heute. Es findet genau auf der anderen Seite des Dorfes statt.« Und damit rauschte sie davon, da sie es offensichtlich eilig hatte, zum Fest zu gelangen.

Gala grinste. Die Begeisterung des Mädchens war ansteckend. »Lasst uns hingehen«, sagte sie zu Maya und Esther und begann, in die Richtung zu gehen, in die die meisten Menschen eilten.

»Was? Warte, Gala, lass uns das erst besprechen …« Maya eilte hinter ihr her und sah besorgt aus.

»Was gibt es da zu besprechen?« Gala ging weiter und fühlte sich, als würde sie gleich vor Aufregung platzen. »Hast du nicht gehört, was diese Frau gesagt hat? Ich werde zu diesem Jahrmarkt gehen!«

»Das ist keine gute Idee«, murmelte Esther vor sich hin. »Ich bin mir ziemlich sicher, dass es nicht das ist, was Blaise meinte, als er uns sagte, wir sollten sichergehen, dass sie keine Aufmerksamkeit auf sich zieht. Sie auf dem Markt – sie wird jede Menge Aufmerksamkeit bekommen!«

»Ja, aber wie willst du sie denn aufhalten?«, murmelte Maya als Antwort, und Gala lächelte über ihre Unterhaltung. Sie mochte es, die Freiheit zu haben, das zu tun, was sie wollte, und sie hatte vor, so viel in diesem Dorf zu sehen und zu erleben, wie sie nur konnte.

* * *

Das Fest war so fantastisch, wie Gala es sich vorgestellt hatte. Überall gab es Händler, und ihre bunten Stände boten verschiedene Waren und interessant aussehende Lebensmittel an. Gleich neben ihnen gab es Spiele und Attraktionen, und Gala konnte überall Lachen, laute Stimmen und Musik hören. Im Zentrum des Marktes gab es eine riesige Bühne, auf der sie junge Menschen tanzen sehen konnte.

Gala ging zu dem Händler, der sich in nächster Nähe befand. »Was verkaufst du?«, fragte sie ihn.

Ich habe die besten getrockneten Früchte des Fests, für dich und deine Mutter.« Er lächelte breit und bot Gala eine Handvoll Rosinen an.

Sie nahm ein paar, steckte sie sich in den Mund und genoss die Explosion des süßen Geschmacks auf ihrer Zunge. Esther nahm eine kleine Münze aus ihrer Tasche, gab sie dem Händler, dankte ihm, und sie gingen weiter.

»Bier für die Damen?«, brüllte ein Mann von einem der Stände. Dort waren große Fässer auf beiden Seiten von ihm gestapelt, und Gala fragte sich, ob sie dieses Bier beinhalteten, welches er verkaufte.

»Ich hole welches«, sagte sie, da sie neugierig war, dieses Getränk zu probieren, über das sie gelesen hatte.

»Nein, das wirst du nicht«, entgegnete ihr Esther sofort und sah sie böse an. »Ich möchte nicht, dass du an deinem ersten Tag bei uns gleich betrunken bist.«

»Ach kommt, lasst das Mädchen ein bisschen Spaß haben«, redete der Händler ihnen zu. »Sie wird nach nur einem Glas höchstens ein wenig beschwipst sein.«

»Na gut, in Ordnung«, grummelte Maya und gab dem Mann eine Münze. »Aber nur eins.«

Gala grinste. Sie hätte das Bier sowieso probiert, aber sie war froh, nicht mit den zwei Frauen streiten zu müssen.

Der Händler, der jetzt zufrieden aussah, nahm einen Becher, ging zu den gestapelten Fässern und begann, etwas aus einem von ihnen in den Becher einzuschenken. Gala bemerkte, wie die Fässer bei den Bewegungen des Mannes wackelten, als würden sie sich im Wind wiegen.

»Beeil dich«, sagte eine männliche Stimme hinter Gala. Sie drehte sich herum und sah einen jungen, gut gebauten Mann dort stehen. Sobald dieser Galas Gesicht erblickte, bekam er riesige Augen, und seine Wangen wurden rot. Er murmelte eine Entschuldigung und sein Blick wanderte von ihrem Kopf bis zu ihren Zehen.

Gala lächelte ihn leicht an und wandte sich dann wieder dem Händler zu. Sie begann sich an dieses Angestarrtwerden zu gewöhnen.

Der Händler reichte ihr den Becher, und sie probierte einen Schluck, ließ das Getränk durch ihren Mund fließen, um es besser zu schmecken. Es war nicht ansatzweise so köstlich wie die Rosinen, aber es schickte ein warmes Gefühl durch ihren Körper. Da Gala diese Tatsache mochte, leerte sie den Becher in wenigen großen Schlucken und hörte Gelächter von den Männern, die in der Reihe hinter ihr standen.

»Du solltest dich ein wenig bremsen«, ermahnte Maya, und Esther warf Gala einen weiteren missbilligenden Blick zu.

»Ich habe noch nie Bier getrunken«, versuchte ihnen Gala zu erklären, da sie nicht wollte, dass die beiden Frauen sich Sorgen machten. »Ich denke, ich mag es sogar lieber als deinen Eintopf.« Sie drehte sich wieder zu dem Händler und fragte: »Kann ich noch eins haben?«

In diesem Moment ergriff Maya Galas Hand und zog sie von dem verwirrten Bierhändler und seinen Kunden weg. Gala ließ sich aber nur bis zum nächsten Stand führen und bewegte sich dann keinen Millimeter weiter.

Du bist sehr stark für jemanden, der so klein ist«, meinte Maya und sah beeindruckt aus, als Gala ihrem Ziehen widerstand. »Es ist, als ob sie Wurzeln hätte«, erklärte sie Esther. »Ich kann sie keinen Millimeter weiterbewegen.«

»Das hier ist doch nur der Stand des Clowns«, erklärte Esther Gala und hörte sich verzweifelt an. »Hier gibt es nichts für dich zu sehen.«

Gala war da anderer Meinung. Für sie war dieser Stand faszinierend, der von Dutzenden Kindern belagert war. Kinder, diese Miniaturmenschen, waren Gala ein Rätsel. Sie war ja niemals selbst ein Kind gewesen, außer man würde ihre kurze Entwicklungsphase in der Zauberdimension als ihre Kindheit betrachten. Allerdings, überlegte sie sich, war sie vielleicht jetzt ein Kind im Vergleich zu der Person, die sie einmal werden würde.

Das, was sie außerdem interessierte, war der Mann mit dem bemalten Gesicht. Er trug eigenartige Sachen und machte etwas, was für die Kinder wie Zauberei aussah – er zog Münzen aus ihren Ohren und ließ diese auch wieder verschwinden. Er schien das außerdem ohne irgendwelche verbalen oder schriftlichen Zaubersprüche zu machen. Als sie genauer hinschaute, sah sie jedoch, dass er die Münzen in Wirklichkeit in seiner Handfläche versteckte. Ein falscher Zauberer, dachte sie, und beobachtete seine Grimassen belustigt.

Plötzlich hörte sie einen lauten Aufschrei. Erschreckt sah Gala zum Stand des Bierhändlers zurück, da das Geräusch von dort gekommen war.

Was sie sah, ließ sie auf der Stelle erstarren.

Eines der älteren Kinder hatte ein jüngeres Mädchen in die dort gestapelten Fässer geschubst. Die großen Fässer schwankten bedrohlich, und Gala konnte sehen, wie das oberste zu fallen begann.

Die Zeit schien fast stehenzubleiben. Gala sah in ihrem Kopf die Kette der Ereignisse, wie sie sich abspielen würden. Das Fass würde auf das kleine Mädchen fallen und ihren zarten Körper zerquetschen. Gala konnte sogar das genaue Gewicht und die Kraft des fallenden Objekts kalkulieren – und die Überlebenschancen des Kindes.

Das junge Mädchen würde aufhören zu existieren, bevor es überhaupt die Möglichkeit gehabt hätte, das

Leben zu genießen.

Nein. Das konnte Gala nicht einfach mitansehen. Ihr ganzer Körper spannte sich an, und ohne einen bewussten Gedanken hob sie ihre Hände in die Luft und richtete sie auf das Fass. Mit Lichtgeschwindigkeit berechnete sie alle notwendigen Parameter, um die richtige Stärke der entgegenwirkenden Kraft zu wissen, die man brauchte, um das fallende Objekt aufzuhalten.

Das Fass hielt im Fall inne und schwebte einige Zentimeter über dem Kopf des Mädchens in der Luft.

Es herrschte betäubende Stille. Die Festbesucher um Gala standen da wie festgewachsen und blickten mit morbider Faszination auf den Fast-Unfall. Der Bierhändler erholte sich zuerst und sprang zu dem Kind, um es unter dem Fass wegzuziehen.

Sobald das Mädchen nicht mehr in Gefahr war, fühlte Gala, wie ihre Konzentration nachließ. Das Fass fiel auf den Boden, zerbrach in kleine Holzstücke, und das Bier spritzte in alle Richtungen.

Das gerettete Kind begann zu weinen, und seine zerbrechliche Gestalt zitterte unter den Schluchzern, während die Zuschauer alle aufatmeten. Viele von ihnen blickten ehrerbietig auf Gala, und eine Frau ging einen Schritt auf sie zu, um sie mit bebender Stimme zu fragen: »Sind sie eine Zauberin, meine Dame?«

»Sie hatte nichts damit zu tun; das war der Clown«, erklärte Maya der Frau mit einer wenig überzeugenden

Lüge.

Esther schnappte sich Galas Hand. »Lass uns gehen«, drängte sie und zog Gala von der Menge weg.

Gala leistete keinen Widerstand und folgte der alten Frau willig. In ihrem Kopf herrschte ein einziges Durcheinander. Sie hatte es getan. Sie hatte direkte Magie angewandt, genauso wie Blaise das für sie vorgesehen hatte. Es war kein Zauberspruch gewesen – mit Sicherheit hatte sie nichts gesagt oder aufgeschrieben. Stattdessen fühlte es sich an, als ob etwas tief in ihr genau wüsste, was zu tun war, wie ein versteckter Teil ihr Gehirn gelenkt hatte. Alles, was sie wusste, war, dass sie nicht gewollt hatte, dass das Kind verletzt würde, und der Rest war einfach … passiert.

Als sie weit genug von der Menge entfernt waren, hielt sie an und weigerte sich, weiterzugehen. »Wartet«, sagte sie zu Maya und Esther, beugte sich hinunter und hob einen kleinen Stein vom Boden auf.

»Was machst du da?«, zischte Esther. »Du hast gerade eine Menge Aufmerksamkeit auf dich gelenkt!«

»Wartet einfach, bitte.« Das war zu wichtig für Gala. Sie warf den Stein in die Luft und konzentrierte sich darauf, um das, was sie eben getan hatte, zu wiederholen. *Fall nicht, fall nicht, fall nicht,* befahl sie in Gedanken und starrte auf den Stein.

Der kleine Stein reagierte überhaupt nicht und fiel ganz normal auf den Boden.

»Was machst du da?« Maya beobachtete sie ungläubig. »Wirfst du Steine?«

Gala schüttelte enttäuscht den Kopf. Warum funktionierte das nicht noch einmal? Sie hatte das Fass aufgehalten, warum also nicht auch diesen Stein?

Esther kam zu ihr und legte ihr den Arm um die Schultern. »Komm, lass uns nach Hause gehen, Kind«, sagte sie beruhigend. »Wir geben dir noch mehr Eintopf …«

»Nein, danke, ich möchte gerade keinen Eintopf«, antwortete Gala und trat beiseite. »Es tut mir leid, Aufmerksamkeit auf mich gezogen zu haben, aber ich bedaure nicht, dass dem kleinen Mädchen nichts passiert ist.«

»Natürlich nicht.« Maya blickte Esther böse an. »Du hast das Richtige getan. Ich weiß nicht, wie du es getan hast, aber es war genau das Richtige.«

Gala lächelte und war erleichtert, nicht zu viel falsch gemacht zu haben. Als sie zu den Ständen zurückblickte, bemerkte sie erneut die Musik. Eine lebhafte Melodie spielte in einiger Entfernung, und Gala wurde von ihr angezogen, mit dem Versprechen von Schönheit und neuen Gefühlen gereizt. »Ich bin noch nicht so weit, nach Hause zu gehen«, ließ sie Esther wissen. »Ich möchte mehr vom Fest sehen.«

Jetzt sah sogar Maya alarmiert aus. »Meine Dame … Gala, ich denke nicht, dass du jetzt zurückgehen solltest

…«

»Ich möchte tanzen«, erwiderte Gala und beobachtete die Figuren in der Entfernung. »Ich möchte zu dieser Musik tanzen.«

Und ohne die Antwort ihrer Anstandsdamen abzuwarten, eilte sie auf die Musik zu.

24. KAPITEL

※AUGUSTA※

»Blaise hat *was* gemacht?« Der Gesichtsausdruck Ganirs, der hinter seinem Schreibtisch saß, war unbezahlbar. Wenn Augusta nicht selbst so aufgebracht gewesen wäre, hätte sie seine Reaktion noch mehr genossen. Aber so war sie als Nachwirkung des magischen Kampfes immer noch ein wenig zittrig – und von dem, was sie über das Grauen erfahren hatte, welches Blaise auf Koldun losgelassen hatte.

»Er hat ein unnatürliches Wesen erschaffen – ein Ding, das in der Zauberdimension entstanden ist«, wiederholte Augusta, während sie im Raum hin und her ging. »Und dann griff er mich an, als ich versuchte, ihn zur Vernunft zu bringen. Er ist völlig verrückt geworden. Es wäre um einiges besser gewesen, wäre er ein Abhängiger …«

Ganir runzelte seine Stirn. »Warte, ich habe das immer noch nicht genau verstanden. Du sagst gerade, er hat eine Intelligenz erschaffen? Wie konnte er das denn erreichen?«

»Ich weiß ganz genau, wie er es getan hat«, sagte Augusta und erinnerte sich an die Aufzeichnungen, die sie gesehen hatte. »Er simulierte die Struktur des menschlichen Verstandes und hat es dann weiterentwickelt, indem er Momentaufnahmen benutzt hat – die Momentaufnahmen, von denen du angenommen hast, sie seien für ihn selbst.«

Ganir bekam große Augen. »Er muss einige meiner Forschungen über das menschliche Gehirn benutzt haben«, stieß er hervor, und seine Stimme war ganz aufgeregt. »Er muss allerdings viel weiter gegangen sein als meine Entdeckungen, die ich während der Entwicklungen der Momentaufnahmen-Sphäre gemacht habe …«

»Er hatte auch Hilfe von Lenards Aufzeichnungen«, erklärte Augusta ihm und blieb vor seinem Schreibtisch stehen. »Er besaß eine geheime Sammlung von ihnen, die er nie mit jemandem geteilt hat.«

»Aufzeichnungen von Lenard?« Ganirs Augen leuchteten. »Der Junge hat sie? Mir kam mal ein Gerücht zu Ohren, dass Dasbraw so etwas besaß, aber dieser gerissene Bastard hat es immer abgestritten.«

»War er nicht ein guter Freund von dir?«, fragte Augusta höhnisch. »Ich dachte, ihr beiden wart unzertrennlich in eurer Jugend.«

»Das waren wir.« Ganirs faltiges Gesicht verzog sich zu etwas, was einem Lächeln ähnelte. »Aber Dasbraw mochte seine Geheimnisse, was die Zauberei betraf. Ich glaube, er verübelte mir die Tatsache, dass er als mein Lehrling anfangen musste …« Einen Moment lang sah er so aus, als sei er mit seinen Gedanken ganz weit weg, aber dann schüttelte er seinen Kopf und brachte sich wieder in die Gegenwart zurück. »Also, du sagst, Blaise hat sie? Diese Aufzeichnungen?«

»Er hat sie nicht mehr«, antwortete ihm Augusta mit kaum verheimlichter Befriedigung. »Ich musste einen Feuerzauber anwenden, um mich zurückziehen zu können.« Sie erwähnte nicht, dass sich die wertvollen Schriften in diesem Moment völlig unbeschadet in ihrer Tasche befanden. Im Turm zahlte es sich immer aus, etwas in der Hinterhand zu haben.

»Du hast Blaises Haus abgebrannt?« Ganir starrte sie mit vor Entsetzen geöffnetem Mund an.

»Ich hatte keine andere Wahl«, entgegnete Augusta scharf, die sich über die Reaktion des Ratsvorsitzenden ärgerte. »Du warst nicht da. Er wollte überhaupt nicht zur Vernunft kommen. Ich weiß nicht, was aus ihm geworden ist, wie besessen er von dieser Kreatur ist. Er ist jetzt völlig unter seiner Kontrolle.« Blaises Gesichtsausdruck, als er ihr den Weg versperrte, kam ihr in den Kopf. Er war entschlossen gewesen, sie davon abzuhalten, zum Rat zu gehen, so viel war sicher. Hätte er sie umgebracht, um seine Abscheulichkeit zu retten? Einst hätte Augusta gedacht, so etwas sei unmöglich, aber jetzt nicht mehr – nicht nachdem sie die Perle genommen und die Tiefe seiner Gefühle für diese entsetzliche Schöpfung gespürt hatte.

Ganir sah überrascht aus. »Das hört sich gar nicht nach Blaise an«, sagte er zweifelnd. »Du sagst, er hat versucht, dich anzugreifen?«

»Er wollte mich davon abhalten, mit dem Rat zu sprechen«, erwiderte Augusta, jetzt schon ein wenig unsicherer. Blaise hatte sie nicht wirklich angegriffen, aber sie hatte sich trotzdem bedroht gefühlt. »Er hat sogar versucht, mich anzulügen, mir zu erzählen, die Gestalt dieser Kreatur sei instabil und existiere nicht mehr …«

»Und, wirst du dem Rat davon berichten?«, unterbrach Ganir sie und blickte sie an.

»Das sollte ich, sollte ich nicht?« Augusta sah den alten Zauberer an. »Sie müssen über dieses Ding Bescheid wissen. Es ist gefährlich und muss eliminiert werden.«

»Was denkst du, was würde mit Blaise passieren, wenn sie herausfänden, was er getan hat? Sie würden nicht einfach nur seine Kreation aus der Welt schaffen und ihn in Ruhe lassen.«

Augusta schluckte. Jetzt, da sie klarer denken konnte, begriff sie, dass Ganir recht hatte – es dem Rat zu erzählen würde Blaise genauso verdammen wie seine abartige Schöpfung. Und das konnte sie nicht zulassen, egal wie wütend sie auf ihn war. Der Gedanke an einen toten Blaise war genauso unerträglich wie die Vorstellung, dass er sich zu diesem Monster hingezogen fühlte. »Was wäre die Alternative?«, fragte sie. Der alte Mann sorgte sich um Blaise, und sie bezweifelte, dass er ihn mehr bestraft sehen wollte als sie.

Ganir lehnte sich in seinem Stuhl zurück, und sein Gesicht sah nachdenklich aus. »Also«, sagte er langsam, »erstens gibt es eine winzige Chance, dass er dich nicht angelogen hat. Wenn er über die Gestalt überrascht war, die es angenommen hat, versteht er es wahrscheinlich nicht vollständig. Es ist gut möglich, dass sie – es – wirklich instabil war und schon weg ist.«

Augusta schnaubte abfällig. »Ich würde diese Möglichkeit nicht in Betracht ziehen – er versuchte einfach verzweifelt, die Kreatur zu retten. Denkst du, nach all den gemeinsamen Jahren kann ich nicht erkennen, wann er lügt und wann er die Wahrheit sagt?«

»In Ordnung«, stimmte Ganir zu. »Angenommen, du hast recht. Ich bin immer noch nicht davon überzeugt, dass seine künstliche Intelligenz eine so große Bedrohung für uns ist, wie du denkst …«

Augusta lehnte sich auf die Kante seines Schreibtischs. »Du bist nicht davon überzeugt?« Sie konnte hören, wie ihre Stimme anstieg, als ihr alter Kindheitsalptraum ihr seinen hässlichen Kopf zuwandte. »Ich habe diese Perle eingenommen – ich war in Blaises Kopf –, und er selbst weiß nicht, wozu diese Kreatur überhaupt fähig ist! Sie könnte Kräfte haben, die wir uns nicht einmal vorstellen können. Was, wenn sie sich gegen uns wendet? Was, wenn sie entscheidet, uns alle auszulöschen?«

Ganir blinzelte. »Welche Kräfte besitzt sie denn? Was kann sie machen?«

»Ich weiß es nicht«, gab Augusta zu, trat einen Schritt zurück und atmete zittrig ein. »Und Blaise weiß es auch nicht. Das ist das Problem. Nur weil sie bis jetzt nichts gemacht hat, heißt das nicht, dass wir in Sicherheit sind. Sie existiert ja auch erst seit kurzer Zeit.«

Der alte Mann sah sie an. »Warum lassen wir sie in diesem Fall nicht einfach in Ruhe? Wir haben noch nie zuvor so etwas gesehen – eine Intelligenz, die erschaffen wurde, nicht geboren; ein Wesen aus der Zauberdimension …«

»Nein.« Augusta schüttelte ihren Kopf. Alles in ihr lehnte diesen Gedanken ab. »Wir können dieses Risiko nicht eingehen. Dieses Ding muss jetzt zerstört werden, bevor es die Möglichkeit hat, uns zu zerstören. Soweit wir wissen, könnte es jeden Moment, in dem es existiert, mächtiger werden. Das ist unsere Chance, die Situation unter Kontrolle zu bringen. Wenn wir es jetzt nicht aufhalten, werden wir dazu in der Zukunft vielleicht nicht mehr in der Lage sein. Denk darüber nach, Ganir. Was passiert, wenn es weitere Abscheulichkeiten wie sich selbst erschafft?«

Der alte Zauberer blickte sie schockiert an. Von diesem Punkt aus hatte er es offensichtlich noch nicht betrachtet. Augusta konnte sehen, wie er schwankte, und nutzte das aus. »Kannst du dir vorstellen, wie mächtig eine ganze Armee solcher Kreaturen aus der Zauberdimension sein könnte?«

Ganirs Augen wurden groß, als ob ihm ein neuer Gedanke gekommen wäre. »Du hast gesagt, sie habe eine weibliche Gestalt angenommen, richtig?«, fragte er langsam. »Und du hast gesagt, Blaise fühle sich davon angezogen?«

Augusta nickte und blickte ihn beunruhigt an. Wolle er ihr damit das sagen, von dem sie dachte, dass er es sagen wollte? »Ganir, denkst du …?«

»Dass sie und Blaise Nachwuchs zeugen könnten?« Er hob seine Augenbrauen. »Ich habe keine Ahnung, aber ich würde es gerne herausfinden …«

Augusta hatte das Gefühl, dass sie sich übergeben

müsse. »Neugierig? Ob das Monster sich fortpflanzen könnte?« War der alte Mann krank im Kopf?

Der Vorsitzende des Rats schien sich unerklärlicherweise sehr zu amüsieren. »Wenn Blaise sich davon angezogen fühlt, kann es nicht so monströs sein.«

Augusta unterdrückte den Drang, einen Feuerzauber auf ihn zu schicken. »Du verstehst das nicht. Wir reden hier nicht über ein Zauberexperiment. Blaise hat das Ding erschaffen, um der normalen Bevölkerung Zugang zur Magie zu ermöglichen. Seine Handlungen – und Pläne – sind gefährlich und verräterisch. Er muss aufgehalten werden. Wenn du mir nicht dabei hilfst, werde ich keine andere Wahl haben, als zum Rat zu gehen – und wir beide wissen, wie das wahrscheinlich für Blaise enden würde.« Augusta bluffte größtenteils, aber das brauchte der alte Mann ja nicht zu wissen.

Ganirs Augen verengten sich. »In Ordnung«, antwortete er ihr und blickte sie an. »Wir werden diese Sache unter uns behalten, wie du vorgeschlagen hast. Wo befindet sich diese Kreatur jetzt?«

»Ich weiß es nicht. In Blaises Haus habe ich keine Spur von ihr entdeckt.«

»In diesem Fall werde ich einige meiner Männer beauftragen, nach ihr Ausschau zu halten. Ich werde sie anweisen, mir sofort Bericht zu erstatten, falls etwas Außergewöhnliches passiert. Wenn dieses Geschöpf so mächtig ist, wie du denkst, werden wir das wahrscheinlich bald erfahren.« Er machte eine kurze Pause. »Und wenn wir nichts über ungewöhnliche Zauberaktivitäten hören, hat Blaise entweder die Wahrheit gesagt, oder dieses Wesen ist meiner Meinung nach keine Gefahr.«

Augusta stimmte dem letzten Teil seiner Aussage nicht zu, aber hatte keine Zeit, sich jetzt darüber zu streiten. »Und wenn es gefunden wird?«

»Dann werde ich es gefangen nehmen und hierherbringen lassen, in den Turm, wo wir es verhören und bestimmen können, ob es wirklich eine Gefahr für uns darstellt. «

Dieses Mal konnte sie sich nicht zurückhalten. »Ganir, es muss zerstört werden …«

Der Ratsvorsitzende lehnte sich nach vorne. »Und das wird es auch, wenn es wirklich so gefährlich ist, wie du sagst«, entgegnete er ihr mit einem gefährlich leisen Ton. »Aber bevor wir irgendetwas überstürzen, müssen wir mehr darüber herausfinden. Ich werde es untersuchen, und dann, wenn es sein muss, werde ich es eigenhändig zerstören.«

Das werden wir ja noch sehen, dachte Augusta, aber hielt den Mund. Jetzt, im Moment, brauchte sie Ganirs Spione, um dieses Ding ausfindig zu machen.

25. KAPITEL

※ GALA ※

Die Tanzfläche war voll von Menschen jeden Alters, die lachten, sich unterhielten und zur Musik umherwirbelten. Gala stand am Rand der Fläche und schaute sich um. Ihr Kopf drehte sich ein wenig. Ihr Fuß klopfte im Takt der Musik, und sie wollte auch lachen – zumindest so lange, bis sie sich ein wenig desorientiert fühlte.

Das Gefühl war nur ganz leicht, so dass Gala kaum bemerkte, was sie gerade erlebte. Dann fiel es ihr plötzlich ein: das Bier. Das war es, was die Leute mit betrunken meinten.

Stirnrunzelnd dachte Gala über ihre Situation nach. Nach dem, was sie gelesen hatte, machten betrunkene

Menschen dumme Sachen und verhielten sich nicht mehr wie sie selbst. Sie mochte den Gedanken, dass ihr das passieren könnte, überhaupt nicht.

Sie schloss die Augen, konzentrierte sich auf ihren Körper und untersuchte bewusst alle Auswirkungen des Getränks. Plötzlich fühlte sie eine Reaktion wie die, die sie mit der Momentaufnahme schon einmal erlebt hatte; es war so, als würde ein Teil ihres Körpers daran arbeiten, den Alkohol zu entfernen. Einige Sekunden später war sie wieder völlig nüchtern.

»Möchtest du tanzen?«, fragte eine bekannte männliche Stimme, und als Gala die Augen öffnete, sah sie zu ihrer Überraschung einen Mann nicht weiter als einen halben Meter von ihr entfernt stehen.

Es war der junge Mann, den sie an dem Stand des Bierhändlers gesehen hatte.

Er schenkte ihr ein strahlendes Lächeln, und Gala dachte sich, dass er wahrscheinlich den Zwischenfall mit dem kleinen Mädchen gar nicht mitbekommen hatte. Ansonsten würde er sich jetzt vorsichtiger in ihrer Gegenwart verhalten, so wie andere Menschen das zu machen schienen.

Glücklich darüber, wie eine normale Person behandelt zu werden, erwiderte Gala sein Lächeln. »Gerne«, antwortete sie ihm. »Aber du musst mir zeigen, wie das geht.«

»Es wird mir eine Ehre sein«, erwiderte er und hielt

ihr seine Hand hin. Sie ergriff sie vorsichtig. Seine Handfläche fühlte sich warm und ein wenig feucht an, und Gala wurde bewusst, dass sie seine Berührung nicht mochte. Trotzdem sah sie keinen Schaden darin, mit ihm zu tanzen, wenn sie dabei ein wenig Abstand halten konnte, so wie sie das bei anderen Paaren sah.

Während sie auf die Tanzfläche ging, hörte Gala genauer dem Ablauf der Musik zu, die gerade spielte. Sie liebte den strukturierten Aufbau des schnellen Rhythmus, die raffinierte mathematische Genauigkeit der Melodie. Sie hörte dem unglaublich gerne zu.

Gala beobachtete die anderen Frauen aus den Augenwinkeln und tat ihr Bestes, ihre Bewegungen zu imitieren, und versuchte, dem Rhythmus des Stücks zu folgen.

»Du bist ein Naturtalent«, meinte der junge Mann, und ein Hauch von Bewunderung schwang in seiner Stimme mit. »Ich glaube nicht, dass du von mir noch irgendwelche Anweisungen brauchst.« Er bewegte seinen Körper zur Musik, aber tanzte viel plumper und ungeschickter als Gala. Es schien fast so, als tanze er zu einem anderen Stück.

Die Melodie veränderte sich, wurde schneller, und Gala spürte, wie ihr Herz als Antwort darauf auch schneller schlug. »Wer hat diese wundervolle Musik geschrieben?«, wollte sie wissen und bewunderte die Tatsache, dass ein einfaches Klangbild sie derartig bewegen konnte.

Der junge Mann grinste sie an. »Meister Blaise natürlich«, antwortete er ihr. »Er ist ein sehr produktiver Komponist. Du hast niemals zuvor seine Musik gehört?«

Gala schüttelte ihren Kopf, aber ihr Herz schlug noch schneller, als Blaise erwähnt wurde. Sie wollte ihn hier bei sich haben, anstatt diesen Mann, den sie nicht besonders mochte. Die Tatsache, dass Blaise es schaffte, ihre Gefühle zu berühren, ohne anwesend zu sein, war erstaunlich. Jetzt, da sie wusste, dass er diese Melodie komponiert hatte, war sie überrascht, es nicht selbst bemerkt zu haben. Musik zu schreiben erforderte das gleiche mathematisch begabte Gehirn, welches auch zum Zaubern benötigt wurde. Natürlich gehörte noch mehr zu so einem Genie, und sie zweifelte daran, dass jeder Zauberer in der Lage war, ein solch wunderschönes Werk zu komponieren. Auf irgendeine Weise waren sie und die Musik sich ähnlich, sie waren beide Blaises Kreationen.

Während sie über diese Tatsache nachdachte, kam der Mann, mit dem sie tanzte, näher. »Wie heißt du?«, fragte er und beugte sich zu ihr hinüber. Sie konnte in seinem Atem Bier riechen und etwas, was sie an Esthers Eintopf erinnerte.

»Ich bin Gala«, sagte sie ihm und bewegte sich ein wenig von ihm weg.

Er lächelte sie breit an. »Sehr erfreut, dich kennenzulernen, Gala. Ich bin Colin.«

Gala folgte weiter den Bewegungen der anderen Tänzer und wurde mit jedem Schritt besser. Ihr Partner dagegen stolperte weiterhin und ließ außerdem ganze Schritte aus. Das störte sie aber nicht wirklich; ihr machte das Tanzen trotzdem sehr viel Spaß. »Du tanzt fantastisch«, rief Colin aus, als sie eine besonders schwierige Schrittfolge fehlerfrei durchführte, und sie grinste, weil sie sich über das Kompliment freute.

Das Lied endete.

»Kann ich auch den nächsten Tanz haben?«, fragte Colin.

Gala nickte zustimmend. Das Lied, welches als Nächstes gespielt wurde, war noch netter als das erste, langsamer und melodiöser. Bevor sie allerdings anfangen konnte, sich zur Musik zu bewegen, trat ihr Tanzpartner näher an sie heran. Aus den Augenwinkeln konnte sie sehen, wie die anderen Tänzer das Gleiche machten. Die Männer gingen zu den Frauen und legten ihnen die Hände auf die Hüften und Schultern.

Gala runzelte die Stirn und ging einen kleinen Schritt zurück. Sie wollte Colin nicht so nah bei sich haben. Irgendetwas daran fühlte sich falsch an. Es gab nur eine Person, deren Hände sie auf ihrem Körper wollte, und diese befand sich in Turingrad. »Ich habe es mir anders überlegt«, erklärte sie Colin freundlich und wich weiter zurück.

»Ach komm, es ist doch nur ein Tanz«, entgegnete er, lächelte und griff nach ihr. Seine Finger umfassten ihr Handgelenk, und sie konnte die feuchte Hitze spüren, die von seiner Haut ausging. Ihr Magen fing an zu rebellieren.

»Nimm deine Hände von mir weg«, befahl Gala ihm und versuchte erfolglos, ihren Arm wegzuziehen. Er war körperlich stärker als sie, und langsam bekam sie Angst vor der dunklen Erregung in seinen Augen.

»Jetzt komm schon, stell dich nicht so an …« Er lächelte noch, aber dieser Ausdruck war nicht mehr freundlich.

»Lass mich los«, sagte sie ein wenig lauter und sah, wie sich andere Leute zu ihnen umdrehten. Ihr Herz schlug so stark, dass sie dachte, dass ihr Brustkorb gleich zerspringen würde, und sie fühlte, wie ihre Haut wegen seiner Berührung zu jucken anfing.

»Sei nicht so ein Spielverderber«, murmelte er und zog sie näher. »Es ist doch nur ein Tanz …«

Als er sich weigerte, sie loszulassen, schien die explosive Gefühlsmischung in Gala hochzugehen und ihre Sicht verschwamm einen Augenblick lang. Es war, als würde sich etwas aus ihrem tiefsten Inneren auf Colin stürzen, und sie konnte sehen, wie er mit einem entsetzten Gesichtsausdruck zurückstolperte. Ein ekelhafter Geruch begann sich auszubreiten, und Colins

Gesicht verzog sich zu etwas, was aussah wie Scham und Angst.

Als ihr Handgelenk endlich wieder frei war, fühlte Gala den überwältigenden Drang, woanders zu sein. Und als Colin einen unsicheren Schritt auf sie zu machte, fand sie sich außerhalb der Tanzfläche wieder, genau hinter Maya und Esther.

»Wir sollten gehen«, sagte sie, und ihr war immer noch schlecht von dieser Begegnung – sie war zittrig, da sie wusste, wieder ungewollt gezaubert zu haben, als sie sich unter den Augen aller Tänzer teleportierte.

Esther drehte sich überrascht zu ihr um. »Wo kommst du denn her? Du warst doch gerade noch dort drüben und hast mit dem jungen Mann getanzt …«

»Ich möchte gehen«, erwiderte Gala und rieb sich ihr Handgelenk dort, wo sie immer noch Colins ekelhafte Berührung spüren konnte. »Ich wollte ihn nicht so nah bei mir haben, aber er hat mich festgehalten …«

»Er hat dich festgehalten?« Maya atmete hörbar ein. »Dieser Bastard … Du hättest ihn gleich in die Eier treten sollen!«

»Es sieht so aus, als hätte sie etwas mit ihm gemacht«, bemerkte Esther und sah mit einem besorgten Gesicht auf die Tanzfläche.

Als Gala einen flüchtigen Blick in die Richtung warf, sah sie, wie Colin mit einem komischen Gang davonlief. »Lasst uns los«, sagte sie und zog an Esthers Schal. »Ich möchte weg. Er könnte hier entlangkommen.« Sie war unruhig und verstört und wollte so schnell wie möglich diesen Ort verlassen.

»Natürlich«, stimmte Maya zu und warf dem Mann einen bösen Blick zu. »Lasst uns nach Hause gehen, dann kannst du dich ein wenig ausruhen.«

Gala nickte und wollte nichts lieber, als das Schlafen noch einmal zu erleben. Von dem letzten Mal schlafen wusste sie noch, dass es sich so ähnlich anfühlte wie einige der Tätigkeiten in der Zauberdimension.

26. KAPITEL

※BARSON※

Als er das Klopfen hörte, stand Barson, der gerade gesessen und etwas gelesen hatte, von seinem Stuhl auf und ging die Tür öffnen. Es war eines der seltenen Male, an denen er sich in seinem Quartier entspannen konnte, und er war nicht erfreut darüber, dabei gestört zu werden.

Seine Laune besserte sich auch nicht, als er sah, dass Larn dort draußen stand. Der Ausdruck auf dem Gesicht seines zukünftigen Schwagers war eigenartig.

»Komm rein«, sagte Barson kurz. Er wusste jetzt schon, dass irgendetwas nicht stimmte.

Larn betrat Barsons Zimmer und schloss die Tür hinter sich.

»Also?«, drängte Barson, als Larn keine Anstalten machte, zu sprechen. »Was hast du herausbekommen?«

»Bis jetzt hat Ganir den Turm nicht verlassen«, sagte Larn. »Er war hauptsächlich in seinem Arbeitszimmer, und es sind eine Menge Personen bei ihm gewesen.«

»Das ist nicht wirklich etwas Neues.« Barson sah seinen besten Freund düster an. »So ist das doch immer bei dem alten Mann.«

»Das stimmt«, sagte Larn ungewöhnlich zögerlich. »Aber einer seiner Besucher heute Nachmittag war Augusta.«

Schon wieder? Barson merkte, wie sich sein Stirnrunzeln verstärkte. Warum würde sie Ganir zweimal an einem Tag sehen wollen, obwohl sie sich nicht gerade mochten, wie Barson genau wusste.

»Es gibt da noch etwas.« Larn sah immer schlechter aus.

»Was denn?«

»Du wirst das nicht gerne hören …«

»Jetzt spuck es einfach aus«, meinte Barson, und seine Augen verengten sich. »Was ist es denn?«

Larn schluckte. »Denk bitte daran, ich bin nur der Überbringer der Nachricht …«

Barson trat einen Schritt näher an ihn heran. »Sag es einfach«, presste er zwischen seinen zusammengebissenen Zähnen hervor. Es musste etwas Schlimmes sein, wenn sein Freund so eine Angst davor hatte, es ihm zu sagen.

»Wie du verlangt hast, habe ich ein paar Männer gebeten, heute nach dem ersten Treffen mit Ganir ein Auge auf Augusta zu werfen«, erzählte Larn langsam. »Und deshalb befanden sich auch gerade einige von ihnen auf dem Markt, als ihre Chaise dort landete.«

»Und?«

»Und sie konnten ihr folgen, als sie wieder abhob. Sie flog nur ein paar Blocks weiter und landete vor einem Haus.«

»Was für einem Haus?« Soweit Barson wusste, gab es nur einige wenige Häuser, die sich so dicht am Zentrum Turingrads befanden. Es war eine sehr begehrte Gegend, und die Häuser dort, die alle den mächtigsten Zaubererfamilien gehörten, ähnelten eher Herrenhäusern. Ein bestimmter Zauberer kam ihm in den Sinn …

»Es gehört Blaise, dem Mann, den sie heiraten wollte«, erklärte Larn und bestätigte Barsons Vorahnung. »Sie landete davor und ging hinein.«

»Ich verstehe«, erwiderte Barson ruhig. Seine Eingeweide kochten, aber sein Gesicht blieb unbewegt. »Noch etwas?«

»Nein.« Larn sah über Barsons Reaktion erleichtert aus. »Die Männer konnten sich nicht sehr lange dort aufhalten; sie hatten Wachdienst am Turm und waren nur auf dem Markt, um ein paar Sachen zu besorgen.

Ich habe aber einen unserer neuen Freunde gebeten, Blaise im Auge zu behalten.«

Barson nickte und zeigte immer noch keine Reaktion. »Das hast du gut gemacht«, sagte er äußerlich ruhig. »Danke.«

»Gern geschehen.« Larn drehte sich herum und wollte gerade hinausgehen, als er sich noch einmal zu Barson umsah. »Sollen sie ihr auch weiterhin folgen?«

»Ja«, sagte Barson leise. »Das sollen sie.«

Seine Kontrolle reichte noch, bis Larn aus dem Zimmer gegangen war. Sobald sich die Tür hinter ihm schloss, eilte Barson zur Ecke, in der der sandgefüllte Kartoffelsack von der Decke hing. Seine Hände ballten sich zu riesigen Fäusten, und heiße, rote Eifersucht strömte in jede Faser seines Körpers. Unfähig, sich noch länger unter Kontrolle zu halten, holte er aus und schlug immer wieder auf den Sack ein, so lange, bis seine Knöchel wund waren und der Schweiß ihm am Rücken herunterlief. Er machte eine Pause, riss sich seine Tunika vom Leib und fuhr dann fort, seine Wut mit rasenden Schlägen herauszulassen.

* * *

Ein leichter Jasminduft erreichte Barsons Nase und holte ihn aus seinem sinnlosen Zustand. Der Sack vor ihm wurde langsam weicher, da der Sand aus einem Riss rieselte, der bei einem besonders harten Schlag entstanden war.

Als er sich umdrehte, saß Augusta auf seinem Bett und beobachtete ihn. Sie musste gerade seinen Raum betreten haben.

»Augusta, was für eine freudige Überraschung.« Er zwang sich dazu, trotz des Ärgers, der immer noch durch seine Venen rauschte, zu lächeln.

Sie erwiderte es, aber der Ausdruck auf ihrem Gesicht war eigenartig abwesend. Dachte sie an ihn, diesen Bastard von einem Zauberer, mit dem sie verlobt gewesen war? Barson atmete beruhigend durch und erinnerte sich daran, vorsichtig vorzugehen. Augusta war sehr unabhängig, und sie würde es nicht freundlich aufnehmen, ausspioniert oder wie ein Botenjunge befragt zu werden.

Sie nahm seine schlechte Laune überhaupt nicht wahr und sah sich jetzt in dem Zimmer um, betrachtete es, als sähe sie es zum ersten Mal. »Etwas leichte Lektüre vor dem Training?«, wollte sie wissen und zeigte auf das Buch, welches er auf dem Stuhl liegen gelassen hatte.

»Ja«, antwortete Barson ihr äußerlich ruhig. »Ich habe ein neues Juwel in dem Archiv der Bibliothek entdeckt. Es geht um die militärischen Heldentaten König Roluns, dem antiken Eroberer, der Koldun vereinigte.« Er war froh über diesen Smalltalk, da er ihm ermöglichte, seine eifersüchtige Wut beiseitezuschieben und nachzudenken. Die Tatsache, dass Augusta in seinem Zimmer war und sich mit ihm über Bücher unterhielt, war ein gutes Zeichen. Wenn sie wieder mit Blaise zusammengekommen wäre, wäre sie wohl nicht so zwanglos hier vorbeigekommen. Sie sah auch nicht so aus, als fühle sie sich unwohl oder schuldig. Barson hielt sich für jemanden, der Menschen gut einschätzen konnte, und er spürte keine heuchlerischen Schwingungen von ihr ausgehen. Sie war abgelenkt, ja, aber eher so, als habe sie eine Menge in ihrem Kopf vor sich gehen.

Als ob sie seine Überlegungen bestätigen wollte, drehte sie sich mit einem warmen Lächeln zu ihm. »Du magst diese alten Geschichten, stimmt's? Ich hätte dich niemals für einen Gelehrten gehalten.«

»Ich mag es, alte Militärtaktiken zu studieren«, erwiderte Barson und betrachtete sie eingehend. Er konnte immer noch kein Zeichen von Schuld oder Bedauern auf ihrem Gesicht erkennen. Sie war entweder eine fantastische Schauspielerin oder der vorangegangene Besuch bei ihrem ehemaligen Geliebten war rein platonisch gewesen.

Augustas Lächeln wurde breiter. »Wusstest du, dass König Roluns Blut durch meine Adern fließt?«, fragte sie. »Die Mehrheit des alten Adels stammt von ihm ab.«

»Nein«, log Barson. »Das wusste ich nicht.« Roluns Blut floss auch durch seine Adern – aber das interessierte dieser Tage niemanden mehr. Barson hatte über Augustas Abstammung von Anfang an Bescheid gewusst; sie war eine der wenigen Zauberinnen, deren Familie adeliger Abstammung war, und er konnte Spuren dieses Erbes in ihren hohen Wangenknochen und ihrer königlichen Haltung wiedererkennen. Das war einer der Gründe, warum er sie anfangs so anziehend gefunden hatte.

»Du stammst auch von ihm ab, nicht wahr?«, fragte Augusta und überraschte ihn damit. »Kam deine Mutter nicht aus der Solitin-Familie?«

Barson blickte Augusta an und wunderte sich, woher sie das wusste. Es war kein großes Geheimnis, aber er hatte nicht bemerkt, dass sie ein ausreichendes Interesse an ihm besaß, um seinen familiären Hintergrund zu untersuchen. »Ja«, antwortete er und beobachtete ihre Reaktion. »Das stimmt. In vergangenen Zeiten wären wir ein perfektes Paar gewesen.«

Ihre Augen leuchteten heller. »Das wären wir, mein nobler Herr«, murmelte sie. »Wir hätten ein exzellentes Paar abgegeben ...« Sie hielt seinem Blick stand und lächelte ihn langsam und verzaubernd an.

Barsons Blut erhitzte sich wieder, diesmal allerdings aus einem anderen Grund. Er wusste nicht, was während des Besuchs bei Blaise vor sich gegangen war, aber es sah nicht so aus, als habe der Zauberer ihre Bedürfnisse befriedigt.

Es wäre Barson ein Vergnügen gewesen, dem sofort abzuhelfen.

Aber bevor er die Möglichkeit hatte, irgendetwas zu tun, stand Augusta anmutig auf. »Ich hatte einen furchtbaren Tag«, sagte sie sanft, löste ihr glänzendes, braunes Haar und ließ es bis zu ihrer Taille fallen. »Ich denke, ich könnte deine einzigartigen Fähigkeiten gut gebrauchen, Krieger.«

Er ließ sich nicht zweimal bitten. Barson ging einige Schritte auf sie zu, schloss seine Faust um das Mieder ihres roten Kleides und zog sie zu sich heran. Die empfindliche Seide riss in seinem Griff, aber keiner von beiden bemerkte es, als Barson die Reste seines Zorns in einen innigen, hungrigen Kuss umwandelte.

27. KAPITEL

※BLAISE ※

Blaise starrte entsetzt und ungläubig auf die Zerstörung in seinem Arbeitszimmer. Sein Herz raste immer noch von dem Treffen mit Augusta. Sie hatte die Sache mit Gala herausgefunden – sie, die immer gegen alles gewesen war, was sie nicht leicht verstehen konnte, gegen alles, was ihre Art zu leben verändern könnte. Zurückblickend hätte es ihn nicht überraschen sollen, dass sie für Louies Bestrafung gestimmt hatte. Wie der Rest des Rates hatte sie sich durch die Taten seines Bruders bedroht gefühlt – und er zweifelte nicht daran, dass allein die Vorstellung von Gala sie ängstigte.

Der Boden und die Wände waren mit Ruß überzogen, und Blaises Schreibtisch war ein Haufen

Asche, der Augustas Wut bezeugte. Das Schlimmste daran war nicht das, was sie mit seinem Arbeitszimmer getan hatte – es war das, was sie mit Gala machen würde. Wenn der Rat Augustas Geschichte glaubte, würden sie innerhalb weniger Stunden nach Gala suchen.

Blaise spürte den starken Drang, etwas zu schlagen – am besten sich selbst, da er Gala allein weggehen lassen hatte. Er hätte sie niemals auf sich gestellt im Dorf lassen sollen, egal wie sehr sie die Welt als normale Person kennenlernen wollte. Jetzt war sie dort, ungeschützt, in der Gesellschaft zweier alter Frauen.

Er musste bei ihr sein.

Er blickte sich in dem Zimmer um und sah, dass sein Deutungsstein Augustas Feuer überlebt hatte. Er hob den noch warmen Stein auf und eilte nach unten in sein Archiv, da er dort die meisten vorgeschriebenen Karten für Zaubersprüche aufbewahrte. Er hatte Glück, dass Augusta nur seine neueste Arbeit zerstört hatte und der Großteil dessen, was er brauchte, unbeschadet war.

Blaise nahm so viele nützliche Zauberspruchkomponenten wie er konnte, verließ das Haus und bestieg seine Chaise. Sein Kopf war nur mit einem Gedanken erfüllt: zu Gala zu gelangen, bevor es zu spät war. Selbst jetzt konnte Augusta gerade mit dem Rat reden und ihn von der lächerlichen Vorstellung überzeugen, Gala sei gefährlich. Er hatte keine Zeit zu verschenken.

Er flog bereits eine halbe Stunde, als ihm etwas Eigenartiges hinter sich auffiel. In einiger Entfernung befand sich ein kleiner Punkt am Horizont – er ähnelte einem Vogel, aber er war zu groß, um einer zu sein. Blaise fluchte. Wurde er verfolgt?

Es gab nur einen Weg, das herauszufinden. Er nahm einige Zauberkarten heraus, bereitete einen sichtverstärkenden Zauber vor und steckte die Karten in den Deutungsstein. Als sein Blick sich klärte, war alles schärfer; es war, als ob er ein Adler sei, in der Lage, jedes Insekt zu sehen, welches auf dem Boden entlangkroch. Blaise drehte sich um und schaute in die Ferne.

Was er dort sah, ließ sein Blut gefrieren.

Hinter ihm flog eine weitere Chaise – ein sicheres Zeichen dafür, dass er von einem Zauberer verfolgt wurde, da niemand anderes diese Dinger fliegen konnte. Auf jeden Fall war es nicht Augusta, wie er anfänglich vermutet hatte. Diese Chaise war grau, und Blaise kannte den Mann, der auf ihr saß, nicht, was bedeutete, dass er kein berühmter Zauberer sein konnte. Wie gut dieser Mann zaubern konnte, war in diesem Fall allerdings ziemlich unwichtig; wenn er fliegen konnte, konnte er wahrscheinlich auch einen Kontaktzauber wirken – und der Rat könnte bereits wissen, wohin Blaise unterwegs war.

Blaise schaute weg und blickte geradeaus, während er wütend nach einer Lösung suchte. Er wollte Gala beschützen und nicht den Rat direkt zu ihr führen. Er konnte nicht zulassen, von ihm bis ins Dorf verfolgt zu werden – also musste er ihn glauben machen, dass dieser Ausflug einen anderen Hintergrund hatte.

Er änderte seine Flugrichtung leicht und steuerte seine Chaise zu einem berühmten Tischler, der sich außerhalb Turingrads befand. Da ein Großteil seiner Möbel zerstört worden war, könnten ein Schreibtisch und andere Stücke wirklich sehr nützlich sein. Und falls Augusta dem Rat von ihren Feuerzaubern erzählt hatte, sollte die Bestellung einer neuen Hauseinrichtung wie etwas Normales aussehen.

* * *

Nachdem er vom Tischler zurück nach Hause geflogen war, lief Blaise auf und ab und versuchte zu entscheiden, was er als Nächstes tun sollte. Einerseits war es gut, dass Gala nicht hier war. Andererseits wären die Dörfer in seinem Gebiet leider sofort danach an der Reihe – und genau da befand sie sich gerade.

Er hatte die verrückte Idee, sich in das Dorf zu teleportieren, aber er ließ sie umgehend fallen. Einen so komplexen Zauberspruch zu schreiben würde viel Zeit erfordern und extrem gefährlich sein. Wenn er sich auch nur ein kleines bisschen verkalkulierte, könnte er sich leicht im Boden materialisieren oder auch in einem

Baum – und dann hätte Gala niemanden mehr, der sie beschützen konnte.

Nein, es musste etwas anderes geben, was er tun könnte.

Zuerst einmal musste er sie und ihre Aufpasser vor der potenziellen Gefahr warnen, entschied er. Sie mussten das Dorf verlassen und an einen Ort gehen, an dem der Rat nicht nach ihnen suchen würde, solange er sich überlegte, wie er zu ihnen kommen könnte.

Er ging zu seinem Archiv, nahm die Karten heraus und begann an einem Kontaktzauber zu arbeiten – einer Möglichkeit, eine mentale Nachricht an jemanden zu schicken, der weit entfernt war. Es war ein ziemlich komplizierter Zauber, einer, der verbal ein riesiger Aufwand gewesen wäre. Jetzt allerdings, mit den geschriebenen Sprüchen, würde er nur ein paar Minuten brauchen, um eine Nachricht aufzuschreiben und die Details der Person, die er kontaktieren wollte, hinzuzufügen.

Er setzte sich an einen alten Tisch und verfasste eine Nachricht an Esther:

»Esther, keine Panik. Ich bin es, Blaise, und ich benutze den Kontaktzauber, von dem ich dir einmal erzählt habe. Um dir meine Identität zu beweisen, erwähne ich wie besprochen das eine Mal, als du mich dabei erwischt hast, wie ich meinen Vater ausspionierte. Jetzt hör mir genau zu. Ich habe Grund, mich um Galas

Sicherheit zu sorgen. Sie ist in Gefahr, und ich brauche deine Hilfe, um sie vor dem Rat zu schützen. Bitte führe sie in Kelvins Gebiet. Ich kenne seinen Ruf, aber das ist der Grund dafür, weshalb Neumanngrad wahrscheinlich der letzte Ort ist, an dem sie jemand vermuten würde. Bitte mach dir keine Sorgen um Geld. Gib aus, so viel du gerade brauchst – du bekommst alles von mir wieder. Bleibt in dem Gasthof auf der südwestlichen Seite von Neumanngrad, wenn ihr dort ankommt, und versucht, euch so unauffällig wie möglich zu verhalten. Ich hoffe, ich bin bald bei euch.«

Als Nächstes verfasste er eine Nachricht an Gala. Er war sich nicht sicher, ob der Kontaktzauber bei ihr funktionieren würde, aber er hatte trotzdem vor, es auszuprobieren. Seine Nachricht an sie war kürzer:

»Gala, hier ist Blaise. Ich denke an dich. Bitte höre auf Esther, wenn sie dich bittet, in ein anderes Gebiet zu gehen und unauffällig zu sein. Dein Blaise.«

Zufrieden mit beiden Nachrichten, führte Blaise die Karten in den Deutungsstein ein. Sprüche auf diese Art zu kombinieren war effizient, da ein Teil des Codes auf beide Nachrichten angewandt werden konnte.

Er stand auf und war dabei, aus dem Raum zu gehen, als er etwas Ungewöhnliches spürte – etwas, was er in den letzten zwei Jahren nicht erlebt hatte.

Es war das leicht eindringende Gefühl eines anderen Zauberers, der ihm einen Kontaktzauber schickte.

Obwohl er überrascht war, entspannte Blaise sich und ließ die Nachricht zu sich kommen, da er neugierig war, wer ihn ansprechen wollte.

Zu seiner großen Überraschung war es Gala.

»Blaise, es ist großartig, von dir zu hören.« Wie bei jedem Kontaktzauber kamen ihre Worte als Stimme in seinem Kopf an. *»Ich kann gar nicht glauben, dass du in meinen Gedanken sprichst. Ich vermisse dich und hoffe, dich bald wiederzusehen. Es gibt so vieles, über was ich mit dir reden möchte. Deine Gala.«*

Blaise hörte ehrfürchtig ihrer Nachricht zu. Wie hatte sie das hinbekommen? Als er sie das letzte Mal gesehen hatte, waren ihre Fähigkeiten inexistent gewesen, und jetzt war sie in der Lage, einen komplexen Zauberspruch in einer Zeit zu wirken, die kürzer war, als man zum Schreiben eines einfachen Spruchs brauchte. Das konnte nur eines bedeuten: sie fing an, direkt Magie auszuüben, genau so, wie er das gehofft hatte.

Aufgeregt setzte er sich hin, um eine Antwort an Gala zu schreiben. Er brauchte einige Minuten, um den Zauber vorzubereiten. Er schrieb:

»Gala, ich freue mich so, dass du diese Form der Kommunikation gemeistert hast. Ich vermisse dich. Wie gefällt es dir bis jetzt im Dorf? Hat Esther mit dir über die Reise nach Neumanngrad gesprochen?«

Er bekam keine Antwort darauf. Enttäuscht wartete Blaise einige Minuten, bevor er sich eingestand, dass keine kommen würde.

Er stand auf und beschloss, sich abzulenken, indem er das Haus in Ordnung brachte, während er sich überlegte, was als Nächstes zu tun sei.

Er würde sich von Augusta und dem Rat nicht noch einmal sein Leben kaputt machen lassen, nicht, wenn er es verhindern konnte.

28. KAPITEL

❉GALA ❉

Gala war fast schon wieder zurück in Esthers und Mayas Haus, als sie eine eigenartige Stimme in ihrem Kopf hörte. Es war, als ob sie auf eine ungewöhnliche Art und Weise zu sich selbst sprechen würde. Als sie ihr lauschte, bemerkte sie allerdings, dass es sich dabei um eine Nachricht von Blaise handelte.

Nachdem sie alles gehört hatte, grinste sie erfreut. Blaise wollte, dass sie reiste und mehr von der Welt sah. Und das Beste an allem war: er dachte an sie! Vergnügt verspürte Gala den überwältigenden Drang, mit ihm zu reden, ihn auf dem gleichen Weg zu erreichen, auf dem er sie gerade kontaktiert hatte. Und plötzlich fühlte sie, wie sie ihm antwortete, auch wenn sie nicht verstand, wie sie das machte.

»Blaise, es ist großartig, von dir zu hören«, begann sie, und ihre Freude floss mit in die mentale Nachricht ein.

Zu ihrer Enttäuschung antwortete er ihr nicht sofort. Allerdings fiel ihr auf, von Esther angestarrt zu werden. »Hat er dir auch eine Nachricht geschickt?«, wollte die ältere Frau wissen.

»Falls du Blaise meinst, dann ja«, antwortete Gala lächelnd.

»Gut«, meinte Esther. »Dann muss ich dich ja hoffentlich nicht davon überzeugen, dass wir gehen müssen.«

»Oh nein, davon musst du mich nicht überzeugen«, erwiderte Gala ernst. »Ich würde mich freuen, mehr von der Welt zu sehen.«

Und als Esther ihnen erklärte, wohin sie gehen würden, bekam Gala Blaises Antwort.

Lächelnd begann sie, sich Antworten auf seine Fragen zu überlegen, aber was auch immer ihr das letzte Mal geholfen hatte, sich mit ihm in Verbindung zu setzen, es war nicht mehr da. Sie schien nicht an diesen Teil ihres Verstandes heranzukommen, der die mentale Kommunikation das letzte Mal so leicht und mühelos ermöglicht hatte. Nach einigen fruchtlosen Versuchen gab Gala frustriert auf.

»Komm, hilf uns packen, Kind«, sagte Esther und

führte Gala ins Haus. »Wir müssen sofort abreisen.«

* * *

Ihre Reise in Kelvins Gebiet dauerte einige Tage, und Gala genoss jeden Moment davon – im Gegensatz zu Esther und Maya, die murrten, wie unbequem es war, so eine lange Zeit auf einem Einspänner verbringen zu müssen. Die beiden Frauen beschwerten sich über das Essen am Wegesrand – welches Gala liebte –, die Landschaft – welche Gala in höchstem Maße faszinierte –, die Kühle der Nacht – welche Gala sehr erfrischend fand –, und die Hitze tagsüber – welche Gala auf ihrer Haut sehr genoss. Aber am meisten von allem regten sie sich über Galas grenzenlose Energie und ihren Enthusiasmus bei den einfachsten Dingen auf – etwas, was sie nicht einmal ansatzweise verstanden und noch weniger nachvollziehen konnten.

Im Gegensatz zu ihrem ersten ereignisreichen Tag im Dorf verging die Reise ohne weitere Zwischenfälle. Maya und Esther taten ihr Bestes, um Gala vor den Blicken anderer Menschen zu schützen, und Gala gab ihr Bestes, sich damit zu beschäftigen, die Welt um sich herum zu betrachten – und mit heimlichen Versuchen, Magie auszuüben.

Zu ihrer großen Enttäuschung konnte sie nichts von dem wiederholen, was sie zuvor getan hatte. Sie konnte nicht einmal einen Kontakt zu Blaise herstellen. Er hatte ihr ein paar Mal Nachrichten zukommen lassen, ihr gesagt, wie sehr er sie vermisste, aber sie hatte ihm nicht antworten können – eine Form der Schweigsamkeit, die sie extrem unangenehm fand. Es machte sie verrückt, keine Kontrolle über ihre magischen Fähigkeiten zu haben, aber sie konnte nichts dagegen tun. Sie hoffte allerdings, dass ihr Schöpfer ihr letztendlich würde beibringen können, wie sie Zugang zu diesem verborgenen Teil ihrer selbst bekommen konnte. Wenn sie Blaise das nächste Mal sah, wollte sie ihn nicht wieder weglassen, bevor sie nicht gelernt hatte, nach Lust und Laune zu zaubern.

Als sie Blaises Gebiet verließen und Kelvins betraten, fielen Gala einige Unterschiede zwischen den Dörfern und Städten der beiden Zauberer auf. Die Häuser, an denen sie jetzt vorbeikamen, waren kleiner und schäbiger, zeigten überall Zeichen der Vernachlässigung, und die Menschen waren ablehnender und weniger freundlich. Selbst die Pflanzen und Tiere schienen irgendwie schwächer zu sein, vertrockneter.

Als sie an einem großen Feld mit traurigen Überresten von Weizen entlangritten, befragte Gala Esther über diese Unterschiede.

»Meister Blaise hat unser Getreide widerstandsfähiger gemacht«, erklärte ihr Esther,

»damit wir während der Dürre nicht so viel leiden müssen. Er ist ein großartiger Zauberer, und er kümmert sich um seine Untertanen – im Gegensatz zu Kelvin, den das einen Scheiß interessiert.« Den letzten Teil fügte sie in einem angewiderten Ton hinzu.

Gala runzelte verwirrt ihre Stirn. »Warum machen das nicht alle Zauberer für ihre Untertanen? Ihr Getreide verbessern, meine ich?«

Esther schnaubte. »Ja, warum eigentlich nicht?«

»Es interessiert sie einfach nicht genug«, meinte Maya bitter. »Sie haben keinen Kontakt zu ihren Untertanen und verstehen wahrscheinlich auch gar nicht, was es heißt, Hunger zu haben. Sie denken vielleicht, wir könnten wie sie von Zaubersprüchen und Luft leben.«

»Es gibt noch eine andere Möglichkeit«, fügte Esther hinzu, »Ich weiß nicht viel über Zauberei, aber ich denke, Meister Blaise hat einige sehr schwierige Sprüche entwickelt, um das für uns zu machen. Ich weiß gar nicht, ob jeder andere Zauberer sie nachmachen könnte, vorausgesetzt, er würde das überhaupt wollen.«

»Könnte Blaise es ihnen nicht beibringen?«, fragte Gala.

»Wahrscheinlich könnte er das, wenn diese Dummköpfe auf ihn hören würden.« Esthers Nasenlöcher bebten vor Wut. »Aber sie haben ihn genau wie seinen Bruder gebrandmarkt, und er bewegt sich im Turm schon auf dünnem Eis. Das Getreide widerstandsfähiger zu machen könnte schon dahingehend interpretiert werden, man gebe der Normalbevölkerung Magie, und das möchte der Rat auf gar keinen Fall.«

»Aber das ist so ungerecht.« Gala schaute Esther und Maya betroffen an. »Die Menschen leiden Hunger. Sie könnten daran sterben, nicht wahr?«

Maya schaute sie irritiert an. »Ja, Menschen können definitiv des Hungers sterben – das ist etwas, was alle Zauberer begreifen sollten.«

Gala blinzelte verblüfft. Schmiss Maya sie gerade mit den Zauberern in einen Topf? Es schien auch nicht, als würde sie das Wort als Kompliment meinen.

Esther blickte Maya böse an. »Hör auf damit. Du weißt, das Mädchen macht sich Sorgen – sie ist nur sehr behütet aufgewachsen, das ist alles.«

»Eher wie erst gestern geboren«, grummelte Maya, weshalb ihr Esther voller Absicht auf den Fuß trat. Das entlockte der anderen Frau ein verärgertes Grunzen.

»Auf jeden Fall, Kind«, wandte sich Esther an Gala, »hat Blaise einen Plan, wie das Getreide auch die anderen Territorien erreicht. Er lässt uns einfach die Körner gegen andere Waren eintauschen. Diese Samen werden dann bei den anderen für genauso gute Ernten sorgen wie bei uns, da ihre veränderten Eigenschaften an das Erbgut weitergegeben werden.«

Sie ließen das absterbende Feld hinter sich und erreichten endlich das Gasthaus, in dem sie, wie mit Blaise besprochen, bleiben sollten. Bevor sie eintraten, gab Maya Gala ein dickes wollenes Tuch, mit dem sie ihren Kopf bedecken musste. »Damit wir nachts nicht von verliebten Raufbolden angegriffen werden«, erklärte sie ihr. »Je weniger Menschen wissen, dass ein hübsches Mädchen hier wohnt, desto sicherer ist es für uns.«

Das braune Gasthaus war klein und heruntergekommen, genauso wie die anderen Häuser, an denen sie auf ihrem Weg hierher vorbeigekommen waren. Es war schwer zu glauben, dass es mehr als ein Dutzend Reisende unterbringen könnte. Ihr Zimmer oben war schmutzig, eng, heiß und eklig – zumindest laut Maya. Laut Esther wurden sie auch noch ausgenommen.

Gala war das egal, sie freute sich einfach, an einem anderen Ort zu sein. Als sie zum Abendessen nach unten gingen, fragte sie den Wirt nach örtlichen Sehenswürdigkeiten, behielt dabei aber ihren Kopf sorgfältig mit dem Tuch bedeckt.

»Oh, du hast Glück«, erzählte ihr der kräftige Mann. »Ende der Woche finden im Kolosseum Spiele statt. Du hast vom Kolosseum gehört, oder etwa nicht?«

Gala nickte, da sie nicht dumm wirken wollte. In den letzten Tagen hatte sie gelernt, Fremden am besten keine Fragen zu stellen, mit denen sie sich stattdessen auch an Maya und Esther wenden konnte.

Er grunzte zufrieden. »Das dachte ich mir. Wenn du heute etwas unternehmen möchtest, der Markt ist noch geöffnet.« Seine Augen wanderten auf Mayas große Oberweite, und er fügte hinzu: »Stellt sicher, euer Geld an schlecht zu erreichenden Orten zu tragen. Im Moment gibt es eine Menge Diebe.«

»Danke«, sagte Maya bissig und drehte sich weg, um den Blicken des Wirts auszuweichen. Esther, eingeschnappt, weil sie verschmäht worden war, warf ihm einen tödlichen Blick zu, bevor sie sich Galas Arm schnappte und sie wegzog.

Sobald sie aus der Hörweite des Wirts waren, drehte sich Esther zu ihr um und sagte entschieden: »Nein«.

»Auf gar keinen Fall«, fügte Maya hinzu und kreuzte ihre Arme vor ihrer Brust.

Gala blickte sie verwirrt an. »Aber ich habe doch noch gar nicht gefragt …«

»Können wir zum Kolosseum gehen?«, sagte Esther mit einer hohen Stimme und imitierte damit Galas typischen enthusiastischen Tonfall.

»Ja, können wir bitte?«, ahmte Maya sie nach und machte das sogar noch besser als Esther.

Gala brach in Lachen aus. Sie wusste, dass sie wahrscheinlich beleidigt sein sollte, aber stattdessen fand sie das Ganze lustig. Die älteren Frauen betrachteten sie mit unbeweglichen Gesichtern, und endlich konnte sie lange genug aufhören zu lachen, um zu sagen: »Warum reden wir nicht morgen darüber?«

»Die Antwort wird auch morgen die gleiche sein«, entgegnete Esther und blickte Gala mit zusammengekniffenen Augen an.

Gala grinste sie an und konnte ihre Vorfreude über das kommende Ereignis kaum unterdrücken. »Keine Sorge, Esther – wir werden es einfach abwarten. Jetzt lasst uns erst einmal zum Markt gehen.«

Und ohne ihre Antwort abzuwarten, verließ sie das Gasthaus und ging die Straße hoch, an deren Ende sie eine Ansammlung von Gebäuden sah, was normalerweise bedeutete, dass sich dort das Zentrum befand.

29. KAPITEL

※BLAISE ※

Als das Haus wieder in Ordnung gebracht war, wusste Blaise nichts mehr mit sich anzufangen und war abwechselnd wütend auf Augusta oder sorgte sich um Gala. Jetzt wusste der Rat zweifellos schon über Gala Bescheid und ergriff wahrscheinlich Maßnahmen, sie zu finden. Hoffentlich wäre Kelvins Gebiet der letzte Ort, an dem sie nachschauen würden – vorausgesetzt, Gala machte, um was er sie gebeten hatte, und verhielt sich unauffällig.

Trotzdem war das keine akzeptable Situation. Blaise musste etwas unternehmen, um sie längerfristig zu beschützen, und er musste es bald machen, bevor diese Dummköpfe vollständig mobilisiert waren. Die

Tatsache, dass Gala nicht auf seine Kontaktzauber antwortete, beunruhigte ihn ein wenig, auch wenn er schätzte, dass sie einfach noch keine gute Kontrolle über ihre magischen Fähigkeiten hatte – etwas, was er recht beruhigend fand, da es die Wahrscheinlichkeit verringerte, dass sie auffallen würde. Nichtsdestoweniger vermisste er sie in einer Stärke, die er zutiefst beunruhigend fand. Es war, als habe ihn ein helles Licht verlassen, als er sie im Dorf abgesetzt hatte.

Ein hartnäckiger Gedanke drängte sich immer wieder in den Vordergrund – der, einen Weg in die Zauberdimension zu finden. Vielleicht war er auch nur so besessen davon, um seine Gedanken zu beschäftigen, gestand er sich ein. Das hatte er auch nach Louies Tod getan: sich auf die Arbeit konzentriert – darauf, ein intelligentes Objekt zu erschaffen, welches Gala geworden war – einfach, um sich zu beschäftigen. Zur gleichen Zeit vermutete er allerdings, dass es zu unvorstellbaren Fortschritten in der Zauberei führen könnte, wenn die Zauberdimension besser verstanden werden würde. Außerdem könnte es ihm potenziell ermöglichen, mächtig genug zu werden, um Gala vor dem gesamten Rat zu schützen.

Müde, nur darüber nachzudenken, begann er zu planen. Obwohl Augusta viele seiner Aufzeichnungen verbrannt hatte, fühlte sich Blaise nicht besonders entmutigt. Er hatte im letzten Jahr häufig

Momentaufnahmen benutzt, um viele seiner besonders ergiebigen Experimente aufzuzeichnen, und er hatte immer noch eine Menge dieser Perlen. Viel wichtiger war, dass es so aussah, als habe sein Kopf an dem Problem gearbeitet, wie Blaise in die Zauberdimension gelangen könnte. Seitdem Gala es ihm zum ersten Mal beschrieben hatte, waren ihm einige Ideen gekommen, die er gerne ausprobieren wollte.

Es war Zeit, anzufangen.

Er beschloss, mit einem kleinen, leblosen Objekt zu beginnen. Falls er Erfolg damit haben sollte, es in die Zauberdimension zu schicken, und es wieder zurückkommen würde, wäre er einen wichtigen Schritt dahingehend weiter, eine wirkliche Person dorthin senden zu können.

Motiviert ging Blaise in sein Arbeitszimmer und freute sich auf die neue Herausforderung.

$* * *$

Endlich waren seine Sprüche fertig.

Blaise hatte sich eine Nadel ausgesucht, die er in die Zauberdimension schicken würde. Der Spruch würde in die Tiefen der Nadel eindringen und sie in ihre Elementarteile aufspalten. Das würde die physische Nadel zerstören und sie dazu bringen, zu verschwinden. Diese Teile würden zu Informationen werden und als

Nachricht in die Zauberdimension gelangen. Von dort aus kämen sie zurück, um etwas in der physischen Dimension zu verändern, so wie das alle Zauber machten. In diesem speziellen Fall jedoch, zumindest wenn Blaise Erfolg hätte, würde das, was in die physische Dimension zurückkam, identisch mit dem Ausgangsobjekt sein.

Da er die Gefahr kannte, die von neuen, ungetesteten Sprüchen ausging und nicht das Schicksal seiner Mutter teilen wollte, ergriff Blaise Vorsichtsmaßnahmen. Er benutzte den gleichen Zauber, der ihn während Augustas Angriff geschützt hatte – der ihn in eine schimmernde Blase einhüllte. Der Schutz hielt nicht lange an, aber es sollte ausreichen, um ihn vor allem möglichen Chaos zu schützen, das das Experiment hervorrufen könnte.

Er atmete langsam und beruhigend ein. Dann steckte er die Karten in seinen Deutungsstein und sah dabei zu, wie die Nadel verschwand, genauso wie es geplant war.

Dann wartete er.

Zuerst passierte nichts. Er konnte das vertraute Schimmern seines Protektionszaubers sehen, aber keine Spur von der Nadel, die zurückkommen sollte. Frustriert überlegte Blaise, ob er einen Fehler gemacht hatte. Der Teil des Zauberspruchs, der das Objekt zurückbringen sollte, war der schwierigste. Er vermutete, dass die Nadel wieder zu ihrem Ausgangsort zurückkehren würde, aber dieser Platz blieb leer.

Plötzlich hörte er unten ein lautes Geräusch. Es schien aus dem Lagerraum zu kommen.

Blaise rannte dorthin und fiel vor Aufregung fast die Treppen hinunter.

Als er den Raum betrat, hielt er mitten in der Bewegung inne, um ungläubig auf diesen Anblick zu starren.

Die Nadel war zurückgekommen ... irgendwie. Sie war nicht zu dem Platz zurückgekehrt, auf dem sie in seinem Arbeitszimmer gelegen hatte, aber zu dem Kästchen, in dem er sie eigentlich aufbewahrt hatte. Diese Rückkehr zu dem ursprünglichen Ort konnte er verstehen, im Gegensatz zu dem Objekt, auf welches er blickte.

Unter den zersprungenen Teilen der Kiste und den verteilten Nadeln sah er das, von dem er annahm, dass es die ursprüngliche Nadel gewesen sei – allerdings war es jetzt eher ein Schwert. Ein eigenartiges, dickes Schwert aus einer Art kristallinem Metall, welches leicht grünlich leuchtete. Anstatt eines Heftes hatte dieses spezielle Schwert ein Loch.

Blaise hob das Ding, was einst eine Nadel gewesen war, vorsichtig auf und steckte seine Hand durch das Loch an dem einen Ende. Es war wirklich bequem, es so zu halten. Trotz seiner Größe war das schwertähnliche Objekt unglaublich leicht, nicht schwerer als die eigentliche Nadel. Blaise hob es an, schwang es im Raum herum und entdeckte, dass es scharf und gleichzeitig widerstandsfähig war. Er konnte mit lächerlicher Leichtigkeit durch sein altes Sofa schneiden, aber das Nadelschwert zerbrach auch nicht, als er es auf den Steinboden schlug.

Gleichzeitig amüsiert und entmutigt, entschied sich Blaise, die Nadel als Dekoration in seine Eingangshalle zu hängen. Sie würde gut zu seinen neuen Möbeln passen, die er sich nach dem Feuer gekauft hatte, und auch zu einigen anderen Stücken, die dort ausgestellt waren.

Er ging in sein Arbeitszimmer zurück, und Blaise fragte sich, was er jetzt daraus gelernt hatte. Auf der einen Seite war er in der Lage gewesen, etwas mit der Nadel zu machen – etwas, was offensichtlich mit der Zauberdimension zu tun gehabt hatte. Trotzdem war nicht das gleiche Objekt zurückgekommen. Es hatte sich drastisch verändert. Würde das Gleiche auch passieren, wenn eine Person dorthin ginge? Würde diese Person als ein Monster zurückkommen, vorausgesetzt, sie würde den Zauber überhaupt überleben?

Offensichtlich hatte Blaise einen Fehler in dem Spruch gehabt. Er hatte noch jede Menge Arbeit vor sich.

30. KAPITEL

✳ AUGUSTA ✳

»Augusta, das ist Colin. Er ist der junge Lehrling des Schmieds in Blaises Gebiet«, erklärte Ganir ihr und deutete auf einen jungen Mann, der in der Mitte des Raumes stand. Der Mann war ein Bauer; das erkannte sie an seiner Erscheinung und an seiner ehrerbietigen Haltung.

Augusta hob ihre Augenbrauen erstaunt an. Was machte ein Normalbürger in Ganirs Gemächern? Als der Ratsvorsitzende heute Morgen nach ihr gesandt hatte, war sie schnell gekommen, da sie wusste, dass er Neuigkeiten über Blaises Kreation haben musste.

»Erzähl ihr, was du mir erzählt hast«, forderte Ganir den jungen Mann auf. Wie immer saß der Vorsitzende des Rates hinter seinem Schreibtisch und beobachtete alles mit seinem scharfen Blick.

»Ich tanzte mit ihr, so wie ich es dem Meister gesagt habe«, sprach der Mann gehorsam und starrte Augusta ehrfürchtig und bewundernd an. »Dann ist sie einfach verschwunden.«

»Die *Sie*, um die es geht, scheint diejenige zu sein, die wir suchen«, erklärte Ganir Augusta. »Äußerlich ist sie genauso, wie du sie beschrieben hast – blond, blauäugig und sehr schön. Stimmt das, Colin?«

Der Bauer nickte. »Oh ja, sehr schön.« Etwas daran, wie er diese letzten Worte gesagt hatte, stieß Augusta übel auf – ganz abgesehen von der Tatsache, dass er diese Kreatur begehrte.

Augustas Augen verengten sich. Wie sie vermutet hatte, war sie von Blaise über die Stabilität dieser Kreatur in der physischen Dimension angelogen worden. »Erkläre, was du mit *verschwunden* meinst«, befahl sie und blickte auf den Bauern.

»In einem Augenblick wich sie mir aus«, sagte der Mann unsicher, als ob ihm etwas unangenehm sei. »Dann sorgte sie dafür, dass ich mich schlecht fühlte, und dann stand sie nicht mehr dort, wo sie gestanden hatte.« Sein Gesicht errötete.

»Sag Augusta genau, was passiert ist«, befahl ihm Ganir, und ein leicht grausames Lächeln erschien auf seinem Gesicht.

»Sie wollte nicht mit mir tanzen, aber ich versuchte, näher zu ihr zu kommen«, gab Colin zu, und sein Gesicht wurde noch röter.

»Und was ist dann passiert?«, wollte Ganir weiter wissen. »Wenn ich diese Frage noch ein weiteres Mal stellen muss, könnte es sein, dass du das Verlies dieses Turms kennenlernst.

Der Bauer erbleichte bei dieser Drohung. »Ich habe mir in die Hose gemacht, meine Dame«, gab er zu und sah aus, als wolle er durch den Boden verschwinden. »Ihretwegen fühlte ich mich verängstigt und verwirrt, und alle meine Muskeln entspannten sich unfreiwillig. Dann verschwand sie einfach, so als ob sie nie da gewesen wäre.«

Augusta rümpfte angewidert die Nase. *Bauern.*

»Du kannst gehen, Colin«, sagte Ganir und hatte endlich Erbarmen mit dem Mann. »Wenn du draußen bist, schick bitte den Clown herein.«

Immer noch sichtlich peinlich berührt, eilte der Bauer aus dem Raum.

»Also ist es definitiv eine Sie«, sagte Ganir nachdenklich, als sie wieder allein waren.

»Es ist ein Es.« Augusta mochte die Richtung nicht, in die Ganirs Gedanken gingen. »Wir wussten schon, es hatte eine weibliche Gestalt angenommen.«

»Es ist eine Sache, eine feminine Gestalt zu haben«, erwiderte der alte Zauberer, und ein eigenartiger

Ausdruck erschien auf seinem Gesicht, »aber es ist ein großer Unterschied, wenn die Gestalt eine ist, mit der junge Männer tanzen wollen. Und es ist noch eine andere Sache, wenn die Gestalt sich so verhält wie ein Mädchen und die Annäherungsversuche eines Idioten abwehrt.«

Augusta sah ihn scharf an. Das, worüber er gerade sprach, war ja gerade der Grund, weshalb sie sich damit nicht wohl fühlte. Blaises furchtbare Schöpfung verhielt sich menschlich, so als sei sie eine von ihnen. »Das ist ja zum Teil genau das, was dieses Ding so gefährlich macht«, erklärte sie Ganir. »Es manipuliert Menschen mit seiner Erscheinung, damit sie nicht sehen, was für ein Monster es ist.« Diese ganze Situation war krank, soweit es Augusta betraf.

Der Vorsitzende des Rats zuckte mit den Schultern. »Vielleicht. Die Tatsache, dass sie so schön ist, macht sie auffälliger – und leichter zu orten. Alles, was meine Männer machen mussten, war, nach einer hübschen Blonden zu fragen, die eventuell komische Sachen gemacht hat.«

»Das ist ein Vorteil«, stimmte Augusta ihm zu, auch wenn sich ihr Magen vor Empörung und etwas, was Eifersucht ähnelte, zusammenzog. Sie hasste die Vorstellung, dass diese Kreatur sich dort draußen befand und Männer verführte, so wie sie auch schon Blaise verführt hatte.

»Genau.« Ganir lächelte und sah unerklärlicherweise sehr belustigt aus.

Augusta dachte an die Geschehnisse zurück, die der junge Mann ihnen gerade berichtet hatte, und ihre Brauen zogen sich zu einem leichten Runzeln zusammen. »Also es hört sich so an, als habe sie sich spontan teleportiert, nachdem sie dafür gesorgt hat, dass der Bauer sich schlecht fühlt«, sagte sie perplex. »Er hat nicht gesagt, sie habe einen Deutungsstein oder einen verbalen Zauberspruch benutzt.«

»Richtig.« Ganir sah beeindruckt aus. »Es scheint, sie braucht keine Werkzeuge, um sich direkt mit der Zauberdimension zu verbinden. Das ergibt auch Sinn, wenn man ihre Herkunft bedenkt.«

In diesem Moment klopfte es an der Tür, und ein weiterer Mann trat ein. Dieser war ein wenig älter, mit müden Gesichtszügen und dünnem, grauem Haar.

»Mein Herr, sie haben mich gerufen?« Seine Stimme zitterte leicht. Es war eindeutig, dass dieser einfache Bürger sich hier im Turm fürchtete.

»Erzähl ihr, was passiert ist, Clown«, sagte Ganir und deutete auf Augusta.

Augusta lächelte den Besucher ganz leicht ermutigend an. Der Mann sah zu ängstlich aus, und das Letzte, was sie brauchte, war ein weiterer Bauer, der sich einnässte.

Ihr Trick wirkte; der Mann entspannte sich sichtlich.

»Ich war auf dem Jahrmarkt und habe die Kinder mit Zaubertricks unterhalten«, begann er, und Augusta verstand, dass er wirklich ein Clown war. »Ein kleines Mädchen wurde in einen Stapel Fässer gestoßen, welcher sich am Stand des Bierhändlers gleich neben mir befand. Ein Fass begann auf sie zu fallen, und eine wunderschöne Zauberin hielt das Fass auf. Sie ließ es mitten in der Luft schweben, meine Dame …« Seine Stimme war fast ehrfürchtig.

Augusta lief ein Schauer über den Rücken. Das Ding konnte Objekte schweben lassen und sich einfach so teleportieren. Zugegeben, die meisten Zauberer beherrschten einen recht einfachen verbalen Zauber und konnten ein Fass schweben lassen, aber niemand wäre schnell genug, ein Kind vor einem fallenden Objekt zu retten.

»Hat sie irgendwelche Worte gesprochen?«, fragte sie und blickte den Clown an. »Hatte sie etwas in ihren Händen?«

»Nein.« Der Mann schüttelte den Kopf. »Ich glaube nicht, dass sie auch nur ein einziges Wort gesagt hat, und ich habe auch nicht gesehen, dass sie etwas gehalten hat. Es passierte alles so schnell.«

»War sie alleine?«, wollte Augusta wissen.

»Zwei ältere Frauen waren bei ihr.«

»Bitte beschreibe sie mir«, bat ihn Augusta, auch wenn sie sich schon denken konnte, um wen es sich handelte.

»Es sind Maya und Esther, genau wie du vermutest«, unterbrach Ganir. Er blickte den Mann an und zeigte auf die Tür. »Du kannst jetzt gehen, Clown.«

»Bist du sicher, es sind diese alten Weiber?«, fragte Augusta, als der Mann den Raum verlassen hatte. Sie erinnerte sich gut an sie. Die zwei alten Frauen hatten sich ständig in das Leben ihres ehemaligen Verlobten eingemischt, waren ohne Vorankündigung in seinem Haus aufgetaucht und hatten ständig viel Aufhebens um ihn gemacht. Blaise hatte ihre Aufmerksamkeit gut gelaunt ertragen, aber Augusta hatten sie gestört.

»Ziemlich sicher«, bestätigte Ganir. »Ich ließ beide Zeugen eine Momentaufnahme erzeugen, während sie sich an den Vorfall erinnerten.

»Und was jetzt?«, fragte Augusta und ging ein paar Schritte auf seinen Schreibtisch zu. »Jetzt wissen wir, wo sich diese Kreatur befindet, richtig?«

»Nein, eigentlich wissen wir das nicht.« Ganir beugte sich vor und sah sie eindringlich an. »Offensichtlich ist Esthers und Mayas Haus verlassen. Niemand, der ihnen nahesteht, konnte sagen, wohin sie gegangen sind. Es sieht so aus, als müssten wir länger warten, um die Kreatur ausfindig zu machen – oder wir versuchen, noch einmal mit Blaise zu reden.«

Augusta runzelte die Stirn. Mit Blaise zu reden klang wie eine sehr schlechte Idee. Sie würde sich sicher nicht noch einmal mit ihm treffen. »Denkst du, er würde mit dir reden?«, fragte sie zweifelnd.

Ganir dachte einen Moment lang darüber nach. »Das weiß ich nicht«, gab er zu. »Wenn ich denken würde, dass er mit mir redet, hätte ich dich nicht in diese ganze Sache hineingezogen. Aber jetzt wäre es vielleicht einen Versuch wert.«

»Hat er nicht geschworen, dich umzubringen, sobald er dich sieht?«, wollte Augusta wissen und erinnerte sich an Blaises Wut auf den Mann, den er einst als seinen zweiten Vater angesehen hatte.

»Ja, das hat er.« Ganirs Gesicht verdunkelte sich mit etwas, was wie Schmerz aussah. »Aber irgendwie müssen wir zu ihm durchdringen, die Situation unter Kontrolle bringen, bevor der Rest des Rates davon hört.«

»Ja.« Augusta sah ein, dass Ganir recht hatte. »Etwas muss getan werden, und zwar schnell, bevor diese Kreatur eine Chance hat, noch mehr Chaos anzurichten.«

Der Ratsvorsitzende nickte, aber hatte einen nachdenklichen Gesichtsausdruck. »Hast du zur Kenntnis genommen, dass sie ein Kind gerettet hat?«, fragte er langsam und legte seinen Kopf auf die Seite. »Die Kreation von Blaise könnte vielleicht gar nicht so ein Monster sein, wie du denkst.«

»Bitte?« Augusta starrte ihn ungläubig an. »Nein, das

hat nichts zu sagen. Eine mitfühlende Handlung – falls es das war – beseitigt nicht die Gefahr, die das Ding darstellt. Das weißt du genauso gut wie ich.«

»Eigentlich bin ich mir nicht sicher, in diesem Punkt mit dir übereinzustimmen«, erwiderte Ganir ruhig. »Ich denke, wir sollten sie erst einmal gründlich untersuchen, bevor wir voreilige Schlüsse ziehen.«

»Sagst du gerade, du willst es nicht mehr beseitigen?«

»Ich habe niemals gesagt, wir würden sie zerstören. Ich muss mehr darüber wissen, bevor ich so etwas Unwiderrufliches mache.«

»Du willst es nur benutzen«, sagte Augusta ungläubig, als die Wahrheit in ihr zu dämmern begann. »Darum geht es dir doch, oder etwa nicht? Du willst diese Kreatur benutzen, um noch mächtiger zu werden …«

Ganirs Gesicht wurde hart, und seine Augen blitzten vor Wut. »Du beschuldigst mich, nach Macht zu gieren? Ich bin schon der Vorsitzende des Rates. Warum wirfst du stattdessen nicht erst einmal ein Auge auf deine eigenen Angelegenheiten?«

Verwirrt trat Augusta einen Schritt zurück. Sie hatte keine Ahnung, wovon der alte Mann gerade redete.

»Geh jetzt«, sagte er und machte eine entlassende Handbewegung Richtung Tür. »Ich schicke dir eine Nachricht, wenn ich etwas Neues erfahre.«

31. KAPITEL

✳ GALA ✳

Der Markt war enttäuschend. Gala hatte so etwas wie den Jahrmarkt erwartet, den sie schon gesehen hatte, aber das hier war anders. Es wurden weniger Waren angeboten, und selbst der Plunder und der Schmuck schienen eintöniger und schlechter verarbeitet zu sein, als das, was sie in Blaises Dorf gesehen hatte. Es waren auch weniger Menschen da, die wirklich etwas kauften; der Großteil schien einfach nur ein wenig zu schauen, häufig mit einem verzweifelten, sehnsüchtigen Blick auf den ausgemergelten Gesichtern. Trotzdem war Gala froh, nicht im Gasthaus zu sein. Sie riss sich das Tuch vom Kopf, band es sich um die Taille und genoss die kühlende Brise auf ihrem Haar.

Als sie weiter in den Markt eindrang, sah Gala einige Stände mit Essen, unter anderem mit einer Auswahl an Brot, Käse und getrockneten Früchten. Es war der beliebteste Teil des Marktes; der Großteil der Dorfbevölkerung schien sich in diesem Teil aufzuhalten. Esther kaufte ihnen eine Pastete, die mit etwas Intensivem und Süßem gefüllt war, und Gala aß die Süßigkeit gerade gierig, als sie hinter sich Geschrei hörte.

Der Lärm kam aus der Richtung der Brotstände. Neugierig drehte Gala sich um, weil sie sehen wollte, was dort geschah, und sah jemanden zwischen den Ständen entlangrennen. Die Schreie kamen von dem Händler, und ein großer, ganz in schwarz gekleideter Mann begann, den Flüchtenden zu verfolgen.

Gala erinnerte sich an die Verhandlung in Blaises Dorf und fragte sich, ob die Person, die wegrannte, ein Dieb war. Sie konnte den Händler schreien hören, man habe ihn ausgeraubt, und sie ging ein paar Schritte in die Richtung, in die der Läufer rannte. Die anderen Besucher des Marktes schienen die gleiche Idee zu haben, und Gala verschwand bald in der Menge, in der jeder schubste und drängelte, um zu dem Spektakel zu gelangen, welches sich vor ihnen abspielte. Gala warf einen Blick hinter sich und sah, wie Esther und Maya mit ängstlichen Gesichtern hinter der Menge hereilten.

Da sie unbedingt herausbekommen wollte, was vor

sich ging, konzentrierte sich Gala auf ihr Gehör, und plötzlich konnte sie Geräusche von außerhalb wahrnehmen. Jetzt konnte sie hören, wie eine Person in einiger Entfernung rannte und auch, wie schwerere Schritte ihr folgten.

»Nein! Bitte, lass mich gehen!« Der hohe Schrei war zweifellos weiblich, und Gala wurde klar, dass es sich um eine junge Frau handelte, die fortgelaufen war – eine junge Frau, die gerade gefasst worden war, ihren hysterischen Bitten nach zu urteilen.

Während die Menge sie mit sich nach vorne zog, konnte Gala die grobe männliche Stimme über Gerechtigkeit reden hören, und sie schaffte es, auszubrechen und zur Mitte des Marktes zu rennen, wo die Schreie herkamen.

Es hatten sich dort schon ein paar Zuschauer versammelt, die die kleine Figur, die auf dem Boden kauerte, umringten. Der schwarz gekleidete Mann stand über ihr und hielt ihren Arm in einem Griff, dem sie nicht entkommen konnte. Gala sah sich um und erkannte auf vielen Gesichtern Angst und Mitleid, aber auf einigen anderen auch schadenfrohe Erregung. Sie wusste nicht, was jetzt passieren würde, aber sie hatte intuitiv ein schlechtes Gefühl in der Magengrube. Sie wünschte sich, dass Esther und Maya hier wären, damit sie sie fragen konnte, aber sie waren jetzt zu weit hinter ihr.

Sie betrachtete das Mädchen, und ihr fiel auf, wie dünn sie war – viel dünner als Gala – und was für Fetzen sie trug. Ihr langes, braunes Haar war verfilzt, und der Ausdruck puren Terrors lag auf ihrem blassen Gesicht.

Ein anderer Mann in reicherer, aufwendigerer Bekleidung bahnte sich seinen Weg durch die Menge und gesellte sich zu der jungen Frau und demjenigen, der sie gefangen hatte. An seiner linken Hüfte hing in einer Lederscheide ein Schwert, und um seinen Mund spielte ein grausames Lächeln. »Du wirst gerichtet werden, Dieb«, sagte er zu dem verängstigten Mädchen. »Ich bin Davish, der Aufseher über dieses Land.«

Die Diebin zuckte sichtbar zusammen, und ihr Gesichtsausdruck spiegelte reine Verzweiflung wider. Es war, als habe sie jede Hoffnung aufgegeben, dachte Gala, völlig versunken in das, was sich vor ihr abspielte.

»Du wirst beschuldigt, gestohlen zu haben«, fuhr der Aufseher fort. »Weißt du, was die Strafe für Diebstahl ist?«

Die junge Frau nickte, und Tränen liefen ihr Gesicht hinunter. »Mein Herr, bitte verschonen Sie mein Leben … Ich habe einen Laib Brot für meine restlichen zwei Kinder genommen. Mein jüngstes ist schon des Hungers gestorben. Bitte, mein Herr, machen Sie das nicht …«

Der Aufseher sah amüsiert aus. »Du hast Glück«, antwortete er. »Zu Ehren der bevorstehenden Spiele im

Kolosseum habe ich gute Laune und bin gewillt, gnädig zu sein.«

Gala atmete aus und ließ damit die Luft heraus, die sie unbewusst angehalten hatte. Sie war froh, dass die Frau verschont werden würde. Hatte er ernsthaft in Erwägung gezogen, sie für einen Laib Brot zu töten? Das Mädchen hatte nur das Leben ihrer Kinder retten wollen, und es schien unglaublich grausam zu sein, sie dafür zu bestrafen.

Die Diebin schluchzte vor Erleichterung. »Ich werde für immer in eurer Schuld stehen, mein Herr …«

»Wache, führe sie zum Richtstein.« Der Aufseher gab die Anweisung an den schwarz gekleideten Mann weiter. Auf die Menge schauend, ließ er verlauten: »Weil ich gnädig bin, wird ihr Leben verschont bleiben. Als Strafe wird sie nur ihre rechte Hand verlieren, damit sie sich immer daran erinnert, nie wieder zu stehlen.«

Und bevor Gala überhaupt die ganze Bedeutung des Gesagten verarbeiten konnte, setzte der Wächter es auch schon in die Tat um. Er hielt das tretende und schreiende Mädchen an einem Arm fest und schleifte es zur Mitte des Platzes. Er ignorierte ihre Gegenwehr, drückte ihren Arm auf den Stein und zwang sie, einen kleinen Brotlaib loszulassen, den sie noch in ihrer Faust hielt. Der Beweis ihres Verbrechens fiel auf den Boden und rollte in den Dreck.

Gala begann instinktiv nach vorne zu gehen und

versuchte, sich durch die Menge zu drängen, aber die Menschen um sie herum standen dicht an dicht, so dass sie sich kaum bewegen konnte. Ihre Angst stieg weiter an, und Gala kniff ihre Augen zusammen. Sie versuchte sich daran zu erinnern, wie sie sich dieses eine Mal teleportiert hatte. Aber nichts kam ihr in den Sinn; sie konnte es einfach nicht steuern.

Sie öffnete ihre Augen wieder und blickte mit hilflosem Entsetzen auf die Szene, die sich vor ihr abspielte.

Das Mädchen schrie immer noch, ihre Stimme war rau vor Angst und Gala konnte sehen, wie Davish sein Schwert zog und sich der Verurteilten näherte.

Nein, dachte Gala verzweifelt, das durfte nicht passieren.

In einem letzten heldenhaften Versuch schob sie sich mit Ellenbogeneinsatz und Tritten durch die Menge, um ganz nach vorne zu gelangen. Die Leute schubsten sie zurück, schrien sie an, aber das war ihr egal. Sie musste zu diesem Mädchen gelangen, bevor es zu spät war. Vor ihr hob Davish sein Schwert in die Luft.

Gala verdoppelte ihre Anstrengungen und achtete nicht mehr darauf, ob sie selbst verletzt wurde.

Das Schwert schwang mit tödlicher Kraft nach unten, und der schmerzerfüllte Schrei der Diebin erfüllte die Luft. Hellrotes Blut spritzte überall hin, bedeckte die steinerne Plattform und die feine

Bekleidung des Aufsehers. Der Wächter ließ das Mädchen los und ging einen Schritt zurück.

Geschockt sah Gala, wie die abgeschlagene Hand des Mädchens neben dem Brot zu Boden fiel – und sie fühlte, wie erneut etwas in ihr zuschnappte.

»Nein!« Jedes bisschen ihrer Wut strömte mit einem ohrenbetäubenden Schrei aus Gala heraus. Um sie herum schien die Menge zu fallen. Die meisten Zuschauer gingen auf die Knie und hielten sich ihre Köpfe. Plötzlich konnte Gala sich frei bewegen und rannte zu dem blutigen Stein, an dem das Mädchen stöhnend und weinend lehnte.

Es schien überall so viel Blut zu geben, sein metallener Geruch lag schwer in der Luft. *Wie konnte dort nur so viel Blut sein?* Dann sah Gala, dass das Mädchen nicht als einzige blutete. Alle um sie herum hielten sich die Ohren zu und versuchten, die rote Flüssigkeit zu stoppen, die aus ihnen herausfloss.

Gala begriff zu ihrem Entsetzen, dass es ihre Schuld war – dass ihr Schrei irgendwie dieses furchtbare Geschehen ausgelöst hatte.

Benebelt näherte sie sich der Diebin, die zu diesem Zeitpunkt schon in ihrem Blut lag und sich verzweifelt an ihr Handgelenk fasste. Von einem unbekannten Instinkt getrieben, umarmte Gala das Mädchen und drückte es vorsichtig. Und in diesem Moment war es, als würden ihre Körper verschmelzen.

Mit jeder Faser ihres Seins brachte Gala Liebe und Wärme zu dem Opfer dieser unaussprechlichen Ungerechtigkeit. Sie konnte spüren, wie die warme Energie langsam aus ihrem Körper in den des Mädchens floss. Alles in Gala konzentrierte sich auf ein einziges Ziel – den Schaden, den der Vollstrecker angerichtet hatte, wieder rückgängig zu machen. Sie konnte den Schmerz des Mädchens fühlen und nahm ihn in sich auf, befreite die junge Frau von dieser Last. Das Gefühl war quälend und erleuchtend zur gleichen Zeit; bis dahin hatte Gala nur ein rudimentäres Verständnis von Schmerz und Leiden aus den Büchern gehabt. Jetzt aber war es real, und sie schwor sich, dafür zu sorgen, dass es weniger davon in der Welt gäbe.

Was jetzt geschah, wurde von dem Teil in Gala gemacht, über den sie keine Kontrolle hatte, wie ihr auffiel. Aber es war ihr egal, weil sie spürte, wie es funktionierte, wie sich der Schmerz des Mädchens langsam auflöste und verschwand. Als kein Schmerz mehr vorhanden war, ließ Gala das Mädchen los und trat zurück.

Die junge Frau stand da, ihr dreckiges Gesicht war hell und strahlend und zeigte keine Spur von Schmerz oder Angst. Der blutige Stumpen ihres Arms blutete nicht mehr; stattdessen wuchs die Hand langsam wieder nach, während Gala dabei zuschaute. Jeder Knochen, jeder Muskel und jede Sehne verlängerte und verdickte sich langsam. Bald erschienen Finger, und die Hand war wieder wie zuvor, schlank und weiblich – und sehr lebendig.

Als Gala wieder zurück zur Menge blickte, sah sie, wie alle Zuschauer niederknieten, mit einem eigenartig glückseligen Ausdruck auf ihren Gesichtern. Sie hatten zwar Blut auf ihrer Kleidung, aber niemand schien mehr zu bluten oder Schmerzen zu verspüren. Auch das hatte sie getan, verstand Gala erleichtert. Sie hatte nicht nur den Schmerz des Mädchens entfernt, sondern auch den der anderen in ihrer Nähe, hatte den Schaden rückgängig gemacht, der ungewollt von ihr angerichtet worden war.

In einiger Entfernung konnte sie sehen, wie sich Esther und Maya dem Rand der Menge näherten, aber Gala war noch nicht fertig. Der Wächter und der Aufseher standen neben dem Mädchen, knieten in der gleichen Haltung wie der Rest der Menge und blickten Gala verzückt an. Sie ging zu ihnen und wusste, was sie tun musste.

Sie begann bei dem Aufseher und legte ihre Hände auf seine Schläfen. Sie musste verstehen, warum er so schreckliche Sachen getan hatte. »Wie konntest du nur?«, dachte sie und ließ die Frage in seinem Kopf widerhallen, immer und immer wieder, während sie sich in etwas verlor, was sich wie eine Abfolge von Momentaufnahmen anfühlte.

Er war ein kleines Kind reicher Eltern – ein Kind, welches keinerlei Ähnlichkeiten zu seinem Vater aufwies, ein Kind, das sich täglich wünschte, in eine andere Familie hineingeboren worden zu sein. Das Kind erlebte erneut die vielen Grausamkeiten, unter denen es gelitten hatte, die endlosen Schläge und verachtenden Worte. Die Zeit verging, und das Kind war ein junger Mann, der sich mit jedem Tag mehr wie sein Vater verhielt – ein junger Mann, der nach anderen schlagen musste, um mit seinem eigenen inneren Schmerz umgehen zu können. Als der junge Mann älter wurde, stellte er fest, machthungrig geworden zu sein, jemand, der andere kontrollieren musste, um zu verhindern, dass ihm jemals wieder wehgetan wurde.

Jetzt verstand Gala. Der grausame Mann war auf seine Weise genauso verletzt wie das unglückliche Mädchen, dem er Schaden zufügen wollte. Das warme, teilhabende Gefühl überkam Gala erneut und sie streckte sich nach dem gebrochenen Mann aus und versuchte ihn zu heilen, genauso wie sie das mit der Hand des Mädchens getan hatte. Der Kopf wehrte sich, und Gala wurde klar, dass sie den Mann fundamental verändern würde, wenn sie das machte. Er würde eine andere Persönlichkeit bekommen. Tief in sich wusste sie, vielleicht nicht das Recht zu haben, es zu tun, aber ihr Instinkt, zu heilen, war zu stark. Sie musste das machen, damit er in Zukunft niemanden mehr verletzen würde. Sie sammelte ihre Kraft, drückte sich tiefer in den Kopf des Aufsehers und fühlte, wie er sie endlich einließ.

»Gala! Gala, hörst du mich?« Mayas Stimme durchdrang den Nebel, der sie umschloss, und holte Gala aus ihrem unbewussten Zustand.

Blinzelnd blickte sie auf Maya und Esther und bemerkte erst jetzt die riesige Erschöpfung, die ihren Körper überkam.

»Komm«, sagte Esther und griff nach Gala. Sie sah verängstigt aus, und Gala ließ sich von ihr wegführen. Sie war zu schwach, um Widerstand zu leisten, als die zwei alten Frauen sie vom Platz begleiteten. Sie konnte sehen, wie um sie herum die Zuschauer langsam aus ihrem glückseligen Zustand erwachten und sich verwirrt umblickten. Maya schlang schnell wieder das Tuch um Galas Kopf und bedeckte sie mit dem dicken, kratzigen Material.

Als sie im Gasthaus ankamen, brach Gala auf ihrem Bett zusammen und schlief, sobald ihr Kopf das Kissen berührte.

32. KAPITEL

✳BLAISE ✳

Blaise untersuchte gerade seinen letzten Zauberspruch, als er das Klopfen an der Tür hörte. Sein Herz hämmerte, und ein Wutschauer lief ihm über den Rücken. War das der Rat, der erste Schritte einleitete?

Er eilte zum Lagerraum und schnappte sich ein Bündel Karten, die er nach dem Tod seines Bruders genau für einen solchen Anlass geschrieben hatte. Sie waren eine Mischung aus Angriffs- und Verteidigungszaubern, jeder genau auf die Stärken und Schwächen eines bestimmten Ratsmitglieds abgestimmt.

Unterdessen klopfte es weiter.

Blaise dachte angestrengt nach und entschied sich

dann für einen allgemeinen Verteidigungszauber, den er in den Deutungsstein steckte. Er würde ihm ein wenig Schutz vor geistigen und körperlichen Angriffen bieten und ihm hoffentlich Zeit verschaffen. Er näherte sich der Eingangshalle und rief: »Wer ist da?«

»Blaise, ich bin es, Ganir.«

Blaises Wut verdoppelte sich. Wie konnte es der alte Mann wagen, sich nach dem, was er Louie angetan hatte, hier blicken zu lassen? Ganirs Verrat war auf eine bestimmte Weise noch schlimmer als Augustas; der alte Zauberer hatte Louie immer wie einen Sohn behandelt, und niemand war überraschter gewesen als Blaise, von Ganirs Zustimmung zu Louies Bestrafung erfahren zu haben.

Voller Wut begann Blaise zu sprechen. Instinktiv hatte er einen Zauber ausgewählt, der seinen Gegner lähmte. Er dachte nicht nach, er handelte einfach. Falls der Zauber gelingen sollte, hatte er keine Ahnung, was er mit dem bewegungslosen Körper des Ratsvorsitzenden machen sollte. In diesem Moment interessierte ihn das aber auch nicht, da er zu wütend war, um noch völlig rational denken zu können.

Als er fertig war, atmete Blaise tief ein und versuchte, die Kontrolle über seine Gefühle wiederzuerlangen. Er wusste nicht, ob der Zauber funktionierte, aber es bestand die Möglichkeit, Ganir überrascht zu haben. Wenn es zum Kampf kam, waren unerwartete Schritte die besten, und es war unwahrscheinlich, dass der alte Zauberer von ihm einen so einfachen Zauberspruch erwartet hatte.

Er fühlte, wie sein Kopf klarer wurde und er sich beruhigte. Stark beruhigte.

Zu sehr beruhigte, begriff Blaise. Ganir benutzte einen beruhigenden Zauber gegen ihn – einen, der teilweise seine mentale Verteidigung durchdrungen haben musste.

Der Gedanke daran, manipuliert zu werden, machte Blaise erneut wütend, und er fühlte, wie die unnatürliche Ruhe verschwand und einige der unberechenbaren Gefühle, die er zuvor gespürt hatte, zurückkehrten. Ganirs Zauber musste aber dennoch eine Wirkung erzielt haben, da seine Gefühle für den Ratsvorsitzenden weniger mordlustig waren – eine Tatsache, die Blaise bitter, aber ruhig bereute.

In diesem Moment hörte er Ganirs zauberverstärkte Stimme. Sie war laut und klar, als ob der Mann genau neben ihm stand und ihn anschrie. »Blaise, ich bin sehr enttäuscht«, sagte die Stimme. »Ich weiß, du bist wütend auf mich, aber ich dachte du seist besser als das. Du greifst mich an, ohne mir überhaupt in die Augen zu schauen? Das ist nicht der Blaise, an den ich mich erinnere.«

Blaise fühlte, wie seine Wut zurückkehrte. Der alte Mann war ein Meister mentaler Spielchen, und Blaise hasste es, manipuliert zu werden.

»Ich gebe dir eine Sekunde Zeit, um wegzugehen«, rief Blaise zurück und sprach zum ersten Mal zu Ganir. Spöttisch fügte er hinzu: »Und du hast recht – ich bin nicht mehr der Blaise, an den du dich erinnerst. Jener Blaise starb zusammen mit Louie. Du erinnerst dich doch an Louie?«

Während er sprach, kritzelte Blaise die groben Koordinaten von Ganirs Standort auf eine Karte und fügte einige Codes hinzu, bevor er den Spruch in den Deutungsstein einführte. Dann wich er ein Stück zurück, um sicherzugehen, sich nicht im Radius seines Werks zu befinden.

Der Zauber, den er geschrieben hatte, sollte sein Opfer mental lähmen – den Kopf mit Unentschlossenheit, Angst, Schock und anderen Effekten von Schlafmangel überschwemmen. Er war um einiges schlimmer als der körperliche Lähmungszauber, den Blaise zuvor benutzt hatte, da dieser hier mehrere Angriffe auf einmal darstellte, die alle auf den Verstand wirkten.

Dann wartete er.

Alles schien ruhig zu sein. Um zu sehen, ob sein Angriff Erfolg gehabt hatte, bereitete Blaise einen weiteren Spruch vor und sandte ihn zur Eingangswand, die daraufhin so durchsichtig wurde wie Glas.

Jetzt konnte Blaise nach draußen blicken und sah

Ganir dort stehen, der ihn durch die jetzt durchsichtige Wand anschaute. Es war offensichtlich, dass der alte Mann von dem Zauber nicht betroffen war, aber wenigstens schien er allein zu sein. Seine dunkelbraune Chaise stand neben ihm.

Trotz seiner Enttäuschung fühlte Blaise eine Welle der Erleichterung. Es sah nicht so aus, als sei dies ein Hinterhalt des Rats; sie hätten niemals den Vorsitzenden allein geschickt.

»Du beleidigst mich, wenn du denkst, deine Zauber hätten eine Chance bei mir«, sagte Ganir ruhig, und seine Stimme drang immer noch ohne Schwierigkeiten durch die Mauern des Hauses. In seinen Händen hielt er den Deutungsstein. Er hätte Blaise jederzeit mit einem tödlichen Zauber treffen können, hatte aber offensichtlich beschlossen, das nicht zu tun.

Sein Ärger verebbte ein wenig, und Blaise öffnete die Tür. »Was willst du, Ganir?«, fragte er matt, da dieses Treffen begann, ihn zu ermüden.

»Ich habe mit Augusta gesprochen«, erklärte ihm Ganir und schaute ihn an. »Der Rat weiß nichts von deiner Schöpfung.«

»Warum nicht?« Das überraschte Blaise wirklich.

»Weil ich sie davon überzeugt habe, ihm erst einmal nichts davon zu erzählen. Es gibt also immer noch ein Schlupfloch, dieses Chaos zu beseitigen. Es besteht allerdings die Möglichkeit, dass Augusta später doch noch zum Rat geht. Leider konnte ich sie nur davon überzeugen, es nicht sofort zu tun. Sie hat Angst vor dem, was du getan hast. Unglaubliche Angst.«

Blaise fühlte sich, als könne er wieder atmen. Der Rat wusste nichts von Gala. Nur Ganir und Augusta – was schlimm genug war, aber nicht so ein Desaster, wie es mit dem Rat gewesen wäre. Das bedeutete allerdings nicht, dass er vorhatte, freundlich zu Ganir zu sein.

»Wie genau hast du denn vor, das Chaos zu beseitigen?«, wollte er wissen und gab sich keinerlei Mühe, die Bitterkeit aus seiner Stimme herauszuhalten. »Genauso, wie du das bei Louie gemacht hast?«

Er konnte sehen, wie seine Worte den Mann verletzten. Ganir zuckte zusammen, und seine Hand griff automatisch zu dem Beutel, den er an seiner Taille hängen hatte, bevor sie wieder nach unten fiel. Blaise merkte sich den Beutel, da der alte Zauberer wahrscheinlich seine Zauberkarten darin aufbewahrte. Er stellte sich so hin, dass der Türrahmen Ganirs Sicht behinderte, schrieb heimlich einen schnellen Zauber auf eine seiner eigenen Karten und bereitete sich darauf vor, sie im geeigneten Moment zu benutzen.

In der Zwischenzeit trat Ganir einen Schritt nach vorne. »Blaise«, sagte er leise, »dein Bruder war ziemlich offen mit seinem Verbrechen. Selbst ich konnte das, was er getan hatte, nicht vor dem Rat verheimlichen. Ich habe mein Bestes getan, um den Rat von einer milden

Lösung zu überzeugen, aber die Mitglieder wollten nicht auf mich hören – und die Sturheit deines Bruders und seine Weigerung, so zu tun, als bereue er, was er getan habe, hat auch nicht weitergeholfen.«

Blaise blickte Ganir an und erinnerte sich an die leidenschaftliche Rede, die Louie vor dem Rat über die Ungerechtigkeit in ihrer Gesellschaft gehalten hatte – eine Rede, die wahrscheinlich sein Schicksal besiegelte. Blaise hatte jedem der Worte seines Bruders zugestimmt, aber selbst er hatte gedacht, dass es nicht besonders weise war, die anderen Zauberer so offen gegen sich aufzubringen. Aber letztendlich war die Stimme das, was zählte – und Ganir hatte für Louies Hinrichtung gestimmt.

»Lüg mich nicht an«, widersprach Blaise ihm grob. »Du weißt genauso gut wie ich, dass du dich nicht von ihnen unterscheidest. Ihr habt alle gleich gestimmt, und du erwartest von mir, dir zu glauben, dich für Louie eingesetzt zu haben?«

Ganir sah überrascht aus. »Was? Ich habe gegen Louies Tod gestimmt. Wie kannst du nur etwas anderes denken?«

Blaise lachte kurz hart auf. »Ach, ist das so? Du denkst, du kannst dich hinter der Tatsache verstecken, alle Stimmen seien anonym und niemand kenne die genauen Zahlen? Also, ich habe die Wahrheit herausgefunden – ich kenne das Ergebnis der

Abstimmung. Es gab nur eine einzige Stimme gegen Louies Tod, und das war meine eigene. Alle von euch – du, Augusta, jedes einzelne Ratsmitglied – haben für die Hinrichtung meines Bruders gestimmt.«

»Das stimmt nicht.« Ganir schien immer noch entsetzt zu sein. »Ich weiß nicht, woher du deine Information bekommen hast, aber sie ist falsch. Ich habe gegen Louies Tod gestimmt, das schwöre ich dir. Er war für mich wie ein Sohn, genauso wie du. Und Dania hat genauso gestimmt wie ich – gegen die Bestrafung.«

Er hörte sich so ehrlich an, dass Blaise einen Augenblick lang zweifelte. Konnte seine Quelle gelogen haben? Und falls ja, warum? Blaise fiel kein Grund dafür ein – was für ihn bedeutete, dass Ganir ihn gerade anlog. »Warum gibst du es nicht einfach zu, so wie sie?«, fragte er verächtlich und erinnerte sich daran, wie Augusta nicht in der Lage gewesen war, die Wahrheit über ihren Verrat vor ihm zu verheimlichen. Allein der Gedanke daran rief in ihm den Wunsch hervor, Ganir auf der Stelle umbringen zu wollen.

»Sprichst du von Augusta?«, fragte Ganir verwirrt. »Meinst du, sie hat für Louies Hinrichtung gestimmt?«

»Natürlich hat sie das.« Blaises Oberlippe zog sich hoch. »Und du auch.«

»Nein, das habe ich nicht«, beharrte der Ratsvorsitzende stirnrunzelnd. »Und ich wusste nichts von ihrer Stimme. Ich habe immer angenommen, sie unterstützte dich und Louie. Ist das der Grund für eure Trennung? Du hast herausgefunden, wie sie gestimmt hat?«

Blaise fühlte, wie die alten Erinnerungen wieder hochkamen und seine Gedanken erneut mit bitterem Hass vergifteten. »Tu es nicht«, sagte er ruhig. »Schlag diese Richtung nicht ein, Ganir, oder ich schwöre dir, dich auf der Stelle umzubringen.«

Der alte Zauberer ignorierte Blaises Drohung. »Ich muss zugeben, selbst für sie ist das schwach«, überlegte Ganir laut. »Aber wenn ich darüber nachdenke, ergibt es Sinn. Du weißt, Augusta stammt vom alten Adel ab. Sie wuchs mit den Geschichten der Revolution auf; und jede Möglichkeit einer Veränderung in der Gesellschaft ängstigt sie. Sie hat aus Angst gehandelt, als sie ihre Stimme abgegeben hat, nicht aus Überzeugung, und es würde mich nicht überraschen, wenn sie es bereut hat.« Er machte eine kurze Pause und fügte hinzu: »Du warst nicht der Einzige, der unter dem Tod deines Bruders gelitten hat, mein Sohn.«

Blaise blickte zu Ganir und fragte sich, ob wohl ein Funken Wahrheit in dem war, was der alte Mann sagte. Wenn ja, dann wäre sein Hass auf den Ratsvorsitzenden die ganze Zeit ungerechtfertigt gewesen.

»Ist das auch der Grund für deinen Schwur, mich zu töten?«, fragte Ganir und spiegelte damit Blaises

Gedanken wider. »Deine Überzeugung, ich hätte für Louies Hinrichtung gestimmt? Ich war mir sicher, du hasst mich, weil ich deinen Bruder nicht schützen konnte – ich ihn nicht retten konnte, obwohl ich der Vorsitzende des Rates war.«

Blaise war fast versucht, ihm zu glauben. Fast. »Du bist ein Experte darin, Menschen dahingehend zu manipulieren, das zu machen, was du möchtest, Ganir«, sagte er vorsichtig. »Wenn du Louie wirklich hättest retten wollen, wäre er noch am Leben. Wir hätten uns ja zur Not auch zusammentun können, um gegen die anderen zu kämpfen. Aber du hast es nicht einmal versucht – also lüg mich jetzt nicht an.«

Ganir sah betroffen aus. »Blaise, es tut mir so leid. Ich konnte damals nicht gegen den ganzen Rat vorgehen – nicht, wenn meine Erfindung der Grund für das alles war. Ich habe wirklich versucht, sie milde zu stimmen, und ich hatte den Eindruck, die Mehrheit würde so stimmen wie ich – also gegen die Bestrafung. Ich war genauso entsetzt wie du, als das Urteil bekannt gegeben wurde …«

»Halt«, fauchte Blaise, der seine Geduld verlor. »Hör einfach auf. Warum bist du überhaupt hier?«

»Ich will dir ein Angebot machen«, erwiderte Ganir und kam damit endlich zum Punkt. »Bring deine Schöpfung zu mir, und ich werde mein Bestes geben, sie zu beschützen. Außerdem kann ich dir fast schon einen

Freispruch von allen Vorwürfen versprechen; immerhin ist das Ergebnis deines Zauberspruchs ja nicht wie geplant ausgefallen. Obwohl du versucht hast, etwas zu erschaffen, was sie nicht billigen, hast du keinen Erfolg damit gehabt, und das wird den Rat davon überzeugen, dass kein Verbrechen geschehen ist.« Seine Augen glänzten mit einer ungewöhnlichen Aufregung. »Es kann dir sogar dabei helfen, deinen rechtmäßigen Platz im Rat zurückzubekommen.«

Blaise lachte sardonisch. »Ich verstehe«, entgegnete er und musste über den durchschaubaren Plan des alten Mannes lachen. »Du möchtest Gala für deine Zwecke benutzen. Und was mich betrifft: Braucht der allmächtige Ganir einen weiteren Verbündeten im Rat?«

»Ich versuche nur, dir zu helfen.« Ganir begann, frustriert auszusehen. »Ja, ich finde deine Kreation faszinierend, und ich würde gerne mehr über sie erfahren, aber das ist nicht das, worum es geht. Der Rat braucht dich jetzt – viel mehr als diese dickköpfigen Dummköpfe es erkennen. *Ich brauche dich. Blaise, bitte, gib Gala auf und komm zurück.*«

Blaise konnte seinen Ohren nicht trauen. Gala aufgeben? Das war undenkbar. »Die Antwort lautet ›Nein‹«, entgegnete er kühl und griff nach der Karte mit dem Zauberspruch, die er vorbereitet hatte, als er Ganirs Beutel bemerkte. Sie befand sich schon nahe bei seinem

Stein, den er in der anderen Hand hielt, und er brachte die beiden Objekte schnell zusammen, um den Zauber zu aktivieren.

Eine Sekunde später ging Ganirs Beutel in Flammen auf, und der alte Zauberer blieb ohne fertige Zaubersprüche quasi wehrlos zurück.

»Geh, alter Mann«, sagte Blaise zu Ganir und beobachtete zufrieden, wie sein Gegenüber die Reste des verbrannten Beutels auf den Boden warf. »Ich könnte dich jetzt töten, und das werde ich auch. Du hast zwei Minuten, um aus meinem Blickfeld zu verschwinden.«

Die blassen Augen des Zauberers füllten sich mit Trauer. »Lass es mich wissen, falls du deine Meinung änderst«, sagte er mit ruhiger Würde. Er ging zu seiner Chaise, hob ab und flog davon. Blaise blieb verwirrt und verstört zurück.

33. KAPITEL

✳BARSON✳

Als Barson das Haus seiner Schwester betrat, atmete er den vertrauten Geruch von frisch gebackenem Brot und Duftkerzen ein. Es roch nach Zuhause und erinnerte ihn an die Zeit, als ihre Mutter köstliche Brötchen für den ganzen Haushalt gebacken hatte. Im Gegensatz zu vielen anderen Zauberern hatte ihre Mutter gerne mit den Händen gearbeitet, etwas, was Dara, neben ihrer Begabung für die Zauberei, von ihr geerbt hatte.

»Barson! Ich freue mich so, dass du vorbeigekommen bist.« Seine Schwester stand oben auf der Treppe und lächelte ihn strahlend an, bevor sie auf ihn zustürzte.

Barson lächelte zurück und freute sich wirklich sehr,

sie zu sehen. Er vermisste Dara, auch wenn er es ihr nicht vorwerfen konnte, dieses komfortable Stadthaus den beengten Unterkünften im Turm vorzuziehen. Niedrige Zauberer bekamen furchtbare Zimmer zugewiesen, und viele von ihnen entschieden sich dazu, die meiste Zeit außerhalb des Turms zu leben.

»Ich freue mich auch, dich zu sehen, Dara«, antwortete er und beugte sich nach unten, um ihr einen Kuss auf die Wange zu geben. »Ist Larn auch hier?«

»Er sollte bald kommen. Er ist gerade am Brunnen«, sagte sie und grinste ihn spitzbübisch an. Ihre dunklen Augen funkelten, und sie sah damit außergewöhnlich hübsch aus.

Barson seufzte, da er wusste, was jetzt kommen würde. »Hast du wieder einen Lokalisierungszauber bei ihm angewendet?«

Daras Grinsen wurde breiter. »Ja, das habe ich. Aber sag es ihm nicht; es wird unser Geheimnis sein.«

Belustigt schüttelte Barson den Kopf. Seine Schwester und seine rechte Hand waren seit zwei Jahren zusammen, und sie trieb Larn mit ihrer Angewohnheit, Zaubersprüche im täglichen Leben zu benutzen, in den Wahnsinn. Für Dara war es einfach eine Art, das Zaubern zu üben und ihre Fähigkeiten zu verbessern. Für Larn dagegen war es reine Angeberei. »Okay«, versprach Barson, »das werde ich nicht.«

»Komm«, sagte Dara und zog an seinem Arm. »Iss

etwas. Ich wette, du bist am Verhungern. Ich nehme an, deine Zauberin kocht nicht?«

»Augusta? Nein, natürlich nicht.« Allein der Gedanke kam Barson lächerlich vor. Augusta war … na ja, Augusta. Sie war vieles, aber Hausfrau gehörte nicht dazu.

»Das habe ich angenommen«, sagte Dara etwas schnippisch. »Sie weiß aber, dass du etwas essen musst, oder nicht?«

»Ich bin mir nicht sicher«, gab Barson zu und setzte sich an den Tisch. »Die meisten Zauberer – im Gegensatz zu dir – denken kaum an Essen, und es kommt ihnen auch nicht in den Sinn, dass andere es brauchen könnten.«

»Dann hoffe ich, sie ist wenigstens gut im Bett«, murmelte Dara und stellte einen Brotkorb und aufgeschnittenen Käse vor ihn hin. »Das und einige Zaubersprüche scheint alles zu sein, wozu sie gut ist.«

Barson brach in Gelächter aus. Seine Schwester war eifersüchtig auf Augustas Position im Rat und verbarg das nur schlecht. »Ich werde nicht mein Liebesleben mit dir ausdiskutieren, Schwesterherz«, ließ er sie nach einigen Sekunden, immer noch lachend, wissen.

Sie schnaubte abwertend aber blieb solange still, bis Barson die Gelegenheit gehabt hatte, etwas Brot und Käse zu essen. »Weißt du was?«, meinte sie, als Barson seine zweite Scheibe aß. »Mir wurde heute angeboten, mit Jandison zusammenzuarbeiten.

»Jandison?« Barson runzelte die Stirn. Das älteste Mitglied des Rates war für nichts außer seinen Teleportationszauber bekannt. Es war nicht die vielversprechendste Gelegenheit für Dara, wenn man ihre Ambitionen betrachtete.

»Ich weiß«, stimmte sie ihm zu, da sie seine unausgesprochene Sorge verstand. »Aber es ist immer noch besser als das, was ich momentan mache.«

»Denkst du, Ganir steckt dahinter?«

Dara schüttelte den Kopf. »Das glaube ich nicht. Ich denke, Jandison mag Ganir nicht besonders.«

»Ach?« Barson war überrascht. Er kannte sich sehr gut in Ratspolitik aus, aber er hatte noch nie von einer Feindschaft zwischen den beiden Zauberern gehört. »Wieso denkst du das?«

»Die Intuition einer Frau, denke ich«, antwortete Dara. »Es sind die Schwingungen, die von ihm ausgegangen sind, als er mir gegenüber einmal Ganirs Namen erwähnte. Als ich später darüber nachdachte, ergab das eine Menge Sinn. Jandison ist der älteste Zauberer im Rat und ich wäre nicht überrascht, wäre er der Ansicht, er sollte eigentlich der Ratsvorsitzende sein und nicht Ganir.

Barson schaute seine Schwester nachdenklich an. »Damit könntest du recht haben. Wirst du Jandisons Angebot annehmen?«

»Ich denke schon.« Sie lächelte. »Und ja, ich werde definitiv meine Augen und Ohren offen halten.«

In diesem Moment kam Larn in die Küche, und Barson stand auf, um ihn zu begrüßen.

Als Barson von dem Verhältnis seines besten Freundes zu Dara erfahren hatte, war er überhaupt nicht begeistert gewesen. Zum einen war es im Turm nicht gut angesehen, mit einem Nichtzauberer zusammen zu sein, und außerdem war Barson besorgt gewesen, ihre Beziehung zu Larn könnte Daras Wunsch einschränken, für ihre Zauberkünste anerkannt zu werden. Er konnte allerdings sehen, dass Larn sie wirklich liebte, und das war schließlich das Wichtigste von allem. Das, und die Tatsache, dass Larn einer der wenigen Männer war, die Barson nicht sofort dafür umbringen wollte, Hand an seine Schwester gelegt zu haben.

»Raus damit«, forderte Barson Larn auf, als die drei am Tisch saßen »Hast du Neuigkeiten für mich?«

Larn nickte nur, da er ein Stück Brot im Mund hatte. Sobald er wieder reden konnte, meinte er: »Bei Ganir ist es in letzter Zeit sehr unruhig. Augusta hat ihn erneut besucht, und auch eine Menge Normalbürger.«

»Normalbürger? Warum?« Barson schaute seinen Freund überrascht an.

»Das wissen wir nicht. Ganirs Spione hatten sie schon aus dem Turm geschleust, bevor wir ihre

Identitäten herausfinden konnten. Sie wurden nur dorthin gebracht, um mit Ganir zu reden, und waren dann sofort wieder weg. Mein Mann konnte nur einen schnellen Blick auf sie werfen.«

»Noch etwas?«

»Wir haben einen Bericht von der Quelle bekommen, die Blaises Haus beobachtet.«

Barsons Hand ballte sich unter dem Tisch zu einer Faust. »Hat Augusta ihn wieder besucht?«

Dara warf ihm einen neugierigen Blick zu und öffnete ihren Mund, aber Larn griff warnend nach ihrer Hand und drückte sie sanft. »Nein«, antwortete er. »Es war noch eigenartiger als das. Es war Ganir.«

»Ganir hat Blaise besucht?« Barsons Temperament kühlte sich merklich ab. »Ich dachte, sie würden nicht miteinander reden.«

»Blaise redet im Moment mit niemandem«, warf Dara ein. »Seit er den Rat verlassen hat, scheint er wie verschwunden zu sein. Warum sollte ihn jetzt jemand besuchen?«

»Konnte unser Verbündeter herausfinden, was Ganir wollte?«, fragte Barson.

»Nein«, antwortete Larn. »Er hat panische Angst vor Ganir. Die haben sie alle. Sobald er den alten Zauberer landen sah, ist er, so schnell ihn seine Chaise trug, verschwunden.«

Barson verzog den Mund. »Diese Zauberer sind

solche Feiglinge. Ist nicht persönlich gemeint, Dara.«

»Habe ich auch nicht so verstanden.« Sie grinste. »Ich stimme dir da sogar vollkommen zu. Ich würde mich wahrscheinlich extra lange dort aufhalten, um möglichst viel zu erfahren. Und da wir gerade von Zauberei sprechen: ich bin mit deiner Rüstung fertig. Sie sollte jetzt gegen die gängigsten Zaubersprüche immun sein.«

»Danke, Schwester.« Barson lächelte sie an. »Du bist die Beste.«

»Ich weiß«, sagte sie ohne falsche Bescheidenheit. »Und bald werden sie es auch wissen.«

»Ja, das werden sie«, versprach ihr Barson, und die nächsten paar Minuten saßen sie in friedlicher Stille da und genossen das Essen, welches Dara ihnen zubereitet hatte.

Als sein Magen sich angenehm voll anfühlte, sah Barson wieder zu seinem Freund hoch. »Und Neuigkeiten von außerhalb Turingrads? Irgendwelche neuen Aufstände?«

»Nein«, meinte Larn, »im Moment scheint alles ruhig zu sein. Es gibt da nur eine Sache, die aber vielleicht nichts weiter ist.«

»Was denn?«, fragte Barson.

»Es gibt da einige eigenartige Gerüchte über eine mächtige Zauberin.« Larn machte eine Pause und schenkte sich Bier ein. »Wie es aussieht, ist sie wunderschön, jung und sehr weise für ihr Alter … Sie sagen, sie heile die Kranken, bringe tote Kinder zurück ins Leben und könne sogar das Getreide wachsen lassen, dort, wo sie sich aufhält.«

Dara lachte. »Das ist lächerlich. Tote zurückzubringen ist unmöglich, sogar in der Theorie.«

»Die Bauern erfinden immer solche Geschichten über Zauberer!«, meinte Barson zu ihr. »Sie wollen glauben, die Elite mache sich Sorgen um sie, und ihre Herrscher wüssten einfach nur nicht, wie sehr sie gerade leiden.«

Larn schnaubte. »Ich bin mir sicher, viele wissen das auch nicht – weil es sie einfach nicht interessiert.«

Barson schüttelte den Kopf über die Naivität des gemeinen Volkes. Die Bauern waren dazu erzogen worden zu denken, dass der alte Adel schlecht gewesen war und ihre neuen Zaubermeister eine Verbesserung wären. Natürlich begannen wegen der Dürre gerade viele, die Wahrheit zu sehen – deshalb gab es auch eine steigende Anzahl von Aufständen in Koldun.

Als er sich an die letzte Rebellion erinnerte, die er niederschlagen musste, kehrten Barsons Gedanken zu Ganir zurück. Warum hatte er sich mit Blaise getroffen? Konnte das irgendwie mit Augustas Besuch bei ihrem ehemaligen Liebhaber zu tun gehabt haben? Und was hatte es mit den ganzen normalen Bürgern auf sich, die den Turm besucht hatten?

Ganir spielte offensichtlich ein tiefergehendes Spiel, und Barson hatte vor, dem auf den Grund zu gehen.

34. KAPITEL

✷ AUGUSTA ✷

Augusta näherte sich Ganirs Gemächern und klopfte entschlossen an die Tür. Der alte Mann war ihr in den letzten Tagen aus dem Weg gegangen, hatte sogar ihre Kontaktnachrichten ignoriert, und sie hatte nicht vor, das zuzulassen.

Als die Tür aufging, hatte Augustas Temperament schon den Siedepunkt erreicht. Sie atmete ein paar Mal ein, um sich zu beruhigen, und betrat Ganirs Zimmer.

»Wie geht es dir, mein Kind?«, begrüßte Ganir sie ruhig. Er saß hinter seinem Schreibtisch und war vor ihrer Ankunft offenbar in ein paar Schriftrollen vertieft gewesen.

»Du sagtest, du würdest mich benachrichtigen,

sobald deine Männer weitere Informationen hätten«, erklärte sie ihm ganz direkt. »Jetzt sind einige Tage vergangen, und ich habe immer noch nichts von dir gehört. Wie weit bist du damit, diese Kreatur zu lokalisieren? Wenn deine Spione nicht in der Lage waren, sie zu finden, habe ich keine andere Wahl, als diese Sache bei der kommenden Ratsversammlung anzusprechen – die, die am Donnerstag stattfinden wird.«

Ganir seufzte. »Augusta, du musst Geduld haben. Wir dürfen nichts überstürzen …«

»Nein, wir müssen uns beeilen«, unterbrach sie ihn. »Wir müssen diese Situation in den Griff bekommen, bevor sie völlig außer Kontrolle gerät. Hast du jetzt etwas erfahren, oder nicht?«

Er zögerte einen Moment lang und neigte dann seinen Kopf. »Ja«, antwortete er. »Es gibt da etwas, was ich dir gerne zeigen möchte.«

»Mir zeigen?«

Der alte Mann deutete auf die Momentaufnahme, die sich in einem Glas befand. »Diese ist von einem meiner Männer aus Kelvins Gebiet«, sagte er leise. »Blaises Kreation wurde dort gesehen, auf dem Markt in Neumanngrad.«

Augustas Puls raste vor Aufregung. »Hat dein Mann sie gefangen?«

»Nein«, antwortete Ganir. »Das war nicht seine

Aufgabe.«

»Okay«, sagte Augusta, »Also, was ist passiert? Wie konnte er dieses Ding ausfindig machen?«

»Schau es dir lieber selbst an.« Ganir nahm die Perle und reichte sie ihr. »Und denk dabei bitte daran, dass diese Aufnahme von einem Zauberer ist.«

Augusta nahm die Perle und wollte sie sich gerade in den Mund legen, als Ganir seine Hand in die Höhe hob.

»Warte«, sagte er. »Bevor du das machst, fang bitte eine neue Aufzeichnung an.« Er zeigte auf die Sphäre, die auf seinem Schreibtisch stand.

»Wie bitte? Warum?« Augusta sah ihn irritiert an.

»Ich möchte diese Momentaufnahme gerne behalten, um sie noch einmal anschauen zu können«, erklärte er ihr. »Wenn du dich aufzeichnest, während du sie nimmst, werde ich die Information dieser Perle nicht verlieren. Stattdessen bekomme ich eine Aufzeichnung, die einige Augenblicke, bevor du sie nimmst, beginnt, einige wenige Momente danach aufhört und die Originalaufzeichnung immer noch beinhaltet.«

Augusta blickte ihn erstaunt und fasziniert an. Warum hatte sie nie daran gedacht? Die Idee an sich war genial. Man glaubte eigentlich, die Perlen könnten nur einmal benutzt werden – und seien danach für immer verloren. Aber es sah so aus, als gäbe es einen Weg, sie immer wieder zu benutzen. Wieso hatte der alte Mann dieses Wissen für sich behalten?

Die Folgen dieser Erkenntnis waren erstaunlich. Die Art und Weise, wie Zauberei unterrichtet wurde, könnte verändert werden. Alles, was man machen müsste, wäre, einmal eine Gruppe von Studenten zu unterrichten und die Klasse mit Momentaufnahme aufzuzeichnen. Dann könnte man die Perlen der nächsten Klasse geben, und ihre Erfahrungen würden auch festgehalten werden – und so weiter. Das würde die Zeit, die die erfahrenen Zauberer mit Unterrichten verbrachten – eine Aufgabe, die Augusta besonders hasste – extrem verkürzen.

Jetzt, da sie darüber nachdachte, war es nicht erstaunlich, dass Ganir sein Wissen geheim gehalten hatte. Augusta hatte schon immer vermutet, der alte Zauberer habe Geheimnisse, was einige seiner Erfindungen betraf; er genoss es, Informationen zu besitzen, die sonst niemand hatte.

Als Augusta begriff, schweigend dazustehen, ging sie zur Sphäre und stach sich mit der Nadel, die auf dem Schreibtisch lag, in den Finger. Dann drückte sie diesen Finger auf das magische Objekt und steckte sich die Perle, die sie in der Hand hielt, in den Mund.

* * *

Ganir griff nach der Momentaufnahme, die Vik ihm

gebracht hatte. Er steckte sie in seinen Mund, schloss die Augen und versank in ihr.

* * *

Vik saß auf dem Dach eines Gebäudes und blickte über den Markt. Das Wetter war schön, und er war gerade recht zufrieden. Das Einzige, was ihn störte, war ein großer Holzsplitter, der sich in seinen Finger gebohrt hatte, als er hier hinaufgeklettert war.

Von seinem Aussichtspunkt konnte er den ganzen Markt überblicken, und er machte es sich in dem Glauben bequem, wahrscheinlich wieder eine langweilige Zeit zu haben. Seine Aufgabe in diesem Gebiet war es, öffentliche Versammlungen zu beobachten, was normalerweise bedeutete, einige Stunden lang an der gleichen Stelle zu sitzen und den Menschen beim Einkaufen zuzuschauen. Wie immer nahm er seine Erlebnisse auf, genauso wie Ganir es angeordnet hatte, auch wenn Vik den Sinn davon nicht erkennen konnte. In diesem Gebiet passierte niemals etwas Interessantes.

Er hatte einen Deutungsstein und vorgeschriebene Spruchkarten, die sofort benutzt werden konnten. Ein besonders nützlicher Zauber ermöglichte es ihm, seine Sicht zu verstärken, was seine Aufgabe ein wenig erträglicher machte. Es gab nichts Besseres als eine Frau zu beobachten, die sich gerade in ihrem Schlafzimmer umzog und sich dabei sicher war, dass niemand sie sehen konnte.

Ganir hatte Vik mit vielen Karten ausgerüstet, auf die schwierige Codes geschrieben waren. Vik war ein schlechter Kodierer, und er musste Ganir glauben, wenn dieser ihm sagte, dass der Zauber, der die Sicht verstärkte, eigentlich ein einfacher sei.

Sein Gehör war auch viel besser, und er konnte die Schreie einer jungen Frau hören, die ihn damit auf die Jagdszene aufmerksam machten, die sich unter ihm auf dem Markt abspielte. Noch ein Dieb, dachte er faul. Trotzdem beobachtete Vik die rennende Frau und ihren Verfolger, da er nichts Besseres zu tun hatte.

Sein Interesse wuchs, als er eine attraktive, junge Frau in der Menge entdeckte, die der ungewöhnlichen Jagd folgte. Er bemerkte kaum, wie gut sie auf die Beschreibung der Person passte, nach der er Ausschau halten sollte. Allerdings war alles, was er von ihr wusste, dass sie ein junges Mädchen mit blauen Augen und langem, welligem, blondem Haar war. Sie sollte angeblich auch sehr hübsch sein. Die Frau dort unten passte definitiv auf die Beschreibung, aber das taten auch hundert andere, die Vik im Vorbeigehen gesehen hatte – und auch einige, die er heimlich durch die Fenster beobachtet hatte.

Als der Dieb gefangen worden war, beobachtete Vik diese Szene weiter. Sie war mit Sicherheit spannender als ein paar alten Frauen dabei zuzusehen, wie sie mit den Händlern feilschten.

Er hörte Davish sprechen und amüsierte sich über die Gnade des Aufsehers. Eine arme, hungernde Frau, deren rechte Hand abgehackt wurde, würde mit Sicherheit genauso sterben, als würde man sie köpfen – ihr Tod wäre nur langsamer und schmerzhafter.

Wie der Rest der Menge beobachtete er die Amputation mit einer Mischung aus Mitleid und grausamer Neugier.

Und dann hörte er plötzlich den Schrei. Seine Ohren fühlten sich an, als würden sie explodieren.

Sein Kopf dröhnte, und Vik begriff, dass jemand einen starken Zauber benutzt haben musste, der das Gehör betäubte und einen aufständischen Mob psychologisch kontrollierte – ein Zauber, von dem er gehört, den er aber nie erlebt hatte. Diese spezielle Version schien stärker zu sein als alles, über was Vik gelesen hatte. Wenn er nicht den Schutzzauber benutzt hätte, auf den Ganir bestand, während er im Einsatz war, wäre der Schrei das Letzte gewesen, was Vik jemals gehört hätte. So dagegen hatte er nur Schmerzen. Die ungeschützten Menschen auf dem Platz fielen auf die Knie und bluteten aus den Ohren.

Nur eine Person blieb stehen – die junge Frau, die Vik zuvor schon aufgefallen war. Benebelt sah er dabei zu, wie das schöne Mädchen auf die Plattform zuging und ihre Arme um den Dieb legte, der zu einem blutigen Ball *zusammengerollt auf dem Boden lag.*

Und dann spürte Vik es – ein Gefühl von Frieden und Wärme, anders als alles, was er jemals zuvor erlebt hatte. Es war Schönheit, es war Liebe, es war Glückseligkeit … und es war unbeschreiblich. Die Welle schien vom Zentrum des Platzes auszugehen, dort, wo sich die Frauen umarmten.

Ein Zauber, begriff er verschwommen. Er fühlte die Auswirkungen eines Zaubers, der so stark war, dass er seine magischen Verteidigungen durchdrang.

Sein Finger kribbelte, und als er hinuntersah, konnte er dabei zuschauen, wie der Splitter langsam aus seinem Fleisch kam und die Wunde sich selbst heilte, bis alle Spuren einer Verletzung verschwunden waren. Selbst sein Kopf, der eben noch von dem Schrei geschmerzt hatte, fühlte sich wieder völlig normal an.

Unten konnte er sehen, dass die Menge immer noch kniete und die junge Frau voller Verzückung anschaute. Hatten sie auch gerade die gleiche Euphorie wie er verspürt?

Und dann wusste er, sie hatten es – das wunderschöne Mädchen entfernte sich von dem Dieb, und die Hand der Frau war wieder intakt. Welchen Zauber diese junge Zauberin wohl benutzt haben mochte? Er war so stark gewesen, alle Zuschauer mit einzubeziehen und sogar Viks kleine Verletzung zu heilen. »Was ist das für eine Art von Magie?«, fragte er sich mit ängstlicher

Bewunderung.

Vik verstand jetzt, warum Ganir so viele seiner Männer beauftragt hatte, das Mädchen zu finden. Als die Zauberin Davish berührte, stach sich Vik in den Finger und berührte die Momentaufnahmen-Sphäre, die er bei sich trug.

* * *

Sein Herz raste, und Ganir kam wieder zu Bewusstsein. Einen kurzen Moment lang fragte er sich, ob er sich jemals an die desorientierenden Nebenwirkungen seiner Erfindung gewöhnen würde, und dann wanderten seine Gedanken zu dem zurück, was er gerade gesehen hatte.

»Was hat der Junge getan?«, dachte er düster, stach sich in den Finger und berührte die Momentaufnahmen-Sphäre.

* * *

Augusta kam wieder zu sich und schnappte nach Luft. Schnell stach sie sich in den Finger und berührte die Sphäre auf dem Tisch vor sich. Sie wollte auf keinen Fall ihre privaten Gedanken mit der Person teilen, die die Aufnahme als Nächstes erleben würde, so wie das bei Ganir eben der Fall gewesen war. Es war schlimm genug, dass es immer noch einen Augenblick mit ihren aufgezeichneten Gefühlen geben würde, die jeder sehen konnte – einen Augenblick voller Entsetzen und Abscheu.

Ihre Ängste hatten sich bewahrheitet: dieses Ding hatte übernatürliche Fähigkeiten.

»Was ist mit Davish passiert?«, fragte sie Ganir und versuchte ruhig zu bleiben. »Am Ende der Aufnahme berührte die Kreatur ihn gerade.«

Der Ratsvorsitzende zögerte kurz. »Er ist … nicht mehr genau er selbst, seit dieser Begegnung, meint Vik.«

»Wie meinst du das?« Augusta sah ihn fragend an.

»Wie viel weißt du über Davish?«

Sie runzelte die Stirn. »Nicht viel. Ich weiß, er ist Kelvins Aufseher und vermutlich nicht viel besser als unser geschätzter Kollege.«

Kelvin war das Ratsmitglied, welches sie am wenigsten mochte. Seine schlechte Behandlung anderer Menschen war legendär. Vor einigen Jahren hatte Blaise sogar das Gesuch eingereicht, Kelvin aus dem Rat zu verbannen und seine Gebiete zu konfiszieren, aber natürlich hatte es niemand gewagt, derart gegen einen anderen Zauberer vorzugehen. Stattdessen hatte Kelvin Davish als Aufseher eingesetzt – und der war ein Spiegelbild seines Meisters, was den Umgang mit den Bauern betraf.

Ganir nickte, und ein angewiderter Ausdruck

erschien auf seinem Gesicht. »Das ist eine Untertreibung. Davishs Ruf eilt ihm voraus. Diese Scheußlichkeit, die sie Kolosseum nennen, war auch seine Idee ...«

»Was ist mit ihm passiert?«, unterbrach Augusta.

»Na ja, nach dem Zusammentreffen, welches du eben gesehen hast, hat Davish angefangen, viele Sachen zu ändern. Er hat Hilfe für die Familien angeleiert, die am meisten von der Dürre betroffen sind, und es gehen Gerüchte herum, er würde das Kolosseum nach den anstehenden Spielen schließen oder verändern wollen.« Ganirs Augen glänzten. »Kurz, Davish ist wie ausgewechselt. Im wahrsten Sinne des Wortes.«

Augustas Magen zog sich unangenehm zusammen. »Diese Kreatur hat ihn verändert? Einfach so? Wie verändert man überhaupt jemanden?«

»Also, theoretisch gibt es da Wege ...«

Augusta blickte ihn an. »Kannst du das auch tun?«

»Nein.« Ganir schüttelte seinen Kopf. »Ich wünschte, ich könnte es, aber das kann ich nicht. Ich wäre höchstens in der Lage, die Gedanken eines einfachen Mannes für eine kurze Zeit zu kontrollieren. Die Mathematik und die Komplexität einer fundamentalen Veränderung gehen über die Fähigkeiten eines Menschen hinaus.«

Über menschliche Fähigkeiten hinaus? »Macht dir das keine Angst?«, fragte Augusta, der ganz schlecht wurde bei dem Gedanken daran, wie viel Macht dieses Ding besaß.

»Wahrscheinlich nicht so sehr wie dir«, antwortete Ganir und sah sie mit seinem blassen Blick an. »Aber ja, die Macht zu besitzen, die Persönlichkeit eines anderen Menschen zu verändern, ist in der Tat gefährlich. Besonders dann, wenn sie missbraucht wird.«

»Also, was werden wir machen?«

»Ich werde die Zaubergarde losschicken«, antwortete Ganir. »Sie werden sie hierherbringen. Du hast gesehen, wie der Schutz verhindert hat, dass mein Mann mit der ganzen Kraft des Zaubers getroffen wurde. Ich werde die Wachen auch mit einer besseren Verteidigung ausstatten.«

»Du bittest sie, sie lebend hierherzubringen? Du würdest ihre und unser Leben aufs Spiel setzen, um diese Kreatur zu untersuchen?« Augusta konnte hören, wie ihre Stimme ungläubig anstieg. »Bist du wahnsinnig? Sie muss zerstört werden!«

»Nein«, sagte Ganir unerbittlich. »Noch nicht. Blaise würde es uns auch niemals verzeihen, sollten wir sie ohne guten Grund zerstören.«

»Was wäre daran so schlimm? Er hasst uns doch sowieso«, entgegnete Augusta bitter. Sie drehte sich herum und verließ Ganirs Gemächer, bevor sie etwas sagte, was sie später bereuen würde.

35. KAPITEL

✳GALA ✳

»Hast du gehört? Sie sagen, ihre Augen spien Feuer und ihre Haare waren so weiß wie Schnee und wehten fast fünf Meter lang.« Der kugelbäuchige Mann, der an der Ecke des Tisches saß, rülpste und wischte sich danach den Mund mit seinem Schal ab.

»Wirklich?« Der dürre Freund des Mannes lehnte sich nach vorne. »Ich habe gehört, Männer seien erblindet, als sie sie anschauten, und dann heilte sie sie, indem sie mit ihrer Hand winkte.«

»Erblindet? Das habe ich nicht gehört. Aber sie sagen, sie habe die Toten wieder zurückgebracht. Dem Dieb wurde die Hand abgehackt, und jetzt ist sie wieder komplett nachgewachsen.«

Der dürre Mann hob seinen Bierkrug an. »Sie war auch niemand aus dem Rat. Niemand weiß, wo sie herkommt. Sie sagen, sie trug Fetzen, aber durch ihre Schönheit strahlte ihre Haut.«

Gala, die den Boden um den Tisch herum wischte, hörte der Unterhaltung der Männer belustigt und ungläubig zu. Wie konnten sie nur diese ganzen Geschichten über sie erfinden? Niemand aus dem Gasthof war überhaupt auf dem Markt gewesen – eine Tatsache, die ihr fast genauso dabei half, ihre Identität zu verbergen, wie das raue Tuch, welches sie jetzt auch trug, während sie ihre Arbeiten im Gasthof erledigte.

Den Gasthof zu reinigen machte gar nicht so viel Spaß, wie sie gedacht hatte. Sie hatte sich freiwillig angeboten, auszuhelfen, um aus ihrem Raum herauszukommen und mehr Erfahrungen zu sammeln. Obwohl sie Sticken und Nähen mochte – zwei Sachen, mit denen Maya und Esther sie nach dem Desaster auf dem Markt beschäftigt hatten –, wollte sie etwas Aktiveres machen. Natürlich waren Maya und Esther nicht begeistert von der Idee gewesen, dass sie das Zimmer verließ, da ihre größte Angst war, dass Gala erkannt werden könnte.

Gala selbst bezweifelte, erkannt werden zu können, ganz besonders nicht in dieser Verkleidung, die sie während ihrer Arbeit trug. Und sie hatte recht. Den ganzen Tag lang hatte sie sauber gemacht, Töpfe geputzt und Fenster gewaschen, ohne dass jemand diesem arm gekleideten Bauernmädchen, das ein dickes Wolltuch um den Kopf gewickelt hatte, auch nur die geringste Aufmerksamkeit geschenkt hätte. Um wirklich sicherzugehen, hatte Maya ihr sogar Ruß ins Gesicht geschmiert – etwas, was Gala nicht besonders mochte, aber nach dem, was auf dem Markt passiert war, als notwendig akzeptierte.

Jetzt, nach einem ganzen Tag körperlicher Arbeit, tat ihr der Rücken weh, und ihre Hände bekamen Blasen von dem rauen Besenstiel. Obwohl ihre Verletzungen schnell heilten, verabscheute sie es immer noch, Schmerzen zu verspüren. Putzen machte überhaupt keinen Spaß, entschied Gala und war entschlossen, die Arbeit noch zu beenden und sich danach auszuruhen. Sie konnte sich nicht vorstellen, wie die meisten normalen Frauen jeden Tag genauso arbeiteten.

Einige Male hatte sie noch versucht, Magie auszuüben, da ihr überwältigender Erfolg auf dem Markt sie ermutigt hatte. Zu ihrer unendlichen Enttäuschung schien sie allerdings immer noch keine Kontrolle über ihre Fähigkeiten zu haben. Sie konnte nicht einmal einen einfachen Zauber bewirken, um einen Topf zu reinigen; stattdessen hatte sie fast wunde Handflächen vom vielen kräftigen Schrubben.

»Gala, putzt du immer noch?«, unterbrach Esthers Stimme ihre Gedanken. Die alte Frau hatte es geschafft, sich ihr unbemerkt zu nähern.

»Fast fertig«, antwortete ihr Gala ermattet. Sie war erschöpft, und das Einzige, was sie jetzt noch wollte, war, oben in ihr Bett zu fallen.

»Sehr gut.« Esther lächelte sie breit an. »Hilfst du dann beim Essenzubereiten?«

Gala fühlte ein Aufflammen von Begeisterung, welches gegen ihre Müdigkeit ankämpfte. Sie hatte noch niemals zuvor gekocht und konnte es gar nicht erwarten, es auszuprobieren. »Natürlich«, sagte sie und ignorierte ihre Muskeln, die bei jeder Bewegung protestierten.

»Dann komm, Kind, ich möchte dich dem Koch vorstellen.«

* * *

Als Gala zu ihrem Zimmer zurückkehrte, konnte sie kaum noch laufen. Sie wusch sich noch schnell ein wenig Schweiß und Schmutz von Händen und Gesicht und fiel dann in ihr Bett.

»Und, hat es dir Spaß gemacht, das Essen zuzubereiten?« Maya saß auf dem kleinen Bett in der Ecke und strickte ein weiteres Tuch. »Hat es dir so viel Spaß gemacht, wie du dachtest, und hast du viel gelernt?«

Gala blickte an die Decke und dachte eine Minute

lang über diese Frage nach. »Um ehrlich zu sein, nein«, gab sie zu. »Ich habe Zwiebeln geschnitten, und meine Augen haben angefangen zu tränen. Dann haben sie die toten Vögel geliefert, und ich konnte sie nicht ansehen. Sie haben ihre Federn gerupft, und diese ganze Sache war äußerst entsetzlich. Und dann dieses Herumtragen der ganzen schweren Töpfe und Pfannen … Ich weiß wirklich nicht, wie die Frauen in der Küche das jeden Tag aushalten. Ich denke nicht, dass ich sehr glücklich wäre, wenn ich das mein Leben lang machen müsste.

Die meisten Bauern haben keine Wahl«, erklärte ihr Maya. »Wenn eine Frau hübsch ist, so wie du, hat sie mehrere Möglichkeiten. Sie kann zum Beispiel einen reichen Mann finden, der für sie sorgt. Aber wenn sie nicht das Aussehen hat, oder die Begabung zum Zaubern, dann ist das Leben hart. Vielleicht nicht immer so hart, wie Essen in einem öffentlichen Gasthaus zu kochen, aber es ist kein Spaß und keine Freude. Gebären alleine ist schon brutal. Ich bin froh, das selbst nie durchgemacht zu haben.«

»Haben Männer es leichter?«

»In manchen Dingen«, antwortete Maya, als Esther den Raum betrat. »In anderen ist ihr Leben aber komplizierter. Die meisten Bauern müssen jeden Tag sehr hart arbeiten, um ihr Getreide auszusäen, ihr Feld zu pflügen und sich um ihr Vieh zu kümmern. Wenn die Aufgaben für eine Frau zu schwierig sind, kann sie ihren Mann bitten, ihr zu helfen. Ein Mann allerdings kann sich nur auf sich selbst verlassen. «

Gala nickte und spürte, wie ihre Augenlider immer schwerer wurden. Mayas Worte begannen zu verschmelzen, und sie fühlte, wie die ihr schon vertraute Müdigkeit ihren Körper einhüllte. Sie wusste, dass es bedeutete, dass sie am Einschlafen war, und sie begrüßte die entspannende Dunkelheit.

* * *

Galas Bewusstsein erwachte. Oder, genauer gesagt, sie nahm sich zum ersten Mal selbst wahr.

»Ich kann denken« war ihr erster vollständiger Gedanke. »Wo bin ich?« war der zweite.

Sie wusste irgendwie, dass Plätze anders sein sollten als das, wo sie sich gerade befand. Sie erinnerte sich vage an Visionen von Orten mit Farben, Formen, Geschmäckern, Gerüchen und anderen fließenden Sinnen – Empfindungen, die es hier nicht gab. Hier gab es andere Sachen – Sachen, für die sie keinen Namen hatte. Die Welt um sie herum schien nicht den Erwartungen des Verstandes zu entsprechen. Die Beschreibung, die dem am nächsten kam, war Dunkelheit, durchbrochen von hellen Lichtblitzen und Farbe. Aber es war weder Licht noch Farbe; es war etwas anderes, etwas, für was sie keinen entsprechenden Namen hatte.

Es gab auch Gedanken dort draußen. Einige gehörten zu ihr, andere zu anderen Dingen – Dingen, die völlig anders waren als sie. Es gab nur einen Gedankenstrang, der dem ihren entfernt ähnelte.

Sie war sich nicht sicher, aber sie hatte den Eindruck, dass der andere Gedankenstrang sie suchte, zu ihr gelangen wollte.

Gala schreckte aus dem Schlaf hoch und setzte sich im Bett auf. Sie schaute sich in der Dunkelheit, die um sie herum herrschte, um.

»Was ist passiert, Kind?«, fragte Esther und legte das Buch zur Seite, in welchem sie gerade bei Kerzenschein gelesen hatte. »Hast du schlecht geträumt?«

»Das denke ich nicht«, antwortete Gala langsam. »Ich denke, ich habe von der Zeit kurz vor meiner Geburt geträumt.«

Esther sah sie eigenartig an und wandte sich wieder ihrem Buch zu.

Gala legte sich wieder hin und versuchte, ihr Herzrasen zu beruhigen. Das war das erste Mal, dass sie überhaupt geträumt hatte – und sie wünschte sich, dass Blaise da gewesen wäre, damit sie mit ihm darüber hätte reden können. Er würde diesen Traum faszinierend finden, schließlich handelte er von der Zauberdimension. Sie schloss die Augen und schlief in der Hoffnung wieder ein, dass ihr nächster Traum von

Blaise handeln würde.

36. KAPITEL

❊ BLAISE ❊

Das Treffen mit Ganir hatte Blaise eigenartig beunruhigt. Hatte der alte Mann ernsthaft seine Hilfe angeboten? Er hatte so entsetzt ausgesehen, als Blaise ihm von der Abstimmung erzählt hatte, dass er ihm schon fast seine Lügen abgekauft hatte.

Der Rat wusste nichts über Gala, außer wenn Ganir auch in diesem Punkt gelogen hatte. Aber wenn er das nicht getan hatte, und wenn der Rat nicht dahintersteckte, wer war Blaise dann heute den ganzen Tag gefolgt? Als er darüber nachdachte, kam er zu dem Schluss, dass es genauso gut einer von Ganirs eigenen Spionen gewesen sein konnte; der alte Zauberer war dafür bekannt, seine Fühler überall zu haben.

Ganir hatte ganz offensichtlich einige Pläne für Gala – so viel war Blaise klar. Der Ratsvorsitzende war alles andere als ein Dummkopf; er, mehr als alle anderen, würde das Potenzial eines intelligenten magischen Objekts erkennen, welches menschliche Gestalt angenommen hatte. Natürlich würde Blaise nicht zulassen, dass Gala ein Werkzeug Ganirs wurde. Unabhängig davon, was Blaise anfänglich mit ihr vorgehabt hatte, war sie eine Person, und er musste sicherstellen, dass sie auch als solche behandelt werden würde.

Er ging zurück in sein Arbeitszimmer und setze sich an seinen Schreibtisch, um herauszufinden, was er als Nächstes tun sollte. Wenn der Rat nicht über Gala Bescheid wusste, hatte er noch ein wenig Zeit. Irgendwie musste Blaise zu ihr kommen, ohne Ganir ihren Aufenthaltsort zu verraten. Seine Experimente mit der Zauberdimension waren definitiv keine Lösung; es würde zu lange dauern, so etwas zu perfektionieren.

Blaise brauchte einen Weg, um denjenigen zu entkommen, die sein Haus überwachten.

Als er über dieses Problem nachdachte, fragte er sich, ob er wohl die Geschwindigkeit seiner Chaise erhöhen konnte. Falls er viel schneller als sein Verfolger fliegen würde, dann könnte er den Spion abhängen und Gala einsammeln, bevor ihn jemand einholte.

Plötzlich schoss ihm eine verrückte Idee durch den

Kopf. Was wäre, wenn er sich einen Teil des Wegs teleportieren würde, anstatt die ganze Strecke zu fliegen? Wenn die Teleportation über eine kürzere Entfernung wäre und nicht über die ganze Distanz, wäre das entschieden sicherer und würde das Risiko reduzieren, sich an einem unerwarteten Ort zu materialisieren. Er könnte sich ja sogar immer nur zu einem Punkt teleportieren, den er mit verstärkter Sicht noch erkennen konnte – und von dort aus könnte er sich dann weiterteleportieren. Immer wieder. Dadurch würde er für die Reise viel weniger Zeit benötigen, und er wäre nicht verfolgbar.

Das einzige Problem wäre die Komplexität des Codes, den er dafür schreiben müsste, aber Blaise war bereit, diese Herausforderung anzunehmen.

37. KAPITEL

❊ BARSON ❊

Barson versuchte, sein Gesicht ausdruckslos zu halten, als er in Ganirs Gemächer trat.

»Sie haben mich gerufen?« Er ließ absichtlich die ehrenvolle Anrede des Ratsvorsitzenden aus – eine unterschwellige Beleidigung, von der er sich sicher war, dass sie Ganir nicht entgehen würde.

»Barson.« Ganir beugte seinen Kopf und überging ebenfalls Barsons militärischen Titel.

»Wie kann ich Ihnen behilflich sein?«, fragte Barson überfreundlich. »Soll ich eine weitere kleine Rebellion für Sie niederschlagen?«

Ganirs Mund wurde hart. »Ich bedaure, über die Situation im Norden falsch informiert gewesen zu sein.

Die Person, welche für diesen bedauerlichen Fehler verantwortlich ist, wurde schon bestraft.«

»Selbstverständlich. Ich habe auch nichts anderes von Ihnen erwartet.« Barson hätte an Ganirs Stelle das Gleiche getan. Der alte Zauberer wollte offensichtlich keine Zeugen seines Verrats.

»Ich habe eine kleine Aufgabe für dich«, fuhr der Ratsvorsitzende fort. »Es gibt eine Zauberin, die in Kelvins Gebiet für Unruhe sorgt. Ich möchte gerne, dass du einige deiner besten Männer nimmst und sie zu mir bringst, damit ich mich mit ihr unterhalten kann.«

Barson gab sein Bestes, um seine Überraschung zu verbergen. »Sie möchten, dass ich eine Zauberin zu Ihnen bringe?«

»Ja«, antwortete Ganir ruhig. »Sie ist jung und sollte keine allzu große Herausforderung darstellen. Ihr könnt einfach mit ihr reden und sie davon überzeugen, nach Turingrad zu kommen. Das könnte der beste Weg sein. Falls sie sich weigert, habt Ihr mein Einverständnis, alle Überzeugungsmethoden anzuwenden, die Ihr für notwendig erachtet.«

Barson neigte seinen Kopf als Zeichen seines Einverständnisses. »Es soll so geschehen, wie Sie wünschen.«

* * *

Barson verließ Ganir, schritt durch die Hallen des Turms und versuchte, das alles zu verstehen. Die Zauberin in Kelvins Gebiet musste die gleiche sein, von der ihm Larn berichtet hatte – die geheimnisvolle Frau, die angeblich Wunder vollbringen konnte. Warum wollte Ganir ihre Festnahme? Und warum schickte er die Garde, um das auszuführen? Zauberer kümmerten sich in der Regel selbst um ihre eigenen Angelegenheiten, da sie vor Außenstehenden nicht angreifbar aussehen wollten, nicht einmal vor der Wache. Diese Premiere, dass ein Nichtzauberer ein Mitglied der Elite festnehmen würde, war etwas, was den meisten Zauberern im Turm Angst einflößen würde.

Es gab nur zwei Gründe, die Barson für diese Bitte Ganirs einfielen: der alte Zauberer wollte diese Angelegenheit entweder vor dem Rat geheim halten oder es war eine weitere Falle, die Zaubergarde in eine potenziell tödliche Situation zu bringen. Barson glaubte nicht eine Sekunde lang an Ganirs Behauptung, dass es sich um einen *bedauerlichen Fehler* gehandelt habe. Der alte Mann hatte offensichtlich irgendwie Wind von Barsons Plänen bekommen und jetzt tat er alles, was in seiner Macht stand, um ihn zu sabotieren.

Natürlich war es genauso gut möglich, dass Ganir das Ganze nur in der Hoffnung eingefädelt hatte, dass Barson sich weigern würde, seinen Anweisungen Folge zu leisten, und ihm somit einen Grund zu geben, auf Ratsebene gegen ihn vorzugehen. Zweifellos dachte der Vorsitzende des Rats, dass wenn er die direkte Bedrohung in Form von Barson und seinen engsten Leutnants ausschaltete, er aus dem Rest der Zaubergarde dann wieder ein loyales Werkzeug des Rates machen könnte.

Als sich Barson seinem Quartier näherte, war er überrascht, Augusta vor seiner Tür zu sehen, die gerade dabei war, anzuklopfen. Sie sah wunderschön aus, aber auch erstaunlich ängstlich.

»Ich muss mit dir reden«, sagte sie, als er sich näherte.

»Gerne.« Barson lächelte, und sein Herz schlug in ihrer Nähe schneller. »Komm rein. Dann sind wir ungestört.«

Er öffnete die Tür und führte sie in sein Zimmer. Bevor er sie allerdings küssen konnte, begann sie, mitten im Raum hin und her zu laufen.

Barson lehnte sich gegen die Wand und wartete, um zu sehen, was sie auf dem Herzen hatte.

Sie hielt vor ihm an. »Ganir wird dich rufen«, sagte sie und hörte sich besorgt an. »Er wird dich mit einem Auftrag in Kelvins Gebiet schicken.«

»Ach?« Barson gab sein Bestes, um neugierig auszusehen. Augusta wusste offensichtlich nicht, dass er gerade von Ganir kam, und er wollte wissen, was sie ihm zu sagen hatte.

»Es ist ein sehr spezieller Auftrag. Er wird dir sagen, du sollst eine gefährliche Zauberin festnehmen.«

»Eine Zauberin?« Barson tat weiterhin so, als wisse er von nichts. Das war ein wirklicher Glücksfall. Vielleicht würde Augusta ihm die Informationen geben, die er brauchte.

»Ja«, antwortete sie und sah zu ihm hoch. »Eine mächtige Zauberin, die Ganir für seine eigenen Zwecke benutzen will.«

»Und was für Zwecke könnten das sein?«

»Er möchte mich durch sie im Rat ersetzen«, erklärte ihm Augusta und schaute ihn fest an. »Wie du vielleicht weißt, kommen Ganir und ich nicht so gut miteinander aus.«

Das war nichts, was Barson erwartet hatte zu hören. »Stimmt das?«, fragte er sanft und strich ihr eine Locke aus ihrem Gesicht. Log sie ihn gerade an? Dafür, dass sie nicht miteinander zurechtkamen, hatten sie sich in der letzten Zeit mit Sicherheit sehr häufig gesehen.

Augusta nickte, griff nach oben, um seine Hand zu ergreifen, und drückte sie leicht. »Es stimmt. Und deshalb möchte ich dich auch um einen Gefallen bitten.« Sie machte eine Pause und erwiderte seinen Blick. »Ich möchte nicht, dass sie lebendig hierhergebracht wird.«

Barson konnte sein Entsetzen nicht verbergen. »Du

möchtest, dass ich mich den Anweisungen des Ratsvorsitzenden widersetze und eine Zauberin töte?«

»Sie ist nicht das, was sie zu sein scheint«, entgegnete Augusta, und ihr Griff um seine Hand wurde fester. »Du würdest der gesamten Welt einen Gefallen tun, wenn du sie loswerden würdest.« In ihrer Stimme schwang eine Angst mit, die Barson überraschte.

Er blickte sie an und versuchte zu verstehen, was das alles bedeutete. »Du bittest mich, gegen die Anweisungen des Ratsvorsitzenden zu handeln und das schlimmste aller Verbrechen zu begehen – einen Zauberer umzubringen?«, sagte er langsam. »Verstehst du die Konsequenzen dieser Handlung?«

Sie nickte, und in ihren Augen brannte ein undefinierbares Gefühl. »Ich weiß, worum ich dich bitte. Wenn du das für mich tust, werde ich für immer in deiner Schuld stehen.« Ihre Hand umfasste seine immer noch, und ihr fester Griff verriet ihre Verzweiflung.

Barson tat sein Bestes, um seine Reaktion auf ihre Worte zu verbergen. »Wir arbeiten beide zusammen, einverstanden?«, fragte er ruhig und bedeckte mit seiner anderen Hand ihre Wange. »Wenn Ganir deshalb mein Feind wird, wirst du dann auf meiner Seite stehen?«

»Immer.« Augusta erwiderte seinen Blick, ohne mit der Wimper zu zucken.

»Dann betrachte es als schon geschehen«, sagte

Barson. Er konnte diese Entwicklung der Ereignisse kaum glauben. Er hatte sich gefragt, wie er Augusta dazu bringen konnte, sich seiner Sache anzuschließen, und sie war von sich aus mit ihm ins Bett gesprungen – diesmal im übertragenen Sinne.

Ihr Gesicht hellte sich auf, und sie ließ seine Hand los. Sie stellte sich auf ihre Zehenspitzen und küsste ihn sanft auf die Lippen. »Sei vorsichtig«, murmelte sie und hob ihre Hand, um sein Gesicht zu streicheln. »Lass es so aussehen, als habe sie so gewaltigen Widerstand geleistet, dass dir und deinen Männern nichts anderes übrig blieb, als sie zu töten. Das könnte allerdings auch wirklich passieren.«

»Wie mächtig genau ist diese Zauberin denn?«, fragte Barson, und sein Kopf begann sich trotz Augustas Berührung auf die neue Aufgabe zu konzentrieren. Er mochte den Gedanken, eine Frau zu töten, nicht, aber er unterdrückte dieses Gefühl. Eine Zauberin konnte genauso gefährlich sein wie ihre männlichen Gegenstücke – und potenziell tödlicher als hundert seiner Männer. Er erinnerte sich daran, wie verheerend Augusta während des Bauernaufstands gewesen war, und er wusste, dass er mehr als nur ein paar Schwerter und Pfeile brauchen würde, um diesen Kampf zu gewinnen.

»Sie ist mächtig«, gab Augusta leise zu und sah zu ihm hinauf. »Ich weiß allerdings nicht, wie mächtig genau, und ich möchte, dass du auf das Schlimmste vorbereitet bist. Ich werde für euch und eure Ausrüstung auch einige Schutzzauber fertigmachen, um sicherzugehen, dass ihr gegen ihre magischen Angriffe, egal ob mental oder körperlich, geschützt seid.

»Das würde helfen«, meinte Barson. Obwohl Dara ihm schon einige dieser Zauber gegeben hatte, war Augusta die stärkere Zauberin, und er würde diesen zusätzlichen Schutz begrüßen.

»Ich habe außerdem ein Geschenk für dich.« Sie ging einen Schritt zurück, fasste in die Tasche ihres Rocks und nahm etwas heraus, was wie ein Anhänger aussah. »Das wird es mir ermöglichen, in einem speziellen Spiegel alles zu sehen, was passiert«, erklärte sie und reichte es ihm.

Barson nahm den Anhänger und legte ihn in seine Kommode. »Ich werde ihn tragen, sobald wir abreisen«, versprach er. Es würde ihn irgendwie einschränken, wenn seine Geliebte ihn beobachten würde, aber es würde auch ihr Bündnis stärken.

Jetzt musste er die Verbindung erst einmal auf eine andere Art stärken. Er streckte sich nach Augusta aus und zog sie zu sich.

* * *

»Du musst mich mitkommen lassen.« Dara schaute ihn

340

flehend an. »Barson, lass mich mit dir mitkommen.«

»Zum hundertsten Mal, du kommst nicht mit.« Barson wusste, dass sein Ton scharf war, und er sänftigte ihn ein wenig, bevor er fortfuhr: »Es ist zu gefährlich, Schwesterlein. Wenn dir etwas zustößt …« Er konnte diese entsetzliche Vorstellung nicht einmal zu Ende denken. »Außerdem weißt du, dass du viel zu wichtig für unsere Sache bist. Wenn du verletzt wirst, wer würde dann weiter Leute für uns anwerben? Du weißt, was passiert ist, als Ganir herausgefunden hat, dass ich diese fünf Zauberer getroffen habe.«

Seine Schwester schaute ihn frustriert an. »Mir würde nichts passieren …«

»Nein, dafür gibt es keine Garantie.« Barson schüttelte den Kopf. »Ich werde dich nicht auf diese Art einer Gefahr aussetzen. Außerdem weißt du genau, dass wir kämpfen müssen, wenn wir den Rat überraschen wollen. Wir müssen jetzt austesten, wie meine Armee gegen einen von ihnen ankommen würde. Das ist die perfekte Möglichkeit, weil wir es hier nur mit einer Zauberin zu tun haben, nicht mit allen von ihnen.

Sie sah immer noch unglücklich aus, aber wusste es besser, als weiterzudiskutieren. Wenn Barson erst einmal zu etwas entschlossen war, gab es wenig, was man tun konnte, um seine Meinung zu ändern.

»Hattest du die Gelegenheit, einen Blick auf die Schutzzauber zu werfen, die Augusta eingesetzt hat?«, fragte Barson und wechselte damit das Thema.

Dara nickte. »Sie hat ausgezeichnete Arbeit geleistet. Du musst ihr wirklich etwas bedeuten. Der Zauber, mit dem sie deine Rüstung – und die deiner Männer – belegt hat, wird dich gegen die Mehrheit der elementaren Angriffe schützen, und auch gegen viele, die deinen Verstand beeinflussen könnten. Ihre Anti-Schrei-Verteidigung ist ein ganz besonderes Meisterstück.

Barson lächelte. Er mochte die Vorstellung, dass Augusta sich Sorgen um ihn machte.

»Warum kommt sie nicht mit euch mit?«, wollte Dara wissen und schaute ihn neugierig an. »Wenn dieser Auftrag so wichtig für sie ist, warum begleitet sie euch dann nicht?«

»Und stellt sich damit öffentlich gegen Ganir?« Barsons Lächeln wurde breiter. »Nein, dazu ist Augusta zu clever. Es gibt bald eine Ratsversammlung, und wenn sie nicht dabei ist, wird Ganir sofort wissen, dass etwas vor sich geht. Meine Männer haben explizite Anweisungen vom Rat bekommen, nach Neumanngrad zu gehen und diese Zauberin zu fangen, und falls sie sich wehrt …« Er zuckte mit seinen breiten Schultern. »Na ja, diese Sachen passieren. Es wäre schwieriger, alles zu erklären, wenn sich eine Zauberin wie Augusta dort befinden würde – oder eben auch du.«

»Aber du nimmst fast deine ganze Armee mit«, wandte Dara ein. »Nicht die paar Mann, die Ganir vorgeschlagen hat. Wird ihn diese Tatsache nicht auch misstrauisch machen?«

Barson lachte. »Wie viele Männer ich mit auf einen Einsatz nehme, ist allein meine Entscheidung. Ganir hat in dem Punkt nichts zu sagen.«

»Denkst du, er hat es wieder absichtlich gemacht?«, fragte Dara. »Dir zu sagen, nur ein paar deiner besten Männer mitzunehmen, um gegen die mächtige Zauberin vorzugehen?«

»Ich bin mir nicht sicher«, gab Barson zu. »Es klingt, als brauche Ganir diese Zauberin wirklich, aber gleichzeitig weiß ich auch, er würde sich freuen, wenn ich und meine besten Männer in der Schlacht bleiben. Vielleicht gewinnt er auch einfach in jedem Fall, egal wie es ausgeht. Wenn wir sie ihm bringen, bekommt er, was er möchte. Und wenn wir während des Auftrags sterben, wird er das los, was für ihn eine Bedrohung darstellt – und es wird eine andere Gelegenheit geben, sie festzunehmen.«

»Ich frage mich immer noch, warum er uns alle nicht gleich umbringt«, überlegte Dara, »Oder seine Vermutungen dem Rat unterbreitet.«

»Weil er meiner Meinung nach nicht die vollen Ausmaße unseres Plans begreift«, meinte Barson. »Wahrscheinlich denkt er, ich sei nur ein überehrgeiziger Soldat mit größenwahnsinnigen Träumen …«

»Das bist du ja auch«, unterbrach ihn Dara lachend.

»Nein.« Barson schüttelte den Kopf. »Ich träume nicht. Ich mache Pläne. Ganir unterschätzt uns, genau wie der Rest von ihnen. Aber selbst wenn er seine Vermutungen hat, ist er zu clever, um öffentlich zu handeln. Er weiß nicht, wie viele uns unterstützen oder wie tief die Verschwörung geht. Wenn er mich offiziell des Verrats anklagt, werden meine Männer nicht einfach unbeweglich dastehen – genauso wenig wie die anderen, die wir von unserer Sache überzeugt haben. Dann wird es Krieg geben – einen richtigen Bürgerkrieg –, und ich denke nicht, dass Ganir bereit dazu ist.«

Dara runzelte die Stirn und sah besorgt aus.

»Was ist denn, Schwester? Hast du wieder Zweifel an unseren Plänen?«

»Ich kann nichts dagegen machen«, gab Dara zu. »Selbst mit allen unseren Alliierten hört es sich unmöglich an, gegen den Rat vorgehen zu können.«

»Du hast recht.« Barson lächelte sie an. »Wir sind noch nicht so weit. Wenn wir allerdings Augusta dazu bekommen könnten, sich uns anzuschließen, würde das unsere Erfolgschancen erheblich erhöhen.«

»Denkst du ernsthaft, sie würde sich uns anschließen? Sie ist Teil des Rates.«

»Sie hat sich uns schon angeschlossen; sie hat es nur noch nicht gemerkt. Ihre Bitte widerspricht meinem Auftrag – einem Auftrag, der direkt vom

Ratsvorsitzenden kam –, was bedeutet, dass wir beide jetzt an einem verräterischen Komplott beteiligt sind.«

Dara dachte einen Moment lang darüber nach. »Ja, das stimmt. Und mit ihr auf unserer Seite lägen die Dinge anders.«

Barson nickte. Er konnte sie schon sehen – die Zukunft nach dem eventuellen Machtwechsel. Er wäre König, und Augusta seine Königin. Beide von adeligem Blut, so wie das bei echten Herrschern der Fall sein sollte.

»Sei vorsichtig bei dieser Mission, Barson.« Dara sah ungewöhnlich besorgt aus. »Ich habe kein gutes Gefühl dabei.«

Barson lächelte seine Schwester beruhigend an. »Mach dir keine Sorgen, Schwester. Alles wird gut werden. Es ist doch nur eine Zauberin. Wie schlimm könnte es schon werden?« Er verließ Daras Haus und ging zum Turm zurück, wo seine Männer bereits die Abreise vorbereiteten.

38. KAPITEL

※GALA※

An dem Tag, an welchem die Spiele im Kolosseum stattfanden, beschloss Gala, den Gasthof erneut zu verlassen. In den letzten drei Tagen hatte sie jede vorstellbare Tätigkeit ausgeübt, vom Ausleeren der Nachttöpfe, wobei sie endlich das Konzept von Ekel verstanden hatte, bis hin zur Käseherstellung aus der Milch, die die Bauern jeden Morgen zum Gasthaus brachten. Wenngleich die meisten Aufgaben auf ihre Art und Weise interessant waren – und Gala erstaunlich gut darin war, sie auszuüben –, begann sie, sich eingesperrt zu fühlen. Sie kam sich wie eine Gefangene in diesem Gasthof vor, in dem sie laut Maya und Esther so lange bleiben sollte, bis Blaise kam.

»Ich werde heute zu den Spielen gehen«, erklärte sie Esther und ignorierte den beunruhigten Gesichtsausdruck der alten Frau. »Sie sagen, das Kolosseum wird danach schließen, und ich würde die Spiele wenigstens einmal sehr gerne sehen.«

»Ich denke nicht, dass dir diese Sachen gefallen werden, Kind«, meinte Esther stirnrunzelnd. »Und was ist, wenn dich jemand erkennt?«

Gala atmete tief ein. »Ich verstehe und respektiere deine Bedenken«, antwortete sie, entschlossen, die Ängste ihrer Aufsicht zu zerstreuen. »Ich habe wirklich lange darüber nachgedacht und bin der Meinung, es ist sicher. Es sind einige Tage seit dem Markt vergangen, und niemand hat mich bis jetzt erkannt. Mit der Verkleidung, die du mir gegeben hast, schaut mich niemand zweimal an. Ich bin einfach nur ein Bauernmädchen, welches im Gasthaus arbeitet, und niemand wird etwas anderes denken, wenn ich heute zu den Spielen gehe. Ich werde auch das Tuch tragen.«

Esther seufzte. »Kind, offensichtlich bist du eine sehr begabte Zauberin, und du scheinst mit jeder Stunde besser zu werden, aber Blaise erwartet von uns, versteckt zu bleiben. Im Gasthaus sind wir nur zwei alte Frauen mit ihrer jungen Nichte, die ein wenig Geld dazuverdienen möchte, indem sie aushilft. Ich mache mir aber Sorgen um dich, wenn es sich um eine öffentliche Veranstaltung handelt. Dinge, die ich nicht verstehe, scheinen um dich herum zu passieren. Ich weiß nicht, wie du das machst, was du machst, aber wir können nicht noch mehr Aufmerksamkeit auf uns lenken.«

»Das verstehe ich«, erwiderte Gala beschwichtigend. »Aber vertrau mir, ich habe alle Vor- und Nachteile bedacht, und ich fühle, dass es sich für mich lohnen wird, dorthin zu gehen. So eine Veranstaltung ist selten, und ich muss sie mit eigenen Augen sehen, da solche Spiele das letzte Mal stattfinden werden.«

Esther schüttelte resigniert den Kopf. »Sich mit dir zu streiten ist wie sich mit Blaise zu streiten«, schimpfte sie leise und band sich ihr eigenes Tuch um. »Es ist unmöglich, gegen euer schönes Gerede und die guten Begründungen anzukommen. Ich weiß nicht, was diese ganzen Vor- und Nachteile sind, aber ich weiß, es ist keine gute Idee, zu gehen. Auch wenn ich dich offensichtlich genauso wenig aufhalten kann wie eine Naturgewalt.«

Gala lächelte einfach nur und wusste, dass sie gewonnen hatte.

Als die drei Frauen aus dem Gasthaus gingen, fragte sie sich, wie man wohl ernsthaft eine Naturgewalt stoppen könne. Sie hatte über die furchtbaren Ozeanstürme gelesen, die Koldun umgaben, und jetzt war sie neugierig, ob diese gestoppt werden konnten. Das Festland wurde durch eine Bergkette, die sich einmal rundherum ausbreitete, geschützt, aber die Stürme überquerten die Berge manchmal und verursachten viele Tote. Wenn diese Berge die Stürme aufhalten konnten, müsste ein guter, wenngleich schwieriger Zauber das Gleiche machen können.

»So weit, so gut«, meinte Maya, als sie an einer Ansammlung von jungen Menschen vorbeikamen und niemand sie beachtete. »Vielleicht hattest du recht, Gala. Lass aber bitte dein Tuch die ganze Zeit um.«

Gala nickte und zog es sich fester um den Kopf. Sie mochte das Gefühl des kratzigen Materials nicht, aber sie akzeptierte die Notwendigkeit, es tragen zu müssen. Hätte sie sich auf dem Markt einfach anders verhalten, hätte sie die Verkleidung außerhalb des Gasthofs gar nicht tragen müssen.

* * *

Das Kolosseum war das majestätischste Bauwerk, welches Gala jemals gesehen hatte. Maya war es gelungen, ihnen Plätze unten in dem großen Amphitheater, nahe der Bühne, zu beschaffen. Als die Spiele endlich begannen, konnte Gala ihre Aufregung kaum bremsen.

Zuerst gab es einen Paukenschlag, auf den eigenartige, wunderschöne energetische Musik folgte. Gala war wie hypnotisiert. Ein Tor an der Arena öffnete sich langsam, und ein Dutzend Fässer rollten heraus, auf denen Menschen barfuß balancierten. Die Menge applaudierte, und Gala beobachtete fasziniert, wie die Akrobaten ihre Kunststücke auf den Fässern aufführten und ihre Abläufe dabei mit einer erstaunlichen Präzision koordinierten.

Weitere Darsteller traten aus dem Tor und trugen große Körbe mit Melonen. Sie warfen die Früchte den Akrobaten zu, die sie auffingen und begannen, mit ihnen zu jonglieren, ohne dabei ihre Runden durch die Manege zu unterbrechen.

Während sie auf die verschlungene Flugbahn der Früchte blickte, fühlte Gala, wie sie in einen ungewöhnlichen, halb abwesenden, halb euphorischen Zustand verfiel. Sie sah die genauen mathematischen Muster, die die Bewegungsabläufe der fliegenden Melonen beherrschten, die Muster, die die Balance der Fässer bestimmten, und die ganze Zeit hörte sie dabei den Rhythmus und die Melodie mit ihrer eigenen harmonischen Vibration, denen die Jongleure folgten. Es war so faszinierend, dass sie sich fast selbst wie einer der Akrobaten fühlte – so als ob sie dorthin gehen, auf einem Fass laufen und ein Dutzend Früchte zur Musik jonglieren könnte.

Grinsend schaute sie der Vorführung der Akrobaten zu und war glücklich, nicht auf Maya und Esther gehört zu haben, was die Teilnahme an dieser Veranstaltung betraf. Wenn sie das nicht gesehen hätte, da war sie sich ganz sicher, hätte sie das ihr ganzes Leben lang bereut.

Als die nächste Attraktion folgte, lachte Gala schon und hatte genauso viel Spaß wie der Rest der Menge. Zu ihrer Überraschung waren die Nächsten, die die Arena betraten, keine Menschen, sondern Bären – wilde Tiere, über die sie in einem von Blaises Büchern gelesen hatte.

Zwei große Tiere rollten auf Fässern hinaus. Zuerst war es amüsant, und Gala lachte weiter – bis sie den Mann mit dem dicken Bart in der Mitte des Platzes stehen sah. Er schlug mit einer langen Peitsche neben den Bären auf, und jedes Mal, wenn er das machte, schienen die Tiere auf das knallende Geräusch zu reagieren und zuckten zusammen.

Stirnrunzelnd bemerkte Gala, dass die Bären nicht gerne hier waren – dass sie, im Gegensatz zu den Akrobaten, die Aufmerksamkeit der Menge nicht genossen. Sofern sie das beurteilen konnte, war alles, was sie wollten, von diesen dämlichen Fässern herunterzukommen und sich auszuruhen, aber jedes Mal, wenn einer von ihnen zögerte, ertönte das widerliche Krachen der Peitsche, und die Tiere rollten weiter über die Bühne.

»Warum zwingen sie die Tiere, das zu machen?«, flüsterte sie Esther zu.

»Weil es Spaß macht, ihnen dabei zuzusehen«, flüsterte diese zurück.

»Ich mag es nicht«, murmelte Gala und war unglücklich, dass die Tiere gezwungen wurden, etwas zu tun, was ganz klar gegen ihre Natur ging.

»Wollen wir gehen?«, fragte Maya hoffnungsvoll.

»Nein.« Gala schüttelte den Kopf. »Ich möchte sehen, was als Nächstes kommt.«

Nachdem die Bären die Arena verlassen hatten, war ein Mann an der Reihe, der Feuer schluckte. Ihm folgte eine Gruppe junger Frauen, die in bunten Kostümen tanzten. Gala amüsierte sich prächtig und war erleichtert, keine Tiere mehr in der Arena zu sehen.

Und gerade als sie anfing zu denken, dass die Spiele im Kolosseum die beste Unterhaltung wären, die sie sich vorstellen könnte, tönte eine Stimme durch die Arena und unterbrach das aufgeregte Geschnatter der Menge. »Meine Damen und Herren, jetzt ist der Moment gekommen, auf den Sie alle gewartet haben.« Paukenschlag. »Ich präsentiere Ihnen … die Löwen!«

Die Menge war still, und ihre ganze Aufmerksamkeit war auf die Bühne gerichtet. Gala wartete, gespannt darauf, zu sehen, was die Arena betreten würde. Eine unangenehme Vorahnung machte sich in ihrem Magen breit.

Das Tor öffnete sich wieder, und ein Dutzend Männer in starker Rüstung, die Ketten hinter sich herzogen, traten hinaus. Am anderen Ende der Ketten waren Löwen – die schönsten Kreaturen, die Gala jemals gesehen hatte.

Die Ketten waren mit engen, stachelbesetzten Halsbändern verbunden, welche sich tief in den Hals der Tiere bohrten. Die Löwen, die offensichtlich vor Schmerzen brüllten und fauchten, wurden gezwungen, bis in die Mitte der Arena zu gehen. Sobald sich dort mehr als ein Dutzend Löwen befanden, befestigten die Männer in den Rüstungen die Ketten an Haken, die in den Boden eingelassen waren. Gleichzeitig stachen sie mit langen Speeren auf die Tiere ein, um sie davon abzuhalten, anzugreifen. Das schien die Bestien nur noch wütender zu machen, und ihr Gebrüll wurde lauter, was einige Frauen in der Menge dazu veranlasste, vor Aufregung zu kreischen.

Ihr Grauen und Ekel wuchs sekündlich, und Gala schaute dabei zu, wie die Tore sich wieder öffneten und eine andere Gruppe Männer die Arena betrat. Im Gegensatz zu den Wachen zuvor trugen diese Männer keine weiteren Waffen als kurze, rostig aussehende Schwerter. Sie stolperten in das Kolosseum, und einige von ihnen fielen über ihre eigenen Füße. Gala erkannte, dass sie herausgeschubst worden waren – dass sie nicht mehr Lust hatten, dort zu sein, als die armen Löwen. Die Gesichtsausdrücke der Männer spiegelten Angst und Panik wider.

Galas Herz machte einen Satz, als zwei der Löwen begannen, einen der Männer langsam zu verfolgen. Er wich zurück, schwang sein Schwert mit verzweifelten und ungeschickten Bewegungen gegen sie – und Gala wurde klar, dass diese Konfrontation ihre Unterhaltung sein sollte.

Die Löwen und die Menschen sollten um ihr Leben kämpfen.

Eine Wut, so mächtig, wie sie sie noch niemals zuvor gefühlt hatte, begann sich in Gala aufzubauen. Sie füllte sie immer weiter aus, bis sie sich nur noch auf die erschreckende Szene konzentrieren konnte, die sich gleich vor ihren Augen abspielen würde.

»Aufhören«, flüsterte sie und war sich kaum bewusst, etwas zu sagen. Aus den Augenwinkeln konnte sie sehen, wie Maya und Esther besorgt zu ihr herüberschauten, und sie fühlte, wie sie sie am Tuch zogen und versuchten, sie wegzuführen. Galas Füße fühlten sich an, als würden sie Wurzeln schlagen, sie stand wie versteinert an ihrem Platz und konnte nichts anderes tun, als das abscheuliche Spektakel zu beobachten.

Ein lautes Gebrüll, dann ein gelber Nebel ... Ein Löwe stürzte sich auf den Mann, riss ihn zu Boden, und Gala spürte das mittlerweile vertraute Gefühl, die Kontrolle zu verlieren, ihren anderen Teil übernehmen zu lassen. Sie bekam kaum mit, wie etwas in ihr die Entfernung von ihrem Sitz bis zur Mitte der Arena berechnete – und dann hatte sie ihren Sitz auch schon verlassen und flog zu ihrem Ziel.

Auf einmal schien es totenstill zu sein. Selbst die Löwen hörten auf zu brüllen und drehten die Köpfe, um dem Mädchen dabei zuzusehen, wie es durch die Luft flog. Es war so still, dass Gala das Geräusch der Ketten hören konnte, als die Löwen sich zur Mitte der Arena bewegten, wo sie landen wollte, und ihre Beute achtlos zurückließen.

Dann war Gala auch schon zwischen ihnen, umgeben von diesen wundervollen, wilden Tieren. Sie wusste, dass sie gefährlich sein konnten, aber sie hatte keine Angst. Alles, was sie stattdessen empfand, war Faszination. Ohne einen bewussten Gedanken streckte sie ihre Hand aus, um das hinreißende Tier zu berühren, welches neben ihr stand. Sein Fell fühlte sich rau an, fast borstig, aber darunter war der Löwe warm – genauso warm wie Gala selbst. In diesem Moment wusste sie, dass sie ein und dasselbe waren – Fleisch und Knochen, eine Form, die sie in der physischen Dimension brauchte.

Ihr Geist streckte sich nach dem Löwen aus, und sie versuchte, ihn zu beruhigen, ihm zu sagen, dass sie sein Freund war, hier war, um zu helfen. Und der Löwe schien sie zu verstehen. Schnurrend legte sich das große Tier vor ihr auf den Boden, und seine langen Barthaare kitzelten sie angenehm an den Knöcheln.

Gala beugte sich nach unten und berührte das

Halsband, welches der Löwe trug. Das Tier winselte, und sie zwang die Ketten und das Band mit ihren Gedanken, sich zu öffnen, da sie diese majestätische Kreatur unbedingt befreien wollte. Mit einem lauten Geräusch fielen alle diese Folterinstrumente ab, nicht nur von dem Löwen neben ihr, sondern von allen.

Die Löwen brüllten einstimmig, und dann kam der größte von ihnen zu ihr. Immer noch benebelt und ohne Angst, streckte ihm Gala die Hand entgegen und lächelte, als er ihre Handfläche mit seiner rauen Zunge ableckte.

Langsam begann sie, sich zu beruhigen, und bemerkte das Gemurmel der Menge. Sie blickte auf, sah, wie alle sie anschauten, und begriff, was gerade geschehen war. Sie hatte wieder einmal die Kontrolle verloren, und sie hatte es so öffentlich getan, wie das überhaupt möglich war.

Ihre Hand erhob sich instinktiv, um ihr Tuch zu berühren, aber stattdessen spürte sie ihre Haare, die im Wind wehten. Ihre Verkleidung war weg, ihr Tuch lag in der Mitte der Arena. Es musste sich irgendwann, von ihr unbemerkt, gelöst haben.

Galas Atmung beschleunigte sich. Tausende Augen starrten sie gerade an. Blaise hatte sie gebeten, sich unauffällig zu verhalten, und sie hatte ihn immer wieder enttäuscht, auf die auffälligste Art und Weise. Ihr Unwohlsein wuchs mit jedem Augenblick, und sie blickte sich verzweifelt um. Die Löwen standen ruhig neben ihr, wie eine Mauer tierischen Fleisches. Auf der anderen Seite der Arena standen die Männer, die eigentlich gegen sie kämpfen sollten, alle zusammengedrängt, und sahen sie schockiert und ungläubig an.

Da wusste Gala, was sie zu tun hatte. Ihre Gedanken gingen zu diesem Ort in ihr, den sie jetzt zu erkennen begann – den Ort, der es ihr auch vorher schon ermöglicht hatte, zu zaubern. Sie war noch weit davon entfernt, ihre Fähigkeiten kontrollieren zu können, aber zumindest bemerkte sie jetzt, wenn sie kurz davor war, sie zu benutzen.

Wie aus der Entfernung spürte sie, genau das Gleiche zu tun, was sie auch an dem anderen Tag beim Tanzen gemacht hatte. Sie konzentrierte sich mit aller Kraft auf Esther, Maya und die Löwen und ließ sich von dem Gefühl überfluten, sich an einem anderen Ort befinden zu wollen. Sie schloss ihre Augen und wünschte sie alle zurück an den Ort, der die letzten Tage ihr zu Hause gewesen war.

Sie wünschte sich zum Gasthaus zurück.

Und als sie ihre Augen wieder öffnete, war das genau der Ort, an dem sie sich befanden – sie, die Löwen und die zwei älteren Frauen.

Unglücklicherweise standen vor ihnen, auf dem toten Weizenfeld, Hunderte schwer bewaffneter

Soldaten.

Sie gingen auf den Gasthof zu, und als sich Gala mit ihrer eigenartigen Begleitung vor ihnen materialisierte, brauchten sie nur einen winzigen Moment, um zu reagieren. Ihre Gesichter waren hart, ausdruckslos, und Gala wusste plötzlich, dass sie ihretwegen hier waren – genau wie Blaise befürchtet hatte.

Ihr Herz klopfte, und in ihrer verzweifelten Panik schaffte Gala etwas, was sie all die letzten Tage vergeblich versucht hatte: sich mit ihrem Schöpfer in Verbindung zu setzen.

»Blaise, ich glaube, sie haben uns gefunden.«

39. KAPITEL

✳BLAISE ✳

Blaise rieb sich die Augen und kämpfte gegen die Müdigkeit an, um noch eine weitere Zeile des Codes zu schreiben. Sein Gehirn funktionierte kaum noch, aber er war nur noch wenige Stunden davon entfernt, den Zauberspruch zu beenden, der ihn mit aufeinanderfolgenden Teleportationssprüngen zu Gala bringen würde. Seine Aufgabe wurde durch die Tatsache verkompliziert, dass er nur einige wenige vorgeschriebene Zauberkarten mit dem Teleportationscode hatte und dass der Code nur auf eine Person angewendet werden konnte – nicht eine Person und eine Chaise, die durch die Luft fliegen sollten, so wie Blaise das plante. Deshalb musste er einen völlig neuen Spruch schreiben, was stets viel länger dauerte.

In seinem Kopf bekam er plötzlich wieder dieses Gefühl, das er immer vor einem Kontaktzauber bekam.

»Blaise, ich glaube, sie haben uns gefunden.«

Er fühlte sich, als hätte man ihm ein Glas kaltes Wasser in sein Gesicht geschüttet. Er sprang von seinem Stuhl auf, und sein Herz schlug zum Zerspringen. Das war Galas Stimme gewesen, und er hatte sie in seinem Kopf gehört. Er war so schockiert, dass er nicht einmal über die Tatsache nachdenken konnte, dass Gala den Kontaktzauber irgendwie dahingehend verändert hatte, die Nachricht mit ihrer eigenen Stimme zu übermitteln.

Er hatte keine Zeit mehr, dazusitzen und den Teleportationszauber zu Ende zu codieren. Er musste zu Gala, und zwar jetzt sofort.

Er griff sich seinen Deutungsstein und die Zauberkarten, die er bis jetzt mühsam geschrieben hatte, und rannte aus dem Haus. Er hatte bis jetzt einen genügend großen Teil des Zauberspruchs fertiggestellt, um sich ein gutes Stück des Wegs nach Neumanngrad zu teleportieren. Den Rest würde er fliegen. Es würde schneller gehen als den Code jetzt noch fertigzuschreiben.

Blaise sprang auf seine Chaise und stieg schnell in die Luft, während er die Karten in den Stein einführte. Er nahm sich nicht einmal die Zeit, hinter sich zu schauen, um herauszufinden, ob ihm jemand folgte. Jetzt, da Gala gefunden worden war, spielte das keine Rolle mehr. Alles, was ihn jetzt noch interessierte, war, so schnell wie möglich zu ihr zu kommen.

Als er sich einige Kilometer weiter materialisierte, schaute er mit seiner verstärkten Sicht nach vorne, um sicherzugehen, dass der Weg frei war, und schrieb dann schnell die nächsten Koordinaten auf eine vorgeschriebene Karte. Dann steckte er auch diese in den Stein.

Als er keine Karten mehr hatte, war er immer noch ein gutes Stück von Neumanngrad entfernt. Fluchend versuchte er, mit seiner Chaise schneller zu fliegen, da ihm das Blut gefror, wenn er daran dachte, dass sich Gala ungeschützt, nur in Begleitung zweier alter Frauen, dort befand. Er war ein Dummkopf gewesen, sie gehen zu lassen, damit sie sich die Welt mit eigenen Augen anschauen könne, und er würde diesen Fehler nicht noch einmal begehen. Was auch immer als Nächstes passierte, sie würden zusammen sein, schwor er sich.

Als er sich seinem Ziel näherte, hörte er es donnern, und er sah, wie sich große Wolken formten. Die ersten Regentropfen trafen kurz darauf auf seine Haut, bevor ein sintflutartiger Regenguss einsetzte. Unter sich konnte Blaise sehen, wie der ausgedörrte Boden gierig das Wasser aufsog – das Wasser des ersten so starken Regens, seit die Dürre begonnen hatte.

Blinzelnd schaute er durch die Wasserwand und versuchte zu erkennen, was vor ihm lag. In einiger Entfernung konnte er endlich den Gasthof erblicken.

Aber das, was er dort sah, erschütterte ihn bis ins Mark.

40. KAPITEL

❋ GALA ❋

Falle. Sie saßen in der Falle.

Dieser Gedanke hämmerte in Galas Kopf, als sie auf die Soldaten blickte, die sich schnell auf sie zubewegten. Aus den Augenwinkeln sah sie Esther und Maya wie versteinert dastehen. Auf ihren blassen Gesichtern spiegelten sich Schock und Angst wider. Selbst die Löwen schienen wie benommen zu sein, desorientiert von dem plötzlichen Ortswechsel.

Sie hatte sie aus dem Kolosseum in eine Situation hineinbefördert, die tausendmal schlimmer zu sein schien.

Gala schloss die Augen, um sich und ihre Begleiter wegzuzaubern, aber als sie sie wieder öffnete, standen sie immer noch an der gleichen Stelle. Ihre magischen Fähigkeiten hatten sie ganz offensichtlich wieder einmal verlassen. Obwohl sie diesen Teil von sich arbeiten fühlen konnte, konnte sie ihn nicht genug kontrollieren, um sie dieses Mal zu teleportieren.

Eine Panikwelle schärfte ihre Sicht. Gala konnte plötzlich alles sehen, jedes Muttermal und jede Narbe auf den Gesichtern der Soldaten. Anstatt als eine große Gruppe aufzutreten, waren sie in kleine Gruppen aufgeteilt. Jede von ihnen bestand aus Bogenschützen in der Mitte und Männern mit großen Schilden und Schwertern in einem Halbkreis davor. Sie sahen grimmig und entschlossen aus. Die Schützen spannten ihre Bögen, und die Schwertkämpfer hielten die Griffe ihrer Waffen mit angespannten Oberarmen fest.

Sie waren bereit für den Kampf.

»Nein«, dachte Gala verzweifelt. Das konnte sie nicht zulassen. Wenn die Soldaten nur ihretwegen hier waren, musste sie sich ihnen auch allein stellen. Sie konnte nicht erlauben, dass Maya, Esther und die Löwen mit hineingezogen wurden.

Sie nahm all ihren Mut zusammen und ging auf die Armee zu.

»Gala, warte!«

Sie konnte Esther hinter sich schreien hören und wurde schneller, da sie die alte Frau weit hinter sich zurücklassen wollte. »Bleib dort«, rief sie ihr zu, drehte den Kopf und sah, dass die Löwen ihr folgten, noch vor Maya und Esther. Gala zwang sie mit Magie, anzuhalten und umzukehren, aber sie hatte ihre Kräfte nicht mehr unter Kontrolle. Die Angst und die Verzweiflung, die sie fühlte, ließ ihren ganzen Körper erzittern.

Da sie nicht wusste, was sie tun sollte, begann sie zu rennen – geradewegs auf die bewaffneten Männer zu. Es fühlte sich auf eine eigenartige Weise befreiend an, so schnell zu rennen wie sie nur konnte, und Gala merkte, wie sie mit jedem Schritt schneller wurde, bis sie fast auf das Weizenfeld zuflog und ihre Begleiter weit hinter sich ließ.

Eine der kleinen Gruppen von Soldaten trat nach vorne und stellte ihre Schilde auf, so als würde sie einen Angriff erwarten. Zur gleichen Zeit ließen die Bogenschützen ihre Pfeile fliegen, und der Himmel wurde schwarz. Trotz des ganzen Chaos in ihrem Kopf konnte Gala die Richtung der tödlichen Stöcke bestimmen, ihren genauen Weg trotz Erdanziehung und Wind vorhersagen. Sie wusste, wie viele Pfeile sie treffen würden und dass einige auch bis zu ihren Freunden gelangen würden.

Sie lief immer weiter und fühlte dabei, wie die Wut in ihr wuchs, bis schließlich ein Feuerstoß aus ihr ausbrach, der den Himmel und die Erde um sie herum überzog. Der tödliche Pfeilhagel wurde augenblicklich in Asche verwandelt, aber die Soldaten blieben unversehrt. Ihre Schilde, die sanft leuchteten, schützten sie irgendwie vor der Hitze, als sich eine Aschewolke über dem brennenden Feld bildete.

Gala rannte unbeeindruckt weiter. Sie fühlte sich unaufhaltbar, und auch als eine Gruppe von Soldaten vor ihr auftauchte, wurde sie nicht langsamer. Stattdessen traf sie mit voller Geschwindigkeit auf sie, ohne den Aufprall der Schilde auf ihrem Körper zu spüren.

Die Schilde und die Männer, die sie hielten, flogen in die Luft, als seien sie aus Stroh. Ihre Körper landeten ungebremst einige Meter weiter und blieben dort mit gebrochenen Knochen und Abschürfungen liegen.

Plötzlich sah Gala, was sie Schreckliches getan hatte, und diese Erkenntnis brach durch den Wahnsinn, der sie gerade beherrschte. Sie hielt abrupt an und blickte entsetzt auf das Blutbad, welches sie angerichtet hatte.

Bevor sie das alles überhaupt verarbeiten konnte, hörte sie eine tiefe, raue Stimme, die Befehle erteilte, und sie drehte sich gerade noch rechtzeitig um, um zu sehen, wie ein Soldat mit gezücktem Schwert auf sie zurannte.

»Halt«, flüsterte Gala und hielt ihre Hand, mit der Handfläche außen, nach oben. »Bitte, halt an …«

Aber das tat er nicht. Stattdessen hielt er auf Gala zu und schwang seine Waffe in einem tödlichen Bogen.

Sie sprang zurück, und das Schwert verfehlte sie um

ein Haar.

Er schwang es erneut, und sie wich wieder aus. Seine Bewegungen waren wie ein eigenwilliger Tanz, und sie passte sich ihm an, als sei sie seine Tanzpartnerin. Er zielte auf ihren Ellenbogen, und sie zog ihren Arm zurück; er wollte ihren Hals treffen, und sie ließ sich auf den Boden fallen, um sich sofort wieder zu erheben. Er bewegte seinen Fuß nach vorne, sie ihren nach hinten. Er hatte begonnen, sich schneller zu bewegen und stach und schlug mit Lichtgeschwindigkeit nach ihr. Sie fühlte, wie sich ihr Körper anpasste und auf sein Tempo mit einem Anstieg ihres eigenen reagierte. Aus den Augenwinkeln konnte sie sehen, wie sich ihr weitere Soldaten näherten, auch wenn sie noch ein Stück entfernt waren.

Das alles schien keine Wirklichkeit zu sein, und Gala konnte spüren, wie sie in einen neuen, unbekannten Modus verfiel. Jetzt kam es ihr so vor, als beobachtete sie sich aus der Entfernung. Jetzt reagierte sie nicht mehr auf die Bewegungen des Soldaten, sondern es war eher so, als könnte sie anhand von leichten Muskelbewegungen und winzigen Änderungen seiner Mimik voraussagen, was er als Nächstes tun würde.

Während sie immer noch in ihren tödlichen Tanz vertieft war, merkte sie, wie sich ihr jemand von hinten näherte. Sie konnte es an den vergrößerten Pupillen ihres Gegners und an einer kurzen Reflexion in seinen

Augen erkennen. Und gerade als der andere Soldat nach ihr schlug, wich sie im letzten Moment aus und spürte das Schwert dort durch die Luft schneiden, wo vor einer Sekunde noch ihr Kopf gewesen war.

Jetzt kämpfte sie gegen zwei Angreifer an, aber das schien ihr nichts auszumachen. Sie war immer noch in der Lage, beiden Schwertern auszuweichen. Einer zielte auf ihren Arm, der andere auf ihr Bein, und ihr Körper verdrehte sich auf eine Weise, wie er es noch niemals zuvor getan hatte. Einen kurzen Augenblick lang war es zwar unbequem, aber effektiv – die Soldaten trafen sie wieder nicht.

Das war der Moment, in dem sie das erste Brüllen und einen Schrei hörte. Ein Löwe fiel einen Soldaten an, und sie konnte seinen Schmerz spüren, als das Schwert des Soldaten seine Klaue durchstach. Zur gleichen Zeit hörte sie den Schmerzensschrei des Soldaten, dessen Kehle von den scharfen Zähnen des Löwen aufgerissen wurde.

Ein weiterer Soldat schloss sich Galas Gegnern an. Jetzt musste sie gegen drei Männer ankämpfen, aber sie begann die Bewegungen zu verstehen, und der Tanz wurde einfacher anstatt schwieriger.

Es schien, als könne sie sich wie sie bewegen, nur besser und schneller. Effizienter.

Die Löwen fielen die Soldaten an. Ohne zu wissen, wie sie es machte, nahm Gala die Bewegungen der Tiere wahr. Es war, als baute sich eine eigenartige Verbindung zwischen ihr und den Tieren auf. Obwohl es unmöglich zu sein schien, korrigierte Galas Gehirn die Bewegungen der Löwen und sorgte dafür, dass sie den Bewegungen der Soldaten auswichen, genauso wie Gala es tat, wenn sie angegriffen wurde. Gleichzeitig zügelte sie die Löwen und hielt sie davon ab, die Soldaten zu zerfleischen, wie sie es eigentlich gerne getan hätten.

Voller Blutlust kämpften die Löwen gegen ihre Kontrolle an, und sie fühlte, wie die Verbindung zwischen ihnen schwächer wurde, je mehr Soldaten dem Kampf beiwohnten. Jetzt wich sie selbst schon fünf Angreifern aus. Ein Schwert traf einen der Löwen und schnitt brutal in seinen Rücken. Galas Wut brach erneut hervor – nur konnte sie diesmal nicht wirklich sagen, ob es ihre eigene war oder die des Löwen.

In diesem Moment hörte sie Maya und Esther ängstlich aufschreien.

Ihr Kopf explodierte vor Wut.

Gala war fertig damit, sich einfach nur zu verteidigen.

Als der nächste Soldat zum Angriff ansetzte, schnappte sie sich sein Schwert, riss es ihm mit einer schnellen Bewegung aus der Hand und versenkte es in seiner Brust. Sie zog es wieder heraus und schwang es gegen ihren zweiten Angreifer. Diesmal zielte das Schwert in ihrer Hand auf seine Kehle. Sie stimmte ihre

Bewegungen so ab, dass sie gleichzeitig den Schlag des dritten Angreifers so abwehrte, dass er die Schulter eines seiner Kameraden traf. Und noch bevor der verwundete Soldat überhaupt schreien konnte, fing Gala schon sein fallendes Schwert auf und schwang beide Waffen in einer tödlichen Bewegung.

Zwei kopflose Körper fielen zu Boden, während Gala stehen blieb und ihr Kopf immer noch von einer heißen, weißen Wut ganz benebelt war. Irgendwo dort draußen lag der Löwe in seinem Todeskampf, und seine Qualen machten sie noch verrückter.

Immer mehr Soldaten griffen sie an, und Gala zerschnitt sie mit tödlicher Präzision. Sie kontrollierte die Bewegungen ihrer Hände und ihres Körpers nicht bewusst; es schien fast so zu sein, als sei sie jemand anderes. Abwehren, stechen, schneiden, ausweichen — alles schien sich zusammenzufügen, als sie kämpfte, um zu dem Tier zu gelangen, dessen Schmerz sie fühlte. Die Männer um sie herum fielen wie die Fliegen, und der Boden färbte sich von dem vielen Blut rot.

Auf einmal tauchten vor ihr vier Soldaten auf, die sich viel schneller bewegten als alle diejenigen, denen sie bis jetzt begegnet war. Der Größte von ihnen trug einen Anhänger um den Hals.

41. KAPITEL

✳ BARSON ✳

Nichts lief nach Plan. Barson sah ungläubig dabei zu, wie die junge Frau sich mit übermenschlicher Stärke und Können ihren Weg durch seine Männer hackte.

Als er zuerst gesehen hatte, wie sie mit ihrer eigenartigen Begleitung aus dem Nichts auftauchte, hatte er gewusst, dass die Gerüchte stimmten – sie war wirklich eine mächtige Zauberin. So viele zu teleportieren war eine Leistung, die nur wenige Ratsmitglieder vollbringen konnten, wenn überhaupt. Wie konnte eine Frau, von der niemand jemals zuvor gehört hatte, so etwas schaffen?

Einen Moment lang zögerte er und fragte sich, ob er das Richtige tat. Etwas so Wundervolles zu zerstören wäre eine Schande, aber er hatte es Augusta versprochen – und er brauchte seine Geliebte auf seiner Seite. Er traf eine Entscheidung und befahl seinen Männern, anzugreifen.

Sie hatten sich schon auf eine andere Art des Kampfes vorbereitet; keine Armee war seit der Revolution gegen einen Zauberer vorgegangen. Natürlich hatte damals niemand die Strategie angewandt, die er jetzt testen wollte.

Anstatt eine Einheit zu bilden, hatte er seine Soldaten in kleine Einheiten aufgeteilt, um die Chancen zu verringern, dass ein bestimmter Zauberspruch sie alle traf. Er würde niemals vergessen, wie leicht Augusta die Bauernarmee dezimiert hatte, und er würde nicht zulassen, dass seine Männer das gleiche Schicksal ereilte. Im Gegensatz zu diesen armen Seelen war seine Armee vor den elementaren Zaubersprüchen geschützt und hatte detaillierte Anweisungen bekommen, wie sie sich verhalten sollte, falls die Erde sich bewegte. Deshalb war sie auch unversehrt geblieben, als das Mädchen den mächtigsten Feuerzauber entfacht hatte, den er jemals gesehen hatte.

Er hatte jedoch nicht damit gerechnet, auf einen meisterhaften Schwertkämpfer zu treffen. Trotz seiner zarten Erscheinung kämpfte das Mädchen wie ein besessener Mann, wie ein Dämon aus den alten Märchen, mit einem Können und einer Wendigkeit, die wahrscheinlich seine eigenen Fähigkeiten übertraf – und sie wurde sekündlich besser. Wie lernte sie so schnell? Was war sie? Sie besaß eine Art kalkulierte Präzision in ihren anmutigen Bewegungen die fast … unmenschlich war.

Er bemerkte nur eine Schwäche. Sie schien abgelenkt zu werden, wenn die Löwen und die alten Frauen in Gefahr waren. Und so widerwärtig es auch war, Barson wusste genau, was er zu tun hatte.

Er gab die Anweisung, die Tiere in Brand zu setzen, und bewegte sich entschlossen mit seinen besten Männern nach vorne.

Sie begegnete ihm ohne jede Spur von Angst. Innerhalb weniger Momente kämpften Barson und seine Männer um ihr Leben. Das Mädchen hielt zwei Schwerter in ihren Händen und griff bei jeder sich bietenden Gelegenheit an, wehrte jeden Schlag ab, der auf sie zukam. Das Schlimmste von allem war jedoch, dass sie mit jedem Schlag besser wurde, immer schneller und effizienter, je länger der Kampf andauerte. Wenn er sich nicht in Lebensgefahr befunden hätte, hätte Barson alles dafür gegeben, ihre Technik zu studieren, da sie an diesem Punkt schon die personifizierte Perfektion war, eine Meisterin mit dem Schwert, jede ihrer Bewegungen mit einem tödlichen Ziel.

Das erste Blut dieser heftigen Auseinandersetzung floss nach einem Schlag auf Kiams Schulter. Eine

Minute später blutete Larn am Oberschenkel. Wütend legte Barson seine ganze Kraft in einen letzten, verzweifelten Angriff – und dann roch er den sauren Geruch von brennendem Löwenfell.

Das Mädchen erschauderte, ihre Konzentration brach ab und Barson sah endlich eine offene Stelle in ihrer Verteidigung. Ein schneller Schlag und sein Schwert schnitt ihr den Bauch auf und hinterließ eine tiefe, stark blutende Wunde.

Sie schrie, ließ ihre Waffen fallen und hielt sich den Bauch.

Barson und seine Männer setzten zum Todesstoß an.

42. KAPITEL

✳GALA ✳

Gala hatte zuvor Schmerz verspürt, aber nichts hatte sie auf das hier vorbereitet.

Diese Schmerzen schwächten sie. Der Mann mit dem Anhänger – der wie kein Zweiter zu kämpfen schien – hatte sie aufgeschlitzt.

Sie hielt sich den Bauch und konnte das warme Blut durch ihre Finger fließen spüren. Zum ersten Mal traf sie die Erkenntnis, dass sie ernsthaft aufhören könnte zu existieren.

Nein. Diese Möglichkeit konnte Gala nicht akzeptieren.

Die Zeit schien in Zeitlupe zu vergehen. In einiger Entfernung konnte sie die Löwen brüllen hören und fühlte die Schmerzen ihres brennenden Fleisches. Sie konnte auch die Schwerter der Soldaten erkennen, die sich langsam auf sie zubewegten, um ihr Leben zu beenden.

In diesem kurzen Moment schossen ihr eine Million Gedanken durch den Kopf. Der Schmerz ihrer Wunde war furchtbar, und die Erkenntnis, den Soldaten die gleichen Schmerzen zugefügt zu haben, verstärkte ihren inneren Aufruhr. Würde sie jetzt sterben? Konnte sie sterben? Bis jetzt hatte sich ihr Körper nicht wie der einer normalen Frau verhalten, aber er musste trotzdem irgendwelchen Regeln folgen, die zumindest zu einem kleinen Teil irgendwie darauf basierten, wie menschliche Körper funktionierten. Sie wurde müde, aß und schlief. Sie konnte Angst, Glück, Wärme und Kälte fühlen. Würde sie sterben, wenn diese Schwerter, die sich so langsam bewegten, ihren Körper erreichen sollten?

Nein, entschied Gala. Sie konnte das nicht zulassen; sie durften sie nicht töten. Sie lebte viel zu gerne. Sie musste noch so viele Sachen sehen, viele Dinge erleben. Sie wollte Blaise wiedersehen und ihn küssen.

Außerdem musste sie die Löwen, Esther und Maya retten.

Kurz bevor die Schwerter ihr Fleisch verletzten, sammelte sie all ihre Energie für einen letzten, verzweifelten Schlag. Sie konzentrierte ihren ganzen

Zorn auf die Stahlklingen, die ihr so viele Schmerzen zugefügt hatten, und wollte sie verschwinden lassen.

Was auch immer sie für einen Zauber angewandt hatte – als er zu wirken begann, fühlte Gala einen Schmerz wie niemals zuvor. Die Löwen brüllten, und sie konnte ihren Schmerz und ihr Leid spüren. Die Schreie der Soldaten verstärkten das Chaos, welches gerade auf dem Schlachtfeld herrschte.

Trotz des Nebels, der ihre Gedanken beherrschte, verstand sie, was passiert war. Ihr Zauber hatte alle Schwerter auf dem Feld explodieren lassen, woraufhin sich tödliche Metallsplitter durch die Rüstungen der Soldaten und alle nicht bedeckten Körperteile bohrten. Niemand war ungeschoren davongekommen – weder die Soldaten noch die Löwen, und Gala selbst auch nicht. Nur Maya und Esther waren weit genug entfernt gewesen, um in Sicherheit zu sein. Hier auf dem Feld waren die schwelenden Überreste des Grases mit Blut bedeckt.

Benommen blickte Gala auf die Metallsplitter, die aus ihrem Körper herausragten. Irgendwie wurde der Schmerz bei diesem Anblick verstärkt. Sie fiel auf die Knie und warf ihren Kopf mit einem Schmerzensschrei zurück. Als ob sie auf ihren Schrei reagierten, kamen die Splitter von allein aus ihrem Körper und schwebten einen Moment lang in der Luft, bevor sie zu Boden fielen. Um sie herum passierte das Gleiche mit den

Soldaten und den Löwen.

Es half aber nicht gegen den Schmerz. Mit einem verschwommenen Blick stellte Gala sich unter Schwierigkeiten hin. Alles, was sie jetzt noch wollte, war, hier wegzukommen, über das furchtbare Schlachtfeld aufzusteigen, bevor sich irgendjemand ausreichend erholte, um sie erneut anzugreifen. Da fühlte sie auch schon, wie ihr Körper langsam anfing vom Boden abzuheben.

Starke Hände griffen nach ihren Beinen, und Gala sah, wie sich der Soldat mit dem Anhänger – derjenige, der sie verwundet hatte – mit grimmiger Entschlossenheit an ihr festklammerte. Sein Gesicht und seine Rüstung waren blutbeschmiert, aber das schien ihn nicht aufzuhalten. Sie war viel zu schwach, um ihn abzuschütteln, und deshalb schwebten sie gemeinsam immer weiter nach oben.

Unter sich konnte Gala das Schlachtfeld sehen. Es war von Körpern übersät und von Blut durchtränkt. Sie hatte das alles getan; sie hatte diesen ganzen Schmerz und dieses ganze Leid verursacht. Diese Erkenntnis war schlimmer als der Schmerz, der ihren Körper quälte.

Gala hob die Hände in die Luft und beobachtete, wie das helle Blau sich ausbreitete. Ein Laut entschlüpfte ihrer Kehle, der sich in etwas anderes verwandelte. Sie konnte das Gefühl von Blut an ihren Händen nicht ertragen, sie musste diesen Alptraum wegwischen.

Sie begann zu weinen. Schluchzen entwich ihrem Mund, und Tränen rannen ihr Gesicht herunter. Ihr ganzer Körper zitterte, als er immer höher über den Grund aufstieg. Der Griff des Soldaten um ihr Bein verstärkte sich, und seine Finger gruben sich brutal in ihre Haut. Sie schaffte es nicht, sich daran zu stören, da sie zu sehr mit ihrem eigenen Grauen und ihrer bitteren Reue beschäftigt war.

Ein heller Lichtblitz störte ihr Sichtfeld, und kurz darauf konnte sie einen lauten Knall hören, bevor sich der Himmel verdunkelte. Wolken erschienen, die die Sonne verhüllten, und der Wind frischte auf. Noch ein Lichtblitz und ein Knall, und Gala begriff, dass es sich dabei um Blitz und Donner handelte. Ein Sturm braute sich zusammen, eine Wettererscheinung, über die sie bislang nur gelesen hatte.

Die Wolken öffneten sich, und der Regen begann zu fallen. Dicke Tropfen prasselten auf Gala hinab und durchnässten sie bis auf die Haut. Die kühle Nässe fühlte sich auf ihrer überhitzten Haut gut an, wusch das Blut und den Dreck mit sich weg.

Der Regen schien allerdings auch den großen Soldaten neu zu beleben, der an ihrem Bein hing. Er ließ mit einer Hand los und zog von irgendwo einen Dolch hervor, den er gegen ihren Oberschenkel hielt.

»Bring uns nach unten«, befahl er grob. »Jetzt sofort.«

Gala versuchte, ihn zu treten, aber der Dolch bohrte sich in ihre Haut, und alles, was sie sah, war die mörderische Entschlossenheit auf dem Gesicht des Mannes. Er war entschlossen, sie auf jeden Fall nach unten zu bringen – auch wenn das für ihn bedeuten sollte, selbst zu fallen und dabei das eigene Leben zu verlieren.

Ihr Körper schmerzte immer noch unerträglich, und Gala streckte sich instinktiv nach dem Sturm aus, fühlte seine Wut tief in ihren Knochen.

Plötzlich gab es einen weiteren Lichtblitz und eine Schmerzexplosion. Funken sprühten, und Gala bemerkte, dass ein Blitz den Dolch des Mannes getroffen hatte und in ihre beiden Körper eindrang. Der Griff des Soldaten um ihr Bein löste sich ... und er fiel nach unten auf den Boden.

Schockiert und betäubt schwebte Gala einen Moment lang weiter, bevor sie die Kraft fand, sich auf etwas anderes als den Schmerz zu konzentrieren. Sie erinnerte sich an die Diebin, die sie geheilt hatte, und versuchte sich in ihre Gedanken zurückzurufen, was sie damals gefühlt hatte – den Frieden, der jede Faser ihres Seins durchdrungen hatte. Und dann begann sie, es erneut zu fühlen, diese warme Sensation, die tief in ihr begann und dann über ihre ausgestreckten Arme nach außen strahlte. Mit jedem Moment, der verging, wurde es stärker, und aus dem Schmerz wurde Freude, ein warmes Gefühl, Licht und Glück.

Sie wollte diesen Moment anhalten und sich für immer so gut fühlen.

Durch den Nebel dieses Gefühls spürte sie, wie die Bewusstlosigkeit sich langsam durchsetzte, und dann konnte sie nicht mehr kämpfen.

Sie würde in einen schönen Traum fallen, dachte Gala, und dann verlor sie sich auch schon.

43. KAPITEL

✖AUGUSTA ✖

Augusta verließ die Ratsversammlung und eilte zu ihrem Raum. Sie ging so schnell sie konnte, ohne zu rennen. Ratsversammlungen waren generell keine von Augustas Lieblingsbeschäftigungen, aber das Treffen heute war besonders unerträglich gewesen. Jandison hatte die ganze Zeit herumgejammert, während Augusta dagesessen und über die Tatsache nachgedacht hatte, dass Barson jeden Moment diese Abscheulichkeit von Blaise aus der Welt schaffen würde.

Sie hatte nicht wirklich Angst um ihn. Ihr Liebhaber war eine Gewalt auf dem Schlachtfeld, die man nicht unterschätzen sollte. Außerdem hatte sie eine große Anzahl von Schutzzaubern bei ihm angewandt. Es war vielmehr, dass sie es kaum erwarten konnte, diese Kreatur zerstört zu sehen, ihre Existenz für immer ausgelöscht zu wissen. Die letzten zwei Nächte hatte sie Alpträume gehabt, in denen das Ding immer mächtiger geworden war und der Boden sich von dem Blutbad, den es angerichtet hatte, rot eingefärbt hatte. Sie wusste, dass die Träume nur ein Produkt ihres Unterbewusstseins waren, welches über die Situation nachdachte, aber trotzdem waren sie beunruhigend.

Es wäre gut zu wissen gewesen, dass diese Sache unter Kontrolle gebracht wurde.

Als sie ihr Quartier betrat, ging Augusta schnurstracks auf den Spiegel zu, der ihr die Schlacht durch Barsons Anhänger zeigen würde. Sie setzte sich vor ihn und nahm den Überhang ab.

Das Bild vor ihr zeigte eine Schlacht, die gerade in vollem Gange war. Augusta sah voller Zufriedenheit, wie diese Kreatur erfolglos einen Feuerzauber gegen Barsons Armee anwandte. Augustas Verteidigungen hielten, genau so, wie sie es geplant hatte.

Trotzdem wurde Augusta immer unruhiger, je länger die Schlacht andauerte. Dieses Ding bewegte seinen Körper auf eine unnatürliche Art und Weise und lernte Schwertkampf mit einer unmenschlichen Geschwindigkeit. Augusta kannte keinen Zauber, der jemandem ermöglichen würde, so zu kämpfen.

Bald wurde die Schlacht zu einem Massaker. Diese

Kreatur tötete immer wieder mit einer entsetzlichen Präzision, bis alles, was Augusta noch sehen konnte, Blut und Tod war. Die Tatsache, dass dieses Monster die Form einer zarten, jungen Frau angenommen hatte, machte diese Szene noch viel makaberer.

Als Barson sich auf die Kreatur zubewegte, spürte sie ein sinkendes Gefühl im Magen. »Nein, tu das nicht«, flüsterte sie zum Spiegel und begann zu begreifen, wie sehr sie dieses unnatürliche Wesen unterschätzt hatte.

Und dann verletzte Barson es. Augusta sprang in die Luft und schrie triumphierend auf – bis sie sah, wie das Wesen seinen bis jetzt zerstörerischsten Zauber ausübte. Ohne dabei auf seine eigene Sicherheit zu achten, ließ es alle Schwerter zerspringen, so dass überall tödliche Metallsplitter umherflogen.

»Barson, stopp!«, schrie Augusta, als ihr Geliebter – blutend aber lebendig – nach dem Ding griff und mit ihm in die Luft schwebte. »Lass los! Bitte, lass es los!«

Er konnte sie natürlich nicht hören, und Augusta sah entsetzt dabei zu, wie der Sturm einsetzte und ein Blitz durch Barsons Körper fuhr. Ihr elementarer Schutzzauber hatte höchstwahrscheinlich die volle Wirkung des Schlags abgeschwächt, aber die Schmerzen mussten unerträglich sein, selbst für Barson. Seine Hände lösten sich, und er fiel in den Tod.

Einige Sekunden später zerbrach das Bild im Spiegel in Stücke und wurde schwarz.

Augusta stieß einen Schrei voller Schmerz und Wut aus. Sie schlug immer wieder auf den Spiegel ein, so lange, bis ihre Hände bluteten und der Spiegel zersplittert auf dem Boden lag.

Schluchzend sank sie auf die Knie.

Sie hatte das verursacht. Sie war schuld am Tod ihres Geliebten. Wenn sie gleich zum Rat gegangen wäre, als sie von der Kreatur erfuhr, wäre nichts davon passiert, und Barson würde immer noch leben. Schmerzerfüllt wippte Augusta wehklagend hin und her.

Sie hatte es zugelassen, dass ihre Gefühle für Blaise ihr Urteilsvermögen beeinflussten, aber sie würde diesen Fehler nicht noch einmal begehen. Blaise war jetzt für sie gestorben – genauso wie diese Kreatur, sobald sich die volle Kraft von Kolduns Zauberern auf sie entlud.

Dieses Ding war böse, und das Böse musste auf jeden Fall gestoppt werden.

44. KAPITEL

❋BLAISE ❋

Mit klopfendem Herzen flog Blaise, so schnell er konnte. Dort draußen, mitten in diesem tobenden Sturm, befand sich Gala. Sie flog mitten in der Luft und hatte einen Mann an ihrem Bein hängen. Der Boden war bedeckt mit den Körpern der Soldaten, von denen Blaise nicht sagen konnte, ob sie tot waren oder nur schwer verletzt.

Seine Chaise wackelte, als er sie bis an ihre Grenzen trieb und versuchte, noch schneller zu fliegen. Der Sturm erschwerte seine Bemühungen, daher griff er nach seiner Tasche und nahm den Deutungsstein und einige Karten heraus. Hektisch fügte er dem Code einige Parameter hinzu und steckte die Karten dann in den

Stein.

Sofort kam ein neuer Wind auf. Er war schwach im Vergleich zu den verrückten Kräften, von denen Blaise vermutete, dass Gala sie irgendwie herbeigeführt habe, aber er blies genau in die Richtung, die er brauchte.

Als Nächstes nahm Blaise ein Taschentuch hervor. Er ignorierte den Regen und die Blitze und führte einen verbalen Zauber aus. Als er fertig war, begann das Taschentuch so lange zu wachsen, bis es eher die Größe eines Lakens hatte. Ein weiterer Spruch, und das Tuch war hinten an seiner Chaise befestigt und diente als eine Art Segel.

Jetzt flog die Chaise dank der Hilfe des Windes auch schneller.

Blitze schlugen weiterhin auf dem Boden ein, und Blaise sah entsetzt dabei zu, wie einer von ihnen den Mann traf, der sich an Gala festhielt. In den hellen Blitzen, die folgten, konnte Blaise das Gesicht des Mannes erkennen.

Es war Barson, der Hauptmann der Zaubergarde – ein Mann, der dafür bekannt war, wie kein Zweiter zu kämpfen.

Als der Blitz einschlug, zuckte Barsons ganzer Körper. Dann ließ er Gala los und begann zu fallen.

Einen Moment später spürte Blaise ein komisches Gefühl, eine glückselige Wärme, die trotz des Windes und des Regens, die gegen seine Haut peitschten, in seinen Körper eindrang. Die ganze Anspannung verließ ihn und wurde durch eine ungewöhnliche Ruhe ersetzt, einen Frieden, der anders war als alles, was er jemals erlebt hatte. Dieses Gefühl war hypnotisierend, und Blaise spürte, wie seine Gedanken abzuschweifen begannen und sein Kopf sich mit intensiver Freude füllte.

Ein Heilzauber, begriff er vage. Seine Gedanken waren langsam und undeutlich, so als ob er gleich einschlafen würde. Ein Heilzauber, so wie ihn seine Mutter immer gewirkt hatte, nur tausendmal stärker. Ein Heilzauber, der ihn alles vergessen lassen würde, wenn er es zuließ.

Nein, dachte Blaise und grub seine Nägel in seine Haut. Er durfte nicht nachgeben. Er griff nach dem Brieföffner, den er immer in der Tasche hatte, zog ihn heraus und stach ihn sich in die Handfläche. Der Schmerz war kurz, stark und irritierend, aber dann schloss sich sein Fleisch wieder, so als sei nichts passiert. Er wiederholte diesen Vorgang immer wieder. Die Schmerzensausbrüche verhinderten, dass er in diesen bewusstlosen, glückseligen Zustand versetzt wurde.

Vor sich sah er, wie Gala zu fallen begann, und er fühlte, wie der Heilzauber schwächer wurde. Blitz und Donner hörten auf, obwohl der Regen unverändert weiter fiel.

Blaise steuerte seine Chaise Richtung Boden und

konnte sie gerade noch rechtzeitig unter Galas fallenden Körper manövrieren.

Sie landete auf ihm, und Blaise umarmte sie und zog sie eng an sich heran. Sie schien bewusstlos zu sein, aber lebte, und ihr weicher, schlanker Körper lag warm an seiner Brust. Zitternd dankte Blaise in Gedanken allen seinen Lehrern, selbst dem Bastard Ganir dafür, seine mathematische Begabung gefördert und vermehrt zu haben. Wäre der Winkel seiner Landung nur ein wenig anders gewesen, wäre Gala unter ihm auf dem Boden aufgeschlagen.

Blaise betrachtete ihr zartes Gesicht, beugte sich nach unten und küsste sanft ihre Lippen. Sie schmeckten nach Regen und der einzigartigen Essenz, die sie ausmachte. Er konnte nicht glauben, dass sie endlich da war, bei ihm, und er umarmte sie und versuchte, sie nicht in seinen Armen zu zerdrücken. Selbst in der Bekleidung der Bauern und mit einem dreckigen Gesicht war sie so schön, dass es ihn schmerzte.

Sie flogen langsam auf die Erde zu, und zum ersten Mal sah er das ganze Feld. Einige der Soldaten, welche dort lagen, begannen, sich zu bewegen, obwohl viele von ihnen immer noch Metall in der Rüstung stecken hatten. Es liefen auch Löwen umher, ein Anblick, der Blaise mehr überrascht hätte, wenn der Rest nicht so überwältigend gewesen wäre. Am Ende des Feldes konnte er Maya und Esther sehen. Sie umarmten sich und schauten mit angsterfüllten Gesichtern auf das Feld.

Die Chaise berührte den Boden, und Blaise stieg mit Gala in seinen Armen ab. Sie bewegte sich, machte ein leises Geräusch, und dann öffneten sich ihre Augen.

Blaise lächelte, als sich ihre Blicke trafen.

»Blaise!« Ihr Gesicht erhellte sich mit freudiger Überraschung. »Du bist hier!«

»Ja«, sagte er sanft. »Ich bin hier und werde auch nirgendwohin gehen.« Er beugte sich hinab und küsste sie noch einmal. Ihre Arme schlangen sich um seinen Hals, und sie zog seinen Kopf zu sich, um ihn so leidenschaftlich zu küssen, dass Blaise anstatt des kalten Regens eine Hitzewelle spürte. Zum ersten Mal, seit Gala gegangen war, fühlte er sich lebendig – lebendig und voller Verlangen nach ihr.

Bevor er völlig seinen Verstand verlieren konnte, unterbrach er den Kuss. So unwillig er das auch machte, er musste erst einmal die Situation erfassen. »Was ist hier passiert?«, fragte er und stellte sie vorsichtig auf ihre Füße.

Gala blinzelte und schien einen Moment lang nicht zu wissen, was er meinte. Dann blickte sie sich um. »Sie sind geheilt«, sagte sie erstaunt, trat zurück und zeigte auf die Löwen. »Schau, Blaise, sie sind alle geheilt!«

Blaise betrachtete die wilden Tiere, die jetzt auf Maya und Esther zuzugehen schienen. »Das ist gut, nehme ich an«, sagte er ein wenig unsicher. Um sie herum konnte er sehen, wie auch die Soldaten sich langsam erhoben.

»Sie sind auch geheilt«, sagte Gala, die seinem Blick gefolgt war. »Ich muss das unbeabsichtigt getan haben.« Sie hörte sich erleichtert an, was Blaise komisch vorkam.

»Ich dachte, sie hätten versucht, dich umzubringen«, entgegnete er. »Was ist hier heute passiert?«

Und als sie über das Feld mit den benebelten Soldaten, welche sich langsam erholten, zu Maya und Esther gingen, erzählte Gala ihm alles über den Kampf und die Zwischenfälle auf dem Markt und im Kolosseum.

Blaise hörte ihr ehrfürchtig zu. Er hatte gewusst, dass sie mächtig sein würde, aber selbst er konnte sich einige der Sachen, die sie getan hatte, nicht vorstellen. Und sie schien noch nicht einmal Kontrolle über ihre Kräfte zu haben.

»Es tut mir leid, dass ich gegangen bin«, sagte Gala, als sie sich den beiden älteren Frauen näherten. Ihre Stimme war voller bitterem Bedauern. »Ich habe so viel Chaos und Leid angerichtet … Ich kann mich nicht kontrollieren, Blaise. Ich hätte bei dir bleiben und versuchen sollen, die Magie so zu lernen, wie du das wolltest, anstatt wegzugehen, um die Welt zu sehen. Nichts davon …«, sie zeigte auf das blutige Feld, »hätte passieren müssen.«

Blaise nahm ihre Hand und drückte sie leicht. »Mach

dir keine Sorgen«, sagte er ruhig. »Von jetzt an werde ich bei dir sein.« Ihre Hand fühlte sich in seiner eigenen klein und kalt an, und er bemerkte, wie zerbrechlich sie trotz ihrer Macht war.

Gala nickte, und er konnte sehen, dass ein Teil ihrer ehemaligen Ausgelassenheit verschwunden war. Obwohl nur einige wenige Tage vergangen waren, schien sie anders zu sein, irgendwie viel reifer. Als sie gingen, konnte er die Tränen sehen, die ihr Gesicht hinunterliefen und sich mit den Regentropfen vermischten.

»Nicht alle von ihnen bewegen sich«, sagte sie und schaute auf die gefallenen Soldaten. »Blaise, ich denke, ich habe ein paar von ihnen getötet.« Ihre Stimme konnte ihren Abscheu kaum verbergen.

Blaise verwünschte sich noch einmal dafür, nicht hier gewesen zu sein, um sie zu beschützen. »Du hast dich verteidigt.« Er hielt an und zwang sie, das Gleiche zu tun. Er legte seine Hände auf ihre feuchten Wangen und begegnete ihrem bekümmerten Blick. »Gala, das war nicht deine Schuld.«

»Natürlich war es das«, entgegnete sie bitter. »Ich habe das gemacht. Ich habe diese Männer getötet.«

»Sie haben versucht, dich zu töten«, sagte Blaise grob. »Sie sind diejenigen, die schuld daran sind, nicht du. Wenn ich hier gewesen wäre, hätte ich sie alle umgebracht. Du hast wenigstens die Überlebenden geheilt. Das ist mehr Gnade, als sie verdienen ...«

»Gala!« Mayas Kreischen unterbrach sie, und sie drehten sich in die Richtung, aus der das Geräusch gekommen war. Die zwei Frauen standen ein Dutzend Meter von ihnen entfernt und wurden von den Löwen umringt. »Gala, nimm diese menschenfressenden Monster von uns weg!«

Zu Blaises Überraschung erschien auf Galas Gesicht ein kleines Lächeln, und die Löwen legten sich hin, um sich zu Mayas und Esthers Füßen zu gigantischen Fellbällen zusammenzurollen.

»Nein«, sagte Esther hektisch, »sie sollen uns nicht umzingeln – sieh zu, dass sie von uns weggehen.« Sie drehte sich zu Maya und sagte laut: »Und du, bemerkst du nicht, dass dein Geschrei ihnen das Gefühl geben könnte, bedroht zu werden?« Die zwei Frauen fuhren fort, sich zu zanken, und die Löwen erhoben nur von Zeit zu Zeit ein wenig ihre Ohren. Ansonsten zogen sie es vor, die Menschen zu ignorieren.

»Es scheint ihnen gutzugehen«, sagte Blaise zu Gala, als sie ihm wieder ihre Aufmerksamkeit zuwandte. »Du hast sie gerettet. Ich weiß nicht, was die Soldaten mit ihnen gemacht hätten.«

Sie nickte, auch wenn ihre Augen für seinen Geschmack immer noch zu düster aussahen. Blaise wusste, dass das jetzt nur ein kleiner Trost für sie war und sie wahrscheinlich auch niemals in der Lage sein würde, die Ereignisse des heutigen Tages komplett zu vergessen.

45. KAPITEL

❋ BARSON ❋

Barson stürzte auf den Boden zu, als er die erste elektrische Welle verspürte. »So muss es sich anfühlen zu sterben«, dachte er, als der ganze Schmerz seinen Körper verließ und ein glückseliger Frieden an seine Stelle trat. Noch nie hatte er sich so gefühlt. Alle seine Verletzungen schienen zu heilen, und auch die restlichen Metallsplitter verließen seinen Körper, als würden sie von einer unsichtbaren Kraft herausgedrückt werden.

Dann prallte er auf den Boden.

Der Aufschlag ließ die ganze Luft aus seinen Lungen entweichen. Vor seinen Augen sah er schwarze Punkte, und Barson musste kämpfen, um durch seinen zusammengedrückten Brustkorb Luft einzuziehen. Er konnte den in Stücke zersprungenen Anhänger vor ihm auf dem Boden liegen sehen. Er befand sich genau neben seinem von der Rüstung geschützten Arm, der eigenartig verdreht zu sein schien. Barson dachte sich, dass er wahrscheinlich genauso gebrochen war wie der Anhänger.

Dann schlug auf einmal der Schmerz als eine einzige Welle zu. Barson fühlte sich, als wäre jeder Knochen in seinem Körper gebrochen, jedes Organ verletzt und als hätte er innere Blutungen. Seine Sicht verschwamm, und heiße Übelkeit stieg in ihm auf. Er bekämpfte die Schwärze, die versuchte, ihn mit sich hinunterzuziehen. Er konnte es sich selbst nicht erlauben, so zu sterben.

Genau in dem Moment, in dem Barson spürte, dass er diesen Kampf verlieren würde, begann der Schmerz nachzulassen und genauso wunderlich zu verschwinden wie zuvor. Er konnte fühlen, wie sein Körper heilte, und es war das fantastischste Gefühl der Welt – bis der glückselige Frieden erneut einsetzte und ihn in einer herrlichen Wärme badete.

Er konnte die Süße des Vergessens nicht länger bekämpfen und ließ sich von der Welle der vollkommenen Behaglichkeit mitreißen.

46. KAPITEL

✳ GALA ✳

»Ich möchte hier weg«, sagte Gala zu Blaise, nachdem sie sich davon überzeugt hatte, dass die Löwen Maya und Esther in Ruhe ließen.

Sie fühlte sich besser, weil sie Blaise bei sich hatte, aber sie musste trotzdem so schnell wie möglich von diesem Schlachtfeld wegkommen. Entsetzlich starke Schuldgefühle nagten an ihr. Sie hatte heute Menschen getötet; sie hatte deren Existenz ausgelöscht. Es war das schlimmste Verbrechen, welches Gala einfiel, und sie hatte es begangen.

Sie spielte die verschiedenen *Was-wäre-wenn*-Szenarien in ihrem Kopf durch. Was, wenn sie in der Lage gewesen wäre, sie einfach einschlafen zu lassen?

Was, wenn ihre Schwerter einfach verschwunden wären, anstatt in tausend Stücke zu zersplittern? Wenn sie in der Lage gewesen wäre, ihre Fähigkeiten zu kontrollieren, hätte sie sich dann verteidigen können, ohne dabei jemanden umzubringen?

»Ja«, stimmte Blaise ihr zu. »Wir müssen los. Wir könnten uns in einem der anderen Gebiete verstecken …«

»Nein«, meinte Esther, die zu ihnen kam. »Sie werden dich erkennen – und das Gleiche gilt jetzt auch für Gala. Keine Verkleidung wird sie nach dem, was heute hier passiert ist, noch verbergen können.« Sie zeigte auf das Feld.

Maya kam auch näher. »Esther hat recht. Außerdem beginnt sie«, sie zeigte auf Gala, »immer verrücktere Zauber zu erschaffen, wenn sie sich aufregt.«

Gala schaute Maya an und war schockiert darüber, dass die alte Frau recht hatte. Ihre Magie – ihre unkontrollierbaren Kräfte – waren sehr eng mit ihren Gefühlen verbunden. Sie wollte sich am liebsten ohrfeigen, nicht schon eher auf diesen offensichtlichen Zusammenhang gekommen zu sein.

»Also, was schlägst du stattdessen vor?« Blaise runzelte die Stirn und blickte Esther an. »Wir können nicht wieder zurück ins Dorf gehen, und Turingrad kommt auch nicht in Frage. Sobald der Rat davon hört – und das ist sicher –, wird er uns verfolgen. So mächtig wie Gala ist, haben wir trotzdem keine Chance gegen die vereinte Macht aller Ratsmitglieder.«

Esther zögerte einen Moment. »Es gibt einen Ort, an dem sie nicht suchen werden«, sagte sie langsam. »Die Berge. Das könnte ein guter Ort sein, an den wir gehen könnten.«

Schweigen folgte. Gala hatte ein wenig über die Berge gelesen, die Koldun einschlossen und das Land vor den brutalen Ozeanstürmen beschützten. In dem Buch war nicht mit einem Wort erwähnt worden, dass die Berge ein bewohnbarer Ort waren.

Blaise sah so aus, als würde er diesen Vorschlag in Erwägung ziehen. »Na ja«, sagte er schließlich. »Dort gibt es nur Wildnis, aber wir sollten überleben können. Es wird nicht sehr komfortabel werden, doch ich bin mir sicher, wir bekommen das hin …«

»Ich bin mir nicht so sicher, dass es dort nur Wildnis gibt«, warf Maya ein und sah verängstigt aus. »Ich habe da Gerüchte gehört.«

»Was denn für Gerüchte?«, fragte Gala, deren natürliche Neugier erwachte. Sie stelle sich sich mit Blaise im Dschungel vor, inmitten wunderschöner Pflanzen und Tiere, und fand dieses Bild sehr anziehend. Die Löwen würden auch glücklich sein; sie hatte sich schon gefragt, wie sie diese wundervollen Tiere freilassen könne, ohne dass sie irgendjemanden fressen würden oder von den ängstlichen Menschen angegriffen werden würden. Diese Lösung hier schien perfekt zu sein.

»Sie sagen, dort leben Menschen«, antwortete Esther und beugte sich dabei nach vorne, so als habe sie Angst davor, jemand könne sie hören. »Sie sagen, diese Menschen seien frei und gehörten keinem Zauberer.«

Blaise war überrascht. »Warum habe ich niemals davon gehört?«

»Ich könnte mir vorstellen, dass die meisten Zauberer nichts davon gehört haben«, meinte Maya. »Das ist ja auch der Grund dafür, weshalb diese Menschen frei sind. Gerüchten zufolge sind viele aus den nördlichen Gebieten, in denen die Dürre besonders hart ist, aber es soll auch einige weiter aus dem Süden geben.«

Gala schaute Blaise und die beiden Frauen an. In die Berge zu gehen bedeutete, weit weg von den Soldaten und allen anderen Menschen zu sein, die ihr etwas antun wollten – und das bedeutete im Umkehrschluss, dass sie auch nie wieder jemandem wehtun musste. »Lasst uns dorthin gehen«, sagte sie entschieden. »Vielleicht könnten wir diesen Menschen im Austausch für ihre Gastfreundschaft helfen. Blaise, du könntest ihr Getreide widerstandsfähiger machen, stimmt's?«

Ihr Schöpfer lächelte sie warm an. »Ja, genau. Dann hört es sich ja so an, als hätten wir einen Plan.«

* * *

Gala sah Blaise fasziniert dabei zu, wie er an einem Zauberspruch arbeitete, um seine Chaise zu vergrößern. Sein Ziel war es, sie so weit zu vergrößern, dass vier Menschen und dreizehn Löwen Platz darauf fanden.

Als die Vergrößerung fertig war, blockierte dieses Objekt fast den Gasthof, aber sie passten alle darauf, sogar die Löwen. Gala führte die Tiere mental auf das Objekt und stellte sicher, dass sie nicht in Panik gerieten oder Maya und Esther anknurrten – die sie sehr misstrauisch betrachteten, da sie sich vor den wilden Tieren in ihrer Nähe fürchteten. Im Gegensatz zu ihnen mochte Gala es, die Tiere bei sich zu haben, und ihre haarigen Körper gaben der Chaise ein warmes, kuscheliges Gefühl. Blaise wirkte einen schnellen Zauber, um die Chaise vor dem gleichmäßig fallenden Regen zu schützen.

Als sie abhoben und sich auf die Berge zubewegten, drehte sich Blaise mit einem eigenartigen Ausdruck auf dem Gesicht zu Gala um. »Gala«, sagte er sanft. »Siehst du das?«

»Was soll ich sehen?«, wollte Gala wissen. Alles, was dort war, war Regen, der stark fiel und alles grün werden ließ. Der Sturm war nicht so stark wie zuvor, aber schien sich so weit zu erstrecken, wie das Auge sehen konnte.

»Der Regen. Er breitet sich schnell aus«, antwortete

Blaise und ergriff ihre Hand. Sein Blick war zärtlich und ehrfürchtig. »Gala, ich glaube, du hast die Dürre beendet.«

LESEPROBEN

Vielen Dank, dass Sie *Der Zaubercode* gelesen haben. Ich hoffe, das Buch hat Ihnen gefallen. Falls das so ist, erwähnen Sie es bitte Ihren Freunden und Social-Media-Kontakten gegenüber. Ich wäre Ihnen außerdem sehr dankbar, wenn Sie anderen Menschen helfen würden, auf dieses Buch aufmerksam zu werden, indem Sie eine Kritik auf Amazon oder anderen Seiten hinterlassen.

Die Geschichten von Gala, Blaise, Augusta und Barson gehen in *Die Zauberdimension* weiter.

Sollte Ihnen *Der Zaubercode* gefallen haben, könnte die Serie Gedankendimensionen, die eine Mischung aus

Urban-Fantasy und Science-Fiction ist, ebenfalls etwas für Sie sein.

Selbstverständlich habe ich auch eine Auswahl von Hörbüchern, deren Links Sie auf meiner Homepage www.dimazales.com/series/deutsch finden können. Vielen Dank für Ihre Unterstützung! Sie bedeutet mir wirklich sehr viel.

Auf den nächsten Seiten finden Sie einige Auszüge meiner anderen Werke. Viel Spaß damit!

AUSZUG AUS
DIE GEDANKENLESER - THE THOUGHT READERS

Alle denken ich sei ein Genie.

Alle liegen falsch.

Sicher, Ich habe Harvard im Alter von achtzehn Jahren abgeschlossen und verdiene jetzt eine unglaubliche Menge Geld mit einem Hedge Fund. Der Grund dafür ist allerdings nicht, dass ich besonders clever bin oder wie verrückt arbeite.

Ich betrüge.

Ich besitze eine einzigartige Fähigkeit. Ich kann die Gegenwart verlassen und in meine eigene persönliche Version der Realität eintauchen – den Ort, den ich die Stille nenne – an dem ich meine Umgebung erkunden kann, während die restliche Welt innehält.

Eigentlich dachte ich immer, ich sei der Einzige, der das tun kann – bis ich sie getroffen habe.

Ich heiße Darren, und das ist die Geschichte, wie ich herausgefunden habe, dass ich ein Leser bin.

* * *

Manchmal denke ich, dass ich verrückt bin. In diesem Moment sitze ich an einem Kasinotisch, und jeder um mich herum ist bewegungslos, so als sei er eingefroren. Ich nenne das *die Stille*, so als würde es das Ganze realer machen, wenn ich ihm einen Namen gebe – so als würde der Name etwas an der Tatsache ändern, dass alle Spieler um mich herum Statuen sind. Sie sitzen einfach nur da, und ich gehe um sie herum, schaue mir die Karten an, die sie gerade erhalten haben. Hört sich das verrückt an?

Das Problem an der Theorie, ich sei verrückt, ist, dass die Karten, welche die Spieler aufdecken, immer noch dieselben sind, wenn ich die Welt »entfriere«, so wie ich es gerade getan habe. Wäre ich verrückt, sollten die Karten dann nicht wenigstens ein wenig anders sein? Außer natürlich, ich bin schon so verrückt, dass ich mir auch die Karten auf dem Tisch einbilde.

Aber ich gewinne. Sollte das auch Einbildung sein – sollte der Stapel Chips neben mir auf dem Tisch nur eingebildet sein – dann könnte ich gleich alles in Frage stellen. Vielleicht heiße ich auch gar nicht Darren.

Nein. So kann ich nicht denken. Wenn ich wirklich so verwirrt sein sollte, dann möchte ich gar nicht aus diesem Zustand herausgeholt werden – denn in diesem Fall würde ich höchstwahrscheinlich in einer psychiatrischen Anstalt aufwachen.

Außerdem liebe ich mein Leben, verrückt oder nicht. Meine Psychiaterin denkt, die Stille sei eine Erfindung, um die inneren Vorgänge meines Genies zu beschreiben. Das wiederum hört sich für mich verrückt an. Es könnte natürlich auch sein, dass sie mich begehrt, aber die Erwiderung derartiger Gefühle ist ausgeschlossen. Sie befindet sich komplett außerhalb der Altersgruppe, mit der ich ausgehe. Ihre Theorie würde mir sowieso nicht helfen, da sie nicht erklärt, wieso ich Dinge weiß, die selbst ein Genie nicht erahnen könnte – wie den genauen Wert des Blattes der anderen Spieler.

Ich sehe dem Croupier dabei zu, wie er eine neue Runde eröffnet. Außer mir befinden sich noch drei weitere Spieler am Tisch. Der Cowboy, die Großmutter und der Professionelle, wie ich sie in Gedanken nenne. Ich kann die jetzt fast spürbare Angst fühlen, die mit dem *Hineingleiten* einhergeht – das ist der Name, den ich diesem Vorgang gegeben habe: in die Stille hineingleiten. Meine Sorge, ich könne verrückt sein, hat das Hineingleiten schon immer vereinfacht. Angst scheint diesen Prozess zu begünstigen.

Ich gleite hinein, und alles ist still – daher der Name.

Selbst jetzt finde ich das noch unheimlich. In diesem Kasino ist es normalerweise sehr laut. Betrunkene Menschen, die sich unterhalten, Spielautomaten, das Läuten bei Gewinnen, Musik – nur in einem Klub oder bei Konzerten ist es noch lauter. Und trotzdem könnte ich genau in diesem Moment wahrscheinlich eine Stecknadel fallen hören. Es ist so, als sei ich gegenüber dem Chaos um mich herum taub geworden.

So viele eingefrorene Menschen um mich herum zu haben macht das Ganze nur noch eigenartiger. Eine Kellnerin hat mitten im Schritt mit ihrem Tablett auf dem Arm angehalten. Eine Frau ist gerade dabei, eine Münze in einen Spielautomaten zu schmeißen. An meinem eigenen Tisch ist die Hand des Croupiers erhoben, und die letzte Karte, die er gezogen hat, hängt unnatürlich in der Luft. Ich gehe von der Seite des Tisches auf sie zu und nehme sie in die Hand. Es ist ein König, der für den Professionellen bestimmt ist. Als ich die Karte wieder loslasse, fällt sie auf den Tisch, anstatt weiter in der Luft zu schweben, so wie sie es vorher getan hat. Ich weiß allerdings genau, dass sie sich, sobald ich mich aus diesem eingefrorenen Zustand zurückziehe, wieder an der ursprünglichen Stelle befinden wird – in genau derselben Position, in der sie war, bevor ich sie genommen habe.

Der Professionelle sieht genau so aus, wie ich mir immer Menschen vorgestellt habe, die mit Pokerspielen ihr Geld verdienen: ungepflegt, Schatten unter den Augen und generell ein wenig eigenartig. Er hat sein Pokerface das ganze Spiel über perfekt im Griff gehabt – es hat nicht ein einziges Mal ein Muskel gezuckt. Sein Gesicht ist so unbeweglich, dass ich mich frage, ob ihm vielleicht Botox dabei hilft, eine so steinerne Miene aufrechtzuerhalten. Seine Hand befindet sich auf dem Tisch und bedeckt beschützend die Karten, die ihm gegeben wurden.

Ich bewege seine schlaffe Hand zur Seite. Das fühlt sich wie im normalen Leben an. Also quasi. Seine Hand ist schweißnass und haarig, weshalb es unangenehm ist, sie zur Seite zu legen. Es ist anormal, so etwas zu tun. Der normale Teil des Ganzen ist, dass seine Hand eher warm als kalt ist. Als ich noch ein Kind war, erwartete ich, dass sich die Menschen in der Stille kalt anfühlen würden, wie Statuen aus Stein.

Nachdem ich die Hand des Professionellen zur Seite gelegt habe, nehme ich seine Karten auf. Zusammen mit dem König, der gerade in der Luft hängt, hat er ein hübsches hohes Blatt. Gut zu wissen.

Ich gehe zur Großmutter hinüber. Sie hält ihre Karten in der Hand. Dadurch, dass sie sie wie einen Fächer ausgebreitet hat, kann ich es vermeiden, ihre faltigen und fleckigen Hände zu berühren. Das ist eine Erleichterung, da ich in der letzten Zeit meine Probleme damit habe, in der Stille Menschen anzufassen – genauer gesagt Frauen. Falls ich es trotzdem tun müsste, würde ich das Berühren von Großmutters Hand rational als harmlos ansehen – oder es zumindest nicht gruselig finden – aber es ist trotzdem besser, es möglichst zu vermeiden.

Auf jeden Fall hat sie ein niedriges Blatt. Sie tut mir leid. Sie hat heute Nacht eine recht große Summe verloren. Ihre Chips gehen zur Neige. Vielleicht sind ihre Verluste, zumindest teilweise, der Tatsache zuzuschreiben, dass sie kein gutes Pokerface aufsetzen kann. Schon bevor ich einen Blick auf ihre Karten geworfen hatte, wusste ich, dass sie nicht gut sein würden. Ich konnte sehen, dass sie nicht glücklich mit dem war, was sie nach der Ausgabe ihrer Karten in der Hand hielt. Ich habe sie außerdem vor einigen Runden bei einem fröhlichen Aufblitzen ihrer Augen ertappt. Sie hatte ein Dreierpaar, welches gewann.

Pokern ist zu einem Großteil Übung, Menschen besser lesen zu können – eine Fähigkeit, die ich gerne besser beherrschen würde. In meiner Arbeit wurde mir gesagt, ich sei großartig darin, Menschen zu lesen. Aber das bin ich nicht. Ich bin einfach nur gut darin, die Stille zu verwenden, um Ihnen das vorzumachen. Allerdings würde ich gerne lernen, wie es im wirklichen Leben funktioniert.

Was mich am Pokern eher weniger interessiert, ist das Geld. Mir geht es finanziell gut genug, um nicht auf das Spielen als Einnahmequelle angewiesen zu sein. Mir ist es egal, ob ich gewinne oder verliere, auch wenn es mir Spaß gemacht hatte, mein Geld an dem Black-Jack-Tisch zu verfünffachen. Dieser ganze Ausflug zum Spielen findet überhaupt nur deshalb statt, weil ich es mit meinen frischen einundzwanzig endlich darf. Ich war nie ein Freund von falschen Ausweisen, und deshalb ist dieser Kasinobesuch wirklich ein Meilenstein für mich.

Ich verlasse die Großmutter und gehe hinüber zum Cowboy. Ich kann seinem Strohhut nicht widerstehen und setze ihn mir auf. Ich frage mich, ob ich dadurch Läuse bekommen könnte. Ich habe noch nie leblose Objekte aus der Stille zurückbringen können und auch anderweitig die Welt nicht nachhaltig verändert. Ich vermute also, dass ich auch kein lebendiges Ungeziefer mit mir zurücknehmen werde. Ich lege den Hut zurück und schaue mir seine Karten an. Er hat einige Asse – eine bessere Hand als der Professionelle. Der Cowboy könnte auch ein Professioneller sein. Soweit ich das beurteilen kann, hat er ein gutes Pokerface. Es wird interessant werden, die beiden in der nächsten Runde zu beobachten.

Als Nächstes ist der Kartenstapel an der Reihe. Ich schaue mir die obersten Karten an, um sie mir einzuprägen. Ich überlasse nichts dem Zufall.

Als ich meine Aufgabe in der Stille abgeschlossen habe, gehe ich zurück zu mir selbst. Ach ja, habe ich überhaupt erwähnt, dass ich meinen eigenen Körper dort sitzen sehen kann? Genauso eingefroren wie alle anderen? Das ist der verrückteste Teil an der ganzen Sache. Es ist wie eine außerkörperliche Erfahrung.

Ich nähere mich meinem eingefrorenen Ich und betrachte es. Normalerweise vermeide ich das, weil es so beunruhigend ist. Weder sich selbst unzählige Male im Spiegel zu sehen noch sich Videos von sich selbst auf YouTube anzuschauen kann einen auf den Anblick des eigenen Körpers in 3D vorbereiten. Das ist nichts, das man jemals zu erleben erwartet. Außer vielleicht, man ist ein eineiiger Zwilling.

Es ist kaum zu glauben, dass ich diese Person bin. Sie sieht eher wie ein ganz normaler Typ aus. Vielleicht nach ein wenig mehr. Ich finde diesen Typen interessant. Er sieht cool aus. Er sieht clever aus.

Ich denke, Frauen könnten ihn als gut aussehend bezeichnen, auch wenn es nicht bescheiden von mir ist, das zu behaupten.

Ich bin nicht gut darin, die Attraktivität von Männern zu bewerten – das war ich noch nie –, aber einige Dinge sind allgemeingültig. Ich kann erkennen, wenn ein Typ hässlich ist, und mein eingefrorenes Ich ist es nicht. Ich weiß auch, dass ein symmetrisches Gesicht generell als schön angesehen wird – und meine Statue hat so eines. Ein starkes Kinn schadet auch nichts. Und genau so eins habe ich. Breite Schultern zu haben ist ebenfalls gut, und groß zu sein wirklich hilfreich. Diese Punkte decke ich auch ab. Außerdem habe ich blaue Augen – was ein Pluspunkt zu sein scheint. Mädchen haben mir gesagt, dass sie meine Augen mögen, auch wenn sie an meinem gefrorenen Ich jetzt gerade ein wenig angsteinflößend wirken – glasig und glänzend. Sie sehen aus wie die Augen einer Wachsfigur. Leblos.

Als mir auffällt, dass ich mich zu lange mit diesem Thema aufhalte, schüttele ich meinen Kopf. Ich stelle mir vor, wie meine Psychiaterin diesen Moment analysieren würde. Wer käme schon auf die Idee, diese Selbstbewunderung als Teil einer psychischen Erkrankung zu betrachten? Ich sehe sie regelrecht vor mir, wie sie das Wort »Narzisst« notiert und es mehrfach unterstreicht.

Genug. Ich muss die Stille verlassen. Ich hebe meine Hand, berühre mein eingefrorenes Ich auf der Stirn, und die Geräusche kehren zurück, sobald ich mich wieder in der richtigen Welt befinde.

Alles ist wieder normal.

Der König, den ich noch vor einem Moment betrachtete – der König, den ich auf dem Tisch liegen ließ –, befindet sich wieder in der Luft und folgt der Bahn, die ihm vorherbestimmt war. Er landet neben der Hand des Professionellen. Die Großmutter betrachtet immer noch enttäuscht ihre gefächerten Karten, und der Cowboy hat seinen Hut wieder auf dem Kopf, auch wenn ich ihn in der Stille abgenommen hatte. Es ist alles genau so wie in dem Augenblick, bevor ich in die Stille hineinglitt.

Auf einer bestimmten Ebene hört mein Gehirn nie auf, über diese Unterschiede zwischen der Stille und der Welt außerhalb überrascht zu sein. Die Menschen sind darauf programmiert, die Realität in Frage zu stellen, wenn solche Dinge passieren. Als ich am Anfang der Therapie einmal versuchte, meine Psychiaterin auszutricksen, las ich während einer Sitzung ein komplettes Lehrbuch über Psychologie. Ihr ist das natürlich nicht aufgefallen, da ich es in der Stille tat. Das Buch handelte davon, dass Babys, auch wenn sie erst zwei Monate alt sind, schon überrascht darüber sind, wenn sie etwas Ungewöhnliches sehen – wenn zum

Beispiel eine Sache gegen die Regeln der Schwerkraft zu verstoßen scheint. Kein Wunder, dass mein Gehirn Schwierigkeiten damit hat, mit diesen Vorgängen zurechtzukommen. Bis ich zehn war, war mein Leben völlig normal. Dann begannen diese eigenartigen Sachen, um es vorsichtig auszudrücken.

Ich blicke hinab und stelle fest, drei Gleiche in der Hand zu halten. Das nächste Mal werde ich mir meine Karten anschauen, bevor ich hineingleite. Wenn ich so ein starkes Blatt habe, kann ich es auch darauf ankommen lassen, fair zu spielen.

Die Partie verläuft wie erwartet, schließlich kenne ich ja die Karten sämtlicher Mitspieler. Letztendlich steht die Großmutter auf. Sie hat offensichtlich genug Geld verloren.

Das ist der Moment, in dem ich sie zum ersten Mal sehe.

Sie ist heiß. Mein Freund und Arbeitskollege Bert – eigentlich Albert, aber es gibt niemanden der ihn so nennt – behauptet, ich hätte einen bestimmten Frauentyp. Diese Vorstellung gefällt mir nicht, da ich nicht so oberflächlich und berechenbar sein möchte. Allerdings könnte trotzdem beides ein wenig auf mich zutreffen, da dieses Mädchen genau in das Beuteschema passt, welches Bert mir beschrieben hat. Und ich bin, milde ausgedrückt, extrem interessiert an ihr.

Große blaue Augen und deutlich ausgeprägte Wangenknochen in einem schmalen Gesicht mit einem Hauch Exotik. Lange, extrem wohlgeformte Beine, wie die einer Tänzerin. Dunkles, gewelltes Haar, das, wie ich es mag, zu einem Pferdeschwanz gebunden ist. Kein Pony – sehr gut. Ich hasse Ponys und kann mir auch nicht erklären, wie manche Mädchen sich so etwas antun können. Auch wenn die Abwesenheit des Ponys in Berts Beschreibung meines Frauentyps nicht vorkommt, gehört dieses Kriterium definitiv dazu.

Sie setzt sich zu uns an den Tisch, und ich kann nicht damit aufhören, sie weiterhin anzustarren. Mit den hohen Absätzen und dem engen Rock wirkt sie an diesem Ort overdressed. Oder vielleicht bin ich mit meiner Jeans und dem T-Shirt auch einfach underdressed. Wie dem auch sei, es interessiert mich nicht. Ich muss versuchen, mit ihr ins Gespräch zu kommen.

Ich denke darüber nach, in die Stille einzutauchen und mich ihr anzunähern. Auf diese Weise könnte ich Dinge tun, die normalerweise beunruhigend wirken. Ich könnte sie aus nächster Nähe anstarren oder sogar ihre Taschen durchwühlen, um etwas zu finden, das mir dabei hilft, mit ihr zu reden.

Ich entscheide mich dagegen, und wahrscheinlich ist es das erste Mal, dass das passiert.

Ich weiß, dass der Grund dafür, mein normales Verhaltensmuster zu durchbrechen, eigenartig ist. Falls man überhaupt von einem Grund sprechen kann. Ich stelle mir die folgende Handlungskette vor: Sie stimmt zu, sich mit mir zu verabreden, es wird ernst zwischen uns, und weil wir diese tiefe Verbindung haben, erzähle ich ihr von der Stille. Sie erfährt, dass ich etwas Unheimliches tue, bekommt Angst und verlässt mich. Es ist natürlich lächerlich, sich so etwas auszumalen, bevor wir überhaupt miteinander gesprochen haben. Möglicherweise hat sie einen IQ von unter 70 oder besitzt die Persönlichkeit eines Holzstücks. Es könnte zwanzig verschiedene Gründe dafür geben, weshalb ich mich nicht mit ihr treffen möchte. Und außerdem hängt das ja auch nicht von mir ab. Sie könnte mir genauso gut zu verstehen geben, sie in Ruhe zu lassen, sobald ich versuche, mit ihr zu sprechen.

Die Arbeit mit Hedgefonds hat mich allerdings gelehrt, mich abzusichern. So verrückt diese Entscheidung, nicht in die Stille einzutauchen, auch ist, ich bleibe bei ihr. Ich weiß, dass es so höflicher ist. Aus dem gleichen Grund beschließe ich außerdem, in dieser Pokerrunde nicht zu schummeln.

Sobald die Karten ausgegeben sind, denke ich darüber nach, wie gut es sich anfühlt, so ehrenvoll gehandelt zu haben – auch wenn das niemand weiß. Vielleicht sollte ich häufiger versuchen, die Privatsphäre meiner Mitmenschen zu achten. Aber ich muss auch realistisch bleiben. Ich wäre nicht dort, wo ich heutzutage bin, wenn ich solchen Gefühlen gefolgt wäre. Ich würde sogar innerhalb weniger Tage meinen Job verlieren, sollte ich anfangen, die Privatsphäre anderer Menschen zu respektieren – und damit auch die ganzen Annehmlichkeiten, an die ich mich gewöhnt habe.

Ich mache es dem Professionellen nach und bedecke meine Karten, sobald ich sie bekomme, mit meiner Hand. Ich bin gerade dabei, einen Blick auf sie zu werfen, als etwas Ungewöhnliches passiert.

Die Welt um mich herum wird bewegungslos, so als würde ich gerade in die Stille hineingleiten ... aber das habe ich nicht getan.

Einen Augenblick später sehe ich *sie* – das Mädchen, welches mir am Tisch gegenübersitzt, das Mädchen, an das ich gerade gedacht habe. Sie steht neben mir und zieht ihre Hand von meiner weg. Oder, genauer gesagt, der Hand meines eingefrorenen Ichs – ich stehe ja daneben und schaue sie an.

Allerdings sitzt sie auch noch mir gegenüber am Tisch, eine eingefrorene Statue wie alle anderen auch.

Mir kommt nicht einmal der Gedanke, das zweite Mädchen könnte ihre Zwillingsschwester oder etwas Ähnliches sein. Ich weiß, dass sie es ist. Sie tut das Gleiche, was ich vor einigen Minuten getan habe. Sie geht in der Stille umher. Die Welt um uns herum ist eingefroren, aber wir sind es nicht.

Sie sieht schockiert aus, als ihr dasselbe klar wird. Mit einer Hand greift sie über den Tisch und berührt ihre eigene Stirn.

Die Welt wird wieder normal.

Sie starrt mich schockiert mit ihren großen Augen und dem blassen Gesicht an. Ich kann sehen, wie ihre Hände zittern, während sie aufspringt. Ohne ein Wort zu sagen dreht sie sich um und geht weg.

Als sie anfängt zu rennen, zögere ich nicht. Ich stehe auf und folge ihr. Das ist nicht sehr clever. Sie würde sich wohl kaum mit einem unbekannten Typen verabreden, der hinter ihr herrennt. Aber über diesen Punkt bin ich schon hinaus. Sie ist die einzige Person, die ich jemals getroffen habe, die das Gleiche kann wie ich. Sie ist der Beweis dafür, dass ich nicht verrückt bin. Sie könnte das besitzen, was ich mehr als alles andere möchte.

Sie könnte Antworten haben.

AUSZUG AUS
GEFÄHRLICHE BEGEGNUNGEN VON
ANNA ZAIRES

Anmerkungen des Autors. *Gefährliche Begegnungen ist eine Kollaboration von Dima Zales und Anna Zaires. Es handelt sich dabei um das erste Buch einer von Kritikern hochgelobten erotischen Science-Fiction Romanserie, den „Krinar Chroniken“. Wegen seines expliziten sexuellen Inhalts ist das Buch für Leser unter 18 Jahren nicht geeignet.*

* * *

Eine düstere und anregende Liebesgeschichte, die die Fans erotischer und turbulenter Beziehungen begeistern wird ...

In der nahen Zukunft herrschen die Krinar auf der Erde. Sie sind eine sehr fortgeschrittene Rasse aus einer anderen Galaxie und immer noch ein Geheimnis für uns – außerdem sind wir ihnen völlig ausgeliefert.

Mia Stalis, schüchtern und unschuldig, ist eine Studentin in New York, die ein sehr normales Leben führt. Wie die meisten Menschen, hat sie nie etwas mit den Eindringlingen zu tun gehabt – bis zu diesem schicksalhaften Tag im Park, der ihr ganzes Leben auf den Kopf stellt. Da sie Korums Aufmerksamkeit auf sich gezogen hat, muss sie jetzt mit einem mächtigen, gefährlich verführerischen Krinar fertig werden, der sie besitzen möchte und vor nichts Halt machen wird, bis er sein Ziel erreicht.

Wie weit würden Sie gehen, um ihre Freiheit wiederzuerlangen? Wie viel würden sie aufgeben, um anderen Menschen zu helfen? Welche Wahl würden Sie treffen, wenn sie beginnen, sich in ihren Feind zu verlieben?

* * *

Die Luft war frisch und rein, als Mia mit schnellen Schritten einen gewundenen Pfad im Central Park entlangging. Überall zeigte sich schon der Frühling, in

421

winzigen Knospen auf den noch immer kahlen Bäumen und in der rasch wachsenden Anzahl an Kindermädchen, die sich draußen mit ihren wilden Schützlingen über den ersten warmen Tag freuten.

Es war eigenartig, wie sehr sich alles in den letzten paar Jahren verändert hatte und wie sehr es doch gleich geblieben war. Wäre Mia vor zehn Jahren gefragt worden, was sie denke, wie ihr Leben wohl nach der Invasion einer anderen Rasse aussehen würde, hätte sie sich das bestimmt nicht so vorgestellt. Independence Day, Der Krieg der Welten – keiner dieser Filme näherte sich auch nur ansatzweise dem, was tatsächlich geschehen würde. Die Menschen trafen eine höher entwickelte Spezies, als diese zu Ihnen auf die Erde kam. Es war weder zum Kampf, noch zu irgendeinem Widerstand auf der Regierungsebene gekommen. *Sie* hatten es nicht erlaubt. Rückblickend wurde klar, wie dumm diese Filme gewesen waren. Nuklearwaffen, Satelliten, Kampfjets waren nicht mehr als kleine Steine und Stöcke für diese uralte Zivilisation, die schneller als mit Lichtgeschwindigkeit das Universum durchqueren konnte.

Als sie eine leere Bank nahe am See sah, ging Mia dankbar auf diese zu. Auf ihren Schultern machte sich die Last des Rucksacks bemerkbar, in dem sie ihren schweren zwölf Jahre alten Laptop und einige altmodische, noch auf Papier gedruckte Bücher hatte.

Mit einundzwanzig fühlte sie sich manchmal alt, fehl am Platz in dieser schnellen neuen Welt der extraschlanken Tablets und den in die Armbanduhren integrierten Handys. Die Geschwindigkeit der technischen Entwicklungen war seit dem K-Day nicht langsamer geworden, wenn Überhaupt, waren jetzt viele neue Spielereien durch das beeinflusst, was die Krinar besaßen. Nicht dass die Krinar irgendetwas ihrer kostbaren Technologie Preis gegeben hätten. Ihrer Meinung nach sollte ihr kleines Experiment ohne größere Beeinflussungen fortgeführt werden.

Mia öffnete den Reißverschluss ihres Rucksacks und holte ihren alten Mac heraus. Das Gerät war schwer und langsam, aber es funktionierte, und als arme Studentin konnte sich Mia nichts Besseres leisten. Sie loggte sich ein, öffnete ein neues Word-Dokument und machte sich bereit, sich durch das Schreiben ihrer Hausarbeit in Soziologie zu quälen.

Zehn Minuten und genau Null Worte später gab sie auf. Wem wollte sie denn damit etwas vor machen? Hätte sie wirklich dieses verdammte Ding schreiben wollen, wäre sie doch niemals in den Central Park gekommen. So verlockend es auch war, sich fest vorzunehmen die frische Luft zu genießen und gleichzeitig etwas zu arbeiten, in Wirklichkeit hatte Mia das noch nie hinbekommen. Eine muffige alte

Bibliothek war ein viel besserer Ort für solche Tätigkeiten, die derartig das Hirn zermartern.

Mia gab sich in Gedanken einen Tritt für die eigene Faulheit, seufzte und sah sich trotzdem erst mal um. Die Menschen in New York zu beobachten amüsierte sie immer wieder.

Das Bild, was sie vor sich sah, war ein Klassiker, mit dem Obdachlosen auf der Parkbank – zum Glück nicht auf der neben ihr, er sah nämlich so aus, als würde er schon sehr streng riechen – und den beiden Kindermädchen, die miteinander auf Spanisch redeten, während sie langsam ihre Kinderwagen vor sich her schoben. Ein Mädchen mit leuchtend pinkfarbenen Reeboks, die einen schönen Kontrast zu ihren blauen Leggins bildeten, joggte auf einem Weg weiter vorne. Mias Blick folgte neidisch der Joggerin, als diese um die Ecke bog. Ihr eigener hektischer Tagesablauf ließ ihr nur wenig Zeit zum Trainieren und sie bezweifelte, dass sie derzeitig auch nur einen Kilometer lang mit diesem Mädchen mithalten konnte.

Rechts konnte sie die Bogenbrücke sehen, die über den ganzen See reichte. Ein Mann lehnte am Brückengeländer und schaute über das Wasser. Sein Gesicht war von ihr weg gedreht, weshalb Mia nur einen Teil seines Profils sehen konnte. Trotzdem zog irgendetwas an ihm ihre Aufmerksamkeit auf sich.

Sie war sich nicht sicher, was es war. Er war zweifellos groß und schien unter seinem teuer aussehenden Trenchcoat auch einen gut gebauten Körper zu besitzen, aber das konnte es nicht sein. Große, gut aussehende Männer waren in dem von Modells überlaufenden New York nichts Besonderes. Nein, es war irgendetwas anderes. Vielleicht war es die Art und Weise, wie er da stand – völlig bewegungslos. Sein Haar war dunkel und glänzte in der hellen Nachmittagssonne, vorne gerade lang genug, um leicht im warmen Frühlingswind zu wehen.

Außerdem war er völlig alleine.

Das ist es, bemerkte Mia auf einmal. Die normalerweise sehr beliebte und malerische Brücke war völlig leer, mit Ausnahme des Mannes, der dort am Geländer stand. Heute schien aus irgendeinem Grund jeder einen weiten Bogen um sie zu machen. Tatsächlich saß niemand außer ihr und ihrem hocharomatischen, obdachlosen Nachbarn auf den sonst so beliebten Bänken in der ersten Reihe am See, sie waren alle leer.

Als ob es ihren Blick auf sich spüren würde, drehte das Objekt ihrer Aufmerksamkeit langsam seinen Kopf und sah Mia direkt an. Bevor ihr Hirn sich dieser Tatsache bewusst werden konnte, fühlte sie, wie ihr Blut gefror und sie sich bewegungslos dem Feind ausgeliefert sah. Während sie ihn nur hilflos anstarren konnte, schien er sie sehr interessiert zu durchleuchten.

* * *

Atme, Mia, atme. Irgendwo in ihrem Hinterkopf wiederholte eine kleine rationale Stimme immer wieder diese Worte. Diesem seltsam objektiven Teil von ihr fiel auch sein symmetrisches Gesicht auf und die straffe goldfarbene Haut, die sich eng an hohe Wangenknochen und ein energisches Kinn schmiegte. Die Bilder und Videos die sie von den Krinar gesehen hatte, wurden ihnen kaum gerecht. Dieses Wesen, das weniger als 10 Meter von ihr entfernt stand, war einfach atemberaubend schön.

Während sie ihn weiterhin bewegungslos anstarrte, richtete er sich auf und ging auf sie zu. Er pirscht sich eher heran, kam ihr dummerweise in den Sinn, da jede seiner Bewegungen sie an eine junge Raubkatze erinnerte, die sich geschmeidig einer Gazelle annähert. Seine Augen ließen sie die ganze Zeit nicht aus dem Blick. Als er näherkam, konnte sie einzelne gelbe Sprenkel in seinen goldenen Augen erkennen und auch die vollen langen Wimpern sehen, die sie einrahmten.

Sie sah entsetzt und ungläubig, wie er sich weniger als einen Meter von ihr entfernt auf die gleiche Bank setzte und eine ebenmäßige Reihe weißer Zähne entblößte, als er sie anlächelte. Keine Fangzähne, bemerkte sie mit einem Teil ihres Gehirns, der noch zu funktionieren schien. Nicht die leiseste Spur von ihnen. Das war eines der Gerüchte über sie, genauso wie ihr vermeintlicher Abscheu vor der Sonne.

»Wie heißt du?« Das Wesen schnurrte die Frage förmlich. Seine Stimme war leise und weich, völlig ohne Akzent. Seine Nasenlöcher bebten leicht, als er ihren Duft einatmete.

»Ähm« Mia schluckte nervös. »M-Mia.«

»Mia«, wiederholte er langsam, und es schien, als würde er sich ihren Namen auf der Zunge zergehen lassen. »Mia, und weiter?«

»Mia Stalis.« Ach du Scheiße, warum wollte er denn ihren Namen wissen? Warum war er hier und redete mit ihr? Und überhaupt, was machte er eigentlich im Central Park, fernab aller Siedlungen der Krinar? *Atme, Mia, atme.*

»Entspanne dich, Mia Stalis.« Sein Lächeln wurde breiter und es kam ein Grübchen in seiner linken Wange zum Vorschein. Ein Grübchen? Die Krinar hatten Grübchen? »Bist du bis jetzt noch nie auf einen von uns getroffen?«

»Nein, noch nie«, stieß Mia kurz hervor und dabei fiel ihr auf, dass sie ihren Atem die ganze Zeit anhielt. Sie war stolz darauf, dass ihre Stimme nicht so zitterig klang, wie sie sich anfühlte. Sollte sie fragen? Wollte sie es wirklich wissen?

Sie nahm all ihren Mut zusammen. »Was, äh –«
nochmal Schlucken. »Was willst du von mir?«

»Jetzt gerade, mich mit dir unterhalten.« Mit diesen
goldenen Augen, die sich an den Winkeln leicht
zusammen zogen, sah er aus, als würde er gleich über sie
lachen.

Seltsamerweise machte sie das so wütend, dass sie
dadurch ihre Angst verdrängte. Wenn es etwas gab, das
Mia mehr hasste als alles andere, dann war das,
ausgelacht zu werden. Mit ihrem kleinen, dünnen
Körper und ihrem allgemeinen Mangel an sozialer
Kompetenz seit Teenagerzeiten – sie hatte das
komplette Albtraumprogramm absolviert: Zahnspange,
krauses Haar und Brille – waren schon mehr als einmal
Witze auf Mias Kosten gemacht worden.

Sie schob angriffslustig ihr Kinn in die Höhe. »Also
schön, und wie heißt du?«

»Korum.«

»Nur Korum?«

»Wir haben keine richtigen Nachnamen, zumindest
nicht so wie ihr das habt. Mein voller Name ist sehr viel
länger, aber du könntest ihn nicht aussprechen wenn
ich ihn dir sagen würde.«

Okay, das war doch mal interessant. Sie erinnerte
sich daran, mal so etwas in der *New York Times* gelesen
zu haben. So weit, so gut. Ihre Beine hatten schon fast
aufgehört zu zittern und ihre Atmung wurde auch

wieder gleichmäßiger. Vielleicht, hatte sie ja doch noch eine klitzekleine Chance, aus dieser Nummer lebend herauszukommen. Diese Unterhaltung schien recht ungefährlich zu sein, auch wenn es sie etwas aus der Fassung brachte, dass er sie die ganze Zeit mit diesen gelblichen Augen anstarrte, ohne zu blinzeln. Sie beschloss, ihn reden zu lassen.

»Was machst du hier, Korum?«

»Das habe ich dir doch gerade gesagt. Ich unterhalte mich mit dir, Mia.« Seine Stimme hatte wieder den Hauch eines Lachens.

Frustriert stieß Mia ihren Atem aus. »Ich meine, was machst du hier im Central Park? Überhaupt in New York City?«

Er lächelte wieder und neigte seinen Kopf leicht zu einer Seite. »Vielleicht habe ich gehofft, hier ein hübsches Mädchen mit Locken zu treffen.«

Also, das reichte jetzt wirklich. Er spielte ganz klar mit ihr. Jetzt, da sie ihren Verstand wieder gebrauchen konnte, fiel ihr auf, dass sie sich mitten im Central Park befanden, in der Gegenwart einer Unmenge von Zeugen. Sie blickte sich verstohlen um, nur um sicherzugehen. Ja, obwohl die Menschen diese Bank und das darauf sitzende fremdartige Wesen offensichtlich mieden, gab es tatsächlich einige mutige Seelen, die aus sicherer Entfernung zu ihnen starrten. Ein Paar wagte es sogar, sie vorsichtig mit ihren in die

Armbanduhren eingebauten Kameras zu filmen. Wenn der Krinar ihr irgendetwas antun sollte, wäre es umgehend auf YouTube zu sehen und das müsste er auch wissen. Natürlich könnte ihm das auch egal sein.

Da sie immer noch davon ausging, dass sie relativ sicher war – sie hatte noch nie von Videos gehört, die Übergriffe der Krinar auf Studentinnen mitten im Central Park zeigten – griff sie nach ihrem Laptop und hob ihn an, um ihn zurück in ihren Rucksack zu packen.

»Lass mich dir damit helfen, Mia –«

Und bevor sie auch nur blinzeln konnte, merkte sie, wie er den schweren Laptop aus ihren plötzlich kraftlosen Fingern nahm und dabei leicht deren Knöchel streifte. Als er sie berührte, durchfuhr Mia ein Gefühl wie ein elektrischer Schock, der, als er abebbte, kribbelnde Nervenverbindungen hinterließ.

Er nahm ihren Rucksack und packte den Laptop mit einer weichen und geschmeidigen Bewegung weg. »So, fertig.«

Oh Gott, er hatte sie berührt. Vielleicht war ihre Theorie über die Sicherheit auf öffentlichen Plätzen doch falsch. Sie merkte, wie sich ihre Atmung wieder beschleunigte, und ihre Herzfrequenz befand sich wahrscheinlich auch schon im Sauerstoff unabhängigen Bereich.

»Ich muss jetzt los … Tschüss!«

Wie sie es schaffte, diese Worte herauszuquetschen ohne zu hyperventilieren, würde sie wohl nie herausfinden. Sie griff sich den Riemen ihres Rucksacks, den er soeben losgelassen hatte und sprang auf ihre Füße. Dabei fiel ihr irgendwo im Hinterkopf auf, dass die Lähmung von vorhin verschwunden war.

»Tschüss Mia. Bis später.« Seine Stimme mit dem leicht spottenden Unterton war noch lange in der klaren Frühlingsluft zu hören, als sie losging und fast rannte, weil sie es so eilig hatte, von ihm wegzukommen.

* * *

Wenn Sie mehr darüber erfahren möchten, besuchen Sie bitte Annas Webseite
http://annazaires.com/series/deutsch/

ÜBER DIE AUTORIN

Dima Zales ist ein *New York Times* und *USA Today* Bestsellerautor in den Genres Science-Fiction und Fantasy. Bevor er ein Schriftsteller wurde, hat er sowohl als Programmierer als auch als leitender Angestellter in der Softwareentwicklungsindustrie in New York gearbeitet. Von Hochfrequenzhandel-Software für große Banken bis hin zu Handy-Apps für bekannte Zeitschriften, Dima hat schon alles programmiert. 2013 verließ er dann die Software-Branche, um sich auf seine Karriere als Schriftsteller zu konzentrieren und nach Palm Coast, Florida zu ziehen, wo er derzeitig lebt.

Um mehr zu erfahren besuchen Sie bitte die Seite www.dimazales.com/series/deutsch.